胡麻地里的星子

韩乾昌 著

甘肃人民出版社

甘肃·兰州

图书在版编目（CIP）数据

胡麻地里的星子 / 韩乾昌著. -- 兰州 ：甘肃人民
出版社，2025.3. -- ISBN 978-7-226-06218-0
Ⅰ.I267
中国国家版本馆CIP数据核字20254KM005号

责任编辑：王建华

封面设计：方春芳

书法、国画、摄影：芷

胡麻地里的星子

HU MA DI LI DE XING ZI

韩乾昌　著

甘肃人民出版社出版发行

（730030　兰州市读者大道568号）

甘肃金田印刷有限责任公司印刷

开本787毫米×1092毫米　1/16　印张17.25　插页2　字数305千

2025年3月第1版　　2025年3月第1次印刷

印数:1~1000

ISBN　978-7-226-06218-0　　定价:58.00元

对家乡，他用恨写就了爱

周淑娟

在江苏徐州故黄河畔，甘肃作家韩乾昌的散文集《胡麻地里的星子》一点点揭开神秘面纱，显现出沧桑容颜——真实，真诚；悲凉，悲悯；阔达，旷达。

"我是多么地恨，恨那个叫作家乡的地方。"韩乾昌的这句话，吸引我沿着他的乡土乡情和亲人亲情读下去，然后再顺着他的童年点滴和心路历程走回来。作家，自带天眼。写作的人，自带节奏。阅读，又何尝不是？我的阅读正如韩乾昌的书写，自带鼓点和节奏，也自有出发点和目的地，那就是从家乡出发，再回到家乡。

因为渴望外面的世界，我们总是从家乡出发；经历过外面的世界，我们的精神最终却要回到家乡。来去之间，是风驰电掣，是心痛神痴。一来一去，一往一返，形成一个闭环，回归一个原点。只是，万事繁复，这个"环"能完美合榫吗？这个"点"能严丝合缝吗？

古人云"人生百年如寄"，《红楼梦》又谓"赤条条来去无牵挂"。"寄"的两端，是来和去——从来处来，到去处去。这是时间的来去。但是人生苦短，能做到花花草草由人恋的有几人？敢于生生死死随人愿的有几个？

让我们回到"清水河畔"，找找韩乾昌的家乡——那个正在老去的村庄，那个已经缩成一滴泪的清水河。

"我生在连五梁。可我一直都在路过她。当四十年前的冬夜，母亲顶风踏雪从娘家赶回家的时候，后半夜，生下了我。母亲是去娘家看社火的。母亲心真大。一直想问她，可一直问不出口，后来终于下定决心要问时，她却走了。以后很久我才明白，母亲这是借了一场社火，用这仪式感，把我带到连五梁。母亲把我生在连五梁，又带我离开连五梁，最后几乎所有人都走了，她却选择了永远留下。"冲淡平和之中,韩乾昌道出了他的故乡,他的出身。

连五梁在哪里?我之所以这么问,是因为知道韩乾昌会给出答案:"甘肃天水张家川人和秦安人提起清水河,不啻提起自己的母亲,概因这条穿越万年时光旖旎而来的河流,是当地人民的母亲河。如今,母亲的乳汁不再以喂养的名义令人骄傲,却成了黄土褶皱深处的一滴泪。"

张家川在哪里?我之所以这样问,是因为知道韩乾昌会袒露心声。当年,家乡是他心底一个不可提及的名词,因为生怕一张嘴就会被人问"你老家是哪里的"。面对这个永远也无法摆脱的问题,作者曾经选择"蒙混过关","含混背叛",说自己是天水的。他不敢说出自己是张家川人,因为在城里人看来,天水就是秦城北道,其他地方仿佛来自宇宙深处,其他地方的人仿佛是未开化的原始人类。

甘肃。天水。张家川。阿阳。连五梁。

这些地名,我除了知道甘肃是省、天水是市,其他的一概分不出大小,也没必要分出大小。地理上的大小,根本无法分割韩乾昌的复杂感情和万般心绪。

烩菜。长面。糊糊汤。馍馍。馓子。饺子。

韩乾昌笔下的这些食物,除了烩菜,估计我都品尝过,不同的也许是做法是味道——一方水土养一方人啊。虽然韩乾昌认为历史从不因人的不舍而稍事停留,亦不以人的叹惋而留下温情一笔,但家乡食物始终滋养着他的胃和他的人生。

印象深刻的是他夏末时节发的一个朋友圈:今儿下雨,好想吃老家炒面。谁能让我吃一碗六虎家炒面,我叫他爷或奶,再不济也叫声姑舅爸。

我在他的"清水河畔"发现了事物的另一面:"向来谁家的饭,便是谁家的味道。而那味道的醇厚寡淡,便源于那家主妇。一般情况下,长得好看的女人,于锅灶间也要争强好胜的,否则她的好便落不到实处,而若谁家的媳妇儿,好看又有好厨艺,将使男人面上增辉。"这么看来,无论是爷是奶,抑或是姑是舅是爸,他们手下的食物不仅有滋有味,而且有名有姓。

让我们站到黄土高坡上,看看他为什么会恨家乡——既是恨也是根,既然爱之深难免责之切。

"小时候,在作文里,曾不止一次地写家乡。胆战心惊地模仿别人的笔法,想象别人的感情,以期获得老师的一声赞誉。那时的写家乡,写了许多爱,可终究不知什么是爱。真正的爱家乡,却源于对她的恨。当后来置身都市,才深切地知道,过去若干年的岁月,如透过老门扇的一线光,照出的,是无尽苍凉。当我背起行囊,站在车水马龙的街头,想起曾经的岁月,竟没有一丝喜悦,有的只是满眼满心的惶恐。"这是儿时和现在、城市和乡村的对比，也是引发惶恐的因由，而这惶恐渐渐生出了绵绵恨意，"当我穿着自以为最洋的衣裳出入人群时，却土得掉渣。在穿着打扮方面，我从未如此自惭形秽、慌里慌张。一件在老家最时新的夹克衫，在这里，哪怕面对某个工厂工人的工作服，都让人无地自容。"

惶恐不安引发恨意，自惭形秽滋生恨意，无地自容带来恨意——恨意无处不在，无时不在，却也如同聚光灯，如同追光灯，突出，炸眼——恨的是土里土气的家乡，恨的是土里土气的爹娘，恨的是在城市里格格不入的自己，恨的是那些拥有廉价热情和卑微劳作的家乡人。同样是人，为什么我要生在这个地方，而别人却生在那个地方？

我知道，恨家乡的他平时却大爱《红楼梦》。与《红楼梦》文本中存在大量隐喻不同，他的散文写得直白直接，元气饱满，酣畅淋漓："家乡是如此的不好，可离开家乡一久，却忍不住要去想她，想她不能在白天，只能在夜里。想着想着，又想成了恨。一转眼，在这座城市已经闯荡了近三十年。每到传统节日时，心里念的想的，还是老家和老家人。原来，这多少年的努力洗刷，不过是徒劳。就连梦里梦见的，都是家乡的穷山恶水，而不是兰州的灯红酒绿。"

我知道，孤军奋战的他深怀悲悯和善意，绝不会带着恨意书写自己的作品，一定有爱恨交织的时候，一定有充满真爱的时刻。果不其然，我看到了如下文字："置身都市巨大的钢筋混凝土丛林，人很容易就找不到自己了，就像一粒飘荡的蒲公英种子，飘来飘去地，在寻找自己的根。原以为会看多了繁华而习惯了流浪，以为流浪便是注定的宿命，却终究发现只有那片黄土，才是根的方向。"

是的，他不再不敢承认家乡，不再怕说自己是张家川人，也不再怕自己的口音被笑话。人一旦突破了外界捆绑和自我束缚，就会回到自己回归家乡——他还是那个他，他不是那个他，他还是那个他。这，正是他的出发点和目的地，也是他闯荡天下的意义所在，哪怕仅仅是源于宿命。他，开始为出身自豪，因为找到了茁壮的根脉，哪怕在世俗中依然被嘲弄。

大多数人，终其一生只有一个纬度。而黄土地上的作家却另有一个别人无法企及的纬度，那就是一方水土滋养出来的朴实厚重，那就是苍辽粗犷赐予的广阔胸襟，那就是无遮无拦滋养的天真和自由，那就是骨子里生成的卑微和顽强！

从此，深深扎在胸口的，不再是无尽惶恐和绵绵恨意，而是爱！

至此，我们恍然大悟：原来，作者所有的恨不过是为了迎接积蓄了一生的爱！

这样的爱和恨是我所不熟悉的，拥有陌生的力量；这样的城市和乡村是我所不熟悉的,具备陌生的内涵。也许正因为这些"不熟悉"和"陌生化",韩乾昌的文字辨识度高,新鲜感强。

人不负春春自负——多少坚守,多少付出。这样的阅读感受,是我的,相信也是您的。

互相欣赏的文友散落在全国各地,让我们万分遗憾,但也有个天大好处,那就是能认识更多灵魂相通的人,见识更多风格迥异的文。

大珠小珠落玉盘——多么美好,多么高妙。这样的人生体验,是我的,相信也是您的。

（周淑娟,中国作家协会会员、中国红楼梦学会会员、徐州市作家协会副主席。）

目 录

我的忧伤,是漫山遍野的狗娃花儿……

家乡,我的阿阳

家乡,是熟悉又陌生的,阖目而思,就在眼前,可要分明地描述,却许久写不出一个字来。

小时候,在作文里,曾不止一次地写家乡。胆战心惊地模仿别人的笔法,想象别人的感情,以期获得老师的一声赞誉。那时的写家乡,写了许多爱,可终究不知什么是爱。

真正的爱家乡,却源于对她的恨。

当后来置身都市,才深切地知道,过去若干年的岁月,如透过老门扇的一线光,照出的,是无尽苍凉。满面黄土的乡民们,终其一生不曾走出的大山,已是天下世界的模样。许多人,去一回张川镇或龙山镇,就觉得见了大世面,把一碗凉粉一根麻糖视为天下不可多得的美味。至于更远的远方,则是梦里都不敢有的想象。

而如今,当我背起行囊,站在车水马龙的街头,想起曾经的岁月,竟没有一丝喜悦,有的只是满眼满心的惶恐。

曾几时,为了去看汽车,步行二十里到大姑家。美美饱吃一顿,就趴在大门外的墙垛上,巴巴儿望着。一辆车从山上晃晃悠悠转过来了。啊呀,看见了,看见了!高兴得手舞足蹈。从小看惯了手扶拖拉机的我,实在捉摸不透,车,原来还可以有如此模样。大卡车拖着一屁股的青烟从脚下迤逦而过,带给我关于未来最初的梦想。若有一辆卧车经过,则半张着嘴,以沉默来填补毫无来由的惆怅。是什么人坐在那滴滴叫唤的卧车里呢?

它从哪里来,又要去何方?我贫乏的想象实在不足以丈量横亘其间的距离。大人们一再警告,远远地看,不许去马路上,仿佛我们弱小的生命一不留神就会被那些怪兽吞噬。可终究无法抵挡内心滚烫的好奇,偷偷溜了去,跟着一辆车欢跑。追它做什么呢?是舍不得那缕汽油味。那是车子放出的屁。可这不吃不喝的家伙,怎么会放出那么好闻的屁呢,那是从来也不曾闻过的好味道。

而此时此刻,面对满街形色各异的车子,竟没有一丝惊喜。就像面对无法预知的未来。有的,只是惶恐。惶恐。

　　惶恐渐渐生出了绵绵恨意。当我穿着自以为洋的衣裳出入人群时,在别人眼里,却土得掉渣。在穿着打扮方面,我从未如此自惭形秽、慌里慌张。一件在老家最时新的夹克衫,在这里,哪怕面对某个工厂工人的工作服,都无地自容。一开口,在老家自觉良好的普通话,在别人耳里竟如胡言乱语。本来要去见世面的,却被当怪物一样审视一番。叫我怎能不去恨我的家乡,不去恨我土里土气的爹娘。同样是人,为什么要生我在那个地方?

　　家乡,渐渐地面目可憎起来。非但那些山旮旯洼可憎,那山旮旯洼间的花花草草也一并十分的可憎。我也耻于去想那条曾洗濯过我的小河。那曾带给我无数欢乐的河水,它除了沾染了我一身的泥土气,竟丝毫没有洗亮我的眼睛,让我对外面的世界有个预见。家乡,你说呀,我爱你什么,又想你什么。

　　当第一次捏着皱皱巴巴的零钞搭上公交车时,当面对食堂里那些叫不出名字的菜时,当看着地下商场里眼花缭乱的商品时,当攥着汗津津的几元钱经过一个个小吃摊却终于又塞进口袋时,才知道我与这世界是如此的格格不入。晚上,巨大的黑夜里,埋伏着巨大的烦躁,满眼的灯火都填不满心里巨大的失落。我恨,恨我这个格格不入的异乡人;恨爹娘,为什么要把我生在那个地方。而那地方,是我拼了命也摆脱不了的,因为她的名字叫作家乡。

　　然而,生活又不允许你在自己的小小世界里徘徊太久,它会毫不顾及情面地推着你走,根本不会想你有没有目标有没有方向。可骨子里究竟有农民的倔强。于是,便去学着人家,学人家如何走路,如何花钱,如何把八字步踱成方步,把五角说成五毛,如何在公共澡堂子里把自己脱得精光而不慌手慌脚,如何把一碗牛肉面吃得听不出半点声响,如何在擦肩而过的刹那瞄一眼一个好看的姑娘又不被发觉。终于感觉有模有样了,可也仅限于同样是来自农村的同学中间,一到人群里,立刻因为矫枉过正而更快现了原形,心底漫起的,是无边无际的怨恨与惆怅。

　　有了这一番不伦不类的镀化金身,终究感觉自己已很不一样,已经很像个城里人了。

　　放假回到老家,便是一切的不顺眼,非但马路上的拥挤和嘈杂不顺眼,就是家人和亲戚的嘘寒问暖也不顺眼。他们土里土气地说话,只知道一遍一遍地问,你吃饱了没有,吃饱了没有,没吃饱再吃一碗。突然心生厌恶。吃吃吃!你们就晓得吃，多少年了，就不知道换个时髦的说法。心里这么想着，外表终究要敷衍得有模有样，热情似乎还是当年的热情，可内容早已翻天覆地。嘴上应承着，心里抗拒着。看着他们把自己当作城里人的那份羡慕就觉得他们笨拙又好笑。心里瞧不起，瞧不起他们没见过世面，瞧不上他们面对城里人的卑微。这时，他们一切的热情都是应该，甚至是活该。知道么，外面的世界是如何如何，外面的人是如何如何，哪像咱们这个地方！说出"咱们"时又有些确实的懊悔，其实在心里，早已不是"咱们"了。只是为了一份衣锦还乡的满足感给你们几分面子。

在家里，看着一切的家具甚至是家人的五官，都觉得若干年来放错了地方，怎么都不顺眼。于是，要充满鄙夷地教他们，问完路，要说一声谢谢；洗了碗，要自然地晾干，绝不能用抹布，似乎过去多少年，那用抹布擦了的碗筷，都是专门用来培植细菌的……见了老同学，要来两句变言子（间杂老家话的普通话），仿佛不如此便不足以让他们见识到什么是真正的世面。

于是，离开家乡时，便毅然决绝。对他们的啰唆满是嫌弃，对他们的热情嗤之以鼻。一切的一切，都是因为这个可憎可恶的家乡。因为这样的标签，要在外头吃格外的苦，被格外地瞧不起，受格外的气。

向家乡挥手，不是再见，恨不能永别。

家乡是如此的不好，可离开家乡一久，却忍不住要去想她，想她不能在白天，只能在夜里。蒙住头想，一个人想，不能让任何人知道地想。想着想着，又想成了恨。想起家乡带来的诸多不如意。尤其当在外面受了委屈，受了城里人的瞧不起，就更觉出她的不好来，更觉出在城里所受的白眼本是理所应当。一切的一切，都因为你生错了地方。

便发誓要留在城里，宁愿一辈子不回去。

渐渐地，奔忙于生活，无暇去想家乡，家乡便确乎是越来越远了。越来越远了。当终于褪去身上最后一丝炕味，终于像城里人那样把一段路走得跋扈嚣张，终于把一口城里人的话自以为说得人模人样，家乡，只是心底的一个不可提及。生怕一张嘴会被人问起，你老家是哪里？恨不能拿出身份证让他看，看看看看，我也是名副其实的城里人！可终究心里发虚。那年，一个暗自喜欢的女孩儿要看我的相册，我迫不及待地给她，她翻了几页，幽幽一句，哦，原来你是乡里的……

我感到无地自容，后悔没有提前把老家的相片抽出来，以至于出了这么大一个丑。从此，把念头断了，知道喜欢一个人需要资格。可藏来藏去还会露出马脚。当有人问,你是哪里的,只好含糊其词说,天水的。就此打住还好,就怕对方接着问一句,天水哪里的?秦城还是北道?我是不敢说出张家川的,在人家看来,天水就是秦城北道,其他地方仿佛来自宇宙深处,其他地方的人仿佛是未开化的原始人类。蒙混过关以后,有种背叛的耻辱和侥幸逃脱的恓惶。难免再次恨恨地想,为什么偏偏要生在那么个地方!

我是多么地恨,恨那个叫作家乡的地方。

自从买了房落了户,总算是法律意义上的城里人了,便有了十分的得意。可户口本又不便随身携带,也不能在马路上逢人就说,其实……我是个兰州人。兰州人一听就知道你是个冒牌货,可自己又觉得货真价实。这样久了,连自己都糊涂了,户口本上写着兰州人,章子是兰州的章子,心里到底不踏实。可到底算哪里人呢?连自己也说不清楚了。

一转眼,在这座城市已经闯荡了近三十年,以为已经是不折不扣的本地人了。可本质上,还是外人。每到传统节日时,心里念的想的,还是老家和老家人。原来,多少年的努力洗刷,不过是徒劳。

就连梦里梦见的,都是家乡的穷山恶水,而不是兰州的灯红酒绿。多想在梦里斗转星移,褪了这身曾给我无数烦恼和自卑的皮。可梦终究要比我诚实。自己可以骗自己,梦却不会。一个人,如果连梦里都要骗自己,那将多么的可悲。

以为在兰州的路上踩出无数个脚印,路便成了自己脚下的路。可一旦回到家乡,踩在无遮无拦的黄土地上,竟有种身心皆得自由的实惬,也只有踩着这片黄土,才再一次感到自己分明而真实地活着,不那么虚飘。

每次回到老家,才感到无需理由也毫无原则的接纳。这片土,你忘了她,她可认得你。她一下就嗅出你的味道,一把拉你到土炕上。一头睡倒在宁静的夜,你每个细胞都落到了实处。夜深人静时,透过屋瓦缝隙里的星光,一切都重新鲜活起来。山山水水,甚至是那一袭夜幕,她们都认得你,便对你说,来了?你说,哦,来了。你感觉一切还是如同原来一样,你以为你们分开很久了,其实,根本就在眼前。

置身都市巨大的钢筋混凝土丛林,人很容易就找不到自己了,就像一粒流浪的蒲公英种子,飘来荡去,在寻找自己的根。原以为会见多了繁华而习惯了流浪,以为流浪便是注定的宿命,却终究发现只有那片黄土,才是根的方向。

于是,我不再不敢承认,不再非要说自己是兰州人,也不再怕自己的口音被人家笑话。甚至,我以我的出身而自豪。我在想,大多数的城里人,他们终其一生也只有一个纬度,而我却可以有另一个他们根本无法企及的纬度。我体内流着的农民的血,是黄土地泌出的汁液,滋养我一份朴实厚重,赐予我广阔的胸襟,让我的身心在那片无遮无拦的原野上,像西北风一样纵横驰骋。我的皮肤是西北黄土高原之上的太阳晒出来的小麦的颜色,是一声声唢呐和花儿,召唤出我卑微而顽强的生命。于是,我的骨子里便有了一份烂漫的天真和自由。这是历经多少繁华也得不到的。城里的霓虹灯给不了,喧嚣的街市也给不了,一纸代表身份的图章更给不了。

我知道,我不会把爱字说出口,而那爱却深深扎在我的胸口。我终于知道,原来,一切的恨不过是为了预演一场体量隆重的爱。

再次踏上家乡的土地,许多庭院凋零了,曾满园遮不住的春色被荒草萋萋所代替。一把生锈的锁子锁住了许多古旧的时光,却也把许多人的记忆深深锁进黄天厚土。山村有些落寞,炊烟有些稀薄,一些人不在了,还有一些人留下了,可当我迈进他们的门槛,他们依然拉住我的手,一如拉着当年的毛头小子,总还要问一句,吃饱了没有哇,吃饱了没有,没吃饱再吃一碗哇!我曾期望的时髦话,他们终究没有学会,可我却早已背过身去,在一角颓圮的围墙下,泣不成声。

行走在黄风漫地的墚峁之间,跪倒在先人的坟茔前面,掬一把黄土,闻闻,还是原来的味道。脚下这片瘦瘠的土地,曾引来多少纷争,为了填饱肚子,农人们寸土必争,多年的厚交因为半个犁铧的进退而反目成仇。可如今,许多地荒了,荒得人睁眼看着,说不出一句话。曾杀倒过无数小麦玉米的土地,浸淫了多少汗水的土地,埋了一辈辈先人的土地,浑浊得像老祖母的眼泪。

可毕竟还有人守着,守着。守着的,不止有共同的记忆,还有共同的根。

我想,有了这根,便是全世界抛弃了我,这土地也会不弃不怨地等着我。

当我在外心生厌倦的时候,当我感觉无助无语的时候,我就回到家乡去睡一夜,哪怕一时回不去,梦里也要回去睡一睡。这样一睡,我所有的疲惫和哀怨都得以安抚,便不再是个孤魂野鬼的异乡人,便无论身处何地,也是个有根的人。

我的灵魂飞过莽莽关山,穿越长宁驿和秦家塬的烽隧,一路伴着从秦汉奔涌而来的烟火,在家乡的旷野上驰骋。耳畔是悠扬的花儿漫卷,是殿宇一角的风铃叮当,是古老清真寺的钟声悠扬。我灵魂的归处,她有着古老与现代交织的洪荒,也有蛮憨与羞涩皴染的俊朗。我仿佛听见一条拥挤而繁华的街道上,那一声声大颗麻籽大豌豆、干面锅盔洋麻糖的粗犷的叫卖,又听到从园树梁吹下来的风,它满携着阿哥阿妹的情深意长,在黄土地的山峁墚洼间游荡。所有一切,汇成一声对阅历千年滚滚风尘的回音,沿着通衢的关陇大道一路前行,扶摇直上,凝成宣化岗塔顶上月牙映出的一道道虹影。

我的卑微而热烈的灵魂啊,他注目着这片家乡的广大土地,以他渺小浅薄的文字,祭奠着那些过去的和留下的年岁,逝去的和健在的青春。

恨有几分,爱便有几分。当所有的恨化为爱,爱便是一片辽远而广大的天空。

家乡,如今依然是不完美的,依然有这样那样的不尽如人意处,可我仍然爱她爱得深沉,爱她爱得真切。她分明是有着诸般的不好,却因为这不好而变得再好不过。曾恨着的家乡,自己心里骂了千遍万遍,却绝不容旁人说她半个不好。早上还在恨恨地说,再也不回去了,那个破地方,入夜,便梦见高高在上的园树梁,想起跟园树梁一样高的一碗炒面,想起野洼上的狗尾巴花,想起漫着花儿,拿起羊鞭的姑娘……

如若再有人问我,你是哪里人,我将挺起腔子大声告诉他——我的家乡,她是我爱着的——阿阳(张家川古称)。

2018年12月

方　言

今天早上，朋友微信问我：老韩老韩，"藏"是啥意思？我初而懵懂，再思不禁莞尔。终究有人好奇起来。不正是盼着的事么？等这一番解释非止一日了，就像小孩子盼着糖果一样。而这解释与其说是给朋友的，不如说是给我自己的。

知道她问的是我文章里"藏"字的用法。确切地说，是一篇文章中的一句话——

"藏赶紧吃！"

想起那篇文章，我脑子里一幅画已呼之欲出了。

那是一篇写饺子的文章。大意是那年落魄的我，闲游进一条巷中，偶入一家饺子馆与一对老夫妇结缘的事情。那时，我坐在桌前神不守舍，忽然老妇人端来一盘饺子放下说："藏赶紧吃！"

就这一句话，使久缠着我的诸多不顺和疲惫，倏忽不见。等一口气吃完一斤半饺子时，心中竟有家的温暖，我尝到了妈妈的味道。乃至多年后，那样普通的一句"藏赶紧吃"，必要写进文章里，方不辜负。

当回味着时，微信那头，朋友还等候着我的解释。于是，我向她说：知道吗？这话的意思，仿佛是一个面染尘霜而从羁旅中归家的游子，现在终于看到母亲端了一碗饭来，游子与母亲相视无言，但母亲嗫嚅着的唇角里，似乎说出一句唯母子间才懂得的话——

"藏赶紧吃……"

有了这句话，再多语言已无必要。就在这样的一句里，母亲久已悬念的心终于落到实处，而游子的一腔情思也得安放。而这样的悬念与情思唯有这样的句子方可表达。现在，你明白了吗？

其实，我是抱着自信又忐忑来回答的。自信源于人间情爱的相通，忐忑因为语言究竟是一种隔阂。但朋友懂了，我心里准备好的另一番详解，已无必要。

我心里备着的标准答案是这样的——

"藏"在我老家方言里读 zàng 这个音,第四声,属发语词的一种。倘无"藏"这个字引领,老家人见面,许多话简直无从说起。若论起来,"藏"几乎等同于文言文里的发语词"夫",比如"夫惟……"

但"藏"的用法,随语境而不同,与具体对话对象及具体句子联系起来,就有不同意味。

比如开头那句"藏赶紧吃!"若句首没有这个"藏",则纯属命令式的祈使句,含在里头的情味与疼惜全然不见了。

感谢朋友的提问,使我于一番解释和回味中再次认识到方言的可贵,也终于确认了我许久以来用方言写作的必要。更感谢她的懂得,使我消弭了怕使用方言而带来阅读障碍的顾虑。

对老家方言的疼爱,其实并非刻意,常常是不知不觉地流于笔端。因我以为有些话,尤其表达最深沉情感、最活泼情绪的话,非方言无以明了。

比如老家话把"我"叫"额"(其实还不是 è 这个音,具体发音参照陕西关中方言)。

"我"当然代指自己。但普通话里的"我"说起来是泛泛的,有点大而化之。唯有老家话的一句"额",掷地有声,一听就顶天立地,额就是额,除此无他!有一人做事一人当的气概。一个"额"出口,紧接着似乎就要来一句"咋咧?!"

"咋咧"这话,如果用"咋了"说,就有被阉割的虚弱,文雅则文雅,却失了近乎原始的纯真与野性。"咋咧"于怎么了之外还有一种"有话就说有屁就放"的豪迈,有了"咋咧"开路,之后的话便一星唾沫一颗钉,一个萝卜一个坑,海枯石烂再不会变的。而倘若用在一场短兵相接的对峙中,便剑拔弩张。若对方同样来一句"咋咧",则一场龙争虎斗简直要裹挟着黑云压城而来。但其实更多时候是试探。因为你来我往几个"咋咧"后,总要一方心理上掂量过,觉出对方不好惹,来一句"么咋",于是,一场排山倒海的交响以一个平滑的音符收尾,颇具喜剧色彩。老家人的性子就是这样,莽撞里终究含着质朴。毕竟隔座山连条河,论起来说不定就是八百年前的亲戚。而亲朋们见,难免要问一句——

"他爸爸"或"他丫丫"。

"他爸爸"不是爸爸,却是叔叔,"他丫丫"也不是丫头,而是阿姨。

意思是这意思,但若换了普通话,则瞬间生分了。而把他叔叔说成"他爸爸"就有莫名的亲缘在里头。有了亲缘打底,就好打交道。则无论日常相处还是有了矛盾,彼此有个余地。比如,街上遇见,彼此问一句——

"他爸爸,你组撒(干啥)恰?"

宛若手足的亲切溢于言表。

而当发生过矛盾,则劝和者拉双方一人一只手,对这边说:"他爸爸,藏你要组撒哩(组:干;组撒相当于干啥)?"又向那边问:"他爸爸,你想组个撒?!"

两边的"他爸爸"想来想去觉得没意思,只好挠挠头说"不组撒么,还能组个撒……"

于是彼此咩呲(miē cī,笑貌)一笑,一场矛盾化解了。概因大家都是"他爸爸",既都是"他爸爸",咋能让娃娃们看笑话,看羞不?

而平辈的女人之间见面,就互称对方"他丫丫"。几句"他丫丫"出口,不是亲戚也成了亲戚,再没比"他丫丫"更亲切。嘘寒问暖一阵儿就手拉手浪街(转街)去了。等浪美了,却忘了今天出门是"组撒"去了。

"组撒"是"干啥"的意思。比如问:"你组撒恰?"回答说:"我跟集(赶集)恰。"

一问一答就过去了。就像问:你吃了没?答:咹,我吃了。

这里说到的"恰",也是句尾语气助词,除有表示肯定的意思,还能让语气显得温柔委婉。而至于"撒",也就是"啥",则用法更丰富了。

比如有人说:"你不要这样撒……"意思是说你不要这样子嘛!

"撒"是语气助词,无实义。但无实义可不代表没用,反而断不可少。

同样的"撒"在不同语境里有不同意味,且意涵非常丰富。

比如两个小情人会面——

"你组撒恰?"

"我撒都不组……"

"不组撒你想组个撒?"

"……你说我想组个撒?……"

"我咋晓得,我又不是你肚里蛔虫!"

"你说了个撒,我咋听不懂撒……"

"你听不懂,听不懂你还想组个撒……"

"我撒都不组,我……"

"咹,撒都不组就拉人手?……"

"我……"

"你……"

"你咋了撒……"

"我……我……"

"看人来了……你放开我撒……"

……

两个人你来我往，谁都没"组撒"，却把"撒"都"组"了。

如果没有这个"撒"，则许多话就不好也不敢说出口。这个"撒"里的只有彼此懂得的缠绵缱绻与欲说还羞，简直一字千钧而胜千言万语。

又比如哥们儿见面——

"你说了个撒？"

"我没说撒！"

"没说你说了个撒?!"

"我想说撒就说撒！"

……

若在调笑的氛围下，这样的对话充满亲密的张力，是属于他人水泼不进、针插不着的默契，懂的人会心一笑走开，不懂的人还以为他们在吵架。然而也真有这么吵架的情况，那就另当别论了。

这便是方言营造的氛围，说起来带着彼此相熟的温厚与情味，一句话一个画面就出现了。

这大概是我爱方言的主要原因。

若用普通话表达强烈的情感，搜肠刮肚而来的词汇也还是苍白。毕竟普通话规范而标准，却也规矩而无力。一些词汇只能引发惯常的意象，却看不出南北差异与东西特色。比如说"舒服"，意思大概全国人民都懂，但也不过如此。但如果换成"舒坦"，就进一步，似乎感到躺在床上的踏实。而如果用我老家话说"受活"，简直就有酒后微醺的感觉，使人觉得一种愉悦强烈到恰好，忍不住要呻吟出来了。而另一种说法"受瘾"，则于"受活"外带了隐秘的刺激，便别具一番快意。

我向来喜欢老家话里"受"这个字。自带安于命运摆布而不得不领受的隐忍，又含着自嘲的畅快。无论愉悦还是痛苦，皆可使用。如果有人正诉说他的痛苦，而另一个人却来一句——

"藏你受着！"

这里的"受"就比"忍"更有力量。"忍"里含着屈辱与不耐，而"受"则颇有点既来之则安之的放达了。甚而放之于对人的命运的描述，说人活着就是"受"着，则又含了逆来顺受的悲壮与决绝。

老家的"受",有接受和忍受,也有安享与接纳的意思,所以就比"忍"高级。试想,在那么恶劣的自然条件下,若没有"受"里这点安享而接纳的被动的乐观,人还有勇气活下去么,还能一代一代繁衍么?

前面说过,"受"里头含有些许被动的接纳,反之用于表示愉悦时,则这愉悦就简直妙不可言。既然美到说不出,那就悄悄"受"着好了。

当终于"受"到一定地步,竟要"牙花子咬住"了。

"牙花子咬住"这句方言同样具有丰富内涵。有时用于表决心。比如一个懒汉对自己说:"我今儿牙花子咬住吃它一顿好的!"

大概日常穷极了,也懒极了,终于不得不爆发,于是便把以后几天的活路置之于不顾,要集于一顿而报仇。则这样的发狠与较劲不啻对命运的抗争与对过往的猛醒,难怪要"牙花子咬住"才行。这种孤注一掷的决绝,大概非牙花子一咬不可。

但也不一定是懒汉。过去穷人家到了过年过节,眼见别人家起锅炸油饼,夫妇二人躺在炕上终于忍不住,将牙花子一咬,翻过身来彼此瞭一眼,一切已在不言中。毕竟叫花子也要过个年,娃娃们巴巴儿盼着呢……炸油饼可真香啊……

两口子谁也不说话,牙花子一咬,不管不顾,就把预备着未来一年的清油倒进锅里了。倘没有这牙花子的一咬,能作出这么惊天动地、豪气干云的决定?

而当大人看着娃娃们终于吃上油饼,简直要大呼一声niá nia(niá,娘的意思,引申为感叹词)了。

大人心里说——

"niá nia,看我娃吃的'心疼'的!"

这里的niá nia,可如此联想——

当遭遇突如其来无法排遣或无法消解的情绪,不论喜悦或是难过、幸运或是不幸,都于无望中祈求一声"娘——"

必是源自心底的呐喊,含了无限的疼爱又无限的深情。

而如果单独用niá这个词时,则是娘的称谓。与寻常的"妈妈"或"母亲"不同,呼喊niá的时候,仿若婴儿对于母亲的渴盼一般。但喊的人不一定都是孩子,很可能是各个年龄段的人。因为这样的喊里有诸如"妈妈"或"母亲"一类的词汇所无法包含的依赖与眷恋。

远游的人站在大门口喊一声——

niá(娘)——我回来了——

这时，母亲其实已老远听到脚步声而往外赶了，边赶边在心里说："niá nia（感叹词），我娃回来了——"

一声niá与一声niá nia，就把母子心连心的疼喊出来了。而这是"妈妈"这样的称谓或"天哪"这样的感叹所无法抵达的。

退一步讲，就算平常习惯了叫"妈妈"的人，当他因为思念而哭泣时，心里喊的一定还是"niá nia"，因为总觉得叫"妈妈"会有无数人答应，而"niá"则独属自己一人，有种独占的安全感在里头。因着这样的情感，当有人腰腿疼痛或极度疲劳时，也会禁不住叹一声——

"额niá nia——"（相当于说，哎呀我的妈!）

前面说了，父母看自己的娃吃得"心疼"，则"心疼"二字又大有说头。

当父母亲向孩子表达极致的疼爱时，会说"心疼"。

心疼……那是怎样一种疼？

就像娃的小粉拳，打在爹娘的心尖尖……那样的疼，抓不到，挠不着，却让人深陷其中而无法自拔。

而"心疼"一词的用法，简直何其多! 除了疼爱，寻常用法里，还有夸赞漂亮可爱的意思。但又终究不同于漂亮可爱。

漂亮跟可爱，多源于客观评价，而心疼则是从心底里自然流淌。漂亮固漂亮，可爱固可爱，却非见得心疼，而当漂亮与可爱到使人心疼时，则近于悲悯，仿佛看到一只刚出壳的小鸟，一瞬间心被融化。

而当心疼从男女之间嘴里说出，则更有一番景象。若说寻常之爱源于本能吸引，则心疼就含了灵魂的召唤，是超拔向上而近乎神性的力量。当一个男子夸自己情人心疼时，几乎等同于他要将她捧在手心或含在嘴里了，又怕她掉了、她化了，简直难以描述。反过来，当一个女子夸她的情人心疼时，则除了男女间的情爱，更加一层母爱的光辉了。可想而知她面对的男子有多可人。

当男女情人彼此说心疼，简直是世间最感人肺腑而摇曳多姿的情话。

但心疼也不总是好话，有时也有奚落嘲讽的意味，多用于关系亲近者。

比如某人因某事作了不必要的妄想，则另一人会说："看心疼的撒!"

那意思是说，非但作了妄想的人简直痴人说梦，且隐含着格外的调侃：天可怜见!

而由心疼又引申出另一句方言"心上疼"。

"心上疼"最开始的含义是其本意，是说生理上的疼，比如胃疼，可以说心上疼。但其主要用法还在言外。比如由痛苦或思念引起的难捱，都可以说心上疼。

而当有人蹙眉噘嘴对你说心上疼时，就要注意，那不是说疼你，而是骂人话。

比如，有人说你调皮得心上疼，意思是简直调皮到无法无天；又或者说你坏到心上疼，那就是坏到天理难容。但终究这种骂不是真正发怒的骂，带着一点子怜惜与恨铁不成钢。

说到方言里的骂人话，那简直丰富多彩、包罗万象。其间又有多少乡间俚语在里头，这里没法一一罗列了。值得一提的是，当两个老家人骂一仗，那简直比一场戏剧或一场杂耍还热闹。因为方言的骂人话是民间最热烈荒蛮、最鲜活风趣的语言，或刺骨浸髓而痛彻心扉，或调侃戏谑而令人绝倒，全不是普通话骂人时，干瘪生硬的模样。

说到老家方言的话题，简直一年半载也说不完，又岂是我这一篇文章能道尽的。这里只撷其一二，无非说其精彩绝伦罢了。

普通话固然为人们的交流提供了方便，到底缺乏活力。于作文而言，有些意象必须借助方言才能表达。因为方言是民间天天用的活的语言，又因其地域特征而包含独特民俗文化，往往一个字就见神态、声音、气味、情感等。一句话就是一个画面，一段话合成一个故事。且许多方言其实是古汉语的保留，有对应的古汉语词汇，有些遗失了具体文字，但语音表达的意思仍然传神而不可替代。

若说普通话是人们为了统一审美与实用标准而栽培的家花家草，那么方言就是烂漫于山峁墚洼间的野花野草。于语言的生态而言，若缺了野花野草的丰富，普通话就有整齐划一的荒凉。正如近些年来人们使用除草剂，把许多野花野草杀尽了，只留下可供食用与欣赏的"有用"植物，那么真正的大自然要交给谁来守护呢？

于是，方言就有保留与整理的必要。方言固然多俚俗拙朴，然而也因其俚俗拙朴而真诚可爱、灵动俏皮。作为汉语言的特殊形态，是必不可少的补充与滋养。

我爱老家方言，一如我爱老家本身，二者密不可分。不敢设想，倘若某天再听不到老家话，我的思乡之情将何以安放。

于是，我用方言写作，算是一种微薄的拯救的力量吧！但也许这话太空太大，我担不起，换个说法，权当我为爱着我的家乡而找一个借口吧！

2020年6月

腊月里

腊月里,日影儿顺墙根儿悄悄往上爬,爬到人脖颈里,痒痒的。人蹴在墙根儿下晒暖暖儿,数指头儿,几个簸箕几个斗。腊月里的人呐,是个闲锤子。

日头没情没绪,乏了一冬,吊儿郎当,终于爬不动了,就睡倒在树梢鸟窝窝里。说,看谁熬得过谁。人却一猛子站起,想起什么了——

回家!

"哎呀"一声推开门,当院就喊上了,娃她娘,不得活了,打发娃娃的日子近了,看把他家的!差险忽儿就给耽搁了。

娃她娘从厨房门摇出来,边走边往围裙上揩手,边揩手边"咩呲"一笑。娃她娘心里想:看个"老烧火!"嘴上说的却是:人,你回来啦。因这盈盈的笑,男人觉出自己的莽撞,竟也一笑。俩人一前一后踅入上房。屁股刚挨着炕沿,男人又要开口,女人使个眼色,努努嘴儿,努嘴的方向是女儿的闺房。男人明白了。

闺房门上挂着门帘,里面藏住密密匝匝一屋子心事。心事都被女儿绣在鞋垫儿上了。翻里翻面地看看,又咬断一个线头,线头拴住的却是一对儿鸳鸯。鸳鸯交头接股,把女儿的心又逗引乱了,不免出声长气。长气被上房的爹娘听到,女儿脸红了,不防针头戳在指头儿上,"呀!"刚要叫,却忍住了,把指头儿嘬进嘴里。血明明是咸的,咋又这么甜?女儿想到甜,就羞。女儿羞,鸳鸯就笑。鸳鸯笑,女儿就想骂。要骂鸳鸯,却骂了声"死人!"骂死人,不是真咒那人去死,是骂他呆头呆脑。呆头呆脑的人就在隔壁村儿,是叫个拴牢的。拴个啥牢!拴住个死脑筋!见人就知道傻笑,笑起来又像个绣女儿。像绣女儿也没啥,就是不敢叫人的名儿。只会叫——唉,唉。

唉来唉去唉个啥?!就不会叫一声秀英!

秀英是女孩儿的名字。名字就是让人叫的,你个死脑筋!想到这儿,揣揣褥子下,鞋垫儿压了十几双,清一色的鸳鸯戏水,不免又捉了针,撩撩头发,想到日子近了,近了……

啥日子近了？

是爹娘掐了指头儿，又请媒人算下的黄道吉日。女儿想到日子的同时，上房的爹娘也想到了。想到了就骂。女人骂男人这时候还出去游世。男人急了，背搭手在地上转磨磨，边转边想，是该干点儿啥了……

男人抽一夜烟，定了。明儿去集上，去割肉买酒打豆腐。想到女儿养了十八年，心上一酸，嘴头却骂上了，说，养到头，还不是人家个人！

说是说，走到路上心里欢实。男人大清早背上褡裢出门，女人就照，一直照到村口儿，村口儿的人就笑话，说半辈子打打闹闹闹闹打打，临了老了老了，还舍不得了。女人没听见，心里盘算着还有啥没交代清楚的。猛抬头还要说话，却见男人已经上了对面的墚。

男人到山顶了。日头撵着他跑。日光撒下天罗地网，整个天地都揽在怀里了。男人从未觉得人生如此庄严盛大。身后曲里拐弯儿的山路，如一把撂出去的绳子，把山峁墚洼捆了个结实。男人想抽烟。就"叭儿叭儿"咂上两口，过瘾。冷风飕飕，身轻如燕，脚下河川里就是集市，他将女人夜里嘱咐一遍又一遍的话，落实在一个一个摊摊上。

那时节，谋算一番，女人想到要蒸馍馍，想到要馇萝卜菜，想得心上咯噔咯噔，想到那天的吹吹打打。

不防女儿扳住门框，叫声娘。倒把娘吓一跳，娘吧！娘心上要骂，却笑了。娃，去吧去吧，娘行哩。女儿还要说话，娘倒推推搡搡，不让了。平时女儿手脚慢点儿，娘就要数落，就要甩脸子，这会子却疼惜起女儿来。不知这是咋的了。

女儿想，不如去转转吧，又想到要被那些讨厌的孩子笑话。索性转身进自己屋，长辫子一甩，跟自己赌气似的。赌气不是没有来由。这几日，不时就有鞭炮叭儿叭儿响起。响起人们就议论，娃娃们就闹腾，商量着去谁家闹洞房。

也难怪，腊月里，是打发女孩儿、引女人的时节。不信去看，不定从远处就颠儿来一个毛驴儿，毛驴儿驮了一个穿红戴绿的女女儿。那女女儿低了头，随驴蹄子嘚啵嘚啵嘚啵嘚啵扬起一溜儿尘土，摇摇地来了。女女儿忽然想起一个童谣，童谣说——

"嗯嗯，我不去，把你毛驴儿大（爸）拉着去……"

这么一想，女儿倒失笑了，不防笑落了脸上两颗泪蛋蛋。好在有门帘子挡着，要不然羞死个人。但其实也没啥，娘说了，女人都有这么一遭，老年人的口歌子——

"嫁汉嫁汉,穿衣吃饭!"

到晚上,男人回来。女人交代的,样样不落,女人很满意,却仍要骂两声的。男人不能夸,一夸就要炮蹶子。男人知道女人心思,骂吧骂吧,骂完心上亮清。女人不也是这么过来的么?女人当年不也是个新媳妇儿?新媳妇儿离娘,是割娘的心头肉哇!

虽自个儿手下打骂了十几年,却不忍旁人说半个不好。想到亲家那边,又想到自己这些年怎么熬过来的,女人要心酸,却被男人看穿,俩人相视一笑,大有一笑解千愁的意思。

第二天清早,隐隐听到有人喊丧。喊得人心里一阵毛愣。腊月里,有人进门,有人出门,活人死人都扎堆儿。这下村里人有的忙活了。忙着搭礼忙着坐席,忙得路上遇见搭话,也是边走边说,倒把日头给冷落了,独自守着墙根儿。

怎就忽然忙了,宛若平地里风搅雪。

听到门响,来了亲戚?是媒人来啦,商量后儿的亲事。媒人入了上房,烟是烟来茶是茶。这媒人,男方女方都不敢怠慢,要不然过后还要掸牙。萝卜菜端上来,大红漆筷夹在指缝里,蒸馍馍挈在唇间,大吃大喝,话可是半句都不落。若要亲事办得美,全凭媒人一双腿。给媒人的新布鞋,早备下了;临出门时,又塞给两盒烟,媒人嘴上不要不要不要,却欢欢喜喜接下,半路上跳蹦子去吧!

后儿一早,铃儿叮当,男方家来人啦,新女婿胸前绑上大红花,穿了新衣裳,袖口却有点儿长。长就长吧,以后让新媳妇儿给敛。但新媳妇儿这会儿团在炕上左右为难呢,一会儿捉针,一会儿牵线,心头七上八下。终于被堂叔伯横着抱了,架在毛驴儿上,才想起,这会儿要哭的。却死活哭不出来,使劲掐自己手腕儿,被旁边的小孩儿起哄,倒想笑。没笑出来,却听见毛驴儿呕啊呕啊地叫唤。毛驴儿一叫,把躲在厨房抹眼泪的娘引出来了,娘把住门方子巴望,被爹呵斥一声。这一声,倒牵动女儿柔肠,真就抽抽搭搭上了。抽抽搭搭是心想,今后再难听到娘的骂声了,再来就是亲戚。心里就骂,骂戴红花儿的,也骂毛驴儿——嗯嗯,我不去,把你毛驴儿大(爸)拉着去……

毛驴儿自然是被拉去了,却是拉到了新房门前。新女婿家,新房门框上绑了一面镜子,镜子下围住一泡娃娃,娃娃们嚷着要看新媳妇儿,被几个伴女儿给撵开了。

伴女儿是伴娘。伴女儿们笑格盈盈,也羞羞答答,各人怀了她们未来的新媳妇儿的梦,觉得空气都是甜的美的。但空气里实际全是鞭炮爆炸留下的味道,是人的味道牲口的味道,还有萝卜菜的味道。新媳妇儿心上山高水长,有那么一瞬想到家乡,想到爹娘。恰此时,远处叭儿叭儿,又是两声鞭炮响,响得新媳妇儿心慌。想到今年就要在婆家过了,想到堂前二老冷清。满屋子堆下新被子、新脸盆、新毛毯、新暖壶,色色新嫁妆,人却是旧心肠。新郎哪儿去了?去忙着招呼亲戚了,不免发狠骂上一回,边骂却边担心那一摞十几双鞋垫儿收好了没有。

晚上这边闹洞房时,那边爹娘说着今儿白日参加的酒席。酒席是发送人的酒席,是个喜丧。喜丧喜办,免不得吹吹打打热热闹闹。从那吹打里,仿佛就听见几里外女儿的喜宴,于这生死两重间,把过往梳理一遍,嘴里念叨:人这一世,怎么就这么短哇,又那么长,仿佛为娘的,才刚过门儿几天,怎么就把个闺女给打发了。回家路上,两口子互相看个不住,才发觉彼此真是老了,怎么以前就没发现呢?

路上有人问,年货办得咋样,反而不问女儿出嫁的事了。仿佛打发女儿过去,已经是很久以前的事了。俩人一边应承一边盘算着,招待完"填箱"的亲戚,下剩的豆腐啊肉啊萝卜菜啊,顶够了。不但够了,还多了。可不是么,今年少了一个人,就少了一双筷子。想到这儿,为娘的不免又要骂一声,骂到半路,想到女儿已是听不见,拐个弯儿来骂老汉。

骂"老汉"是瞬间的事,以前都是骂作"死人"。骂"死人"实际是骂人太年轻不懂事,现在已没资格。想到今晚,这话轮到女儿骂女婿了。但女儿骂女婿也是冤枉了他,以前都是装着,让叫秀英不叫秀英,一口一个"咹",盼着他瞅上一眼吧,扭扭捏捏,像个绣女儿。可到了晚上,闹洞房的人散了,新女婿成了另外一个人,成了另外一个人的新女婿,这新女婿也让新媳妇儿成了另外一个人。

打明儿起,一个清清白白的女儿远去,世上多出一个女人来。出了腊月,到正月,再喊爹娘,答应的却是另一双面孔。

而山的另一边,男人跟女人,前后脚出了门,见了左邻右舍,东家长西家短的,又拉上闲了。日头照例回到墙根儿下。要满满一天才能把它打发回山背后。

这腊月里的日子,就是用来打发的,打发活人也打发死人,打发灶王爷,也打发灶王婆婆,打发烦恼也打发念想儿,打发完了干啥呢?预备过年。

远处又有两声鞭炮响起——

叭儿——叭儿——

2021年1月

二月二

过完年,转眼就二月二了。有童谣——

二月二,炒豆豆,

家里来了个大舅舅;

要豆豆,没豆豆,

一屁打着门背后。

这歌谣,生动描述了天水老家过二月二的主要习俗。二月二嘛,当然要吃豆豆。吃豆豆是孩子们最欢喜的,可对老辈人来说,还有一件更具仪式感的事要做,就是打灰簸箕。

记得小时候,二月二一早,母亲要从灶眼里勾出热灰,盛在簸箕里,用一把秃笤帚边走边敲打簸箕沿,嘴里念念叨叨地,从厨房打到卧室,再从室内打到室外。随着敲打,簸箕里的草木灰一绺一绺撒下来,状若游龙。这样做的目的,一来是给龙王引路;二来呢,消灭圪崂里藏着的蠢蠢欲动的蛐虫。因为二月伊始,大地春回,万物复苏,农人要为一年的耕种做准备。这时,需要丰沛的雨水涵养土地,而雨水由龙王掌管,人们盼着龙王抬头,为大地普降甘霖。打簸箕撒下的灰,便是给龙王爷指路。龙王抬头,可那些蛐蛐虫虫也要抬头的,老辈人认为草木灰有杀虫驱虫的作用,于是,两厢成全。这朴素的祈愿,不知所起,却代代相传,成了一种略带神秘感的仪式。而农民的生活,多么需要仪式。

传统农业社会里,人要靠天吃饭,便要看老天爷的脸色;又要与人合作,才能繁衍生息。于是在人与自然的相处中,在人与人的磨合里,总结出一套礼仪,通过这种礼仪,表达对上苍与神灵的敬畏,也表达着人们对自己以及对彼此美好生活的祈愿。这仪式,千百年来穿堂入室,行进在厚重而古老的土地上,打通了人与神的通衢,抵达心灵又及心灵的彼岸,便要从此休戚与共、风雨同舟。

打灰簸箕这种古老而神秘的仪式,便是诸种礼仪之一。

这礼仪究竟何时因何人而起,已无人知晓,却也不那么重要了,一如这仪式本身,不见得非要达到怎样的现实效果,重要的是那一刻,人们心怀虔诚,心怀景仰——便是宗教般的虔诚和景仰把人和土地、和自然紧密联结起来,成为一个命运共同体。仿佛那一路播撒下的草木灰,也感应了人的情味,有了灵性,要顺着人的心思,跟上炊烟的脚步,一路扶摇而上,以达天听,由此天人各偿所愿,各得心安。

看母亲念叨着把一簸箕灰打完了,还沉浸在一桩沉静肃穆里,仿佛刚刚的一场天人对话,余音袅袅。我便莫名钦敬又期待着,钦敬自不必任何表达,而这期待,却很快就要落到实处。

知道母亲就要炒豆豆了。二月二的豆豆,有黄豆,有蚕豆,还有馋死人的面豆豆。可母亲炒的是玉米豆豆。

母亲把选好的玉米倒进大铁锅里,捉来一把秃笤帚,摁住玉米粒在锅里扫来扫去。母亲的腰肢柔软得像二月春风里的柳梢梢。我烧着锅,听柴禾热情地私语,眯眼把现实望出一个幻影。渐渐闻到玉米特有的清香了,我不甘在这场由嗅觉牵引的欢宴里只做个旁观者,便偷偷从兜里掏出一把玉米,捉来几颗,放在灶火灰里,"砰"的一声,玉米粒从灰里蹦出来,扬了人一鼻子灰。偷眼去看母亲,母亲笑笑地,笤帚疙瘩已经悬在头顶了。我脖子一缩,笤帚没落下来,锅里的玉米粒倒噗嗤噗嗤地笑开了,一笑,就有玉米粒砰砰砰,接二连三蹦起来。

母亲加快扫的速度,玉米在锅底唰啦唰啦叫,又不甘心似的,急着砰砰往外蹦,震荡得整个空气紧张起来。终于出锅,一看,一些蹦起来的玉米笑开了花,白白的一朵。而没笑开的玉米,黑青着眉眼,肚子圆鼓鼓,像是憋了一肚子气,撒不出来。捉来一颗扔进嘴里,烫得人浑身一个激灵,咬一下,还是柔的,要稍微晾一下才能变脆。

炒豆豆也是技术活,最好先用水闷湿了再炒,炒出的豆豆脆而不干。当然,还要掌握好火候,火候啥时候恰到好处,是语言难以描述的,就在主妇的意念和手法相契的翻云覆雨之间。以上都没问题,炒出的豆豆,白胡子老汉也好,换牙的娃娃也好,都能吃得乐呵呵。倘若偶尔不幸,炒不好,则大人娃娃都扫兴,只好在别人家嘎嘣嘎嘣的脆声里摇头。

若是炒蚕豆,则要和着沙土,如此才能使豆豆受热均匀,香脆可口,炒出来的蚕豆也欢乐,开口笑。这样炒出来的蚕豆,会碜牙,然而,又有一种独特的风味,仿佛是经过沙土的点化,味道更加醇厚了一些。也难怪,那是来自根的味道。

至于黄豆嘛,我家从没炒过黄豆。我更盼着的,当然是蚕豆和黄豆,可这两样儿不是家家都有,时常要到有的人家去换。有时,能用几碗玉米或小麦换来一碗蚕豆或黄豆;有时去迟了,就换不到。换不到,就只好炒玉米豆豆。炒好了豆豆,每个人都急不可耐地装满所有口袋,居然还有人把豆豆装进帽壳里!

跑出家门,走起路,口袋一颠一颠,心满意足。裤兜里的豆豆烫大腿,上衣兜里的豆豆烫腰,也不管不顾了。大家聚在一起,比赛着吃豆豆。吃着自己的,还要看别人的。大家不说话,却在用眼神比,如果谁家的是黄豆或蚕豆,会吃出格外的骄傲。

有人具备一种天赋,他捉来一颗豆豆,高高抛起来,眼看着要砸到鼻子了,却被他一张嘴接住,豆豆被唇齿摆弄得风生水起,一下让别人的豆豆索然无味起来。这时,装着玉米豆豆的人,只好从兜里攥出几颗,捂住嘴巴往里送,咬起来的嘎嘣声也矮人三分,然而大家心里谁也不服谁。有蚕豆和黄豆的人,当然要把十分得意作出十二分,而咬着玉米豆豆的人暗下决心,要在明年赢回来。可到底能不能成功扳回一局,也不由自己。毕竟那时,豆类还很金贵。

终于有人说要换着吃豆豆,也不知谁开了头,大家纷纷响应起来,你掬一把,我掬一把,你吃我的,我吃你的,大家都吃出心满意足,忘了刚才的一番较量。甚至就有人追逐着,抢夺对方的豆豆吃。远处一个小小孩儿看见了,捂住自己的口袋往姐姐怀里钻。大家吃开心了,笑笑着说开了歌谣——

> 二月二,炒豆豆,
>
> 乡里来了你舅舅。
>
> 和白面,舍不得,
>
> 和黑面,人笑话。
>
> 杀公鸡,叫鸣哩,
>
> 杀母鸡,下蛋哩。
>
> 杀鸭子,跳着花园里,
>
> 踏得花儿乱颤哩。

说的和被说的扭打嬉闹成一团,冷不防谁的口袋就被扯破了,豆豆淌了一地,大家就笑话他,一笑话,有人就笑出一个屁。大家都说,吃了豆豆喝了凉水,今晚的屁怕是要把炕打塌哩。

最喜人的当然是"锁锁"。"锁锁"就是把蚕豆泡软后炒了,用线穿起来,挂在脖子上,像和尚的念珠。有"锁锁"的人简直是明星,大家都围着他转,然而转了半天,也不见他舍得吃"锁锁"上的豆豆,却装出一副满不在乎的样子。等吊足了大家的胃口,他自己偷偷咽几口唾沫,背身叼住一个豆豆,咬下来半个,忍不住,又咬了一个,终于连着咬了好几个,眼看自己的"锁锁"豁豁牙牙的,不浑全了,心里又后悔沮丧,仿佛失去一个很大的骄傲。

后来,蚕豆渐渐多起来,很多人都可以挂上"锁锁"了。这时,"锁锁"的花样儿也多了起来,有巧手的女人把"锁锁"穿出一个连环套,有的按豆豆的大小排列,组成一种图案。孩子们再聚在一起,比比谁的"锁锁"受看。受看的,就意味着有一个巧手的娘或姐姐,那个自豪,能伴着一个甜梦整整美一夜。

但要说最好吃的豆豆,还是面豆豆,或者叫"棋块儿"。是用白面和了清油、鸡蛋,还有其他调料炒成的豆豆。面豆豆可是稀罕物,不是谁家人都有这口福。一来是鸡蛋和清油金贵,二来制作要手艺。面豆豆就不适宜拿去比了,要装起来捂住偷偷吃,吃一颗,笑笑的,按一下口袋,看少下去多少。还多呢,就放心再吃几颗,然而心里总还不安,再按,好像少了,发誓吃最后一颗,真的就最后一颗,一按,口袋瘪下去了,以为是口袋漏了,翻里翻面,口袋到底没破,殊不知面豆豆都漏进自己肚里去了。

这样的幸福时刻,怎能不跟好朋友分享?兴冲冲去找,分给朋友一点;一边分,一边还要他作出一个重大的保证:以后只跟自己好,别和那谁谁谁好。得了面豆豆的好朋友也对这友谊空前虔诚起来,立刻作出一个庄严的保证。得了保证,心上一欢喜,大大方方掏出一大把面豆豆,掬在好朋友面前,那无言的一刻,彼此都感动了,誓言是再不必说的,俩人头碰头笑笑地,把一把面豆豆吃得嘎嘣有声,那声响替他们诉说着衷肠。

夜来梦里还不过瘾,还在跟好朋友一起,一五一十地数豆豆,分豆豆。

哎呀,这一场二月二,真是热烈!

人们相信,经过这么一场热烈欢火与隆重虔诚,便把龙王爷给欢欢喜喜地迎来了,龙王爷抬了头,便是风调雨顺的好年景。又吃了豆豆,消灭了蛐虫,意味着五谷杂粮的丰收,嘎嘣脆的日子就在眼前了,于一场古朴的仪式和一场烟火氤氲的清脆里,便仿佛已经看到一场春雨正在某处轻轻悄悄地酝酿着,酝酿着,终于酿成了人们心头一抹浓稠的甜。

2019年3月

儿时五月五

我们小时候不叫过端午,叫过五月五。叫过端午是后来的事,太正式。像叫一个人的大名一样不亲切,叫小名儿才对劲。

我们过五月五不赛龙舟也不吃粽子。不赛龙舟,因为村里只有小河,江啊湖啊,只在课本上看过。不吃粽子不是因为不爱吃,是没有粽子可吃。想起来,我似乎是十几岁到了兰州才第一次吃粽子。

现在城里过端午节,除了单位发粽子或者家里包粽子以外,好像没啥活动了。很乏味。粽子如今也不是啥罕物,孩子们吃一个就嫌腻。

还是怀念小时候的五月五啊!

我们小时候,五月五要一大早去野外"摆露水"。古人认为露水为天地之灵气凝萃而成。可以败毒,祛脚气,止风湿,故五月五早晨要去山上田里摆露水。

姑娘们一路莺歌燕语,欢奔乱跳,结伴而行。到田间地埂,用手绢或纱巾在干净的草丛间来回摆动,采来清凉的露水,拧入罐中提回家,供大人小孩儿擦脸、手、身,据说此后身上便不生疮疖,可防毒虫叮咬。

回来的路上,趁着太阳还没出来时,折一把翠绿的柳梢,摆上露水插在门楣上。家家门口有柳梢随风婀娜,黄土高原忽然平添一份妩媚。门上插柳梢,可以辟邪驱毒。因为五月是毒月,是各种毒虫出没的时节。

五月五,当然少不了花馍馍。

心灵手巧的婆婆和媳妇儿们,用发好的小麦面团捏出各种虫类的形状,比如蝎子啊,蜈蚣啊,癞蛤蟆啊;或者在一张擀好的面饼上用模具拓出各种动物和花卉图案,再在鏊子里烙得外黄里嫩。趁热吃,麦香四溢。

吃掉做成蝎子、蜈蚣、癞蛤蟆之类样子的花馍馍,象征消灭了一切毒虫邪祟,保佑一家人健康平安。

吃过花馍馍,媳妇儿们和孩子们说说笑笑,走出家门,来到场院,穿过树林,在田野里撒欢儿,纷纷伸手,比比谁的花线儿漂亮,看看谁脖子上的荷包儿俊俏。

花线和荷包一般是各家母亲或姐姐的手艺。如果听见别人夸自己的母亲或姐姐手巧,绾的花线儿漂亮,绣的荷包儿俊俏,心里那个美呀!

除了常见花样儿,灵巧一些的媳妇儿会做荞麦棱荷包。彩线缠一个荞麦棱子,下面吊个穗儿,玲珑可爱。更灵巧的媳妇儿会绣动物和花卉的荷包,惟妙惟肖。

荷包里缝了雄黄、沉香、白芷、川芎、甘松等香料进去,馨香远播,沁人心脾。大家会互相交换荷包玩儿。好朋友和恋人互相赠送荷包作为信物,情意浓浓。

五月五过后,孩子们手腕脚腕上的五彩丝线,可不能随便摘掉丢弃。要等到花线自己断了以后,抛到树梢或者屋顶,等着喜鹊衔去了,到七月七给牛郎织女搭鹊桥用。

如果谁的花线不小心弄丢了,他会很伤心的。心想,万一因为自己的大意,让牛郎织女错过一年才得一次的相会,该是多么令人沮丧啊!

五月五也是老家传统美食竞秀的时节。

首先是酒醅子。用簸箕把莜麦的麦衣和秕粒簸出来,然后在大铁锅里蒸煮,熟了以后盛在瓦盆里,晾温敳了,放上酒曲捂好,过几天就成了酸甜美味的酒醅子。吃上一碗,醉香满怀。

还有用荞麦面做的凉粉,拌上蒜泥和清油、椒盐等调料,吃起来有荞麦面的清香,滑爽可口。

美食简直太多,只能拣两样儿说说——怕口水止不住,先不说了,哈哈哈!

五月五还是老家的感恩节,是与春节、清明、中秋并列的四大节之一。

此日,凡出嫁的女子,均要回娘家看望父母;定亲未娶的男子要去女方家看望女方父母,所带礼品有烟酒、红糖、茶叶等,俗称追节。而欠下别人家人情者,要上恩人家登门酬谢。

儿时五月五,大地一片绿意盎然,小麦灌浆,洋芋花儿盛开,玉米苗像绿腊茁壮生长。四处一片丰收前的希望景象。亲朋互相交换荷包,情人间互赠信物,尝一尝别人家的酒醅子,互赠各家的花馍馍和凉粉等美食,充满浓浓的人情味儿和淳厚的乡情味儿。

怀念儿时五月五,怀念那些无忧无虑的日子,怀念那些天真烂漫的人儿,更怀念那些剪不断理还乱的思绪。

2018年6月

路过连五梁

我生在连五梁。可我一直都在路过她。

四十年前的冬夜,母亲顶风踏雪从娘家赶回家,捱到后半夜,生下了我。母亲是去娘家看社火的。母亲心真大。一直想问她,可一直问不出口,后来终于下定决心要问时,她却走了。

以后很久我才明白,母亲这是借了一场社火,用这仪式感,把我带到连五梁。

母亲把我生在连五梁,又带我离开连五梁,最后几乎所有人都走了,她却选择了永远留下。

说是生在连五梁,其实并不准确。当时以及后来若干年的我,所面对的世界,不过是连五梁下一个寂寥的村落而已。而关于连五梁的印象,要在几十年后才逐渐浮现出来。

当我第一次爬上连五梁,还是在村里念学前班的时候。那次,"六一"儿童节,学区组织文艺汇演,地点就在连五乡政府驻地的高庄。听名字就知道,这是一个梁上的庄子。可对我们而言,是头一次面对外头的世界。我对那次的"六一"节之所以记忆深刻,是因为两件事。

头一件是,当我们正在操场专注跳着"丢手绢"的舞蹈时,头顶突然掠过一架飞机,正在"丢手绢"的我被吓了一个趔趄,头顶一黑,有什么东西嗑嚓嚓就过去了。自然不容追想,毕竟节目要评奖的,全校师生都看着呢。好在我们的节目还是得了奖,奖品就是手上的道具,一人一块丢旧了的手帕。这块手帕母亲后来缝在我罩衣的前胸上。据我哥说,直到一年级,我都是用这块手帕揩鼻涕。所记得的第二件事是,回村路上,谁书包里的玉米面干炕(干粮)跑了。大概因为节目获奖的缘故,大家甩起书包追打着,不防那"干炕"比人还激动,出来也不站住,骨碌碌就滚到壤下的沟里去了。欢乐的人群因为这意外,反添了更加的热情,一路追着"干炕"跑。有人就跳着喊:"这'干炕'怕是见了世面,不想回去了。"

"还由了你!"丢了"干炕"的孩子边追边搌着鼻涕说。

"对啊！还由了它!"其他孩子也边喊边跟着追。

追到沟底,那坨"干炕"竟好好地在蒿草丛里卧着呢。卧着并不奇怪,关键竟还浑全着。那孩子拨开草丛,拎起"干炕",对着太阳看时,它竟和太阳一样圆。阳光跳过每个人的脸,空气里荡漾着幸福。可回头再看,连五梁已经远远被丢在身后了。幸福里终于带了淡淡的失落。每个人心里都明白,来时想着怎么演节目,没认真看,回去时,却因为这样一场意外,又错过了。连五梁上刮什么颜色的风,高庄上空飞过的麻雀又是什么形状,谁也不知道。大家坐在田埂上,磕掉布鞋里的泥垢痂,回家了。

连五梁,好好地就这么被错过了。

当能够跟着大人去龙山镇跟集时,我已经知道,翻过连五梁,有个叫龙山镇的地方,那才真算外面的世界。

不必说大人们嘴里念叨的凉粉啊、甜醅子啊、麻糖啊一类,单说龙山镇上的"瓜牡丹",就能激起人立刻想见的渴望。照例是穿了最新的衣裳,抹了香香的棒棒油,背上挎包,跑着,盼着。去龙山,必定要翻过连五梁。可谁还记得什么连五梁啊,要去的可是龙山镇啊!

当经过高庄时,看看蹴在墙根儿下的一排回民老汉,眯了眼朝我们笑,觉得高庄跟自家的村子并没什么两样,而至于那"轰"一声飞走的麻雀,跟自家村里的麻雀是一个模子倒出来的,不过一样灰头土脸罢了。只惦着大人说,过了高庄,撇下兰家、负家,下了新义梁,蹚过一条河,就是龙山镇了。

可惜那是几十年前的记忆,倘若那时的我具备今天的见识,必然知道,那些蹴在墙根儿下晒阳儿暖暖儿的回民老汉,顺手往上数个两三代,都不是一般人物。他们是清同治年间,陕甘回民起义军的子子遗孙。当年,他们的祖辈从陕西西安、蓝田、凤翔一带杀奔而来,以公正自由的名义揭竿而起,试图用手里的锄头梭镖匕首,动摇满族人统治了数百年的政权。却终于在王朝铁骑的腥风血雨下,瓦解、溃散。当李德仓的"南八营"中的最后一杆旗倒下,他们不得不束手就擒,接受命运的安排。于是,这些来自陕西的回民,被安置在连五梁等地,再也没有回到曾经的家园。

月换星移、沧海桑田,仿若倏忽一瞬间,终于,他们被历史遗忘。唯有一种模糊的证据还在人群间残喘着,那就是他们嘴里的陕西口音。但如果把这段传奇搁置在更大的历史空间,发现那不过是一次回归。因为当年大秦的先民,正是以养马的名义,在这里扎站,后来才步步进逼,丈量秦岭苍翠,肩挑关山月寒,由陇坂至陈仓,从关中到汉中,创下一个不可一世的大秦王朝。虽说当年养马之人,跟眼前这些波斯人、阿拉伯人的后裔并非同一拨。

他们还要再沐泽若干年星晖月华,才能穿越茫茫大漠,踏着丝绸之路奔向眼下的东方古国。鉴于历史上回汉的多次血脉融合,如今蹴在墙根儿下晒暖暖儿的这些义军的后人,筋骨里究竟有没有存着大秦的遗风,谁也不知道。历史,向来是一笔算不清的账,冥冥中,它一往无前,又不时流连。

这当然是后话。是几十年后的我,于连五梁,心向那塄峁间早已不见的一排留着白胡子戴着白帽帽的老汉回望时,想起的一段也许不是历史的历史。而现在,我只是作为一个懵懂稚子,拖着父母的衣襟,路过了连五梁。路过连五梁,就能看到龙山镇上的红人,那不可方物的瓜牡丹(当地一位风华绝代的精神疾病女子)。

置身龙山镇街上,人群熙来攘往,"瓜牡丹"果然语笑嫣然、热烈奔放,蕴藉着我对人世繁华的一切想象。当端起一碗凉粉或是甜醅子,和着眼泪鼻涕大快朵颐,谁还能想起连五梁?

后来,当我一次次奔往龙山镇,又一次次路过连五梁,便彻底把连五梁给忘了。就像梁上蹴在阳圪崂暖暖儿下的老汉们忘了他们的来路一样,彼时彼刻,我心心念念着的,便只有龙山镇。

再后来,物是人非、白云苍狗,非但连五梁,就是我心上的龙山镇也跟那个永远语笑嫣然、热烈奔放的"瓜牡丹"一样,被一并忘了。

人在异乡,面对老乡,却有不敢相认的恓惶。因为,人道天水,自然是陇上江南,但要说起张家川,就像讲一个不像话的故事,说者戚戚,听者迷惘。于是,三番五次下来,再不敢说自己是张家川人。自然,对于连五人这个说法,则成了一个心怀鬼胎的秘密了。

这不全是我的错。

当初在龙山镇上端起一碗凉粉时,人家问,你从哪里来,当我说出连五时,人家不也是一脸懵懂的么?仿佛即便在张家川,连五梁该是藏起来才好。人们说起马关,知道那里有个石板川;说起马鹿,知道那里有关山;说起恭门,知道那里有个陈家庙;虽言:陈家庙的石头——没矿。但那里终究还有像铁疙瘩一样的石头。但连五梁有什么?一道梁,也仅仅不过一道梁而已。

连五梁,对不起,我将要永远地路过你了,你不要怪我。

直到几十年后的某天,在一个同学群里,我发了一张图片,是和老家的堂哥去龙山镇时,拍的一张连五梁的照片。因为大家各自说着故乡,又正好收到这么一张照片,所以毫无迟疑就发了。一阵沉默后,有同学说:哎呀!这是火燎过的一片废墟呀!

……我才认真端详这照片——因为是冬天拍摄的缘故,连五梁确实过于荒凉,过于沧桑,孤悬于黄土腹地的莽莽苍苍之下,唯有怅惘,仿佛老天都不忍向她多看一眼。这是怎样的惊心,我脑里即刻补出几个凄切迷离的句子——这梁,这梁间的沟沟峁峁,以及埋伏着、仿佛随时要逃了去的躲在沟里的零星的老树,它们共同组成的画面,多像破麻布上的一块补丁啊!年长日久,连针脚也冷寂起来,使这补丁也与破麻布格格不入了。我被深深刺痛了。

也正是那一阵刺痛,死掉几十年的连五梁又在我心底某处活起来了。瞬间,我觉得自己对她有莫名的亏欠。我就像一个离家出走的不孝子,面对苍老的母亲,满腹的话,到嘴边却难言。我才想起,曾经我说过自己是马关人,是龙山人,是张家川人,是天水人,却从未说起自己是连五人。那一刻,使我有儿嫌母丑、狗嫌家贫的惶愧。连五梁,你养我到七岁上,又等我到三十七岁上,我却欠着你一个名分。

也就在那一刻,我才蓦然觉得我是真真切切的连五人,而不是什么龙山人或天水人。一直念着故乡书写故乡的我,才第一次真正拥有了故乡。

故乡是什么?故乡是让你心上蓦地一疼的地方。

那年清明节,与父兄相约回老家上坟,我决定要好好看看连五梁,好好看看高庄……最好能看到蹴在墙根儿下的那排白胡子老汉。人道"近乡情怯",我提醒自己,定要认真一些,再认真一些,我将要好好怯一回啊!

山路崎岖,当车子开到连五梁上时,天光云影终成满目苍茫,我却怎么也认真不起来了。

且不说梁上乍暖还寒的风与我不相识,高庄顶上的天空与我不相近,就是曾经那一排排土墙,也早如一场不可追究的幻梦,完全不见踪影。那些个叫作"兰家"、叫作"贠家"的村子,竟变得如此陌生。狗不见了,鸡不见了,牛不见了,麻雀不见了,就连麦场里的碌碡,也一并不见了。

至于那些白胡子的老汉,仿佛压根就不曾存在。连五梁上空的朵朵白的云彩,捉摸不定地、嘲笑似的看我,终于使我惶恐起来,使我要认真的想法觉得荒唐,恨不能转眼飞过去了。

我要认真地,再认真地,可终于,我还是路过了连五梁。

回到韩家村，上了坟，磕了头，祭拜完祖先，使我要认真的最后一丝希望终于烟消云散。因为不单高庄，不单兰家、贠家，就连曾是方圆最大的村子的韩家，也早已面目全非。

当偶然遇到一个曾经健壮如今苍老的人，彼此擦肩而过，依稀辨认着各自的影子，却依然听到他把乾昌唤作斌昌的时候——那些从某堵墙的豁口里钻出的童稚的脑袋向我奇怪打探的时候，有种穿越千年的苍老，也就不觉奇怪，不禁吟出一句"儿童相见不相识，笑问客从何处来"。

再次启车离开时，望着身后的墚墚峁峁，如堆堆远去的坟茔，而道道干涸的沟渠像经古的老人垂尽了最后一滴泪，现在是连整个泪腺都干瘪下去了。等到了张川镇的街上，现代文明与古老往事的交相辉映，恍若隔世，我竟忘了，刚刚路过连五梁了。

连五梁，一个注定要我用一生路过的地方。如今却再也不必或淡漠或认真地路过了。

我的连五梁，你已经永久长眠在我心上了。

想到长眠，又使我庆幸。毕竟乡村的凋敝是这个古老的农耕民族的大地上不可逆转的趋势，而当其他一些地方正经历着浴火重生的涅槃时，我又如何妄想拖住你疲态尽显却也蹒跚向前的脚步。

而庆幸处就在于，你的落伍终究为一个时代的远去留下一个沧桑的背影，于今不忍卒睹，于后人却是一个尚活着的标本，使某天曾生养于斯的人们回望时，多少还有点凭据。

连五梁，这次，我路过了你，也终于把你放在心上了。放在我心上的连五梁，当我想起你，我就有了我的故乡。

2019年12月

水

因了对水的麻木，使我感到惭愧。毕竟现在用水太方便，以为就是理所当然。但我是晓得水的厉害的人，我不能不有敬畏。如果这厉害是："水是生命之源"一类的说法，仍过于浮泛。倘若你见过有人为水，连一滴泪都不敢淌出，你将知道我所言厉害，是一种确切的痛感。

那年，村里一连几月不见雨，人固然可以跪倒在沟畔畔，捉马勺刮半桶泥糊糊，但庄稼不行。庄稼死了，就要了农人的命。于是，我看到我爷爷及另几位年高德劭者，带领村人，在龙王爷的庙前，齐茬茬拜伏一片。领头的老汉们剖肠掏肺，向龙王爷泣诉人们的罪孽，祈求谅解。说若下了雨，就给龙王爷杀鸡献羊还愿。望定爷爷项背，大日头下，混沌如黄土大塬，被万万年来的雨水，洗刷得沟壑纵横、皮开肉绽，眼里却淌不出一滴泪。我疑心那皮肉下衰朽的筋骨，如何拘起这份生之沉重。万一还不下雨，爷爷只好把自己的命交给龙王爷处置了。我对那高高在上、一脸黝黑而毫不理会人间疾苦的神祇，咬牙切齿。

好在几天后，一坨彤云碾过塬顶，百草低眉，千树顺目，迎来一场有赖青眼垂怜的甘霖。雨罢云收，扬长而去；既欢喜，又后怕，当初那些诅咒龙王爷的话，幸未出口。

村子叫韩家村，方圆几十里的大村。人说起韩家的男女，十个大拇指不够竖，但要说把女儿嫁到韩家，笑容即刻挂住，抹不下来。韩家缺水呀！谁愿把女儿一生压在扁担底下，使她们水葱样的腰身，鞠成一张拉不开的弓。

但韩家并非从来就被水欺。尽管整个村子依坡而建，所以才有赵坡韩家的说法，村里却也有几口井几眼泉的。那时，去井边或泉上担水，是许多人的美好记忆。不知打何时起，关于井的记忆竟伴着一茬人的老去而湮灭，而成为向天怅望的枯眼。泉，也在人的进逼下，步步撤退，终于退无可退，跌倒在沟底，能挖出的，不过是黄泥浆浆。就是黄泥浆浆，也得半夜排队，去迟了，只能眼瞅马勺挖住蓝色月光，发一回思古之幽情罢了。回路异常难走，漫说人畜吃喝，就是女人娃娃们的脸,都难打发。

犹记得那时洗脸,水只舀一盆底,大人和娃娃们轮着洗。说是洗,也不过拿指头往脸上捞,打湿就行,就可以乐呵呵出门,不怕被人笑话。而至于孩子不小心把水漾到地上,则轻骂重打。许多时候,拿湿手巾揩一把,就了事。

但有些事却无法马虎,比如家里遇着干事,用水量大,前一天就有主事的人作出详尽安排,给人和驴派定任务,无论如何要保证完成。管你是去偷是抢,明早几口缸要满的。于是,晚饭后,人和驴就浩浩荡荡出发了。浩浩荡荡的,不是延展的队伍,而是人的一腔心事。村人互通消息,知道哪家有干事,一般会让出些时间,毕竟这种事谁家都得轮上。整整一夜,马勺刮破沙石,刮走月亮,又刮来太阳。有人总算于一夜长出的皱纹里,开出一片葵花。但有人笑就有人愁,发愁的人,是去邻村泉里碰运气的,结果因为一担水,跟那村的亲戚绷了脸,连亲路都断了。大家谁不是守着一架梁、两道沟寻营生,你多一口,他就少一口。

因为这,庄大人稠的韩家人,没少被邻村人下视。每听说韩家谁的儿子托了媒人要来,纷纷把彩礼从一巴掌算到两巴掌,还努脸说,要不是看在沾亲带故份上,门槛都别想挨一下。

头烂不在一斧头,该去还得去,该挨还得挨,谁愿打光棍儿!无非是多出力,多淌汗,望着多打几口袋粮食,待价而沽、任人宰割罢了。

为此,老天爷下雨就是格外开恩。雨水非但救庄稼,也挽回人的脸面。

遇着下雨,从水盆水桶到坛坛罐罐,站队一样排满院子,当滴檐水叮叮咚咚,向或木或铁,或瓷或瓦的器具敲出变奏曲,不只大人展眼舒眉,孩子们更是喜笑颜开,巴巴儿央求了娘亲,翻出草帽凉鞋。

倘或没草帽凉鞋的,直接把脚丫杵进雨水里,使劲跳啊蹦啊,为水给人那点冰爽的喜气。

雨后那一阵儿,死了的泉又活了。人们吆了驴驮水,路上见面,有说有笑。

但到了泉边,即刻收敛,仿佛隐心过分的开怀要担罪似的,把每一次舀水的动作作出十二分的虔诚。除了向自己内心的敬畏,更向身边的驴子,便把最先舀来的水让驴子喝个顶饱,而后才舀人吃的水。

在农人眼里,驴是家里一口子。但对这一口子,实在有太多亏欠。日常驴子饮水,是人洗锅洗脸后,淀下来的水。就是这水,也不能管够。现在可以畅饮,看到驴子脖颈青筋暴露,使人生出怜悯。那天,路上驴子尥个蹶子,或是见了别人家异性的驴,骚情一下也就情有可原。

那几天,村人的脸格外干净。有人赶着雨晴去走亲戚,倒把亲戚吓一跳,心想许久不走动,怎么忽然上门啦?往脸上端详半天终于找到答案,各自笑而不语。

那时亲戚上门,先问的不是吃饭,而是喝水。倘若来的是贵客,第一件事便是请到炕上喝茶,几道茶喝毕,寻摸客人脸色揣度是否招呼到位。饭能凑合,水伺候不周可要落下话把儿的。

水对于村人的意味,深刻入骨。但村人对自己的不可原谅也就自然而然,那是人们终于知道,世上有个叫"121集流工程"的东西以后。那时人们面面相觑,自问又互相诘问:为啥早想不到世上还有这么个方子哩!

转念又释怀,也不是想不到,是大家都太穷,买不起那么多水泥来墁窖;若说仅挖窖一件事,他们有使不完的力气。

后来,几乎家家有了窖水。尽管窖水不好喝,且水里常飘着树叶子或驴粪,但终究不必跑几里山路人担驴驮,或为一担水跟亲戚错了心事。从此外村一拨一拨水灵灵的女儿嫁到韩家。韩家最后一个光棍儿,纯因是个懒汉。

谁曾想到,以后村里又有了自来水。有了水,韩家人腰杆硬起来,为自己,也为当初跪向龙王爷的膝盖。有了水,便有心情念及往事。

想起那年暑假,跟伙伴从龙山镇担了西瓜往各处贩卖,为补贴家用,也为挣学费。一天,走到连五梁,实在焦渴难耐,眼前就有叫"兰家"的村子,却不敢去要水喝,我跟伙伴犹疑徘徊,终于被近乎求生的欲望提携了双腿,向一户人家踅摸而去。到门口,我俩对视,谁也不敢迈出下一步。空气凝住了,远处一条狗竖起耳朵,麦场上的草垛仿佛打下千军万马的埋伏。良久,我俩几乎同时作出连自己也不曾察觉的默契动作,转身欲逃。这时门吱呀一声打开,我俩汗毛倒竖,耳根猛向空中一提。却听见一个苍老纤弱的声音从脑后传来。那苍老纤弱的声音,给人以莫名抚慰,我俩同时回头。

看见一个戴白帽的老奶奶,躬身倚住门框向我俩打量着,脸上密织的皱纹将一切表情掩埋,实在难以分辨她彼时心绪,但声音使人相信,她是笑着的。而当看到她手里端住一个罐头瓶时,则确信她是在笑而无疑了。

那是一个玻璃罐头瓶,里头摇摇晃晃、闪闪亮亮的正是救命的东西——

水!

不用言语了。语言是苍白的。老奶奶艰难地把瓶子向上抬抬,这分明的暗示,使我俩同时上前捉住。几乎是抢。几乎使瓶子跌落。这时,从那皱纹里洇出的必定是笑了。笑又映在水中，又映在我俩眼里，我俩对望，都不好意思起来。推让一番，一个接杯一气饮尽，边喘气边捋胸，好让水尽快落进肚里；另一个巴巴儿望着老奶奶转身，拿马勺舀了凉水灌进瓶子，待半满而抢来，仍然一气而干。如此，二人接连灌下三四杯，直到打嗝儿。一个仍捉了喝剩下的半瓶，搡给另一个。那接着瓶子的便是我了。待我啜饮，才发觉那是怎样一个瓶子：瓶口螺纹里满是污泥黑垢，而从老奶奶慈善的眼里看出，那分明是她日常喝水的杯子。

奇怪，那时心中未觉有一点点脏，反觉出那水的清甜。清甜里又有一种难以言传的安全与温暖。似乎是老到一定年纪的人特有的那种实在。就如人生病时，便无由地信赖一双沧桑而满是老茧的大手，抚在人脸上身上时，更胜于母亲的手予人的怜惜，简直使人流泪。

老奶奶收了瓶子，很满意，又很不在意地转身，尽管走得艰难，却又轻描淡写，使人想要感谢的话，却说不出来。直到我俩走出老远，回头时，眼前只有那么一间低矮陈旧的房子，仿佛从不曾有过那样一个老奶奶存在。那狗不见了，身后麦草垛向人伫望挥别。

这件事跟小时候其他难忘的事一样，存于我的心底，却苦于无人诉说，使我如一个藏着巨大秘密的人一样。常常庆幸，又常常痛苦。庆幸是说，总想与人分享予我的感动；痛苦是说，总欠着一次向那个老奶奶的回望。

以后曾多次经过那间老房，也切切盼望能遇着老奶奶，却一次不曾遇到。越不遇到越使我想进去找她的想法卑怯下去，直到离开老家。

这一走，就是几十年。

今天，借着对老家缺水的记忆，我把心底的秘密说出来，于一篇文章来说好像跑题，但因着对一份感情的忠实，还是有必要写下来。写下来的，是我生命的真切印记，为防着漫长人生犹如宏大叙事般使一些平凡卑微湮灭，可供长久追忆——

使我以为，水，不仅仅只是水而已。

2021年2月

割　麦

　　六月,从一阵闷焦中开始。天地在一场密谋里缄默。村口榆树下已鲜有人。说闲话的人不在,树叶子卷起来,一副落寞。说惯了的流言蜚语,没了听众,一时成了陈年往事,像那谁谁半夜敲了谁家女人的门,谁家的骡子几口牙,谁家的媳妇子又跑回娘家了,这样天大的事,如今竟无人说起,倒让磨盘上的狗不知所措起来。狗夹了尾巴百无聊赖地跑开,刚跑几步,忽然竖起耳朵,顺着小风,它听到某处磨刀霍霍。

　　磨刀石上撩了一把水,渐渐洇开,被刀刃錾来錾去,干了,又撩把水上去,来来回回,像杀不退的敌兵。举刀,向刃口吹一口气,刀刃把一口气切成两半,半是期待,半是焦灼。早晨已是又去阳屲地里看过一回,照例是揪下一个麦穗,在手心揉了,吹掉麦衣,拿指头拨拨,炒豆子似的,恨不得一下就焦黄了。一把扔进嘴里,期待的咯嘣声没有出现,柔筋筋的麦粒在嘴里曳出丝线,扯得牙花子酸,一根没吹尽的麦芒扎住嗓子,猛咳一声,连一腔焦虑带着唾沫射出去了——

　　把他家的!

　　这话到了尾音处,到底露出一丝愉快,毕竟日头红红燎着,开镰就这几天的事。背着手回去的路上,碰见好几个人,彼此打问,干啥去咧。被问的人不回答,笑笑,反问,你干啥去咧,问的和反问的都不回答,咩呲(羞涩)一笑,倒过去了。答案在各自心里,心照不宣,原本光明正大,被一问一答,倒像各怀鬼胎。谁心里都有一本账,这是和排雨赛跑咧,是向龙口夺食咧。此刻,越是认真的回答,倒越像傻子。农人们日常相互调侃惯了的。

　　回家看看挂在檐下的镰刀,回身蹴在廊下,深咂一口烟,吐出一口长气,烟圈挂住不散。定住了。空气安静得让人后怕。

　　这一夜,不知是怎么过去的。

　　一早,一双小脚颠过来了,口里喊着,他大大!他大大!隔壁那谁谁家,天麻麻亮就挈上镰上了阳屲里了……屋里听到这话的人,呸!吐掉烟把,趿上鞋出来,边走边抠鞋跟,到檐下,身子一歪,一把镰捉在手里,像唱戏的起范儿,三两步跨出大门,顺手拾一根绳捆在腰上。

半路,瞭向远处山坡,认出是早上先出门的邻居。那人弓腰,又站起来,身后一坨一坨的,老鼠一样的,把一地麦旋了几个豁豁,像村口那谁头上的疤瘌。心里失笑,不防着,一嗓子秦腔吼出来,回声还在半道上,再回头时,身后一把一把的镰都向这边来了。接着,远处近处,又是几嗓子秦腔,把连日的闷焦撕开了,日头露出羞怯,仿佛该为农人们这一向的枯焦难为情。

麦能搭住镰了,黄土高原的墚峁洼间都活泛起来。各处的麦,被昨日那一把把镰刀一咋唬,抢着黄了。干粮是昨晚烙好的,糊糊汤里浮起黄黄的蛋花丝,连吹几口,转着碗边吸。咬口干粮,再吹吹,再吸一口,到底烫了嗓子,咔——眼里甯出欢快的泪花儿,麦黄六月的,疼里也透着幸福的期待。来不及舔碗,往炕上一蹾,一抹嘴,一家子,错落着,踏着彼此的影子,就出门了。

阳屲里这块地有二亩,账再清楚不过,可还是沿着垄边来来回回跨步度量一番:一亩四百五,两亩么,二四得八,二五一十,能比去年多打百十来斤,够装几麻包了。心里一笑,像看见一笸箩油饼。

日头还在山背后,麦穗上洇着轻轻的露水,麦秆伸长脖子等着,倒比人心急。几把镰捉在胸前,各就各位,身后的娘母子瞅着前头的大大的背,吒吒!大大往手心干唾两口唾沫,捉稳镰把,一勾头,揽一把麦入怀,欻一声,刀过麦落,这是号令。

割麦的日子,这就开始了。

麦赶着镰刀,日头撵着人,欻欻欻,欻欻欻,人不说话,倒是听一把一把躺倒的麦替人说。吃晌午饭时,一小半儿地裸露出皮肤,黄黄的,跟农人脊背一样的颜色,人才觉出热,一把一把的汗甩向身后,一咧嘴,笑了。一剪一剪的麦子站在露出的地皮上,捆住的麦腰像老干部叉起的手,望着蹾在地垄上笑呵呵的人。地垄上,人手里举起一块干粮,咬一口,就一口葱,咬断的葱,脆脆的声替人表达心情。孩子提来瓦罐儿,大人接了来,托住罐底儿,一气浆水灌下去,饱嗝儿打得震天。男人吸一锅烟,抹一把胡子,女人打个哈欠,伸伸懒腰,一上午的困乏不见了。再挥起镰刀,刀底生风。

接下来的日子,塬上洼里,到处都是匍匐在黄土地上的人,朝来暮去,手起镰落,俯仰之间,是向天地的致敬,挥舞的镰刀诉说着农人无言的虔诚。割麦的日子,村里最出名的懒汉都成了勤快人,最拖沓的婆娘也成了急性子。一声雷动,最胆大的人也战战兢兢;一阵排雨,腿再短的人都脚底刮起旋风。农人信鬼神,更敬苍天，把天叫老天爷。老天爷不单掌管生死，也调配风雨。对天的敬畏，是遥远年代的苦难记忆传承下的基因。一代一代，一世一生。从等待一茬麦子的心情，便可以体察一个农人喜怒哀乐的一生。

农人的一生有多长？不过几十茬麦子的事。一茬麦种下去，就牵动了一年的心事，心事扎满了怀，就把烦恼忧愁都挤出去了。农人没空总结那些高深的大道理，把一茬麦子伺候好，就对得起一茬的光阴。光阴又似乎总也望不到头，这一茬麦子割倒，下一茬等着，把刀刃磨成月牙儿，把石头磨成佝偻的背。麦子还是一茬接一茬，直到某天，人站起来也跟麦一样高，躺下跟麦一样齐，便索性把自己也种进麦地里，继续守着一茬一茬的麦子站起，又躺下。

农人一生离不了镰刀，镰把快握断了，他们又扛起一把锹。他们在麦田边走走，看看。用锹挖一挖，铲一铲，扬起一锹土，他们在看麦子，也在看一片黄土，看哪块地的地势好，风水好，等某天把最后一茬麦跟自己一起种下去。

当你看过一茬麦怎样长成，就看到一个农人的一生。

这是文人们无聊的慨叹，农人们顾不上寻思这些华而不实的事情。他们要把割倒的麦肩挑背驮运回去，麦还没收进仓，还不算口里的粮。

在机械化尚远的年代，农村孩子学算术是从数一摞麦子开始的，从一两剪背到四五剪，再十几剪，他们从小体会了麦子的分量，吃起馒头，用双手掬着，喝完一碗糊糊汤也要把碗舔出星星。对麦的敬畏，一点一滴渗进血脉筋骨，成为他们身体和精神的一部分。

现在，运回的麦，摞在场院里，等一个艳阳高照的日子，碾了，晒了，归了仓，农人悬着的心终于落到实处。再磨了，麦变成一个馒头，一碗面，一个油饼，最后，变成一个满足的笑容。麦走完它的一程，人，也经过一段岁月。一茬麦成了，一些人老去一岁，一些人长高一点，谁也不觉得跟往常有什么不同。人一生终究短暂，人以为自己在务麦子，其实麦子也在务人，人只能务几十茬麦子，而麦子却务了无数茬人。

一转眼，磨刀的人不见了，留下一块磨成月牙儿的石头，儿子接过来，继续磨，磨了一季一季的刀刃，割了一茬一茬的麦子，也把自己的腰磨成了弯月，把自己的目光割到够不着远山的麦田。

想起他乡的儿子，又想起跟麦子种在一块地里的老父亲，又到了割麦的日子。远处田野里传来机器声，屋檐下，几把镰还安静地挂着。

2019年6月

相 亲

没有相过亲，大概也算人生中一个缺憾吧？

小时候，一听说谁家的小伙子瞅女人、引女人，就莫名牵动心思，也暗暗盼着长大。这简直是烦恼的幸福。也不确定引了女人意味着什么，光想着漫长的夜里，有个人拉拉手、说说话，简直美得很。

老家的瞅女人，就是相亲，其中有繁复的乡俗。大约要一个媒人来来回回地跑上许多趟，才能把一根红线绑在两个素未谋面的人手上。终于盼到约定见面那一天，女方到男方家，当着双方大人的面，互相瞅一眼，瞅上了就点头，没瞅上，就回家。哎呀，这，文字哪能描述出这种微妙呢，实在苍白无力。不过，可以借助想象弥补一下，那匆匆的一瞥里，曾有过怎样的惊心动魄？心似花火还是心如死灰，不过一念之间。总之，该是一种不凡的体验吧？可惜我没试过，无法杜撰。

可也免不了一番天马行空的胡思臆想，总以为这一瞅定终身里，要隐藏着多少难以言明的新鲜和刺激。那一眼，便要将对方过去十几年的岁月一眼洞穿，并在短短几秒之间作出关乎一生的重大决定，简直心跳到不行。可这样的时候，总也轮不到我，我想，我是多么不幸。

后来，总算近距离参与了一场相亲，那是给堂哥瞅女人。瞅女人的堂哥是三爸家的老大，他们家还有老二和老三。女方是隔壁村的，相隔不远。具体情形已经模糊，只记得一个关键细节：女方后来悄悄对家人说，没瞅上老大，老二倒是不错。

这事儿的真假虚实，最后跟这次相亲的结局一样不了了之，然而这话却给百无聊赖的山村生活带来切实的欢乐。

这说的是当事人之间的互相"瞅"。

更多的情形下，相亲，其实是双方大人们之间的较量。众目睽睽下，两个互相"瞅"着的人，用一声咳嗽或一次扭头，瞅出一个意味深长而又毫不经意，旁边的大人们也就心知肚明。孩子们互相瞅，大人其实也在一个瞅一个。作为过来人,孩子瞅出了怎样的结果,每个细节都逃不出大人的体察入微。因而大多数时候,不需要语言的辅助,他们已经明了结局。至于满意与否,不必当面说出——明着说出,大家还怎么下台?对女方而言,倘或被人直接拒绝,有被"下贱"的含义在里头。

瞅上了的,再经过一番讨价还价,终于决定在某时某刻,用一头毛驴把新媳妇儿驮进来。新媳妇儿跨上驴背时照例要悲切一回;无非是表达对娘家的不舍:"嗯嗯——我不去,把你毛驴大(方言,爸)拉着去……"嘴里固然这么说,心里自然也有真实的哀愁,然而到底有没有一份期盼在里头,以及此刻是否带了表演,就只有盖头下的人自己清楚了。反正总有人哭着却跟唱似的。娘家大和娘家妈自有一番观战(合计),养了十几年的一个大闺女,打今儿起可就成旁人家人了,闺房空荡荡的。唯一的一点实在,只剩婆家送来的彩礼。千谋万算还是觉得吃亏。有些人家的彩礼,在闺女出门之前已经使唤(方言,使用)了,毕竟化肥种子都要钱。农人们上心的总是合乎实际的事情。一想再想,还是觉得亏大发了,回头看一眼二女子,又踏实一些,毕竟彩礼年年见涨,也许,大闺女吃的亏可以在二女子身上补回来。

毛驴一路风尘,立下了汗驴功劳,此刻头绑大红花吃着赏赐的草料呢。婆家村里的娃娃们早已蠢蠢欲动。闹洞房这样的事,常常是腊月里为即将到来的新年的预演。劳碌了一年的人们,就指望这点乐子打发漫长的光阴哩。新媳妇儿心里自然清楚不过,否则就不会把裤带勒得那么紧,手抖得那么厉害。大约来时自家村里的媳妇们已经口传身授了不少经验。然而也是徒劳。那年月,一溜半大小子平常没有接近女人的机会,哪怕是凑近闻一口新媳妇儿脸上的雪花膏味道也是好的。

夜里,这一场闹洞房自然是又欢火又不堪细究,简直只能任它去。历来的乡俗就是如此。今晚,人来得越多越有面子,闹得越离谱越喜庆吉祥,说明这家人活下人了。新媳妇儿也得大大方方配合着,一边点烟一边防备不知从哪里冒出来的一只手。明里暗里,轻的重的、捏的揣的,夹着烟臭汗臭统统地来。大家脸上一团和气,暗自心照不宣。今晚没大小。过了今晚,阿伯子是阿伯子,侄儿子是侄儿子,不能倒着来。今晚,你得受着。

大概是这样的场景,略微的不堪,早早激发了我的怜香惜玉,跟着闹,突然就在一片喧嚣里寂寞下来。想来一个女子,要在这样一场仪式里明目张胆又偷偷摸摸地完成自己一生最重要的涅槃,就感到莫名不忍,突然觉得这热闹索然无味。

而那新媳妇儿，昨晚还是众人眼里的宝贝，过了那一夜，公婆的尿盆倒没倒、早起第一顿饭做得香不香、能不能担起一担粪而不泼泼淹淹，那全是人们或颔首微笑或指指点点的缘由。谁让你生来是个女人。

然而，这种担忧有时也显得多余。

记得有一年去舅舅家，那时三舅新婚。我被大舅家的大表哥怂恿，去看新媳妇儿。三舅家新媳妇儿和新郎不在，满心遗憾，谁料我却无意中在炕柜里翻出了三舅的秘密。秘密写在一个用过的作业本背面，写的是三舅的新婚"心得"。第一句说：

"昨晚，我和妹妹度过了美好的一夜……"只这一句就看得人耳热心跳，其他的字简直认不清了，只记得满本子的"哥哥啊妹妹……"

表哥一声呼喊把我从一场梦中惊起。我慌忙把本子塞回去，从炕上翻身下地，身子仿佛已被掏虚。

如今，再想起已是满头斑白的三舅和三妗子，我总还能忆起这个细节。一想到三舅那一本子的"哥哥妹妹"，就觉得，天下这么大，谁又能记得，在几十年前的黄土高原上，有过那么甜蜜而庄重的一夜。

山村的粗粝之风下，终究还有一些不为人道的温情隐藏在某处。或许在热炕头，或许在田埂下，或许在深夜里，或许在日影后。唯有风知道，雨知道，或者，还有一头驴知道。而人，大抵只能想象。

去年，三舅的儿子成婚了，不知他是否也会写下些什么？他是否偷看过父亲的秘密呢？那秘密或许像梦一样留在黄土高原的风里了吧？

去年，还跟一位因我文字认识的老乡聊天，她谈起她的相亲经历。说是那时男方瞅她，请她吃凉粉，因为她风卷残云把一盘子凉粉给咥下去，骇得对方即刻打了退堂鼓。理由是这女子太能咥，不晓得含蓄。这啼笑皆非的理由，让这位目前已是成功民营企业家的朋友至今说来忍俊不禁，听者更是觉得不啻一段传奇。

而我，于笑谈间却生出感慨。此生不单错过了相亲，也因此错过了遭遇这么一场生猛的机会。想来，那人也是不解风情。漫说在农村，那样的女子意味着憨厚质朴，能吃能干，能生能养，更遑论正因这样的特质，可能成为一名优秀企业家。唉！这人真是不解风情又不懂慧眼识珠，错过了一段好姻缘！当这位姿色甚佳的企业家朋友把家乡的土产卖到了北京、销往了全国，如今再把往事谈笑风生时，不知当初那男子又身居何处？想想人生真是奇妙，但也许正因当初一盘子凉粉成全,才成就了一个十里八乡闻名的企业家。

我在想,如果当年我也有幸能相一场亲,有一场瞅女人引女人的经历,该将如何? 会不会于洞房后的清晨,怀着一腔柔情蜜意偷偷写下一本子的"哥哥妹妹"? 倘或命运眷顾,我的幻想成真,如今我身边守着的该是怎样一位女子,又将拥有怎样的人生?

也许那时,我该有一副黝黑的脊背,一双遒劲有力的手臂,也该有一面太阳色的脸膛;卷一锅旱烟,扛一把锄,吼一嗓子秦腔,从夕阳下的田野里款款走来,推门而入,一个包着头巾的女子把热饭端到炕头;吃饱喝足的夜里,一程西北风起来,一袭梨花雨落下,就生下了一炕的娃娃,许是三个,又许是五个,其中必然有个儿子,又必定有更多女子;一茬麦子,娃娃们长高一截、长胖一点;一秋苞谷,我的肌肉结实几分,我的女人妩媚几许;渐渐地,身边的女人褪去初来的羞涩,终于可以偶尔和我用山村特有的俚言俗语对骂一场,然后两人摔摔打打地滚进一个被窝里。

后来,山村兴起了搞副业,兴起了打工。很多人佝偻着背出去,挺着胸膛回来,盖了新房,盘了新院;而另一些人出了门,见了世面,再也没有回来。我呢? 我该是偶尔出门,再回来,最终务着我的地。我是个笨人,大概也不会有什么拿得出手的技术或手艺,在外挣不了大钱,又舍不下一泡娃娃和一个婆姨,还是愿意日头照着我那西山顶的一亩三分地。

过几年,女娃们大了,也像曾经那些人一样,为娃娃们的未来盘算,跟一些人讨价还价,像粜粮食一样地,准备把娃娃们打发出去,完了捏着一沓票子咽唾沫。夜里,思想起和娃娃们在一起的日日夜夜,再看看女人抽抽搭搭的背,竟无名地悲伤起来,觉得自己的卖儿卖女是一种无法原谅的可耻行为。然而,这是千百年来的乡俗,山村自有山村的秩序……

话说回来,我终究怕还是个不安分守己的人,恐怕最终要将手里的彩礼退回去,娃娃是一口一口喂大的,不易,可也不是长成一张一张票子,说卖就能卖出去!

最后,我会像村口的大榆树一样,一脸皱纹一身死皮地老去,死去,然后被彻底遗忘。塬上的风还是一年年呼呼刮过,刮起的黄土,埋了一茬又一茬人,最后,谁也不记得谁。

哎呀! 简直不容假设! 倘若可以假设,我们究竟更愿意有如何的人生? 然而假设来假设去,终究不由自己,我们都敌不过一个叫作命运的东西。想想,无缘无故地,今天的我,怎么就到了这里,一个远离家乡、远离故土的地方。

这么胡思乱想一番,我倒害臊起来,当初是谁发誓要离开那里的?是谁在异乡无眠的夜里,恨恨地嫌弃自己的出身的?时至今日却要大言不惭地假设起来。

原谅我吧,尽管我已回不去,就连这幻想,因为山村的改变,也已是无凭无据。

山村已不再是过去的山村,我也不再是曾经的自己。知道,我欠山村的太多,而山村也欠着我一次相亲的经历,于是,打算用文字记下来,不知能不能把一个梦引向一个无人的夜。那时,我将要好好瞅瞅那入了我梦的一个人,然后,为她准备一头最最漂亮的小毛驴,在一个艳阳高照的黄道吉日,吹吹打打,把她引进来……

2019年4月

阳丠暖暖儿

从前,村儿里有许多晒阳丠暖暖儿的人。他们是村首的韩三儿,村尾的赵瘸子,村东的李大牙,村西的杨铁柱。还有些叫不上官名也不敢称小名的人,他们是爷,是太爷,更远些的,掐指头算来算去,也都还连着亲。这是一帮闲人,是负责给村子守光阴的人。

小时候总好奇,这帮人说大不大——还没到跟那些躺在坟包包里的人比高低的年纪;小又不小——早没了天阴下雨就打娃娃骂女人的力程。他们就这里一坨儿,那里一撮儿地,顺住墙根儿谝闲传,晒阳丠暖暖儿。

日头撵得满村儿的人头上、脖领里汗泼流水,可韩三儿赵瘸子李大牙杨铁柱他们,往那儿一蹴,就是一上午;一蹴,又是一下午。日头舍不得他们似的,也懒了,也慢了,愣是瞅着他们掐了三十回方,下了五十盘棋,才从额颅移到脚后跟。

可真是一帮闲人!

其实,他们以前也曾是村里呼风唤雨的人物。你就拿韩三儿来说,他年轻时,能挑起三百斤一担的粮食不换肩,是农业社的劳模;再比如村尾的赵瘸子,他挥起个放羊铲铲,扬一铲铲土,老羊羊娃子们,就排成队伍,公是公来母是母,让它向西它就不敢往东走。至于杨铁柱就更不用说,他一顿能吃下十八碗长面,外加七根大葱。隔壁村的姑娘就因为这好胃口,偷偷让她娘央及了媒人。老年人的口歌子说:庄农汉人,吃不穷喝不穷,就怕懒得头上生虮子脚底流脓。

可现在,这些英雄汉汉,个个儿成了狗熊蛋蛋。成了狗熊的韩三儿李大牙赵瘸子杨铁柱他们成了儿女和村里人眼里的闲人。对村里人而言,闲人其实就是废人。闲就闲了吧,废就废了吧,他们倒心安理得,他们顺着墙根儿打发着苟延残喘的光阴。仿佛自从把一把子力气和一股子倔犟都埋在西洼沟里和东台顶上以后,他们的闲和废就已注定。他们的故事也已然是一件非常遥远的事情。

现在,他们的英雄事迹连村里那条最年老的狗都记不得了,他们也终于把自己的事给忘光了。他们现在只关心别人家的事。

他们不关心小事。值得他们关心的,定然是天大的事。

他们不关心又是哪一家的皇上坐了龙庭。他们关心的是谁家的驴昨日个跟谁家的马配了种;谁家的狗因为一个趸摸进草垛的黑影咬了半夜;谁家的羊一下下了三只羊羔子;谁家的媳妇子受不了阿家的气,偷偷跟着个货郎担担跑了。因为跑了的货郎担担,他们发生了激烈的争论,渐渐分成两派。一派说:货郎跟媳妇子早粘上了,这次不过是被狗啊猫啊瞄见了。另一派不服,非说货郎担担是老实人,怕是那媳妇子是个有心人。争到最后争得没眉没眼,拍拍屁股吹胡子瞪眼走人,那架势,是结下三辈子的世仇。可第二天再顺到墙根儿下,他们又好球上了!全没昨日那回事。

他们说:爱跑了跑球!

他们说:爱跟了跟球!

对!跟咱们球的个相干!他们说。

对!跟咱们有个球毛的关系!他们又说。

反正日头又从墙峁上晒到了墙根根,反正暖和得很,也舒服得很。

反正只要一堵老墙,一根老木头,一天就这么打发过去了。

其实,那堵墙也确实古老得很。

仿佛一堵墙不够老的话,就不配他们的蹲和他们的蹴。啥都要个老,啥都要个旧,才觉得安闲!

老墙峁上有陈年的苔藓;有从上辈人传下来的缝缝。墙根下有从河湾里拾来、现已磨得发亮的一疙瘩石头;还有谁家放了几年的一根檩子。但现在谁也不认识这堵墙了。就在前些年,还有人知道这墙的来历:那是谁的爷和谁的婆,还有谁的二舅二妗子,一杵子又一夹棍地,打起来的墙。现在,打墙的人都跑到野洼上的土包包里喝西北风去了,他们的名声和他们的功勋就无人认领,现在由一帮闲人拿来打发光阴。

村里大部分的光阴被壮劳力和娃娃伙儿们给打发了。壮劳力和娃娃伙儿瞧不上墙根儿下那些个闲人废人。壮劳力跟驴啊牛啊骡子一起,娃娃伙儿们和另一帮娃娃伙儿们一起,他们在干正事。或汗泼流水或跳跳闹闹地,就把一天的光阴给过掉了。但他们从不说打发光阴,他们只叫过光阴。他们把那叫作劳动,叫作勤工;叫作欢火,叫作过瘾,他们唯独不说打发光阴。他们觉得打发光阴是亏先人。可如果壮劳力和娃娃伙儿们的心思给墙根儿下的韩三儿李大牙杨铁柱他们知道了,他们是要笑话死的——

墙根儿下的光阴,那才是真的光阴!

可不是?

一个村子,千把口儿人,大家白天忙着田里头的事情,嘴里头的事情,晚上还要操心生男还是养女的事情。可他们从不关心一头驴怀孕的事情,一只狗发情的事情;他们也辨不清日头到底从谁家的烟囱上到了谁家的水缸里,闹不明一背篓穰柴怎么就从张三家的麦场里跑到王麻子家的灶火门下的事情。可这些,对蹴在墙根儿下晒阳圪暖暖儿的韩三儿李大牙他们来说,就是顶顶重要的事情——

村儿里总有些秘密要被一些人记得;人伙伙儿里总有些古老的传说要被再讲说一遍。一些人的风流韵事,总要被另一些人悄悄惦记一回,方配得上"风流"二字;一些人家的双生子娃娃,总要有人给打个记号,才能区分开来。

要不然呢?

要不然,村子就没有历史。没有历史的村子总要头重脚轻。而村子的历史,就在墙根儿下,在墙根儿下的阳圪暖暖儿里;在韩三儿李大牙杨铁柱他们的牙缝里;在他们慵懒的讲说里。只不过他们不把那叫历史,而是叫作古今,叫作光阴。

其实,光阴不单是用来打发的,还是用来忘却与记忆的。在一遍遍的讲说里,谁家跟谁家因为一犁地结下的仇,讲着讲着给讲没了;谁家和谁家上辈子交好的事情,现在添油加醋地又给增加了许多新内容。于是,现在仇人家的后代又欢欢喜喜糖着相邻的两块地;而交好的那两家亲上加亲,见面非要拽住对方上家里吃饭,仿佛上辈子就互相欠着一笸箩馍馍。

你看看,现在你要了解一个村子的历史,就不必去文化馆,更不必跟着一个人的屁股追问,它就在一堵墙根儿下面,就在一根木头旁边,就在墙根儿下的阳圪暖暖儿里头。

那里头有世世代代说不清道不明的事。

可那也已经是不久前的事。

不久前的事,仿佛已经成了很遥远的事。

不知怎么,只一眨眼的工夫,墙根儿不见了,木头不见了,顺着墙根儿溜坡坡的阳圪暖暖儿也不见了。取而代之的是一座座的青砖大瓦房,或是一排排的"新农村",看着阔气又排场。

可大瓦房和"新农村"到底太新太硬。新了硬了就存不住光阴。

其实,倒也不是太新太硬的缘故,是蹴在那堵墙根儿下的韩三儿李大牙赵瘸子杨铁柱他们不在了。

他们一不在，村子一下就轻了。

其实也不是轻了，是他们跑上山了。他们在山上顶起的一个个土包包，又让山长高几十厘米，于是打破了村子的平衡。

他们这是跟他们的父兄一样，跑到西山或东山的土包包里，跟他们的先人们比高低去了。

他们在一伙儿一伙儿的年轻人离开的脚步里和一泡一泡的娃娃伙儿进城的喊声里，顶自己的土包包去了。

这帮闲人，原来是一帮这么自私的人！他们自己晒够了阳圪暖暖儿，打发够了光阴，他们够本儿了，却全然不顾身后的事情。

年轻人跑完了他们不管；娃娃伙儿走光了他们不说；媳妇子跟人跑了他们不骂；驴啊牛啊骡子啊挨了刀子他们不问。以前他们不这样，他们不这么自私。那是他们关心的、天大的事。可现在这天大的事，他们居然不闻不问！

韩三儿啊李大牙啊，赵瘸子啊杨铁柱啊！呔！你们这帮自私的人！

就在我咒他们时，骂他们时，他们不愿意了，他们脸红脖子粗了，他们搋起袖子要打我了，他们张开豁豁牙要数落我了。他们说——

你们都走了，总要有人留下哩，你们走南闯东去了，总要有人照看那些西北风哩。

老房子塌了，总要有人念叨两句，墙塄倒了，总要有人言传一声，房檩子被人挈走了，总要有人打个招呼哩。

——后人们发达了，可也要晓得自己的先人哩！

我们跑到山上，顶了土包包了，看着是远了，其实看得亮清，看得分明……

我知道我无话可说了。

沉默着，耳畔只剩下风。

风里还有一句话。他们没说，可我听见了——

老墙根儿不在了，还有阳圪暖暖儿哩。有阳圪暖暖儿在，就能暖人心哩！

2019年11月

麦子的一生

十月的一天夜里，月黑风高，父亲母亲做了一次记忆中最深的长谈，他们说到了风，说到了雨，连一只布谷鸟都有所提及，就是没有提起我。也许提起我了，只是我那时尚不在人世，于是便错过了他们不可告人的秘密。而是夜，他们所兢兢业业密谋的一切，要我若干年后才知晓。总之，那是播种的时节。种在炕上的一茬还要若干时日才见端倪，又或许只是白忙一场。而另一个决定却是板上钉钉。使他们下定决心的不是他们的努力，而是夜里那一场细雨。

第二天，他们就把昨夜的事忘了。大人们就是这样，对于自己偷偷做下的事，从来不表现在脸上。现在，这一天跟以往的一天没有任何区别，只是，一些麦子的命运将发生转变。但其实转变从去年就开始生发了。那时，那些麦子不知道，自己将担负怎样的使命，以及怎样于懵懂中被人的两只手捉弄。当父亲解开驴缰绳时，麦子已然驮在驴子的脊背上。驴子从来不会觉得无辜，向来逆来顺受，现在它凭直觉行事，走向熟识的那块地了。那时，天还擦黑哩。

那坰地是爷爷当年耕耘的地方，到处混合着爷爷的气味。使人觉得用半页瓦楞隔开的地界那么神圣，而地埂塄上的马冰草亦是庄严的。对此，父亲从不敢违拗。父亲深知自己亦是爷爷种下的麦，现在轮到他播种了，他不由想起爷爷严肃的面容。爷爷说，粮食粮食，有粮就有势。对此父亲当然深信不疑。

父亲几乎以恭谨的姿态把驴身上的麦种端下来，解开草绳，掬一把在手心。麦种在晨曦中闪着金光。太阳是啥时候来的，谁也没察觉。直到远处一声吆喝传来，父亲猛然有了信心，他给驴子套上笼头，挂好鞍鞯，他似乎有心要施展自己的才华。连身边的驴子都受了鼓舞而咴咴叫个不住。父亲做好一切准备，终于大踏步向远处塬顶的红日走去。

地是早前犁过的，现在只要耱一遍。父亲吆起驴，嗯儿昂昂——咻喈！死恰滴！父亲喊得忘情，母亲站在耱后头想笑，差点松开捉住的驴尾巴。终于忍回去。有人在吼秦腔，父亲以嘴角微微表达他的蔑视。此时任何的不够专注，在他看来都是不务正业。当然，这也是爷爷教给他的。

爷爷教给父亲如何种麦子，我当然是从后来父亲向我讲述中想象来的。就像此刻关于父亲母亲的一切动作。但问题就在这里，作为号称农民的孩子，又书写着农村的我，却要依赖想象来还原这片生养我的土地，其实颇感惭愧。就像我很久以后才明白一句话中的道理——

没有大粪臭，哪有馒头香。

当时觉得把大粪和馒头联系起来，足以达到恶心的程度。直到我把词汇置换成如下句式——

没有农民臭，哪有天下香。

当我懂得这话时，已离开土地。我已开始怀念大粪的臭了。但对父亲来说不是问题，因为他此刻抓起一把和了粪的麦种，正播撒呢。挂在脖子上的粪斗，是爷爷亲手做的家什，现在它在父亲的脖颈上摇摇摆摆，和着父亲鸭子一样的步伐，一把麦子随粪土扬起来，在空中互相碰撞一下，那是它们彼此最后的亲密，然后向四处散开，终于落进耩出的沟垄里，最后又被埋进土地里，开始它们许久的思念。

麦子种进土里，人似乎可以松口气。父亲学着爷爷的样子，蹴在地埂上卷了一锅旱烟，却把自己呛出了泪。母亲终于有机会把之前的笑补回来了，甚而加倍。父亲宽容了母亲的放肆，也宽恕了自己的无能，只好把一支卷得很不像样的旱烟如爷爷般咂得叭叭响。汗不合时宜地淌下来，迷了眼，父亲全不在意，仿佛刚才的功业已把前头所有尴尬抵消了。他看着自己刚刚种好的一茬麦，欣赏地笑了，也不知是笑地里的麦还是笑他自己。

父亲的笑可算作一个总结，当然只是总结他自己。关于麦的一生，又该如何总结，父亲大概从未考虑，原因是他亦不过是个半吊子的农民。种了麦，他还要赶去数十里外的县城上班，而这任务就交给了几十年后的我。忽然要我总结麦子的一生，我却一如父亲当年那样，尴尬地笑了。当我终于抓耳挠腮还是无从谈起时，就以上面的文字，姑且算作麦子前半生的记忆。

没错，就像人的前半生一样，往往被什么遮蔽住，往往不懂事。直到某天真地把人世看亮清了，然而也就感慨光阴荏苒。但现在还不必。麦要过一阵儿才出苗哩。

等麦出苗时，人却没有闲着。人没闲着不是手头有过不去的要紧活，人在忙着操闲心哩。人忙着操闲心不是真的闲着无事可做，而是以更多活计哄骗自己，以便不用看老天爷的脸色。人们盼着下雨，又怕雨太大，把地板结了，麦不露头。但人们不说，怕泄露天机，于是男人把臭脸甩给女人看，女人拿笤帚疙瘩给娃娃看。好在一切按着人的心意来了。出苗了。但娃娃们的委屈无人负责，他们只好瘪着嘴，以为大人全是奇怪的东西。

接着，一个平平常常的日子，细的雨丝夹着一星半点的雪花，正纷纷淋淋地向大地飘洒着……黄土高原严寒而漫长的冬天看来就要过去，但那真正温暖的春天还远远地没有到来……

等等——这句子怎么这么熟悉。噢，是路遥先生《平凡的世界》里的句子，怎么一不留神跑到了这里！

但要我怎样呢？麦经一冬，现在正盼着开春儿哩！正等着一场纷纷淋淋的雨哩！怕是路遥先生也这么觉得的吧？于是他的句子就成了最好的注解。雨终于来了，而人和麦的见面呢？

人和麦见面，已是清明时节了呵！

可算久违了。当人们踏着春的步伐再次奔向田野时，竟不敢相认了。麦们简直以为可以放肆，它们嗖嗖地窜开了，引得上坟的孩子们把上坟纸向麦田延展去。插进麦田的纸条迎风招手，替代了麦苗欲言又止的倨傲与含蓄。回去的路上，人们听到麦苗生长的声音，就像夜里梦醒后腿疼的孩子被娘说，那是在长个子。孩子跟麦子赛着长个子。转眼孩子脸上生出一颗颗的红豆豆，就像麦穗上生出的麦秀。

麦秀是麦的花儿。现在麦们是及笄之年的绣女。绣女有待字闺中的羞涩。一阵风来摇曳着，头碰头说着什么，待要侧耳倾听时，她们却抿嘴笑了——

讨厌！人！

讨厌！麦！

嘴上说讨厌，可心里欢喜。难得又是好年景，农人们不说。笑笑地，把旱烟锅嗑得叭嗞叭嗞——

旱烟锅的叭嗞声引来布谷鸟的嘲讽，人们朝天上看时，却不见布谷鸟的影子，忽然心惊，忽然闻见一种幽香。他们的鼻子灵着呢！他们闻惯了这味道的。

麦子要熟了。

这是天大的消息。他们开始磨刀霍霍。

要我怎样描述麦子的后半生呢？大概要从它们的被杀开始。农人们磨刀时向来习惯沉默，大概沉默的习惯是虔敬。其实早开始准备了。从往祭奠先人的香炉里填满麦子开始,从二月二炒麦豆豆开始,从双手掬起一个馒头时开始,他们就为此刻做着铺垫了。现在的磨刀不过是最后也最隆重的仪式罢了。

但倘若大人们知道,这仪式已经由孩子们的手完成,大概要气个半死。就在十天半月之前,一些孩子已经揪下一些麦穗,扯来一把麦草,欢欢喜喜燎起了麦梭。

毕毕剥剥——毕毕剥剥——

一些麦穗半路夭折在将被杀头的黄泉路上,却满足了孩子们的口腹之欲。孩子们满足的笑容,是向麦子先行一步的致敬。而那些被火燎的麦子亦可因此而快慰平生,因为一些磨出寒光的锋刃已伴着清晨一丝晓风杀奔在路上。

杀奔在路上的,不包括我的母亲。

因为母亲此刻正生闷气呢。

这一切得从前一天说起。不,得从我的嘴馋说起。不知何时,母亲发现自己的记性越来越坏,常常是前脚把某样好吃的藏起来,后脚就不见了。母亲终于对自己的记性失去耐性,于是这次索性把几根黄瓜藏在水缸里。那是母亲专意湃在水里,等父亲割麦乏了回来后,下饭的凉菜,如今早已凉了我的肚子。我向来有这样的本领,母亲要找扁担担水,我却拿了填炕用的推耙过来,但倘若她藏了什么好吃的,一定在她忘记之前被我寻着。

但这次出了意外,我被凉黄瓜吃到拉了肚子。母亲罚我届时背麦。我说背麦就背麦么,怕什么! 当然,我是噙了泪心里这么说的。

父亲终于从县城赶来,加入割麦大军。

多年后,我用现代诗人李尚朝的一首短诗来形容——

> 麦子黄了
>
> 麦子真的黄了
>
> 它们整整齐齐地站在微风里
>
> 一点也不害怕刀子

不怕刀子的麦子们现在慷慨就义,不及舔舐新鲜的刀口,任一捆捆向天而立,表达最后的倔强。怪不得出自黄土高原农人之手的麦子具备这样的性格,它们有农人脊梁一样的黄色。那是太阳的颜色,亦是黄土大塬的颜色。大约当年,麦子跋涉万里从"新月地带"的两河流域往华夏黄河谷地时,就抱定这样的决绝;后又与黄土地的人们特别投缘,终于在这里与贫瘠的土地一起扎站。现在,它们依然涵养着黄土地上人们倔强不屈的头颅与身躯。

当我遵从母亲的教训，跟着大人们把一捆一捆的麦子运往场院，于一个风清日朗的日子里，看它们终于在连枷与碌碡的拍打与碾压下露出真容，麦子们也终于有幸目睹且回望自己的一生。

当我这么叙述时，我把中间很大一部分省略了。因为当年父亲种下一茬麦子时，于前夜才种下我，于是当我被母亲罚背麦时已是若干年后的事情。而之所以出现这样明显的交错，是因为我以为我的生命恰是从认识一茬麦子开始。当然不是说之前麦子不存于我的生命，而在于在那之前，我以为人们种麦收麦不过是寻常的事情，简直就像捧起一个馒头一样理所当然。

直到后来我亲自背了一捆捆的麦子，又于碾麦扬场晒麦之际，加上我贫乏的想象回顾了麦子的一生，仿佛才把过去失忆的部分生命补充完整。因此可以说，我生命真正的开始，就是源于认识了麦子的一生。

认识麦子的一生？

然而终于一天，我亲自把这样的论断推翻了。因为我终于知道，不是我认识了麦子的一生，而是麦子观照了我的一生。非但是观照了我的一生，且观照了父亲的一生以及爷爷的一生，乃至上溯若干代，先人们的无数生。一茬一茬的麦子，以及经由它们留存的种子，在人的手里播撒，又把人收割了。哪里是人种麦割麦，分明是麦种人割人。

想到这里，我才想起那夜，那谈论着风，商量着雨，又关注着布谷鸟的父母，他们的密谋是一个多么重大而深远的决定。倒不是说我有多么重要，我不过是恰好来临的幸运儿罢了，而他们下定要撒下一茬麦子的决心，才是他们最最重大的决定。

只要还有一茬一茬的麦子，还有一茬一茬的麦种，养下一茬一茬的人实在不过是轻而易举的事情。

这是父母那时的见识，也是祖祖辈辈父老们的见识。

今天终于又成为我的见识。

原来以为的关于生命的重大意义，在终于见识这一层时，想到我不过是麦子那历经万万年岁月中，于奔流不息的历史长河里的一个微不足道的注脚，才觉得它那么轻盈，轻盈到如扬场时，一粒粒麦子落在草帽上，砸在裸露的臂膀上，跌到粗糙的脚跟下，那么厚重，而我，不过是随风而逝的一粒尘埃罢了。

于是——

当初那个十月的夜又渐清晰起来，跟着清晰的还有这个五月的夜。十月的夜是父母的密谋,经年后,却留给今天五月的夜一个谜底,而这谜底跟一场风有关,跟一场雨有关,跟一茬麦子有关。唯独不与我相关。与我相关的,只是一茬麦。

现在,我打算要向黄土地上一望无际的麦田里去寻了,如寻一茬麦子的一生,去寻我所谓生命的意义。

并且终而某天,我将连同我一切的生命都和一茬麦子连在一起。我生命的意义,将在一茬麦子的意义里了。

2020年5月

村庄卧在草垛上

面对村庄时，人才发觉想象的空洞与词汇的贫乏。村庄不是脑中的概念，也不是写出的文字，村庄只能被感到。这是当我某天遥望故乡时发现的道理。那时，我望见月亮在天上，带了她淡淡的哀愁，倚住低垂的屋檐，忽然跌落在草垛上。

草垛是月亮的窝。月亮走着，在这个草垛上歇歇脚，向那个草垛前望一望，当月亮走遍整个大塬，看过所有草垛，村庄已安然睡去，睡在靛蓝色的梦里。

是夏之梦。布谷鸟已叫过三遍。尚未从梦中完全走出的人，跟胡子说话，跟窗子说话，跟心情说话；窗外，一把镰刀挂在屋檐下。而镰刀只和风说话，人捉了一辈子镰刀，却并不认识他。人以为镰刀是被一茬一茬麦子割老的，其实，是一场一场的风，使镰刀弯腰驼背、舌钝齿疏。

人不知道的事，风知道；风知道的事，镰刀也知道。他们相知，相惜。使他们相惜的，是远地里一垄一垄的麦子。风是麦子的信使。当人侧耳倾听，不过徒增一点心事罢了。

为这心事，人迎着日头，扯开大步，向麦地走去。人和麦交相膜拜，又把彼此踩在脚下。最后，用一根绳子捆扎实了，共赴一场面目相似的命运。碾了，晒了，都呈金黄色。而见证收获的麦草，被人摞成草垛；摞起的草垛，还给风，撒给雨，喂给牲口。但这之前，得先交给一些孩子。新鲜的麦草，洇出一种使人安宁的味道，仿若婴儿发肤间的奶香。孩子们挨过来了，靠上去了，日头筛过树梢漏进发丝，他们长长打个哈欠。未来是遥不可及的梦，而当下是能够噙住的水果糖。

当孩子们一觉醒来，满眼秋色。那时大地丰满，瓜圆果熟。孩子们奔向远方，暂时将草垛遗忘了，同时被遗忘的，还有他们留在夏日里的故事。现在，孩子们遗忘了的事，由大人们想起。使大人们兴了这念头的，是目下原野里那一场蓬勃。使他们觉得非要发生点什么，方不辜负。于是一天夜里，趁月亮未攀着窗棂的时候，人们赶往麦场，人们绊倒在草垛下。那时，自以为是的人们将发现，一些麻雀啊,鹌鹑啊,甚至是一些猫儿,已先于他们把许多故事藏在草垛里了。人们嘲笑自己,却也感激那些捷足先登者。人们借由麻雀鹌鹑猫儿们的殷勤,给自己鼓劲儿,把自己埋进去了。人们低吟了一首激昂的歌,一首古老的歌。风听不见,月亮是早早躲开了的。村庄里静悄悄,仿佛什么都没发生过。唯有天明时,背了背篓扯麦草的孩子才能发现,一些事物改变了形状,那改变的形状又改变了一些风的走向。孩子把笑挂在嘴角,笑锁住一些不寻常的东西,那不寻常里头,有整个村庄的秘密,也是整个人类的秘密。

当草垛染上第一层霜,当燕子为第一次的远行打点行囊,当人们照见脸上新添一道皱纹,西北风已在来时路上。人们知道将来的一场雪,要使一切都覆盖了。原野上空空荡荡,柴火在锅灶间亮亮堂堂;人们觉得终于可以为一些无关紧要的事,打发掉一些安闲的时光。当男人们蹴在草垛前抽旱烟,烟锅里星子一闪一闪;女人们丢进大铁锅里的油饼上已泛起一朵一朵花儿。女人揩把汗,把垂下来一绺头发挽向脑后,猛呵一声,去叫你大吃饭!女人说这话时,有一种豪迈的温柔。当油饼坐上炕,大雪使一切归于宁静,连天地都不存在了。那时,被扯了千百回的草垛,温顺着、沉默着,能被她拥有的,是雪赐予一份孤芳自赏的妖娆。

终于某个出暖阳的午后,有个孩子突发奇想,他去了麦场。他走向草垛,眼仁里乍现光芒。草垛上的雪,丝丝融化,继而滴滴答答;那滴答处,竟有串串晶莹剔透的东西摄人心魄。为这新发现,孩子一阵慌乱。那不是冰凌,是雪水攀缘麦梗结成的冰糖葫芦。他摘一串儿来,嘬进嘴里滋溜有声,他感到巨大的幸福。且这幸福终于打破他的私心,随之而来分享的喜悦又攫住他的心,他呼朋引伴。眼看更多孩子嘴里噙了那冰凌,他们嘬着,互相攀比又彼此追逐着。最先发现的孩子,蓦然回眸那一瞬,觉得草垛竟那样瘦了,因瘦而想到自己的母亲。而此刻手中所有的,就正如母亲的乳头。他忽然想哭。当他想哭时身旁的孩子仍在嬉闹;他们的嬉闹恍若背景渐渐邈远,他的心却向自己更近一步,也向草垛更进一步。

这个孩子每天还来扯柴的。只是他的心感到痛楚,他的动作开始变得温柔。草垛一天天佝偻下去,佝偻的草垛让他隐心轰然倒塌的危险。他心里怕,却忍不住还要亲近。很快又有发现让他激动起来。那是一个春日的早晨,他发现老迈苍苍的草垛顶头,竟洇出一汪尨茸的麦苗。即刻有一层绿色的雾笼上他心头。

他把这发现告诉大人。大人们情知那雾正显出草垛的苍老,苍老的草垛,再藏不住半点秘密。他们决定拿出更多的麦子,把那更多的麦子撒在原野上。而当原野上秀满麦苗时,他们已于一个月黑风高、阒无人声的夜里,把另一些种子撒在炕上。夜里的营生跟白日的营生都没耽搁;原野里与热炕上种下的都叫希望。原野上的麦子会发芽,会出苗,会再次接受人的膜拜镰刀的致敬,会被绳子押赴麦场,再次为村庄孕育一些秘密。为这秘密,还将有孩子来扯麦草,还将发现一些被改变的形状与被改变的走向。

那时节,人们又将忙碌起来。

当人们忙自己的事情时,闲着的便唯有月亮。唯有月亮一如既往地来,从一个一个村子走来,倚向场院里一个一个草垛。草垛是月亮的窝。一个一个的窝,给月亮歇脚,也把村子驮在背上。这是人们万万没想到的,人们仅以为那是草垛。而这唯有当初那个摞草垛的人清楚。摞草垛是一场行为艺术。他手持木杈,他身姿曼妙,一绺一绺麦草在他手中扬起又落下,似青衣水袖,又似军旗猎猎。一起一落间,将一些人生安排妥帖了,又借机把村庄的历史梳理一遍,仿佛诉说一腔化不开的深情与一场逃不脱的宿命。当人们为他的手艺感到满足,便不再把宿命当成一种负累,相反倘若摆脱这宿命,才是万劫不复。

这一切,被月亮看到了。那时月亮正倚着低垂的屋檐,向一个草垛跌下去。

谁能预料,这样的失足,竟成遗憾。那是随着一些会摞草垛的人走掉以后,紧接着围观草垛的人,也纷纷不见。走掉的人带着他们各自的秘密,埋进大地深处,留下一个一个土包。游走于土包之间的,便唯有风,风要把一些秘密告诉镰刀时,镰刀却垂垂老矣。像那些老去的人一样,像那些老去的秘密一样,老去的所有,成为传说却没能成为传奇。当所有人一齐出走,任由天荒地老,守住村庄的,便唯有零落在麦场上那些衰老的草垛,正如被荒唐世间抛弃的诗人。草垛,成为大地上最后一批且听风吟者。

她们仿佛吟道——

今夜没有秘密,唯有风奔跑在似曾相识的原野上;今夜没有胡子,没有窗子,没有人来到麦场,只有一把镰刀,仍旧挂在屋檐下。月如钩。

2021年4月

妈妈，今夜我走进胡麻地，与你一起，撒下满天星子……

胡麻地里的星子

四月某天,母亲把一料胡麻撒在东山顶上我家一块地里。风摩挲母亲的长发,发底钗影横斜、流云清浅。胡麻籽流经她指尖,纷纷潜入地隙,留半个脑袋窥探着;却敛了太阳清辉,星眼娇憨,晴光婉转,似捉寻不可预知的命运一般。母亲的手,如脂如荑,抚过每一寸天空时,几乎透明。然而这双手,舞弄间,仿若女娲点化。小小胡麻籽,从此将出芽,将生根,将抽叶,将开出朵朵紫色笑靥的漩涡。关于生命这回事,其奥义,大约要我一生去领悟了。母亲身姿轻盈,又那么贞静迷人,一如沉默大地。不必深究。深究什么呢?人世一切不过自自然然地发生着;自然发生,自然再好不过。

是雨后初霁的一天,母亲戴了草帽,拖了我的手,去往胡麻地。阒无人声,唯风飕飗,天光云影若梦,四处漂浮着万物滋长的讯息。

看呐!那胡麻芽儿,噢不!那一双双、一双双爱娇的小手,向上伸着,祈求抱抱似的——

简直惹人可怜。

母亲吁一口气。若我想象里任何一个娩出婴儿的母亲般如释重负,又随即生出她自己亦不曾察觉的温柔。母亲的目光攥住每一双小手,又向每一抹绿颔首微笑。当空气里氤氲阵阵泥土馨香时,母亲同我坐在地埂上,宛若雕塑。母子俩头一次正式地聊起了天。母亲的庄重使我缄默,同时使我想要长大的渴望如此强烈。母亲说起我那死去的姐姐,又说起她眼前的儿子。她说,等我长大,长大后就有人帮她照料这块胡麻地了。我羞涩一笑。母亲发觉我的羞涩,也笑了。更像是笑她自己。

是夜,我做了一个梦。梦见一地胡麻,绽放紫色花朵,像满天繁星。星星一个一个挨到母亲身上,给母亲白的确良衬衫染上朵朵碎花;又攀向母亲的草帽,织出一个花环。梦里,想起母亲的话。母亲最喜欢女儿。可她唯一的女儿,我那个姐姐,生下我前一年,夭折了。为着一生失却的梦想,母亲把希望托付于我。

母亲说,她没有女儿,儿媳妇就是她的女儿。

那是唯一一个不敢告诉母亲的梦。那时太小,怕母亲笑话。但母亲还是笑了。母亲笑在两个月后。两个月后,看到满是紫色星星的时候,天空都跳跃着,要向人倾诉衷肠。一只狗头蜂,在这朵花上思考,忽然醒悟了,向另一朵花扑去,打秋千又打坐参禅;一只蝴蝶睡了,等人靠近,却卖弄她的舞蹈。阳光驮在身上,已经很有些分量了。脚下的土地格外柔软,步伐过处,感到一种蓬勃的力量。当我想要说点什么时,平生第一次感到喜悦;当我感到喜悦,却什么也不用说了。喜悦不同于快乐。是的,喜悦是唯有生命唤醒时才有的表达,给人憧憬,给人希望。当我再看胡麻地时,看见那紫色的花朵,看见一地似母亲的女子,身着有碎花的衬衫,向我走来。可惜那时,我并不知道,人生中除了喜悦,还有忧伤这回事。

是一个夕阳染红长天的傍晚,一地摇头晃脑的胡麻,拔尽了,身后空荡荡。一捆捆胡麻摞在架子车上。父亲吸一口烟,将去脖颈上的汗珠,吐出最后一个烟圈,对这一天的劳作打了句号。架子车后,刹车圈上站着母亲,掌辕杆的父亲不见,高高的胡麻摞后,唯有他浓重的呼吸。

田埂间的路原本就窄,为占得一拃便宜,禁不住沿路人家的犁头年年蚕食,已仅容架子车轮碾过的宽度。勉力通过一户人家地畔时,一边车轮还是陷下去了,顷刻,架子车翻入人家地里了。几乎同时跳开的父母亲,目视眼前一切;而身后的我,懵懂现实抑或梦境。车轮仍轧轧转着,天地顿住,空气凝结。父亲忽然暴跳如雷,喝喊那家先人的名字。不知何时起风了,风中传来母亲低声饮泣,饮泣使她的确良衬衫上的花朵随之颤抖。

那紫色的花,曾开出满天星斗,此刻,却让整个天空布满忧郁。

我心里恨那家人,恨他们将那条路挖成那么窄——窄的不是路,是人心啊。

而若干年后,我仍要恨,恨他们为何不将那路彻底掘断。倘没了路,母亲便不会独自走进胡麻地——

不独自走进胡麻地,母亲便永如当初,拖了我的手,去种胡麻、拔胡麻,去撒下满天的星星,用那星星装饰母亲的的确良衬衫。而独自踏上那条路走进胡麻地的母亲,再没走出来。

那个清晨,母亲徐徐步入她曾亲手经营的胡麻地,这次,却是把她自己种下去。连并着种下的,还有她那件衬衫。那是世上最后的胡麻地;而曾满目星斗的天幕,如今一个星星都不见。从此,世上只剩我。我是遗落人间孤寒的星子。我从地里挖来一抔土。那是曾生长胡麻的土地。如今,我要用它来种星星。

胡麻地从此荒着。

那抔土,随我飘零他乡。

荒芜的轮回,走过四季,风雨一程,霜雪一程;而我的人生,只剩一季,永远是母亲走进胡麻地那个清晨,天上、地下,空空荡荡。

直到某天,终于可以把过去多少年的心里话,向母亲诉说一遍。那时,我带妻去看母亲。往胡麻地的路上,我看到母亲一如从前的笑,看到母亲的儿媳妇跪在母亲面前,握手说着属于她们的体己话。然而心中演绎多年的情节,并未上演。我想这不该被导演,正如之前并未向妻提出我的要求,一切当自然而然。那一刻,我唯有将心底的愧疚向母亲诉说,而把荒凉留给自己。母亲仍然笑了,仍然那么欣慰那么满足。母亲似乎理解,她似乎告诉我,她并无遗憾。

我想要女儿,上天果然给我女儿。我切切盼着女儿长大,长大后,我要带女儿跪在母亲面前,告诉母亲:母亲你看,这是您的孙女儿。那时,我将看到女儿笑向母亲诉说,呼唤自己的奶奶;那时,我将给予母亲一生最大的骄傲。

但女儿懵懂。懵懂的女儿磕了头,跟新结识的伙伴儿们一起放鞭炮,玩耍去了。不知何时,我笑了。不知是笑女儿还是笑我自己。以为生命的长河,会径自流淌,正如一代向一代灌注的血脉。却未想到,这生命之河从源头下来,终要分岔的,终要一头扎进各自的航道。曾以为记忆是生命本身,它从不虚妄,却忽略了记忆要向各自的生命历程托付。我又有什么资格,凭自己的记忆,而企望从未走进一段生命历程的人,有与我一样的希冀。

我以为我笑了,却哭着;当我哭着时,我却笑了。

我知道,当初的约定,唯我与母亲之间。

昨晚,又梦见胡麻地,一地紫色的花朵摇曳。午夜醒来,我把那抔土埋进花盆。身边妻与女儿熟睡。我遥望东山顶那片胡麻地,一朵一朵,紫色的花,她们又是一颗一颗闪烁的星子了……

2021年2月

母亲的千层底

再没比母亲更巧的人了。这是村里人说的。

母亲做的饭，人说"煎爨"（爨，音 cuàn，香气浓郁扑鼻）；母亲做的衣裳，人说"吃板"（合身，熨帖之意）；母亲走路，人说"攒劲"；连母亲养的娃，人都说"心疼"。说娃心疼，是夸娃哩，可母亲先笑成一朵花儿。笑成花儿的母亲正蹴在小板凳上锥鞋底呢，笑笑的母亲，怎么那么俊。

母亲模样儿俊，母亲做的鞋，模样儿自然也俊。我这么看着母亲时，母亲捉了针，针尖在发间篦几下，针尖沾了头油，更顺滑地从鞋底穿过去；但母亲仍然要用很大的力，有时还要借助牙齿咬住才能把麻绳拕出来。那时节，太阳已经跌进塬上的草窝窝里了，最后一只鸡归了架，我看母亲佝了背，一绺头发垂下来，她交替活络一下手腕，相端相端手里的活计，她就要伸一个懒腰了，我想。她终于快把一个鞋底纳完了，我想。空气那么静，我们都不说话。

多年后再次想起，还是这样的画面。但那时我怎会懂得母亲呢？我那时的想法，不过是盼着早点儿穿上母亲做的新鞋，迎接小伙伴儿们歆羡的目光罢了。

母亲做的鞋，配得上全世界的羡慕。当我穿上新鞋，脚尖儿在地上踩着时，这感觉油然而生。母亲还不放心，说，再踩一下看看。当我真的使劲儿踩了，她又心疼，要拧我的耳朵，手却在半空改了样儿，改向脚尖按压两下，终于觉得再合适不过。母亲笑笑，摸摸我后脑勺说，去吧！我就欢天喜地玩儿去了。

母亲做的布鞋，是我许久以来的荣耀。

可这次情形却有点不同。这不同是我跟杨晓东一起去操场上玩儿的时候发现的。我看见杨晓东脚上穿了一双之前从未见过的鞋子。瞬间，就觉得自己脚上那双新布鞋它成了老布鞋了。老而丑的布鞋，使我不敢使劲跑和跳。我终于知道，那是杨晓东的爷爷从龙山镇的集市上给他买的运动鞋，他管那鞋叫"猪嘴鞋"。猪嘴鞋的说法很贴切，鞋尖是橡胶包了的，向上翘起活像个骄傲的猪嘴，又像杨晓东此刻得意的嘴。猪嘴鞋有啥能的！我想。猪嘴鞋真好看，我想。我说晓东晓东我们回去吧！晓东说,急啥,还早哩!

早个屁呀！你不就是"卖派"你的猪嘴鞋哩嘛！我心说。杨晓东不知道我心里的话,可我知道自己的落寞,我心里有个太阳,它突突地从头顶跌往脚底下了。看看脚下的老布鞋,我头一次恨上了母亲。

回家,觉得饭不香,汤没味儿,反正啥都不合适。母亲看我嘟嘴,问我咋了。我说没咋！没咋是咋了？母亲又问。没咋就是没咋,还要咋！我瞪一眼母亲,鼻子里忿忿出气。母亲端起剩下的饭走向厨房时,我看她的背影,我想起龙山镇集上的猪嘴鞋,我想起得意的杨晓东。再别想让我吃你那难吃的饭！我想。你做的饭跟你做的鞋一样丑。我想。

母亲有那么俊吗？我开始怀疑。

自小就这个毛病,心里话就不想直接说出来,非要人猜到才满意,尤其最亲近的人竟不晓得人的心思,是多伤心的事。难道你竟不晓得没有猪嘴鞋,要我在杨晓东面前多难为情吗？亏你还是我妈！临睡觉时,我心里更恨她了。我恨着母亲时,母亲在堂屋里"掐麦秸",那是母亲零用钱的出处。虽那么说,其实卖了麦秸的钱,还是攒起来给我和我哥扯了布,做了衣裳。那时母亲的医药费已花去父亲多半的工资。母亲知道自己的亏欠,可她不说。她不说,我爸我哥都感觉得到,而我感到时已是后来了。那时,我只听见母亲掐着麦秸时轻轻的叹息,像霜无声落在屋顶。我还听到夜里我的啜泣,把梦打湿了。可我并不打算妥协,我就要猪嘴鞋！凭啥我没有猪嘴鞋！梦里这想法更坚定了。

漫长的一天呐。

杨晓东还算我的好朋友吗？当我背起书包回家时,心里这么想。

杨晓东咋有猪嘴鞋哩！看母亲并没有猜出我的心思,在她舀饭时,我冷不丁来了这么一句。母亲没听懂,碗还端在手上,看着我的眼睛,我狠狠剜她一眼转过头去,却瞅着自己的鞋。母亲把碗墩在桌上,这声响激怒了我。

我就要猪嘴鞋！

这一声喝所需要的勇气,使我自己也吃了一惊,下意识瞥一眼母亲。母亲的不解与愠怒从她眼里渐向她眼角的皱纹洇开来。那皱纹里平常写满慈爱的,不知怎么此刻变得假惺惺,我于恐惧里带着幸灾乐祸,宁愿她要来打我,我的要求便有了合理的凭借。我等她问,问关于我的愤怒,问关于猪嘴鞋。当然最好是她的巴掌来问,我就可以理所当然地反问她。母亲向来脾气不好,这次却出奇沉静,有那么一瞬,使我恍惚以为已经得逞,又或许更添了恐惧。但恐惧也给人壮胆,不是么?

我就要像杨晓东那样的猪嘴鞋!说着时我的两个脚跟已交替踢开布鞋,甩出去了。

母亲盯住甩向门口的鞋子,我看到了她的失败,我甚至看到她握住饭勺的手带动臂膀微微地颤动。两只布鞋,一只无赖一样立在门板上,一只死猪一样倒扣着,那么触目,是向母亲无情的示威。母亲顿住的几秒,空气凝住了,忽然,她转向我,眼神陌生而锐利。我看到她的鼻翼微微翕动,这时,我已脊背贴住墙根向门口趋蠕了,眼看母亲举起饭勺,一刹那,我跳脱奔向门外,却听见自己尖叫一声——我感到头皮辣了一下,就绊倒在院里。

醒来时,我在母亲怀里,一摸,头上一个大包。身上的暖和心里的委屈一并袭来,要使劲挣脱,却恋着那点子温存。

"……鞋是新的,才穿了半个月……"母亲似是向我说又像是自言自语。

母亲声音轻轻的,像补偿我刚刚醒来时未完的梦,又仿佛是对她自己之前所做所为的忏悔。

母亲说得没错。当她那么说时,我仿佛又看到她怎样地把一摞旧衣料寻出来裁剪了,铺在木板上,拿糨糊一层一层粘了,晒干做成"袼褙",然后从衣柜顶上的书里翻来鞋样子,比对着把"袼褙"旋了,又拿白洋布包了边,再把几张旋好的"袼褙"叠加粘合,等糨糊干透,拿锥子沿鞋底边一个眼一个眼地扎,又把事先搓好的麻绳一针一针穿进针眼……

然而跟描述的轻松不同,整个过程对于那时的母亲,显得格外吃力,锥子要用了整只胳膊的力转动手腕才能扎透,穿麻绳时,还得借顶针与牙齿才可以完成。若在母亲健康时,她跟一群妇女在一起,大家说说笑笑就把活计做得比谁都俊俏,但现在……

现在为使母亲给我买猪嘴鞋,我已偷偷拿铅笔刀割了我的新布鞋好几回了。起初是鞋底,割不动,又割鞋帮,几乎要割开一个口子了,又不忍真的割坏,毕竟开始心疼,毕竟又看到母亲锥鞋底时的样子——

且不说之后还有复杂的工序,还要铰了鞋帮的样子,敷了绒面,再一针一针把鞋帮缝在鞋底上……但现在,我并不打算把脑里的画面继续下去,那有什么用?还不是比不上一双猪嘴鞋么!

不!我就要猪嘴鞋!

母亲现在无话可说。我要的就是她的无话可说,除非她答应我的要求。

以后,我每天顺向鸡窝,等着捉住一颗还温热的鸡蛋,然后跑到一个老汉那里换来五分钱,又或许趁着没人翻遍父母的衣服口袋,摸出一分二分来。毛票不敢拿。再说,毛票面额大,却没有硬币沉甸甸的分量给人的踏实。

我幻想着猪嘴鞋正一步步向我走来,那形象越来越具体。几天后,母亲却向我打开一个纸包。预感到有什么事要发生,比我偷鸡蛋或翻父母口袋还要紧张——

竟是一双猪嘴鞋!

我瞬间狂喜又瞬间失落。狂喜是渴盼已久的猪嘴鞋现在就在眼前,失落是许久以来的密谋一下失去意义。然而这心思即刻被幸福淹没,使我忘记母亲当时是怎样的表情。那是她掐麦辫的钱换来的,又或者说是她原打算攒起来,过年时给我哥俩做新衣服的钱,现在提前落实成我一个人的幸福,那是作为孩子最想要的宠溺。

当我穿上自己的猪嘴鞋,杨晓东又成了我最好的朋友。我俩手挽手一起去操场上疯跑,或是赛着往水泥砌的乒乓球案板上跳,那身轻如燕的感觉实在美妙。而那双已被我割出一点小口的布鞋已经不见踪影了。

再见那双布鞋时,已是几年后。那天母亲收拾箱柜时,翻出那双鞋子,鞋上的伤口不知何时已被母亲缝合,要不是拿在手里端详,几乎看不出针脚。但那几乎不见的针脚却使我刺痛。那时母亲已无力再做一双布鞋了,因疾病引起的白内障已使她根本没有可能穿针,她唯一还能摸索着做到的,是拿针管吸了胰岛素,凭感觉把针胡乱扎在自己身上。而我也已习惯了穿买来的各种球鞋,直到母亲去世,我再没穿过一双母亲做的布鞋。没想到被我割破又被母亲缝合的那双鞋竟成了我穿过的最后一双布鞋。

而那样的布鞋,终于与我愈来愈远。

那时我到了兰州。当偶尔看到进城的老乡穿着千层底——不,那些丑陋的老布鞋时,竟使我莫名惶愧。大概于我的自卑和虚荣来说,仿佛那样的鞋子,是对我农村出身的窥破。而对那鞋子的鄙视即与过去的卑贱划清界限。我不单与布鞋划清了界限,亦与自己的记忆做了了断。

直到后来我又见到一双布鞋。那是穿在别人脚上的布鞋,那夜却莫名闯入我梦里。我迫不及待想要一双那样的布鞋,一双跟母亲做的一模一样的布鞋。于是打开网店寻找,全都似曾相识,又都貌合神离。到底聊胜于无。到底买下一双并迫切期待着。等终于拿到一双工业化生产的布鞋时,我还是捧起鞋子闻了闻,企图闻到熟悉的糨糊的味道,还有麻绳的味道以及母亲头油的味道。却并不见。怅然若失之际,终于发现,当年要拼命否认与逃离的日子已永远一去不返,我像忘记家门的孩子,呼唤母亲,却不知母亲已离开几十年了。

想起母亲,便又想起往日时光。

我看到母亲还坐在小板凳上,院子里没有风,她一绺头发垂下来,看到她怎样地用锥子扎了鞋底,又怎样地把一根麻绳连咬带拖地穿过去。其时又是傍晚,太阳跌进塬上的草窝窝里了,最后一只鸡归了架,母亲扭转酸麻的臂腕,继而是一声长长的叹息。当落下最后一个针脚,母亲长舒一口气,当她鼻翼上的皱纹又慈爱地向眼角漾开去时,我已偎在她膝前。母亲说试试吧。我蹬起布鞋,使劲跺了跺,笑笑地看向母亲,而母亲的目光在说,再使劲儿跺几下看看,我一使劲,母亲却心疼不已,她摸着我的头说,去吧。

2020年5月

度过母亲的一生

听到一首老歌,猛然觉得,原来自己已经四十一岁了。这数字,同时也是母亲去世时的年纪。紧挨着跑出来的,新鲜又陈旧的岁月,现实与过往交错,陆离斑驳。可我仿佛已经忘记母亲当时的样子了。盯住四十一这个数字,那是母亲留在现世的唯一凭借,它让母亲在我的记忆里永远苍老又年轻着。四十一岁,若以今天的我来参照,总觉得还是刚成人的大孩子啊!人生许多事要去完成,许多责任要去尽到,还有许多想要去看的风景,以及许多想要说却未出口的话,怎忍就此统统抛闪了?这眷恋与不舍使我不敢再想下去。那时,母亲定然也有着与我一样的眷恋、一样的不舍,我又怎忍让母亲在我的记忆里,让那些眷恋与不舍复活,让她再受一次折磨。这使我感到疼痛,忘了身在何处,几乎要喊出一声妈妈了。

自母亲走后,想起"妈妈"两个字,心里总想要叫、想要呼喊的,可我知道自己现在已经没有这种资格。你明白这种感受吗?就是一个人明明在你面前,你却叫不动他的感觉。有时在路上或者公车上,听到一个小孩子喊他的妈妈,那呼喊声要使我心里一惊,然后开始羡慕,甚至还有小小嫉妒。当我开始恢复理智,又觉出自己居然那么可笑,要在意念里跟一个与自己全不相干的孩子争风吃醋。可那感觉又是如此真切,没法对自己撒谎,也只好劝自己:都是好几十岁的成人了,怎么还要这样幼稚!幸好只是心里话,要不然还不被人笑死,又觉得侥幸,渐渐原谅了自己。

可是,不一会儿却再次沮丧起来,自己到底是没妈的孩子,到底短了一口气。心里越这么想着,越要作出高高在上的样子。

一路走来,结婚成家,有了女儿,又有了儿子。转眼三十而立,接着四十不惑。到今天,都四十一了。我不确切知道古人说的"四十不惑"到底指什么,总觉得自己还有太多困惑,日渐累积,并未因年岁增长迎刃而解。总觉得自己还没长大呢,怎么忽然就四十一了。四十一岁以后会是什么样子,倘若母亲活着,我就能知道,但母亲没有活过这个年纪,只有留给我独自体会了。每当这时,就觉得自己是被遗落的孩子,一个人在风里揉眼,渴望着母亲能抚我的头,抱抱我。

我多渴望母亲的拥抱啊。从记事起,母亲就生病,又因倔犟强势的性格,她极少抱我。唯有的一次记忆,深埋心底。那是三四岁时,母亲抱我去舅舅家。时值冬月,朔风阵阵,风从墚上掠过时,卷起一抔黄土,打几个旋儿,又呼哨过枯草不见了。那时母亲初病,身体倒还健硕,她包了绿头巾,眉眼几乎遮去了,只露出两坨红脸蛋,呼出的热气里,有种使人踏实的温暖。那时母亲说话还很有力,当她偶尔大呵一句,要把刚刚被风吹跑的上一句话的把儿撵上时,我要被吓个激灵,又不敢出声,紧贴在她胸前更安静了。知道母亲的脾气,她生起气来神仙挡不住,可我多么眷恋她怀里的温度啊。

那次母亲兴致很高,跟她同村的朋友边走边聊,似乎把我忘了。我怕她记起我,怕她万一把我从她怀里丢开。要不是被她用棉衣裹着,我要被小刀一样的风割了不知多少回了。我不时偷望一眼母亲,瞥见她的绿头巾,以及从头巾下露出的一绺黑亮的头发。那绺头发沿着她红色脸蛋的曲线,被呵出的热气敛住了,母亲揩把汗,我闻到了她脸上雪花膏的味道。那是一种香甜又暖和的味道。那时妇女们大多用它搽脸,但我觉得只有母亲才最配得上。雪花膏是个好听的名字,唯有雪花膏搽在母亲脸上,才给人一片雪花从空中飘下的想象。

正这么想着呢,脚板骤然一疼,直贯后脑。原来母亲把我放到地上了,脚冻麻了却不自知,突然踮在地上,那感觉,冲脑子。一会儿直了腿看时,舅舅家就在不远处的眼前了。母亲风风火火走出一段路,她的朋友在后面半步紧跟着。母亲回手拉我,却抓了空,看见我还在后头。我被她抓空的那只手牵了去,隔着好一段儿路,还能感到她的力量。长大后,我才会形容那种感觉,像吸铁石一样,她只要伸手,我就乖乖被吸去了。

自那以后,母亲再没抱过我。又或许抱过的,只是实在记不清了。记得的就只有这次。虽记得,却总不会出现在我梦里。我梦见过以前很多人,甚至梦见我以为早已忘了的人,还梦见过爱打人的奶奶,梦里已没那么凶。可相比而言,我多希望梦见母亲抱我那次啊,却一次都梦不到。人们说日有所思夜有所梦,我怀疑这句话,我就没有梦见过母亲。说真的,有时候我也很怀疑自己,难道是想母亲时,心不够诚实?可怎么会呢,说不想,那只是平时装出来的样子罢了。

我从没向人说过想母亲的话,包括最亲近的人。总觉得那是一个人的事,对母亲的想念是任何人无法分享的,哪怕是世上最温柔最善解人意的人。

那时候新婚,每和妻子吵架,她就跑回娘家住。她可以向她母亲诉苦,然后吃她母亲做的饭,就算她要哭泣时,她母亲会给她擦泪——

当然,这些都是我发呆时想象出来的,并且当我发呆想着时,并不愿把我的岳母叫妈妈,而是叫她妈,或者她妈妈。也许这时把别人的妈叫妈,就是对不起自己的母亲。但这并不是要刻意的自私,因为完全是发呆时的念头,等清醒过来觉得这么想不对时,已经迟了,无法弥补了,已经在念头里把应该称呼妈妈的,称呼为她妈或者她妈妈了。但随即又觉得这种下意识其实很好,似乎是意念里扳回一局,终究也有自己的母亲,虽说母亲在心里,可也无法说我没有母亲。也许当时,我的母亲也陪着我呢,听我诉苦呢。若能一直这么沉溺下去就好了,可忽然回到现实,看到空荡荡的房间,自己一个人,便觉得无论如何都是我输了。

我是没妈的孩子。没妈的孩子,任何时候别人都不向着你,哪怕你占着理,没人给你证明。想着想着猛然清醒,被自己吓一跳,这不是小孩子的想法吗?这不是幼稚得可笑吗?这哪是一个已经成家的男人该有的想法?但这疑问并不重要,关键是,我哪还有做孩子的资格啊,我的母亲分明已经不在了啊……糟了!这是以前曾有过的经历。到今天都四十一了,怎么还会冒出来?幸亏是自己心里的秘密,要不然,得怎样被人笑话?

当我想到自己四十一岁,又想起这亦是母亲去世时的年纪。

我在想,如果母亲的生命没有在四十一岁上戛然而止,又会怎样?我多想看到她七十岁、八十岁时的样子啊,还不够,我要看到她每天的样子……

可无论如何,我想象不出,我只能想到她四十一岁时的样子。关于她七十八十的样子,我只有在未来每天里悉心体会。但也许我将永远也无法体会了。因为母亲的坚强、乐观,她面对疾病时依然要微笑着的样子,使我觉得她是永远年轻的,永远年轻就永远不会七老八十。更重要的是,母亲年轻着,我就可以在记忆里永存那个她抱着我的梦,尽管那画面现在还存在记忆里,还未出现在梦里,但只要有梦想就有希望。

忽然,我想,也许我明白母亲了,也许那时,当她那么坚强,那么乐观着时,其实有时也是脆弱的,也是渴望被自己的母亲拥抱一下的。可是,她不能说,她知道自己的病给家人带来的负担,她不想因为盼着亲人的格外关怀与温暖而使自己更加愧疚,因此她直到临终都坚强得使人不相信她将要离去。然而,母亲最终还是离去了,使我以后总要懊悔,为什么那时没有好好抱抱她,如果知道后来几十年要承受想念的痛苦,我会放下少年人的羞赧,给母亲一个回抱,使我不至于总要把三四岁时她抱着我的画面一遍一遍地展开,又一遍一遍阖上,把几十年记忆的老茧,割开又缝合,缝合又割开,生怕某天疏忽,给忘记了。

然而终未忘记。只要还有记忆存着,就算所有人背叛,总还有母亲向着自己,纵被全世界丢开,却不会被母亲遗弃。

当这么想着时,觉得我四十一岁以后的人生,亦是母亲此后的人生。我要好好对待以后的每一天,因为以后每一天,都不是我一个人度过,还在替母亲度过。我活着的一天,即是母亲活着的一天。当我想念母亲的拥抱时,就可以给自己一个如母亲当年那样结实的拥抱,便是母亲陪着我,我也陪着她,我们一起度过她未完成的一生。

2020年3月

大 妈

我是个木讷的人,木讷到有时连一句感谢的话也说不出口。这使我常对许多人心怀亏欠。然而明知这样的缺点,却总也改不了,我想我真是无药可救。

那是十几年前,我要结婚。这么大的事情,临到眼前,才察觉到自己的懵懂。婚礼流程中所需的一应事项与物什,已由大伯和几个姐夫安排妥帖。看他们忙前忙后,倒使我像个局外人。可话说回来,谁也没结婚的经验,我也只好如此厚脸皮地安慰自己。

婚礼前几天,咚咚敲门,咦!大妈你咋来了?大妈笑笑不说话,进屋这里摸摸,那里瞧瞧。刚装修好的小屋,蓦然有了人气。是这样的缘故:一个家,是需要一些琐碎、一些唠叨的,大妈此时的摸摸瞧瞧,正是一个母亲用自己的手与心触摸着子女即将到来的某种生活,可能有期许,也有担忧。就像一个待嫁的女子,在嫁人的前夜,必要一个焦虑的父亲和一个忧伤的母亲,把从小说到大的话再唠唠叨叨重复一遍,尽管女儿心里有些不耐烦,但心上是幸福的,不会有心无挂碍的苍凉。

我是个没有母亲的人。尽管很久以前曾设想过母亲见证我婚事的场景,然而天长日久,随着"妈妈"这个称呼的生疏,一切都变得模糊起来。

大妈若有所悟地开口了,说,娃,屋里还没有褥子……

这竟使我觉得一个破天荒的发现,一个将要入洞房的人,却没有褥子,简直是天大的笑话。我挠着头,像个无辜的孩子。在我老家,婚前男方母亲要缝一床褥子的,这是旧年传下来的"规程",买的不作数的。

大妈转身回去,随即又来,带了棉花和衬布,一针一线缝起来。

端详着佝偻了身子,跪在床板上的大妈,蓦地我有想哭的冲动,想上前抱住她,喊一声妈妈。然而可悲的是,我是个木讷的人。空怀着一腔感动凝望着、嗫嚅着。直到大妈缝了褥子,轻描淡写说一声:藏好了,再不缺啥了。我竟说不出一句感谢的话。

如果违背本心，我想我是能说出来的，之所以没说，觉得至亲之人，是最不需要客套的，那样反而假了。也因自认为亲人之间天然有一份感应，我的所思所想，不用言语，他们自然明了。

然而，也许终究是我的自以为，也许表达总有表达的好处，也许亲人未见得需要那样的话，但起码于我，可以有一份心安，不至于时至今日心里仍怀着愧疚。

要感谢的事何止一件。

那时，我刚到兰州，从农村来的毛头小子，一头扎进都市繁华，一切都是新鲜而懵懂的。这不是关键。关键是我立刻感到了人与人之间的差距。在老家，好歹是干部子弟，虽因家里多年困境而有名无实，到底是心理上的安慰，但在这样一个巨大的天地，很快觉出落差。从衣着到饭食，由谈吐到爱好，一切证明我不单来自农村，且是来自农村的穷人。敏感如我，过往的自尊丝丝凋零。当别人从食堂打来红烧排骨，而我只能端起一份水煮白菜时；当别人把一碗牛肉面剩了半碗，还埋怨着清汤寡水时，我却要把几块钱在裤兜里捏出一把汗。我平生第一次对"悲凉"这词有了深切体会。

唯一的安慰，就是周末时，去大妈家。说老实话，倒不是多想她，是想她做的红烧肉。

一进门，就闻见久别又熟悉的味道，虽不是老家屋顶的炊烟味，却是相似的人间烟火。大伯大妈已备好满满一桌肉菜，姐夫和姐姐及其他一干亲戚围坐一圈儿。

大妈见我进来，只说，乾昌饿了，藏赶紧吃。我羞涩着过去，有被窥破心事的窘迫。好在大妈每次都把"快吃"这样的字眼说得亲切而毫无回旋余地——正像你的母亲对你说，死恰滴！藏赶紧吃！这种严肃正是天下所有母亲的声气，是亲人间才有的不留余地。

我被大妈的声气感染，一开始的那点小心思不见了，只剩端碗大快朵颐。往往是一口还没来得及咽下去，大妈已经又夹来一筷子。满口肉菜的我，有被宠爱的惊喜与幸福。吃下三碗饭，肚子确乎已经鼓起来了，但眼里仍然写着贪婪。

大妈的好，就好在即便看出你的心事，又能照顾你那点儿小心思。她总对着碟子里还剩下的肉菜说，看吃不完就浪费了，乾昌，你把菜底子都腾干净了。也许他们每人只吃了七分饱，只为给我一个保全那张薄薄的脸皮的理由。于是，我又一边装着说实在吃不下了，一边把所有剩菜倒进肚子里。

晚上，心满意足，也曾反感自己的饿，觉得自己不够体面。可当想起大妈说，晚上饿了的话冰箱里还有大饼时，还是又把两块饼安放在肚子里了。这时倒并不是真的饿,是不想辜负大妈的嘱咐,觉得大妈要我吃,倘不吃,对不起她的牵心。人,总要在一些时刻口是心非的。

周末两天过去,要回学校了,大妈照例早已把两盒咸菜,还有几张大饼装好了。临出门,她又叫住我,解开袋子,又往里面装了些吃的。我要转身,她还在迟疑,怕忘了什么似的,我拔腿走远了,连一句再见都不敢说,怕大妈又要把什么吃的往袋子里塞。其实,还有一层,我怕我要说什么。

说什么呢?说谢谢吗?大伯大妈不骂才怪!说谢谢那简直是白眼狼,在他们以为,吃了喝了他们的,才是理所应该。

几年的时光,每个周末去看大伯大妈,是我心底隐秘的幸福。可怜的自尊使我隐隐以为,这样的幸福若不藏在心底,万一被老天爷嫉妒,如我多舛的命运里那些莫名的不幸一样,连仅有的一点安慰都要偷去了。这可悲的小心,竟使我终究对大伯大妈没有任何感谢的表示。

直到后来多年,我已经不再饿肚子了,已经能够靠着微薄的收入养活自己了,可他们还是仿佛明天就要遭饥荒一样说,吃,吃,多吃些,吃那点儿怎么能够。我还是只有尽力地多吃一些,再多吃一些,感谢的话,实无必要,只有多吃,才能使他们放心一些些。

再后来,这样的待遇终于轮到来兰州上大学的堂弟。堂弟自然没有我那时的困境,也完全没有"饿其体肤"的必要,可大伯大妈仿佛对此一无所知,仍然像当初一样,要堂弟多吃些。娃,再多吃些,多吃些哇!不吃怎么能成……

乃至某天堂弟终于对我说,哥,我怕去大伯大妈家了,去了就让人死命地吃,实在吃不下了,还要让吃……

看着堂弟的痛苦与困惑,我脸上笑着,心里差点流泪。我说,兄弟啊,你迟早要理解的,你不必追究这原因,下回去了,他们让你吃,你就使劲吃,使劲吃……

其实,努力劝人吃饭这事,不单至亲之间才有,在老家,是人们心照不宣的传统。老家过去穷,缺吃的,在老家人的观念里,家里来了稀罕的人,就要让吃;哪怕自家人少吃一口,也必要让上门的人吃饱喝足了才安心。这传统到后来,人们不再缺粮食了,竟还延续了多年。那时已家家仓圆廪满,来了亲戚,口头禅依然是,多吃些哇!多吃些哇!要吃好喝好哇!临走还要非往人家口袋里塞些馍馍进去,仿佛吃好喝好了,不带些回去,就有了很大的亏欠,乃至一整年都要记挂着。

大伯大妈离开老家已多年,但这传统却始终不改。

大妈当然好,这好,不仅因为对亲人的爱,更在于她有大爱。多年前,还是我未到兰州时,听说她收养了一个遗孤——是一个因难产而被遗弃的脑瘫儿。在一座旱厕旁边,遇见的人都躲开了,眼见一条残破的生命求生无望,大妈明知是累赘,却义无反顾把那个孩子揣回去了,起名春云。

这下,便是常年的不安稳。大妈已有自己的两个孩子要照顾,如今又多了一个连自主吞咽都困难的瘫儿,一餐一饭,拉屎尿尿,都要在大妈的亲手照顾下才能完成。这在旁人看来简直是自己找罪受。

到兰州后,见到春云,已经长成十几岁的少年,贫瘦的唇上已有黄疏的髭毛,终日只是躺着。躺着还不行,要人抱着才不哭闹。也许是人间至爱的感应,春云对别人的呼唤状若未闻,却独能听懂大伯大妈的声音,说要抱他去看飞机,他竟咧嘴笑了。他太弱,竟连笑的余韵也是那么痛苦,仿佛知道自己的降生,本就是不该的错误。十几岁的春云,瘦弱无骨,到底还有些分量,对大伯大妈是沉重的负担。然而从未见他们有任何埋怨,非但没有埋怨,望着孩子时的眼眸,与对亲生子女一般无二地疼惜。人间有些事,不能拿常理来解释,就像无法体会春云笑着时的想法一样。我无法用伟大来形容大妈所作所为,"伟大"这词,对她依然浅薄无力。

春云还是去了。人们私下议论,这下大妈一家终于可以解脱了。然而刚说完就觉出自己失口,所有人都知道大妈对春云,就跟自己身上掉下的肉一样。

过后我去看大妈,从未见她如此虚弱。她本是寡言的人,此时更是一句话也没有,躺在春云常躺的地方,双手握住,像是要把过往十几年的光阴握在手里,好好地、仔仔细细再捋一遍……

可惜,她实在没有气力了。见我进来,眼神告诉我,娃,看有啥吃的,自己拿了去吃哇,多吃些哇……然而她自己,已经几天几夜没吃一口饭了。

对于大妈,关于她的好,实在不是一篇文字能够说清道明的。对她的好,我至今竟一个字也没有对她说起。大伯去世后,也只是偶尔才去看看她。

大妈老了,依然不多话,说得最多的还是,娃,吃哇,你吃哇!看她端起盘子的手颤颤巍巍,看她仍像过去一样看我的眼神,就觉得自己又成了当初的毛头孩子,饿着肚子的毛头孩子。心里要说,大妈,我来时吃了,却终于没说出口,终于还是把几碗饭刨下去,大妈一旁看着,她笑了,满意了,她点点头。

大妈做饭很好吃,尤其爱吃她做的西红柿炒鸡蛋。每次说要去大妈家,妻会意一笑:哪里是去吃饭,是去感受母亲的味道。以后每次去,看着大妈,心里想的,还是没有说出口,要说什么呢?一切都在一口一口的饭菜里了。

2019年8月

大　伯

　　大伯离去已经一周时间了,总想写下关于他的文字,却每难下笔。当我捉起笔时,便仿佛又看到大伯那矮矮胖胖的身子摇摇晃晃、甩着两只胳膊向我走来。我有些怕他,想匆匆地躲开,却早已被他严厉的眼神拖住了。我想,这次又免不了一顿骂。瞬间,我将要又一次为自己的碌碌无为而懊恼。我心里很难过,为什么不能得到大伯的一次夸奖,为什么总是这么不听话。

　　大伯企鹅似的脚步似乎越来越迫近我了,我感到他的气息确乎已经打到了我的脸上。还是束手就擒的好,反正,又不是第一次挨骂。于是,我便趑趄着,露出一个嗫嚅的笑。然而,大伯却没有骂。我抬头时,见他慈爱地望着我。我嘿嘿一笑,叫一声大伯,他却倏忽不见了。

　　我看着眼前孤零零的纸笔,仿佛经过了一个许久的幻梦。大伯明明还要骂我的,教训我的,疼爱我的,怎么就突然地不见了,仿佛已经走到很远很远,远到我的目光和思绪追不上。

　　我奋力地回忆,正愣怔时,大伯胖胖的身子又坐在沙发里了。于是,我又恢复了羞愧窘迫,偷眼望着他。大伯刚刚从一个短暂的睡梦里醒来,最后一声呼噜如老式火车一样“哐当”停住。

　　乾昌!

　　嗯,大伯。

　　哎……你娃娃要听话哩!

　　我挠着头,讷讷地笑。

　　大伯便又是一通二十年来不变的道理,只是偶尔变化一下前言后语的次序。他教训我一句,我心里接出下一句,往往不太会错。我在心里和大伯说着相声,大伯是逗哏,我是捧哏。二十年来的台词,彼此滚瓜烂熟。终于忍不住,我想笑,却不敢。想偷偷看一眼,却听见火车又徐徐启动了——我至今不明白大伯的睡梦和呼噜之间没有任何衔接过渡,他是如何做到的。火车启动前他还问了我一个问题,要我作出保证,保证好好待老婆,好好过日子。

我心里盘算好的新答案刚要斩钉截铁地说出来,大伯已然经过了好几个站点,每个小站都是"哐当"一个暂停。看着在沙发里熟睡的大伯,我又一阵忍不住想笑。正在要不要继续作出保证和企图蒙混过关间纠结时,大伯毫无征兆地停车了,这次居然不是在一声"哐当"之后!

就是没人听我的,就是没人听我的!娃娃,快滴很呐!一转眼孩子们都要上学,到时候跟你要钱,你拿什么给呢?!

真格要听话哩!

我心里盘算了好几遍的保证终于又变成了几个不知所以的"嘿嘿"。

大伯突然瞪大眼睛用目光把我定住,三秒后,把我的心虚打落在脚面上,我用膝盖夹住两只无所适从的手,手掌来回搓。我想,这次必定要给大伯一个响亮的保证,而且是马上!我鼓起浑身的勇气抬头、张嘴。

然而大伯已经又在睡梦里了……火车继续奔驰在没有目的地的原野上。于是,我便盯着沙发里大伯胖胖的身子。

我的大伯,想起他,便想起他矮矮胖胖的身子;老式慢车一样的呼噜;讲了二十年的人生大道理;一副永远怒其不争的表情;还有他永远睡不醒的梦。

然而,当我终于鼓起勇气要给他一个永远说话算话的保证时,这次,他永远地睡了。他睡得很安详。睡了的大伯脸上再也没有醒着时那一副永远不放心、不满意的表情。

当哀乐低回,当主持人的悼词盖棺论定,当我的双眼被泪水迷蒙,当我看到鲜花丛中慈祥安卧的大伯,我终于知道,这次,大伯永远不会醒来了。我再也不会听到大伯的骂、大伯的教训、大伯的不满意,再也看不到他矮矮胖胖的身子以及他企鹅似的走路的样子,他再也听不到我心里酝酿了许久的一个保证。

然而,我又确信他是听到了,也终于满意了、放心了,不然,他怎会如此安详。

一

大伯生于1942年。对于一个国家,这是个特殊的年份,持续的抗战,由河南逐渐蔓延向全国的大饥荒。而对于老家,对于一个偏远闭塞的西北小山村来说,一个孩子的降临不过是田间地头的农妇尿一泡尿的事情。家里多一口人意味着多一张嘴,至于他能不能成为未来的劳力,得看造化。对于大伯的童年,我一无所知,只能从奶奶偶尔的"古今"里得出一点模糊的判断。大伯能从那个年代活下来,只能归结于"命大"。

长到十五岁的大伯终于成了家里名副其实的劳力。他无法理解三年"超英赶美",大概也不知道"大炼钢铁"的意义,可他知道身后还有陆续降生的弟弟妹妹们。他要把一背篼一背篼的铁矿石变成能填饱弟弟妹妹肚子的馒头。大伯背矿石的地方叫作"瓦泉沟"。关于这段往事,大伯从未提起,就像他扔在瓦泉沟里的青春一样,悄无声息。仅有的线索,来自其他叔父的简单讲述。

由于做事踏实又机灵,大伯成了矿上"记工分"的人。工人们每背一背篼矿石,就到大伯跟前领一张票,凭票算工资。大伯利用手中的一点权力,对于同乡格外照顾,每次偷偷给同乡多发一张票,也因此得了同乡工友们的好口碑。

然而石头变成馒头比变成铁疙瘩还要困难。吃不饱肚子的大伯开动了他一贯灵活的脑筋,跟一个同村的工友跑了。

这一跑就是六十年,从此,大伯的脚步再也没有停下,直到有一天终于累了,跑不动了。

逃跑的路上,同村的工友开了小差,跑回了老家。焦急的爷爷奶奶得知大伯不知所踪,渐渐生出了不好的念头。可茫茫人海,又能到哪里去寻?

一个月后,仅上了几天夜校的大伯写来了信,他人已在省城兰州。家里人终于知道他还活着,总算松了一口气。

关于这段艰险历程,大伯日后只字不提。我想,他的不提并非全然忘记,而是与后来所经历的苦难一起酿成了他口里那些简单朴素的道理。贫乏的知识和惨淡的青少年时期的经历融入他倔强好强的性格,成为他生命的一部分,并最终作为命运对一个生活的强者的奖赏回馈于他。而他,对此保持了沉默。就像一个九死一生的老兵,把军功章悄悄珍藏起来,只在一个人的深夜,品咂一阵,徘徊一阵,终于在踱着的脚步下面走出了一个踏实而坚定的未来。

初到兰州的大伯去火车站等待招工,屡次失败以后才从别人口中得知,兰州的厂子只招收外地人,不要甘肃本地人。其中缘由,不得而知。于是,大伯便充作河南人,和一帮从河南、四川逃难过来的人一起被招进了"甘肃省建筑公司",当了一名电工。逃难出来的大伯没有任何被褥行李,晚上只好蜷缩在河南人、四川人的脚下。幸好这个甘肃的小个子人机灵、嘴巴甜,才没有引起旁人的反感,甚而还有好心人让出一片破毡片给他,靠着这片破毡,大伯度过了一个又一个漫长而寒冷的西北冬夜。

那时,蜷缩在别人脚下的大伯心里会想些什么呢?会不会想起那个几百里外的偏远闭塞的小山村,会不会想起咬着牙花子、戳起一根指头咒骂子女的母亲,会不会想起沉默寡言的父亲,会不会想起离家时尚年幼的兄弟姊妹,想起和他们在一片破布烂毡的炕上一颗一颗数星星……他一定想过,他的腮上也一定流淌过滚烫又迅即冰冷的河。然而,不容他多想。回去,是一条没有终点的归途;留下,也许还能踏出一条活路。

转眼两年过去,当年小个子的甘肃洋芋蛋从学徒成了一名优秀的电工,他拿到了平生见过的最厚的一沓钱。以后,他每个月都往家里寄回十几二十几元钱,只留给自己维持温饱的口粮钱。

关于这点,我曾从父亲口里不止一次地听到。父亲每次提起当年看到大伯从兰州往老家里寄来的钱和旧衣服时,兴奋的神情恍惚如昨。

父亲也不止一次地说,大伯那时曾在一件旧绒衣的领子里给他缝进了五元钱,当时上学的父亲欢喜得连蹦带跳。父亲像一个得了糖块儿的孩子,仿佛嘴里噙了品不完的甜,忍不住欢跳着要告诉世上每一个人。

我便能隐约地想象到当时一家人围住那钱和衣服时的喜悦,这喜悦给缺衣少食的一家人带来了怎样的欢乐和希望。我想,那时脾气暴躁的奶奶一定后悔,后悔不该时常打这个年纪最大个子最小的孩子,一定在夜里流泪默念着他的名字,那个终于从别人脚底下长成一个能挣钱的小个子的孩子的名字。

二

1964年,中国爆炸了第一颗原子弹。大伯也光荣地加入了中国人民解放军3739部队,隶属于空军的雷达兵。直到1969年,五年服役期间,由于保密需要,家里人始终不知他人在哪里,只知道他在当兵。后来才打听到,部队驻地是陕西大荔县。

1969年大伯退伍后,回到甘肃省建筑公司,在机修厂上班。由于思想政治过关,工作表现突出,于1971年7月光荣加入了中国共产党。

在此期间,大伯步入了父母之命、媒妁之言的婚姻。新媳妇儿是马关赵家沟的赵根凤,也就是我大妈。对于当时一穷二白的大伯,大妈表现出义无反顾的坚定。她认定此生要跟着大伯,吃多少苦淌多少汗亦无怨无悔。

大伯和大妈的婚姻,一路风雨兼程、同甘共苦几十年,哺育堂哥堂姐两个孩子,营造一个温暖和谐的家庭,一直到大伯先行而去,不离不弃。

到1976年,大伯奉调进入甘肃省公路局汽车队工作。

这一年,除了中国历史上几件翻天覆地的大事以外,让我难忘的还有后来父亲对于彼时的大伯和大妈的讲述。

新组建的家庭,两个孩子嗷嗷待哺,大妈又是农村妇女出身,没有工作。为了补贴家用,大妈便拉着架子车在田边地埂割草,割满一车后拉往五泉后山的奶牛场交卖,一车草才能卖得一两块钱。那年父亲上兰州看大伯大妈,看到大雨里的大妈浑身湿透,连泥带水地拉着一车草,一个人沿着上坡路艰难前行。父亲说,在农村,这样的天气,再勤快的妇女也该躲在干处,或是坐在炕上暖着了,大妈却在风雨里摸爬。这不单是吃苦耐劳,更是因着和大伯相投的志趣而结成了牢不可破的联盟,得以锻就了对生活的坚定不屈。他们也许一辈子不知道什么叫作爱情,却用默默的相互关怀与扶持诠释了什么是责任,这比通常的所谓爱情少了耀眼的光环,却多了脚踏实地的厚重。

自1976年上班到1997年退休,大伯一直勤勤恳恳、任劳任怨地工作。也许他的工作和千千万万普通工人一样,不过是一架机器上的螺丝钉,但他却以严谨刻苦的姿态,老老实实做好这颗毫不起眼的螺丝钉。无论是一线岗位还是管理岗位,他都虔心对待,以中国农民特有的憨厚质朴,以实际行动默默践行着自己的岗位职责。

大伯一生强调做事之前先做人。做事是一时,做人是一辈子。

对家属子女向来严格要求的大伯,对待同事却和蔼可亲,不摆架子,从来都是低姿态,宁可自己吃亏也不要亏待了别人。因此,在单位几十年,上下交口称赞,无人不服大伯的为人。

到了20世纪90年代,大伯家境逐渐好转,感觉稍有能力为家人做一些实实在在的事情了,他便召唤家里务农的兄弟姊妹到兰州来闯荡。此后,一个带一个,一个帮一个,整个家族里竟有一大半人到了兰州。大伯家自然是天然的避风港与根据地。初来乍到的亲人缺衣少穿,没有工作,便都暂居在大伯家里。人多时,在大伯家吃饭的竟有十几个人。大伯对每个人无不悉心照料饮食,帮忙寻找生计。渐渐地,一个家族竟然就此繁衍生息下来,至今有四五十口人摆脱了贫瘠困苦的老家生活,在省城扎稳了脚跟,生儿育女,培养出一拨一拨的大学生。

1996年,我来兰州上学。每到周末,便迫不及待地去大伯家。去大伯家是为了安抚我困厄了一个星期的肚子。那时家里经济困难,往往吃得清汤寡水。到了大伯家,便可以吃到大伯亲自做的糟肉。大伯看着我嘴角留下的油水,慈爱地笑了,一遍遍嘱咐我再多吃一点、多吃一点,直到胀得我走不动路。回学校时,大妈必定要装上几饭盒肉菜给我;再到学校,我便可以带着几分炫耀与自豪,就着大妈烙的饼大快朵颐,引来同学们的羡慕。从他们眼里看到的我,是一个在省城有根的人,有家人的人。吃着大伯大妈的饭,我便再没有了漂泊之感。

那时,大伯大妈一家住的是在一片废墟上建起来的平房院落。这院子的地基是原来的垃圾场。当初无处容身的大伯和大妈从别人家扔掉的废旧建筑垃圾里捡拾来破瓦烂砖,用双手垒起了可以避风遮雨的"家"。周围的几家邻居也大抵如此。这房子一直住到大伯1997年退休后才搬走,随后被拆迁。

当时,房子里架着煤炉,取暖做饭全靠它。早晨醒来第一件事便是去大门外倒尿桶。因为厕所在几百米外,晚上上厕所不方便,就是白天也得排队。冬天时,如果憋得太急,一下子蹲下去说不定会坐到冻起来的尿柱上。蹲好坑位,相邻的人面面相觑,早已习惯性地知道怎么以各自特有的方式掩饰尴尬。吃水则要去邻居家。大家公用的水龙头装在一个四方的坑里,得用特制的铁钩把水桶吊下去,再拿铁钩头上的弯头拧开龙头,接满水,泼泼淹淹地提回家,再去提下一桶。

这简陋而按部就班的生活当时觉得平淡,如今想来却充满温暖。尽管相比今天的华楼高厦,那时显得清苦,可房里院里到处都充满着大伯大妈一家人乐观幸福的笑声。

就在那时,大伯和大妈从旱厕边收养了一个被人遗弃的有生理缺陷的婴儿,取名春云。这个天生不会说话和行走的孩子,完全没有自理能力,却在大伯大妈的抚养下一直长到了十二三岁,最终离世。为此,大伯和大妈很是伤痛了一段时间。在我看来,以当时情景,就算是亲生的孩子,父母的疼爱也不过如此,而大伯和大妈口对口地嚼喂、手把手地擦洗,居然比对亲生的健全孩子还尽心。多年过去,大伯和大妈的义举让我始终难以忘怀。

退休后的大伯确乎有些唠叨,他总是期望家族里的兄弟姊妹及子侄辈们能够个个长进、人人争气。因此,时常看到大伯板着面孔教训人,也因此,大家多有些怕他。

而当家里人真的有了长进,如他所愿时,他便开怀地笑了,从他的笑里看到的是发自内心的高兴。

大伯批评人时的场景如我开头所述。大伯上了年纪,许是遗传了奶奶的优良作风,说着话时,不一会儿便打起了呼噜,才打呼噜呢又突然说出了下一句。这情景必然是像旧式的慢火车,"哐当"一下醒了,"咕隆咕隆"又过了几站;"哐当"一下万籁俱寂,"咕隆"一下又扑面而来。

于是,在聆听大伯的教诲时,我总不辩解,只嘿嘿傻笑着听。不管是不是自己的错,一概应承下来,然而心里终究还带着几分不服气。总以为大伯说的都是些过时的道理,于今并没有太大的益处。大伯当然知道我的嘴犟,知道我的驴脾气,也因此对我格外地关照,和其他几个不太听话的兄弟一并被冠以"三昌一斌"的美誉。我当然是其中的一"昌",且是其中翘楚,自然少不了大伯的时常敲打,于是便在二十几年间把大伯的教训背到滚瓜烂熟。

当然,大伯也有赞不绝口的人,那是几个他心里满意的儿媳妇儿和侄儿媳妇儿。这其中,除了他自己的儿媳妇儿,还有一位堂嫂和我媳妇儿。原因主要是她们几个脾气好,明事理,待人和善,听老人话。大伯的眼力自是没错,她们几个的确是家族里公认的好媳妇儿。尤其是大伯自己的儿媳妇,我的堂嫂汪莲,在大伯生前就像亲闺女一样堂前屋后地忙活,侍奉老人。在大伯生病期间,更是无微不至,不像是儿媳妇儿待公公,倒像是一个温婉和顺的女子在悉心照料一个生病的孩子。但凡有堂嫂守护陪伴,大伯眼里脸上便安宁祥和,睡着的大伯,更加像一个安然入睡的孩子。

我总觉得,像堂嫂这样的儿媳妇儿,这世间怕是不多见的。

少年时的大伯由于家境困难,没有上过正规的学校,识字不多。但大伯总要坚持自学,常年不懈。多年下来,读书看报毫无障碍,而且还爱上了练习书法和文玩收藏。写起毛笔字有模有样,摆弄起古玩来也能讲得头头是道。这些爱好丰富了大伯的业余生活,也传承了良好的家风。堂哥时常念叨着大伯的勤奋好学,每次提起,感慨不已。

良好的家风熏陶下,大伯的子女们都很出色,大伯的女婿也是家族里有口皆碑的好女婿。

前几年,由于杂病缠身,大伯的身体每况愈下,因此常住院治疗。他知道子侄们个个奔忙于生计家事,不忍打扰他们,总是嘱咐大妈和堂哥堂姐不要告诉旁人他住院的事情。直到大伯去世前的一次住院,仍然是尽力地隐瞒病情,直到后来的宣告不治。

生命最后时期的大伯依然坚强到倔强,身上遭受再大的痛苦都听不到他呻吟一声,但凡还允许倾尽全力,他便要自己拿杯子喝水、端碗喝粥,不许人喂食。直到去世,大伯身上干净清爽。

大伯临终前几天,我去陪他,他拉着我的手,虚弱的声音断断续续对我说:你这个娃娃,有啥说啥,难得。

大伯连说三遍。算是对我这个侄子最后的遗言,也是对我所有看法的一个结论。也算是我自己对自己的直性子和犟驴脾气有了一个稍事宽慰的理由。

那天还在上班,妻电告我,大伯去世了。我从单位赶到时,大伯已安卧于水晶棺中。

接下来守灵的夜里,恍惚间,我总觉得这一切迷幻得不真实,我仿佛还能真切地感到大伯坐在沙发里打盹儿、教训我,仿佛还能时刻感到一列火车"哐当"一下停住,又"咕隆"一下开启;不时从沙发里的大伯嘴里传来他二十几年来的人生道理。回味起来,大伯那时说过的每一个道理都越想越觉得朴素而富有哲理,越来越为自己那时的不服而羞愧。

多想再听听大伯的教训啊,那是一个一生饱经苦难沧桑的老人以几十年的阅历体味出的做人做事的准则,我居然把它当作一场捧哏和逗哏之间的对嘴型。

守灵的最后时刻,我郑重地给大伯烧香磕头,告诉他我心底的话。迷离的泪眼里,我仿佛又看到矮矮胖胖的大伯甩着两只胳膊,企鹅似的,满脸欢笑地向我走来。在我的意象里,那是我结婚时的情景。2004年,大伯一手张罗操办了我的婚事,给姐夫和兄长们把各项事宜嘱咐安排得井井有条,竟使我完全没有费心劳神就成婚了。新房床上是大妈亲手缝制的新被褥,我一直使用至今。

我看到大伯笑盈盈地站在酒店门口对着宾客迎来送往。当时已六十多岁的大伯,须发斑白,矮矮胖胖的病体在人群里穿梭忙碌。那是我看到的最开心的大伯。

然而今天,我的大伯哪里去了?

我想再叫一声大伯,叫他给我讲他几十年的人生道理,叫他批评我,教训我,叫他骂我几句。可他永远都听不到了。

十五岁时便从家乡跑出来,从此一刻都没有停住脚步的大伯一定是累了,他要好好地睡一觉。

睡梦里,他便能见到咬着牙花子咒骂他、打他的母亲;便能看到老实憨厚、沉默寡言的父亲;便能看到小时候在一片破布烂毡的炕上和兄弟姊妹们数过的星星;便再也不用一个人孤零零地奔跑在异乡寒冷的夜里;便再也不用蜷缩在别人脚下,吃着别人吃剩的馒头;他便又是那个活蹦乱跳的小个子了。

我的大伯,他一定是睡在家乡温暖的炕上,睡在自己母亲身边。

他累了,就让他好好地睡吧。

三

尽管在时间的长河里，一些往事最终被冲刷得苍白，一些苦难在反复的回忆里被皴染出别样的光华，并时常以怀念之名赋予了许多美好的意象，而究其本质，对于苦难中的主角儿，则是每回忆一次，便是剖开皮肉的鲜血淋漓。

我渐渐地明白，大伯当初为何不大愿意回味那些不堪往事。从其他人的零星转述来看，其中的离奇曲折不啻为精彩绝伦的剧本——尽管其中不乏聆听者的感叹唏嘘，甚或怜悯同情。可那终究是大伯心上的一道疤、一根刺。

我们有时也会一厢情愿地把悲剧解读出美。在一番伤痛之后，待眼泪风干，终以华丽的转身收尾。可那伤痛却并不因悲剧美而酿成形式上的伟大。我们时常期望历经苦难的人是豁达的，以看故事的心态告诫自己也该具备如此的豁达，然而，真实的生活终究不是故事，也不是从故事里提炼出来的警句。真实的生活，对于有些人，苦难是唯一的真相。

我也渐渐理解了大伯的唠叨和对自己的吝啬。你无法要求一个曾在死亡的悬崖边上犹豫徘徊过的人、在饥饿面前挣扎彷徨过的人凭空获得一种圣人般大彻大悟的豁达。我们都期望自己是生活的强者，然而最终却沦为生活中的普通人。生活于大多数人而言，无所谓伟大不伟大，高尚不高尚。只以一种生下来、活下去的决绝与隐忍一步一步试探着向前。尤其是对于那个年代的人来说，能活下去才是每天的最大愿望，而不是期望睁开眼就能看见满天星斗。

今天的诗与远方于他们而言，是从来都不敢想，也没有机会去想的事情。于是，便觉得对他们的太多期许和要求是残忍的。

那一代人，注定要走向各自不一的结局，给自己的人生画上一个或扁或残缺的句号，甚至省略号。我们也无法为他们的生活确切给出一个所谓的意义。那是他们那一代人不得不承受的生命之重，也是留给我们的沉痛思考。他们于决绝的夹缝中所求得的生存，以及他们身上没有被认识与总结出来的精神——乃至是一种令人绝望的看似毫无意义的精神，恰以一种沉默而顽强的基因传承在我们的肉体与血液里。当我们觉得他们的人生太过贫乏苍白而显得没有意义时，恰是我们这代人获得所谓真正意义的开始。

他们那一代人如落叶凋零，悄无声息。他们衰朽的躯体如厚厚的松针毫不起眼。蓦然回首，却发现那厚厚的衰朽的躯体下，已孕育出了星星点点蓬勃的生机。于是，我们每活着的一天，我们所呼吸的空气，所晒的阳光，吃的每一餐，喝下的每一杯水里，都是他们生命的另一种形式的延续。也因此，他们，及我们的生命得以以一个永恒的姿态，亘古绽放。

2018年4月

舅奶奶

我把姥姥叫舅奶奶。

舅奶奶从我记事起就是个老太太。跟老家许多一定年纪的妇女一样，从没年轻过。仿佛她们生来就为解释"老"这件事情，又仿佛有了她们的老，使人总把自己当孩子。

去舅奶奶家，要翻过一架墚，再蹚过一条河。实际只相距五里路。但就是这五里路程，却沟通了两方地界。一方属天水市张家川县，一方属平凉市庄浪县。墚这边是韩家，翻过墚是岔李家，也就是舅奶奶家了。

岔李家有个小集市，每逢双日，韩家人多去岔李家"跟集"（赶集）。那时，人们结伴而行，后面人盯住前面人的步伐，一步一个脚窝，边走边说话。于别人而言，去岔李家就是跟集，但于我，去岔李家，是去转舅舅家。转舅舅家，不为看舅舅，是去看舅爷和舅奶奶。于是就有了这样的对话——

你干啥去呀？

转舅舅家！

转舅舅家干啥呀？

转舅舅家看舅爷舅奶奶！

看了干啥？

看了有糖吃！

问的人是有心问，答的人是存心答。一路欢欢闹闹就到了。呀！集上好多人。

卖笸箩簸箕的，卖旱烟膏药的，卖蒜苗韭菜的，卖竹席木杈的，粜玉米豌豆的，还有手伸进袖筒筒里捏捏揣揣、嘴上念念叨叨的牲口牙子，等等。各种人味牲口味百货味，混杂在一起，营造一个新鲜又浓烈的世市。人们半为买货半为凑热闹，还要蹅摸下脚的地方。说不定，一脚踩掉谁的鞋子，那人正要回首怒目，却是八竿子打得着的亲戚，于是又客套几句。

就这样，好不容易从人缝儿里钻出，看到一个岔路口，那就是舅奶奶家了。

拐进路口向里,照例要接受几个老头老太太的注目礼。无疑,他们也是自来就那么老,且自来就那么蹲在墙根儿下晒太阳。每个人脸上颜色跟墙顶苍苔一样。这时,苍苔却含着笑了,仿佛说,这娃娃,看舅奶奶来啦?啊,来啦!心里一阵欢喜,腰板儿挺得更直了。一抬头,舅奶奶早在大门口迎着了。却不好意思叫。这时听见——

"韩家的个这,咋又来了!"

仿佛是不该来,又仿佛是终于来了。总之已被一双苍老的手揽入怀中,往头上抚爱摩挲了。这时才红了脸,小声叫:"舅奶奶。"

实际只有自己听见罢了。舅奶奶却笑盈盈拉了外孙往家里去。倘若你以为被拉住的外孙,仅仅是个爱脸红爱害羞的小男孩儿,那你可错了。

若要见识他的真面目,稍候片刻再看吧。那时节,你将只有在树梢上,或是墙顶看到他,平地上绝无可能。而舅奶奶之所以把外孙叫作:"韩家的个这!"就与此有关。

比方说,一不留神,这外孙已爬上杏树顶了,且躺在树杈上,杏子吃不饱是不下来的。舅奶奶怕外孙杏子吃多"挂住"肚子,不好好吃饭,于是踮起小脚,堆了笑脸一迭声哄道:"娃、娃,看我的娃心疼的!快下来给你糖吃。"

知道是舅奶奶惯用伎俩,反而边啃了杏子边偷笑。不小心笑出声了。舅奶奶终于生气,来一句:"把韩家的个这!"说完踮起小脚走了。

舅奶奶走了,却不能下树。不是杏子没吃够,是裤裆被树枝挂破了。趁夜幕溜回去时,到大门口,就闻见厨房里飘出的香味。知道又是清油炒茄子。

那时舅奶奶家生活条件远好于我家。明显例证是舅奶奶家饭菜里,放好多好多油,冒的是油花儿,淀的是油底子。

香味使人神魂颠倒,早忘了裤裆洞开这一茬儿,便学出乖巧的样子巴望着。舅奶奶忘了"韩家的个这"之前的淘气,端了一盘炒茄子来,直看着外孙把一大盘茄子吃得河干海尽,而后舔了油底子,才笑盈盈收了盘子向厨房。

待吃饱喝足,心里琢磨"韩家的个这"。这话带点儿责备,又满含宠溺。"韩家"意思是说,韩家来的馋嘴娃娃。"个这"意思是说,到底是自家外孙儿。两厢契合,就给人一种满足。正如来时路上给人问,转舅奶奶家干啥时,那种骄傲。

而后,各种事物将要不消停了。非但杏树不消停,房檐下的麻雀不消停,就是舅爷的水烟锅,也要偷偷端来吸一口。舅奶奶不免又要说上无数声"看把韩家的个这!"

假期临近,大人来接回家,连哄带骗,根本无用。大人急了生拉硬拽,还是不愿回去,惹急了要打滚儿。于是,舅奶奶又笑上了,说,索性叫娃再住些日子吧。听大人脚步声远去,一骨碌爬起来,眼泪鼻涕都开了花儿。

可是,跟在舅奶奶家的被礼遇不同,舅奶奶来我们家时,可没少受我的气。

有一回,父母去县城待一阵子,叫舅奶奶来看家。看家就是看我,看我是为管住我,管住我是防着我闯祸。

但不闯祸还能是我?

前几日还哄着小伙伴儿,把人家后院儿的草垛给点着了,几乎殃及人家房子。这事儿刚过去几天,我又蹑摸进厨房了。舅奶奶以为我又去偷火柴。但这次我偷的却是舅奶奶烙的大饼。因为大饼好吃,就想偷去分给小伙伴儿们一起吃。结果刚出厨房门,就被舅奶奶颠儿颠儿地撵上了。

"一个人拿那么大个馍,能吃完!"舅奶奶呵斥着,来捉我。我反从她腋下钻出,溜了。跑到大门口来一句:"这可是我韩家的馍,不是你李家的,不用你管!"

我怀着报复的兴奋边跑边跳边喊,身后舅奶奶一双小脚原地踏步,地面梆梆响,我早跑远了。

夜里以为要挨打,跑到爷爷家驴圈的麦草里睡。被半夜给驴添草的爷爷发现,领回家去,舅奶奶一个人,手扒住窗沿掉泪呢。半夜醒来,发现舅奶奶轻拍我,仿佛有笑又有哀愁。我闭眼装睡,心里懊悔,想问她为啥哭,却睡着了。

答案后来知道。那是下回再去舅奶奶家时。她说,再不许吃我家的肉菜和花卷儿,这是我李家的,不是你韩家的!我说为啥。舅奶奶说,你不是说了嘛,不要我管!

舅奶奶原来是因为我说不用她管,气哭了并记了我的仇。可说归说,又把肉菜和花卷儿端来了。我狼吞虎咽时,仿佛隐隐听见舅奶奶嘴里念歌着,唉,晓不得,等韩家娃娃长大了,我能沾上光不……怕我等不到那时候……

后来渐渐大些,去舅奶奶家的次数越来越少。及至母亲去世后,我辗转他乡若干年未回老家,心里的舅奶奶,似乎只剩一个老太太的形象。

等我安家落户,一切稳定时,已是不见舅奶奶十来年后。那时跟家人一起回到岔李家,去看舅奶奶。迎门望着的,仍是那样一个老太太,还是盈盈地笑,但那笑的源头,双眼却分明浑浊了。她所以远远儿知道是我们,是听脚步声的缘故。

舅舅们早已分家,舅爷舅奶奶跟着小舅一起过日子。小舅小舅母忙于生计,许多时候还得二老自己料理生活。知道如今家道艰难,我跟兄长每人给二老一些钱。舅奶奶似乎要说什么,嘴唇颤巍巍几下,又终于没有出口。看他们接过钱时的神情,给人刺痛。从他们眼里,我看到暮年老人的卑微。

几年后,舅爷去世,我们回去。对于舅爷的离去,舅奶奶很平静,仿佛觉得老伴儿的去世是解脱,再不必受人世的罪。然而平静中有不易觉察的落寞,那落寞仿佛是说,啥时候自己也跟了舅爷去,仿佛跟了去是享福似的。而另一时,又感到她对于生的留恋。一会儿时间,自问自答说了几回吃药的事。她一有不舒服就想吃药,吃药成了心理安慰。晚辈们不敢劝,怕她以为是嫌她吃药费钱。

趁屋里没人时,我给她一些钱。她接住瞬间,有孩子样的喜悦,一些细细密密的皱纹,由眼角涌向她从未年轻过的一张脸。我似乎还从那脸上看到一丝羞涩闪过。瞬间,她浑浊的眼里,又暗淡下去,使我不忍面对。这时,她嘴里念念叨叨说着什么。

我多希望她是说:"把韩家的个这!"然而没有。她断断续续说的是可把娃娃的光沾上了……我赶上时候了……这大概就是她上次要说而未出口的话。

听见门口的脚步声,她把钱揣进大襟里。我俩像保守一个秘密似的,相视一笑。我明白她的笑,那笑里正是我盼着她说的话。

那次离开,又是几年。我忙于生计,顾不得回老家,但心里已经做好舅奶奶随时离去的准备。有时狠心想到,舅奶奶不如随了舅爷而去,免得受这人间的罪。随即又责备自己,怎么可以如此狠心。这时,眼前又出现那个立在门口迎着的老太太,巴望她说一句:"把韩家的个这,咋又来了!"

然而这次我是听不到了,兄长来电说舅奶奶于今日离开人世。听到消息一瞬,我便想到那句话。想到那句话,便想到一个从来苍老的人,这次终于永远地老去了。想到再也没有那样一种苍老存在,人便再没有把自己当孩子的理由。

想到叫声舅奶奶时,再无人应答,我终于相信,世间再没有那样一个老太太了。

2020年12月

万年青

　　爷爷养了大半辈子花儿,却也挨了奶奶大半辈子数落。爷爷养花儿不讲究,什么绣球啦,夹竹桃啦,仙人掌啦,荷花令箭啦,凤仙啦一类,都是些普通到不能再普通的品种。照爷爷的说法,不过图个花哨,再者闲时瞅瞅,也消乏,但奶奶不这么看。奶奶倒不是不喜欢花儿。奶奶也喜欢花哨,也要消乏。但奶奶数落爷爷不是爷爷养花儿,而是爷爷不听话。爷爷不听话不是说一直不听话,那样倒好,而是说爷爷听了奶奶半辈子的话,却唯独在一件事上不遂奶奶的心意。这就把奶奶给气到了。奶奶气到了,气无处撒,因为无论奶奶怎么数落怎么唠叨,爷爷还是嘿嘿嘿嘿价笑。笑就是犟,犟就是要造反。爷爷造反,奶奶当然要镇压。眼看奶奶捉了拐棍儿过去了。奶奶捉拐棍儿,不为打爷爷去,而是为打花儿。打花儿也不是打所有花儿,那些绣球了凤仙了倒挂金钟了,她舍不得。她要打的,是被爷爷当神一样供奉起来的一盆"烂草"。但咱们公允说,烂归烂,说是草却并不符合事实。谁见过那么硬又那么尖的草?关键还不开花儿。不开花儿却叫花儿,还养着,那不是男人引个婆娘不养娃儿么?奶奶经由这比喻进一步联想到,打自己进韩家门,养了大大小小八个男娃儿女娃儿,却换来个啥?却换来个老头子要造反!这一下性质可就变了,从人与花儿的矛盾上升为人与人的纠纷了。奶奶的拐棍儿就生上风了。

　　要说起来也怪,爷爷不知怎么就弄到这么一盆怪眉怪眼的花儿。

　　花儿怪倒不是说花儿的名字怪,而是长得怪。说是花儿,却浑身只有叶子,叶子又不像叶子,每片叶子顶端都收束成尖刺。刺有多尖?照奶奶的说法,把天爷戳了一堆窟窿。戳了一堆窟窿倒没啥,问题是除了戳天,也戳人。不小心哪天就把哪个孙孙的手戳破了。戳破手,爷爷却还拿它当宝贝;当宝贝就当宝贝,还郑重地给起个名儿叫"万年青",这就不怪也怪上了。

　　这"万年青",按爷爷自己的说法,是一种极为稀罕的花儿。稀罕不单是方打围圆没见过谁家有这么一盆,更是说,"万年青"的万,跟万寿无疆的万,是一个万。这就不由得爷爷有了一点私心。这花儿也就具备某种寓意了。但奶奶却并不这么认为。奶奶不管三七二十一，把那浑身是刺的宝贝叫作"烂草"。对于这种侮辱，爷爷笑归笑，却实难认同。非但不认同，且把这宝贝侍弄得更加细致。细致是说，别的花儿开了爷爷倒也十分欢喜，修修剪剪个不停，但对这盆不开花儿的花儿，却除了欣赏，更带一份虔敬。非但让她享有园中最尊崇的位置，且不许别人轻易靠近。唯有他自己每年一定时候，把那花儿根部的老叶子剪了去，任新叶向上伸展。每到那时，爷爷便口内念念，唇间叨叨，自个儿跟自个儿说些谁也听不懂的话。倒也不是一句都听不懂，偶尔一句像念经一样的话就被风刮进我们耳朵，爷爷相信那花儿迟早要开的，只是现在还不是时候。我们就失笑。我们就笑话。谁家养一盆花，养了许多年不开，还说不是时候！

但现在问这话的不是我们，而是奶奶的拐棍儿。奶奶的拐棍儿可不像奶奶，奶奶自己生气了只会骂"老怂"，拐棍儿不会骂人却能横扫千军。就在这危急关头，爷爷护住孙儿一样护住花儿。护孙儿，孙儿会往爷爷怀里钻，但现在钻进爷爷身上肉里的是尖刺。这倒把奶奶惹失笑了。惹笑了奶奶，爷爷也嘿嘿笑了。但爷爷嘿嘿笑了不代表屈服，爷爷不服即证明奶奶镇压造反的再次夭折。奶奶终于扔了拐棍儿，一双小脚嘚啵嘚啵向远处去，只留下孩子般愉乐的爷爷，以及身后那许多尖尖的倔犟，戳向一个寂寞而辽远的天空。

这倒不关我们的事，我们仍然记得的，是每到四五月间，爷爷的花园里将有怎样的好处。

那时，牡丹开了，笑得像隔壁谁家那小媳妇儿的脸，透着大大咧咧的喜庆。而等到芍药开花时，像村头儿谁家小姑娘。小姑娘水灵灵了，小媳妇儿的脸却变得蜡黄蜡黄。我们就问：爷爷爷爷！都是牡丹，为啥开的时节不一样哇！爷爷咩呲一笑：后开的是芍药呀，先开的是牡丹呀！我们不服，那花儿不是一模一样嘛！爷爷说，不一样哩，你们看你们看，牡丹的叶子是个鸭爪爪，而芍药的叶子是猪腰子。我们其实知道分别的，因为去年爷爷就这么解释过；仍要问，就想惹爷爷，看他究竟会不会生气。但爷爷并不生气，还跟去年一样认真解释。我们就边说边跑开了。我们边跑边喊：爷爷爷爷，我们知道啦，那是芍药，那是芍药！芍药又叫"气死牡丹"！

我们向旁边那些花儿奔去了。自然，园墙边坐着的那些花儿更惹人。就比如那一嘟噜一嘟噜的荷包花，就可以摘下来戴在胸前，而那凤仙花，就可以和了明矾捣碎敷在指甲上，染出漂亮的红指甲。再比如绣球啊，倒挂金钟啊，荷花令箭啊一类,也各有各的好处。但人人要避开的,却是爷爷那盆"万年青"。人人都晓得的,那是一盆"烂草"。

爷爷向来疼爱每个孙孙,但听到我们偷偷喊他的宝贝叫"烂草",他生气了。

爷爷生气了就吹胡子。

爷爷边吹胡子边望着他的"万年青"。就这么一天天一年年的,"万年青"越长越高,也越来越讨人厌。而我们戴了花,染了指甲,满院子追着跑时,爷爷跟在后面笑,笑累了就骂,直到爷爷的笑和骂再也追不上我们的脚步。

爷爷盼着他的"万年青"开花呢。

但那盼望正如奶奶嘴里的话,怕是盼到你老耷茶了,也没指望。

奶奶这话倒也是实话,现在爷爷的身体已不宜重体力,而那些花需要根据时令侍弄和搬动,尤其那盆"万年青"更是笨重。这终成奶奶再次向爷爷进逼的理由。而终于某天,爷爷似乎也松动了。因为之前不止一次,有人提出要买了这花儿去养,且开出高价(那人是本乡信用社的主任)。开始爷爷不为所动,现在他沉默了。爷爷的沉默是多方面的,但根本是当爷爷自己搬不动这些花儿,而要央及他人时的那份难处。人人都为活计忙得腾不开手,而爷爷自己一个"吃闲饭"的,又怎好给他们添麻烦。但这话是我后来分析到的。那时爷爷正一锅一锅抽旱烟,抽完三袋旱烟,爷爷忽然站起身:

卖!

爷爷既开口,事情就好办。当天下午那信用社主任就笑兮兮把那盆"万年青"拉回自己家去了。院子一下空了,所有人觉得减去一个大负担。爷爷把卖花的钱夹在墙上的镜框背后。那是他的藏宝之地。显然那钱他是不准备花的。对爷爷这次的不听话而自作主张,奶奶头一回没数落。

不久后,偌大的花园,一切繁芜不见踪影,原来的位置早被一个高大的玉米架所占据。小叔眉开眼笑,他笑的是腾开的空地,终于派上这么大用场。

到了夏天,村里都在议论一件稀罕事。说是从没见过的一种花,开花了。而那开花的,就是被人从爷爷手里买走的那盆"万年青"。

闻听这消息,我们偷偷跑去,在那家人院墙背后窥望。果然,那盆被诅咒被埋怨了多少年的"烂草"奇迹般开出一架若挂着小铃铛的白黄相间的花,隔老远似能闻到阵阵幽香。这幽香,使人惆怅又使人落寞,于惆怅落寞里,更听到那些小铃铛随风摇曳,仿佛是对我们的嘲弄与奚落。大家都没说话,却都在心里说,这事儿万不可让爷爷知道。

此后几天，天气无比明媚，想必那花儿定然更加妖妖灼灼，使人想到那家人将要怎样的窃喜。同时也就想到自家人的愚蠢：若当初不是那么心急，怎会教他人拾了这么大个便宜。但大家心里这么想，嘴上谁也不愿承认。

夜里，趁爷爷不在，终有人打破沉默：怪道人家家道兴旺哩，原来这花儿也撵人，也愿往那富贵人家开去。大家听了不言语。不言语就是人人都默认了那事实。这时院儿里响起脚步声，爷爷背搭手回来了！

爷爷进门就笑眯眯地说，到底是开了，我就知道迟早要开的，看看，那花儿开得多欢闹！我说是"万年青"，再不会错的，那样儿的花儿，就配得上那样儿的名儿。爷爷说这话时，声调配合着他的喜悦，仿佛都能听到风中一个一个的小铃铛在演奏乐曲。这倒使大家想不开，怎么自己养了多少年，开在别人家他倒似乎更加开心。但谁也不敢说话，不敢确定应当如何接话。就当大家困惑不解，爷爷说：

"开花就是好的，开在哪儿不是个开？"

"旺谁家不是个旺，我们家这都旺了多少年了，旺旺别人家，多好的事——"看大家仍疑惑，爷爷又说出这么一句。

这倒是实情。这么多年，我们一大家人虽生活清贫，却也顺顺当当，爷爷奶奶膝下一群男男女女的孙孙，就是明证。

爷爷留下这些话，要大家以后许多年去慢慢品味，而当大家终于明白这话时，我们早已习惯了不养花的日子，爷爷还是照旧一天天嘿嘿笑着，被奶奶数落着，直到奶奶自己数落不动，两人一起在院儿里数星星。

那开在别人家的"万年青"，自那年开过以后，又沉默了几年，直到某年忽然再次开放。而再开的花，又更比上次繁盛，隔着半个村子都闻得到花香。但爷爷却病了，病了的爷爷，不得不眼巴巴瞅着奶奶把放在镜框后面、那被橡皮筋扎绑得整整齐齐的钱拿来买药。经历了大半生烦难坎坷，某个午夜，爷爷安详地走了。一直被病痛纠缠的爷爷，那夜却格外平静。

爷爷走后不久，那盆"万年青"枯萎了，死了。可谁也不明其中缘由。

2020年11月

指甲花

小时候最爱去舅舅家,舅舅家院儿里有指甲花。

一进门,大舅说,狗娃眼睛来啦!说着,一把把我揽进怀里,抱坐在腿上摩挲我的头发。我羞涩着低下头,心里寻摸,大舅为啥总叫我狗娃眼睛哩?又不好意思问。抬头,几个表妹已经笑兮兮地把住门框往里探了。我从大舅怀里挣脱出来,随即收住脚步,歪头往房梁上瞅。脸无端地烧。心里盼着热情,热情到家却又使人尴尬。我一本正经跨出门槛儿,突然想起什么大事似的。听见背后的声音说:啧啧!那意思是,呦呦!成个人物了呦!一阵被窥破心事的囧,虚了我的脚步。索性大刺刺回头望着她们,眼神里说的是:咋!有人咩呲一笑,惹得我也笑了。

大表妹说,你啥时候来的?看时,她正拿根草梗拨弄着墙皮,故意把问话问得没盐没醋。将将儿来的,我答应一声,心想,她怎么不叫哥哥?这时,几个小表妹已经咯咯咯笑起来了,朝这边吐舌头。大表妹恨她们一眼,仿佛在说,死过去!瓜兮兮笑个啥!这么一来,大家都笑开了,谁也不晓得自己在笑啥,倒把滞在空气外头的一层皮给剥开了。大家又都为刚才的矜持难为情起来。然而也不过是一瞬间的事。小儿女的心思,在于你知我知的一刹那。大家已经围在一起了,围在中间的是一个花坛,是舅爷那年亲手垒起的。

圆形的花坛中央种了各色的花,花坛四周是一圈儿水泥砌成的水槽,里面养着几条狗鱼。那些鱼都有丑陋的胡子,并不讨人喜欢。大家目光浮过去,落在那些花上面。其实也不过是一些绣球啊,吊金钟啊,令箭荷花啊一类的花,跟去年没什么两样。但每个人眼里都有意外的惊喜,仿佛不过刚刚的发现。咦!有人指点着一株指甲花,那声气仿若发现一个待嫁的新娘。大家跟着她的指点,也咦、咦地惊叹起来,唯恐落后。哪是一株呀,明明好几株哩!明明艳艳地站在那里,大大方方领受旁人的艳羡,倒把看着她的人瞅得低下了头。一团娇羞的云彩飘过,大家面面相觑,仿佛看透了彼此心里藏住的秘密。

那哪是花呢,分明是粉袄绿裙的新娘呀!从新娘的裙裾上,每个人看到了自己的未来。牡丹的高不可攀,仙人掌的倨傲多刺,都让人敬而远之,唯有这指甲花,能让每个人看到自己。她有植根田园的泼辣,又有伸向天空的灵秀,唯有身着粉袄绿裙的乡间女子可与之比拟。白的,红的,粉的,朵朵都有独属自己的风致,又心照不宣给人一种明媚,带着雨露和阳光的味道。她们不因好养活而将就,也不因风雅而耀眼,简直不能增一分亦无法减一分,就在那里,决不因你的喜好而改变姿态……

哎呀!其实是一群懵懂的少男少女,又哪来那么多花花肠子哩。彼时大家正围着几株指甲花发呆呢,所有眼神只汇成一个心思:染一手漂亮的红指甲!

简直等不及了!

可也得到晚上。这时跑去闹腾大人,难免挨骂。于是,大家又把去年玩儿过的游戏再兴致勃勃重温一遍。跳绳、扔沙包、踢毽子、抓羊骨头,乐此不疲。最后,玩儿起猜谜来,谜底自然还跟去年一样,但每个人都作出新猜出而兴奋的样子。不在谜本身,而在猜谜的过程。有人故作严肃,有人挤眉弄眼,仿佛每个人肚子里都藏着不知多少失笑。时间过得很快,又很慢。

好不容易捱到傍晚,一只鸽子鸣着哨从屋顶飞过去了,一只蜜蜂从窗户纸上啪地跌下来,又咕噜咕噜爬上去。木匣子扣住的广播里开始嗡嗡嘭嘭唱秦腔。舅爷坐在门槛儿上吧嗒吧嗒吸着水烟,看起来要睡着了,丢个盹儿,又咕噜噜吸几口。舅奶在廊沿上掐麦辫,一时想起什么往事,笑笑地停住手里的活计,向后捋捋垂向耳际的头发,一时又摇摇头,叹口气,仿佛那往事意味深长又不堪回首。

当——当——当——

座钟敲了几下,像突然醒来的人连打几个哈欠。一阵细碎的脚步声打破宁静,小姨回来了!这是大家期盼的时刻,一下围上去,连拖带拉,姑姑,姑姑叫个不停,把我叫小姨的声音埋在最深处。小姨看时,花坛边沿,指甲花花瓣已经摘好了,连明矾也在小搪瓷碗里静候着了。小姨笑着刮刮几个人的鼻子,说,还豪(臭美)得很!听到豪这个字,激发了表妹们更加的热情,一个个抢着说,我先说的!我先说的!我先染!我先染!我跟着伸伸手,又缩回来。是小姨嘴里的一个"豪"字让我听而却步。一个男娃娃家家,跟着人家豪,哎呀!简直辱人(羞)死了!我跟在表妹们身后,没人觉察我的落寞,只好望着小姨嘻嘻地笑,那意思仿佛是说,跟自己没关系,可明明听见心里说,还有我……还有我……

小姨似乎听见了我的心里话,瞟我一眼,我低下头。

小姨去厨房拿来捣蒜的锤锤,石窝窝,把花瓣掬进石窝窝里,起起落落,叮叮咣咣。舅爷眼睛一亮,衔住烟嘴,烟锅里的火,随着他的眸子忽明忽暗,咔——

一团烟雾从胡子里升起来,向屋檐飘去,仿佛置身其中又置之度外。舅奶嗔怪小姨一句:都多大了,还跟大娃娃头儿一样,趁浑火哩! 小姨咧嘴扑哧一笑,把一条粗黑的辫子甩向背后。大家嗷嗷地拍手跳起来。小姨歪头叮叮咣咣,手边带风。一绺头发垂下来,遮住她的侧脸,她的脸像藏在云朵里的月亮。

须臾,花瓣成泥,与搪瓷碗里的明矾和在一起。小姨拿勺把儿挖了花泥,依次抹在每人的指甲上,再拿花叶包了,小姨拿过缝衣线,把每个指头绑好,用牙齿咬断线头。其间没一个人说话,脸上写着期待与虔诚。包完,小姨用指头往最小的一个表妹额颅上轻轻一点,一笑,那是说,看个豪女子呀! 表妹们脸上有无言的幸福漾开。月亮在树梢静静看着。

眼看她们的指甲都包上了,我笑得一脸灿烂又一脸无辜。其实牙齿已经咬住嘴皮了,怕眼泪成花。偏偏我是男娃娃! 心里想着,恨着。小姨作出才看出我心思的样子,抿嘴一笑,却还故意说,你也染吗? 我憋着不说话,点头和摇头都不对。她的笑拐个弯儿,变软了,又回到她的嘴角。我以几个嘿嘿代替。她说,你呀! 比那几个女女儿还——

她的豪字没说出口,我可听见了。我抿抿嘴,想张口,却没张开。我站着抓耳挠腮,听表妹们在叽叽咯咯笑,伸手互相比画着,谁也不服谁。小姨把我拽过去,我伸出的双手简直鬼鬼祟祟。小姨给我包起指甲,有着更多的专注与仔细,仿佛到我这里才终于是重头戏。包好了,我瞅瞅她们,才发现她们也在瞅我,大家都笑起来。过一会儿,指甲凉凉的舒服,忍不住总要看,指甲看起来像一个个戴着帽子的小人儿。大家把各自手里的小人儿向彼此比比画画,每个人脸上都绽放出满足与自豪。

夜里上炕,空气静悄悄,只有阵阵错落有致的呼吸,吹得人耳朵痒痒。其实谁也知道谁都没睡着。没一会儿,终于有人憋不住笑起来。笑会传染,一时间空气里震荡的,都是嗡嗡声。大的呵斥小的,小的笑得更凶了。于是有人提议轮流说古今。其实每个人说的还是去年说过的内容,但依然讲出了趣味,听出了新意。大家嘴里嘻嘻哈哈应和着,可每个人的手都规规矩矩放在被子外头,生怕指甲上包着的花泥被碰掉。终于到有人把一个古今的开头重复三遍,也没人再嚷:不算不算! 重讲重讲! 此时,大家的呼吸开始跟夜一样深沉。院子里没有风,却听见几株指甲花摇着,摇着,像坐在轿子里。

我做了个梦,梦见轿子一失足,跌进了深沟里,却怎么都落不到底。心一直悬着,悬着。突然听见自己喊了一声,脑袋嗡一下,轿子蓦然落地。睁眼看,猫眼泛青,天还没大亮,可怎么都睡不着了,伸手来看,指头上的帽子早不见了!一阵懊恼,端起手看,怎么都看不清。只好睁眼等着,终于猫眼泛白,才发现指甲上洇上了隐隐的红,心怦怦一跳,再回头,每个人都憋着笑呢!终于忍不住笑成一团,把天给笑大亮了。各人都看到了彼此手上的红指甲。昨天还好端端开在花坛里的花,如今开在每个人的指头上了。

以后每天洗脸都小心翼翼,怕把红指甲给洗没了。

快开学了,要回自己家。我在前面走,表妹们跟在身后,突然都沉默起来。相熟已久,忽又羞涩,仿佛已经又为下一年的初见做尴尬的准备。回头看时,大表妹又捉起一根草梗低头抠弄墙皮,嘴里什么也没说,可眼里在问:

明年还来吗?

来!

2019年4月

糖水罐头

总有一些他人眼里司空见惯的东西,你曾当作奢侈品;总有一些他人无视的人物,被你珍重好多年。

小时候偶尔生病是多么幸福的,因为能吃到糖水罐头。

那时,炕上蜷着,头痛恶心,发烧到如履云端,耳朵仍支着,听见门外一阵脚步响起,心中就多一层委屈。惯常不为人重视的,这时节却成了香饽饽,于宠溺里生出点点报复心。叔叔婶婶们轮流来瞧,照例手伸进被筒筒摸摸,额头上揣揣,说:

娃难受得慢了些吧?

娃身上冷不冷啊?

天爷呀!不得活了,娃的头咋还这么烧……

听这些满心慈爱又不得要领的话语,心里又受用又不愿承认,反觉得不如病更重些才好。盼着病重,除了不舍被怜惜的那点暖意,更盼着谁问一句:娃想吃啥不?

一时盼不来,眼泪扑簌簌往下淌,哼哼唧唧连声音也变了调。但仍不说,仍要大人猜。这时,忽然听见说,给娃吃个罐头吧?

身上一下松活,却还要装出不以为然的样子,仿佛压根没听说。终于,罐头被捧来,听到拿起子撬了,嘎吱嘎吱的声响,那么动人。

罐头并非寻常之物,既打开,最好是家里人都尝上一口。这倒没什么,关心的是,倒进几个小碗的罐头,到底谁分得多,谁分得少。却又不能回头看,可急于瞄一眼的想法,仍把更加难捱的呻吟声给招呼来了。

这时听说,娃,忍忍、忍忍吧,咱们吃罐头,吃了罐头就好了。

罐头真的就有奇效。当然,有奇效的,除了罐头本身好吃,还有因分到碗里比别人多一点的优待。

想来日常也是淘气得过分,简直上天入地,无所不为,哪天从崖畔上跌下来,自然免不了挨一顿打,至于其他日子,只要不是犯错,大人根本就当你不存在。而这时,当被揽入胸怀,糖水罐头一调羹一调羹地喂进嘴里,就把往日那些轻视给扯平了。进而想到只是生一场病,要是哪天自己死了,大人们还不得难受死。想到死后大人们的痛苦,把自己感动了。而由自己的死,想到父母与爷爷奶奶某天也要死,又觉得以往那些淘气实在不该。因这份领悟,渐渐觉得生病的好处,而病也竟渐渐就松缓了。

关于糖水罐头的好处,最初的记忆来自更小一些时候。

那年,三十晚上,各家端了各样儿肉菜吃食,去爷爷奶奶家。一大家人围住炕桌,吃喝,谈笑,守夜。日常难得的美味自然使人口腹快慰,但最安顿人的,却是心头盼着的那一瓶糖水罐头。

那是爷爷的拿手戏法。趁人不注意时,爷爷从哪个旮旯里摸出一瓶罐头,笑兮兮捋着他的胡子,有为一家之主的骄傲。

这时,孙孙们个个跃起,向爷爷围拢过来,巴巴儿望着;爷爷却耍起赖皮,说这罐头是留着初三走亲戚的,看看倒是可以。他这借口实在老套,还跟去年一样说法,大家便抱腿摇胳膊,最小的孙孙已滚到爷爷怀里,丸成一个蛋蛋撒娇,恨不能去揪爷爷的胡子。这时奶奶发话了:

老怂,赶紧给娃们吃!

爷爷向奶奶咩呲一笑。原来奶奶才是家长!

孙孙们多,罐头只有一瓶。唯一的办法就是拿调羹掭了,一人一口轮着吃。好在打开的是糖水橘子罐头,可分的次数要略微多一些。孙孙们围住爷爷这个裁判,等食的雀儿一样,张了口,盼着那一瓣儿橘子一点儿糖水儿的慰藉。这时有人瞄见放在桌上的罐头瓶盖不见了。原来早被堂兄顺去,边笑边舔那盖盖内残留的糖水,咂吧得摇头晃脑。这自然引起公愤,却又顾不得分身,直到把自己一份得了,含住,方一窝蜂赶去,抢作一团儿。

每人分到的实在不过一瓣儿两瓣儿,往往含着舍不得咽下去,用舌头压压,用口水泡泡,腮帮酸了困了,才不留神咽进肚里,还怅然若失。吃完了,眼见没希望了,但橘子的形象还不能忘。便以一种惆怅和迷惘向爷爷:爷,爷!刚才吃的是啥呀!怎么像矬矬蛆(蔬菜中生出的胖虫)?爷爷笑着捋胡子,说,是橘子,橘子是南方才有的。

其实是故作问答,爷爷孙子心里都清楚,无非是把想望而难得的橘子,比喻成一种不好的东西,以微妙的自嘲作报复,替代难以满足的失落——

不就个破橘子么,有啥好的!但心知,下次吃到还得再等一年。

就是这甜蜜而苦涩的糖水罐头,使人后来生病时,成为借以撒娇的理由,甚而有时密谋着,假如没病装病……又激起心中小小梦想,想着哪天才能长大啊,长大后挣好多好多钱,就能买上好多好多橘子罐头,一次吃个够。

后来真就一次买了好多橘子罐头。那是爷爷生病的时候。爷爷病得突然,等赶回老家时,已不怎么吃得下饭。面前摆了种种以前曾稀罕的肉菜,爷爷却懒怠动一筷子。当我打开一瓶橘子罐头时,爷爷浑浊的眼里闪过一丝亮光。我扶住爷爷的脖颈,给他一调羹一调羹喂橘子;爷爷正像几十年前,他的孙子们张着口的样子,是等待喂食的雀儿。某一刻,我才想起那时候,当孙子们抢吃罐头时,爷爷一口都没尝到。如今有吃不完的罐头放在爷爷面前,他却勉强吃了几口,再吃不下了。

爷爷临终时,我不在身边,这常使我愧疚。想到喂给他那几调羹橘子,多少算点儿安慰吧。

小时候心心念念的糖水罐头,如今不过是几块钱的廉价东西,有丰富的新鲜水果,谁还愿意吃它。

这不过是嘴上的说法,心底到底为糖水罐头留着一个位置。

如老家的浆水面一样,无论别人觉得如何下贱,我都觉得那是最可亲的人间美味。人就是这么奇怪,兴许贫贱的生活给人的记忆,就能塑造出人贫贱的基因,并于任何人事变迁中不改本色。

但这隐秘梦想也给我烦恼,每次都要假借孩子们的名义去买来——因为类似吃糖水罐头的想法,向来为老婆所鄙夷。深知孩子们并不爱吃罐头,仍每次以孩子为掩护,追问孩子们,要不,给你们买罐头吃吧?孩子们终于被逼到不耐烦,说,想买你就买吧!于是,得了恩赐一般,跑到超市,一本正经往购物车里放进几瓶罐头,交款时还心虚说,唉,娃娃们就是没办法,非要吃这玩意儿!收银员莫名其妙,但他不知我心内窃喜。

当我打开一瓶糖水罐头,细细揣摩那光溜顺滑的瓶身,拿了调羹一点一点把果肉与糖水送进嘴里,贪恋唇齿间那点子甜蜜的温存时,觉得自己还是小孩子。

2020年11月

三成爸爸

三成爸爸去了。

静默着,静默着,不知要怎样表达我的情绪了。

人终归要死的。但一个人的离去竟可以这样地轻飘。尤其是于饭桌前的闲谈中被说出时。我摸了烟,向阳台去,随即便看到三成爸爸,他怎样笑笑地向着我了。他那样一种悲苦又乐观的笑,使我心疼,而心疼若烟雾般,落不到实处。三成爸爸,他分明还是从前的模样:永远稀疏的头发,稀疏到连仅剩的两撮鬓毛都隐忍而委屈着,实在难以与额上狂奔的皱纹匹敌。正要为之叹惋,却不防当脸挺出一具高耸的鼻梁,非使人刮目相看不可。然而两片枯焦的嘴皮,其谦卑却与鼻子的高耸扯平了。照例是嘿嘿地笑。笑。使人要随了他的嘿嘿,而还之以更为歉意的笑,方不负那份永远欠着别人似的老实相。但不急,他还要嘿嘿笑的,一笑,双唇便锁不住,上下两颗门牙偷了空,迎着塬上浪荡的风伫立着,使人看到一段古老的传说。终究悲苦,终究乐观,终究不说话,终究只有他的嘿嘿的笑了。

我说:三成爸爸。

他应:噢。

我说:三成爸爸!

他应:噢!

他笑。

我笑。

心里泛起酸楚。旋即于酸楚里带了一点点失笑。

我该叫他爸爸的,而不应冠以三成,那是他的名字呀,他是长辈呀!这是打小的愧疚。然而还是愿意就着名字叫他,为听他的噢。他一噢,便不觉是长辈,而是我可亲爱的伙伴了。为这点点的恶作剧般的亲切,总要批判自己,却总改不掉。

其时，正在一位堂哥娶儿媳的婚筵上，他负责烧水，我负责上菜，那是时隔多年后的见面。我去看他。看他怎样地把一根又一根玉米芯芯投进火炉，又垂了他隐忍而委屈的头发，向火炉内张望。他这一副样子，似乎从未年轻过，也从未老过。只是随我的记忆，悲苦涸进一层，而又维持着他天真的笑，悲苦便无谓悲苦，而他也似乎永远要做我的三成爸爸了。

但其实那时，他就要做爷爷了。

知道他的不易。孩子们已长大，出嫁的已出嫁，要媳妇儿的要媳妇儿，肩上有永远担不完的水，永远卸不下的麻袋。尤其当他的女人，即我的嬢嬢（老家对婶婶的称呼）患病以后。趁他低头撩火，我把攥在裤兜里的两百元钱塞进他口袋里。他本能抬头，瞅瞅，瞅瞅，惊诧，继而愧疚，继而无措，终于得了大恩惠似的，终于嘿嘿笑着说：看这娃娃！这是干啥？！

我报以嘿嘿的笑，并向远处努嘴。他见远处有人瞅，似孩童般的羞涩。接着一本正经数落着——

看这娃娃，这……这是干啥……

我推回他的手。一双怎样的手？一双天下所有劳苦系于一身的手。给我刺痛。然而我们又都嘿嘿笑了。

我说：三成爸爸。

他应：噢！

我说：三成爸爸！

他应：噢……

我俩似乎都有话说，又都什么都没说。火炉内未充分燃烧而冒出的黑烟迎着他吹过去，他咳嗽着揩眼，才发现刚才投进去太多玉米芯芯，便自责着，便孩童般地把露出半截的纸币往里捅一下，又压压。

我说我忙，要坐席去了。他说：噢！

我的"忙"是说完了还找他。他的"噢"是说他等我。

但我坐完席乘着人群，逃似的跑了，然后开车去往省城。我想看他笑笑的样子，又怕见他。

越怕，他偏追着我来了。

还是那次见面之前大概十几年吧，一天忽然接到本家堂哥电话，说三成爸爸的二女子，也就是我堂妹，来省城当保姆，由于不适应，打算回老家，却不识路，现在困住了，要我去看看。我推掉眼前的事，循着电话那头模糊的描述赶去，找到茫然于天地间的堂妹,领她吃一碗牛肉面,买好车票,嘱咐再三,送她离了这人生地不熟的地方。车上车下,挥手道别一刻,竟使我泪潸潸了,倒是堂妹开阔,笑向我说:哥你回吧! 反使我不好意思。

过了几个月,这事儿全忘了。正忙着我在省城的飘荡生涯,那天又接到电话,还是堂哥,说老家带了东西要我去取。

是我熟悉的土粗布包袱,包了十几个煮鸡蛋,还有老家的蒸馍馍等吃食。正剥鸡蛋吃呢,瞥见一封信,开了看时,满满两页纸,是作业本上撕下的纸。从"贤侄"开口到"贤侄"结束,全是感谢的话。是三成爸爸的字,字的清秀工整使人很难跟印象中他的人联系起来。字字句句满含热情而诚挚的话,使我看到一个终日劳作的男人,那粗糙的大手,以怎样的心情把一腔朴拙的情感倾吐纸上。

这事儿过去多年,他仍没忘,总要逢人便说我的好。我的这点子好,飞跃数百里不时从老家亲朋口中知晓;而后来使我不忘的,是别人向我描述三成爸爸转自堂妹的话。

堂妹回家后说:她一见我眨巴眼,就认出是我。我从小就有爱眨眼的毛病,自己常常忽略,但别人是知道的。终于知道送别时堂妹笑的意涵了。终于使我懂得堂妹当时心境:于无望中看到这么一个曾熟悉而今遥远的眨眼——眨巴眨巴地亲切现于眼前时,见到亲人的温暖使她暂忘受过的偏见与冷落。每想到此,使我不以为这举手之劳是给堂妹一家的帮助,倒更是对我自己莫大的安慰。

以后再谈起三成爸爸,便唯有从亲人们的闲谈中。大抵是父亲每次来兰州小住后,回天水而向我要不穿的旧衣服时。这惯例我是知道的。但父亲仍要向我描述一番,说每次拿回旧衣服时,三成爸爸试了一件又一件,说怎么都这么好,都这么合适! 说简直就是做给他的,哪里是旧衣裳,明明是过年的新衣裳! 每此时,我脑里便是那个孩童般的三成爸爸,我见他眼里闪烁怎样的光,见他怎样地欢喜,怎样地边穿衣服边把经年往事再次提及,怎样向人转述我眨巴眨巴的眼睛时说:一看就是乾昌,一看就是自家的娃娃!

是自家的娃娃么? 每想到此,我心里满是惶愧。我能做什么呢? 那些经我淘汰的旧衣裳,给他莫大欢喜,却给我悲凉。这样一个农人,以及更多农人,为何总要那样悲苦。他们的勤劳善良,使我觉得这世间存着对人的大亏欠——

不仅是世间的亏欠,更是我的亏欠。

小时候,父亲忙于县城的公事,家里农活常赶不到前头。然而不要母亲请求,三成爸爸和嬢嬢两个就笑笑地来了。尽管来时尚未展开他们在自家田里干活时佝偻下去的背。或割麦拉麦,或碾场扬场,他们以为自家干活的虔诚与专注,把我家的活落实得停停妥妥。过后,三成爸爸唯一的要求是吃一顿我母亲做的西红柿鸡蛋面。在三成爸爸说来,那是世上最香的面,他边吸溜吸溜吃面,边捉住大碗说够了够了吃饱了,这下真格是够了,然而还是接过下一碗。终于揩了嘴,抽了烟,一杯茶还没端上来,他忙忙跑了,他打响嗝儿,他惦记着自家的驴、自家的猪呢。他佝偻着背走远了。走远了还能听到他嘿嘿的笑。

三成爸爸总有他的乐观。尽管乐观里藏着他的大悲苦。然而这悲苦却是我的说法与看法,在他看来,他愿意那么苦着,受着。他似乎是为着苦而来,又从这受着的苦里找到了乐观的理由。但其实连这乐观的理由也不过是我的想象——

乐观的说法还使人觉出不得已而后的安慰,但三成爸爸似乎是无所谓亦无需安慰的。他大概认为受苦只是天定,而乐,便藏在苦背后。一如许多务农一辈子的家乡父老嘴里的话:天下哪有不苦的农民?庄农汉活着,就是受着。

家乡父老的这样一种品性,使我敬畏使我悲哀,进而使我觉得三成爸爸将与这苦永远地共存下去,就如他自来的年轻与自来的老,都是命里注定。这世间没什么能将他打倒,无非是腰弯了背驼了,然而那又怎样? 当一茬麦子杀倒在场上,当麦子碾了磨了,蒸出白白胖胖的大馒头,双手掬了,用他仅剩的两颗门牙啃着时,他便又嘿嘿嘿嘿地笑了。老天爷既让他吃苦,他无非夜里在炕上翻几个滚儿,打一通震天吼的呼噜,谁能拿三成爸爸怎样?

正因如此,"爸爸"只是他的辈分,而"三成"才是真的他。如孩童的他,如伙伴的他,穿了旧衣服当过年新衣服的他,得了别人一点好如孩子得了一块糖喜得几乎要跳起来的他,只要一点点好,他就把过去一切苦都忘了。

这样的三成爸爸,他怎么会去了。

但也许就在于我的幻想——一种麻木而自欺的幻想里,家乡多少如三成爸爸一样的农民死去了。他们的死,竟如从未活过一样。世间的风还在刮,世间的苦难还要人接着受,当下一茬人接着受苦,并于苦中寻出他们的乐观,又嘿嘿着他们的笑时,仿佛只是把过去的苦、过去的乐观接过来而已,土地,还是那片土地,日头,还是那个日头。只是大地之上、日头之下,多了几个土包包,然而终于某天,连那土包包也将不见。又不知过多久,土包包下埋的是谁,也终于说不清了。

我的悲苦而乐观的三成爸爸却永远地不见了。

我唯一能宽恕自己内心的,只有寄予一个希望。希望以后的农人,或将还要苦,还要受,但苦归苦,受归受,却有人了解他们的苦,体谅他们的受。

想到这希望,我又看见三成爸爸嘿嘿地向我笑着了,笑容里有他稀疏的头发,还有两颗永远倔强着的门牙。

2020年9月

永红妹子

五月的细雨中,在网上遇见永红妹子。

一看到永红妹子,我的思绪又回到三十年前,回到我那寂寞的小山村,以及小山村腰间的土坡坡。

永红妹子的家,就在那个土坡坡的边上,那是土夯起来的台上盖起的一方院落。院中三间古旧的瓦房,围住瓦房一圈的是低矮的墙垛,墙顶上爬满苍郁的青苔,青苔有老人一样的安详,闲看光阴从瓦楞上悄悄流走。

一只鹁鸽曳着长长的哨音当空飞过去了,像一个长长的瞌睡,更显出这房院的古旧。门口是两扇衰朽的门,要把这光阴关住了,偏有密密匝匝的阳光从洋槐叶间筛下来,钻出门缝,漏了一地斑驳的时光。

如果你不懂山村的历史,就来看看这样的老房老院吧,它们在这遥远的土地,栉风沐雨,似要以它们的沉静,来抚慰千百年来清寂的日子带给人们的淡淡哀伤。

然而,这沉静迅疾就被打破了。吱呀——

门开了——

一个毛着头的小丫头跃过门槛儿,光着脚片,跳跳地跑出来,嘴里叫着,哥哥,哥哥!等我,等我!

当我站定时,她毛着的头,她光着的脚片,她红鼻头曳下来的两条亮晶晶的丝线,一阵风一样地从我面前飞过去了,那样子,像母亲发怒时扔过来的一把笤帚。

她喊的不是我,她喊的是她的亲哥永春。

她就是我的堂妹,我收借爸爸(名叫收借的堂叔)的女儿,一个叫永红的毛丫头。

三十年的时光太短,短到只一眨眼就使她突然地出现在我面前,盈盈地叫我一声哥哥,竟使我不敢相信,眼前是我那个永红妹子。

哎呀！说来真是惭愧，其实微信早已加了她，却不知是她（她通过我的文字加了我，以为只是我公号的读者），乃至今天问候一句，才知道她朋友圈儿里照片中那个落落大方、笑容灿烂的大姑娘，竟是永红妹子。我为自己的迟钝感到失笑，又为她明知而无言的顽皮感到温馨。也不怪我，我印象里的永红妹子全不是这样。

我印象里的永红妹子，只是个红鼻头下永远吊着两串清亮的鼻涕，跟在一群堂哥堂姐后面疯跑的小毛丫头。若实心说起来，还有点让人烦恼。她总是尾巴似的，甩也甩不掉，要跟着我们玩一些她无法跟上节奏的游戏。她自己不知道已成为大孩子们的累赘。但这并不妨碍她的热情，她哥哥哥哥地跟上来，倘若你要呵斥她的不乖，她又盈盈地向你笑了，使你无奈又无招。

那时，我们相约去掏鸟窝，去爬树摘杏，去偷人家地里的豆荚，去烧麦梭吃，拿石头打翻一只蹲在墙角的癞蛤蟆。这些都是男孩子们才爱搞的恶作剧，倘若一个女子家也跟着凑热闹，你简直不知该拿她怎么办才好。永红，就是这么个像男娃娃一样疯的小丫头。

每当冬里下了雪，永红家门前的土坡坡就成了我们的乐园。雪一停，土坡坡前围满了人，人们站着或坐着从坡坡上溜下去，终于把雪溜成了冰。那是冬日里，农人们难得的清闲时光。

大家正为某个人溜下去时的狼狈欢乐不已时，收借爸爸怀揣着一个娃娃出现了，收借爸爸一圈儿胡茬围住的嘴巴里，露出一嘴旱烟熏出的欢乐的黄板牙。

人们问，这是谁呀？

这是我家的碎娃。

你家不是已经有两个娃了吗？

是哇，不小心又有了一个。

怕是担粪时拾来的吧？

唵！拾来的，从驴粪蛋蛋里刨来的！

啊哈哈！

啊哈哈哈哈！

于是，这个叫永红的小娃娃，就热腾腾地、从驴粪蛋蛋里，从人们的欢乐里出世了。也不知麦子黄了几茬，驴粪蛋蛋拾了几回，她竟会跟着大孩子们哥哥呀哥哥呀、等等呀等等呀地到处乱跑了。

山村的孩子就像野洼上的冰草，不要水也不要肥，风吹吹就长大了。

长大的他们,就有了风的秉性,骨子里带着野性的自由。

以后,风把人吹到不同的方向,因而造就迥异的人生。多年后,我们都在风里遗失了童年,也改了当初的模样。当风某天再把人吹到一起时,只能靠彼此身上那附着的一些过去的影子,拼凑出一些经年日久的时光。

就像今天的相遇,若不是一些旧时光还影影绰绰在彼此身上,我又如何能找到永红妹子。于是,我的思绪再次飞回过去,回到我们那遥远的小村庄,又想起那件曾在记忆里重温无数次的小故事。

那次,我哥不知怎么搞到了一架照相机,这对山村的孩子来说,无疑是新奇的罕物。要知道,我们那时照相,要梳洗打扮一新,跑到二十几里外的龙山镇上,还得是大人有了心血来潮的好兴致才可以,如果大人没有这个心情,又或者那年的粮食没有粜出好价钱,则照相这样的事,只能是妄想。哥哥因他手里的老式相机成了大人物,这简直让人崇拜又气恼。我们跟着他,缠着他,期望能被关注,能听到他举起手里那个黑匣子,对着自己咔嚓一声。这种热闹让我自豪又嫉妒,一来是哥哥带给我的荣耀,二来是这种分享让人不免有独占而不容旁人染指的微妙。

夜里,我哥在昏黄的灯下洗照片。然而,他失败了,由于曝光不当,留在相纸上的只是一些斑白的映像,这让人大失所望。他说这是秘密,我点点头,我知道这有关他的尊严与荣耀。然而,他还有一个未说出的秘密,却是我后来才知道的。

第二天,永红和她哥哥永春梳洗打扮一新,脸上抹了棒棒油来了,说是孃孃(老家对姊姊的称呼)让他们来的。知道哥哥手里有相机,这是个难得的机会。哥哥似乎对这一显身手的机会大以为不容错过,于是带着一帮堂弟堂妹们,在村里仅有的几处可以作为背景的地方去照相。大家的欢乐不言而喻。尤其是看到永红这个疯丫头,那天特意梳起了小辫儿抹了棒棒油的样子,对所有人是一种感染。她那天有着超乎以往的腼腆。哥哥对着每个人欢快地摁快门,相机镜头前的每个人显出快乐的拘谨,仿佛这样的欢乐时刻本不属自己,如今实现,却有走进梦里的不真实。

然而我却有另外的心思,这本该是独属于我的幸福,为什么要跟他们一起分享。看着哥哥每次摁一下快门,嘴里报出剩下胶卷的数字,我觉得幸福一点一点离我远去。终于,觉得是他们在抢走我的幸福,尤其是那个打扮一新的永红,那个此刻笑成一朵花儿的疯丫头。看到哥哥不理会我抗议的暗示,我扭头赌气跑掉了。

晚上，我嘟嘴闷着，以为看着他们摆出各种笑脸的样子，简直是一种无聊的羞辱。哥哥望着我诡异一笑，他说，其实相机里没有胶卷……

原来，他那仅有的一卷胶卷已于前一晚报废了。这就是他没说出的秘密。他诡异的笑竟让我有一种报复的快感。

然而夜里躺在炕上，我难过起来。想到照相的珍贵，想到嬢嬢对堂弟和堂妹用心的打扮，想到他们在镜头前拘谨的欢乐——

然而这一切，竟是个骗局！这让我憎恶起哥哥的卑鄙，连带着，也觉得自己是这卑鄙的帮凶，又由于曾有过的嫉妒和幸灾乐祸而更加不可饶恕。山村的孩子，多么渴望一张照片啊！若你能看到永红那张抹了棒棒油的、原本假小子一样疯蛮的脸上绽放出花朵一样的温柔，你就能体会这感受。

离开老家时，嬢嬢带着永红一遍遍嘱咐我哥，照片洗好了就带回来啊，或者有空时我去取啊……

嬢嬢和永红热切的巴望，使我因哥哥手里那个黑匣子带来的最后一丝荣耀成为一种刺痛。嬢嬢是多好的人啊，她曾放下自家的农活儿，帮生病的母亲收麦担水……

这件事并未随着时间的远去而淡忘，几十年里，适时跑出来，把我的思绪拽回去。后来，觉得当初哥哥善意的欺骗似乎可以忽略了，但一想起嬢嬢和永红妹子脸上的热望，使我觉得即便善意的欺骗依然有着不可原谅处，任何轻易地放过自己都是对诚实的背叛。

再次想起这件小事，是今天在微信里见到永红妹子。我跟她亲切地交谈着，亲人重逢的喜悦依然没能阻挡这件事从我脑海里跳出来。这事儿，她大概是遗忘了吧，她说话时的欢乐，甚至让人觉得人间一切的遗憾对她只是过客。

永红向我简述了她这些年的生活，虽未详细谈及，但我仿佛看到了一个山村女子独自闯荡世界的轮廓。她说起自己的奋斗经历时，没有半点对命运的抱怨和因悲苦而慨叹，仿佛与如今的幸福与平静相比，那不过是一个遥远故事的背影，以至于让听见的人想说句体恤的话，都觉得不合时宜。

经过打拼，她如今扎根南国。我感到永红的明媚，她的不改本色。独自闯荡的艰辛并未改变她的真诚质朴。与她的交谈使我觉得如今的永红，仍是那个单纯热情的小丫头，只是岁月在她身上皴染出一份淡定从容。

窗外雨晴了，空气里满是泥土芬芳。

这使我不禁又想起曾烂漫于山野的永红妹子。这时,我看到——

家乡的土坡坡上,一座古旧的院落里,一株毛桃树正越过长满青苔的墙垛努力伸展着,一鸣鸽哨悠悠划过,搅乱满院晴光,一缕炊烟从屋顶升起,这时,门扇吱呀一声,跑出个红鼻子的毛头小姑娘——

是永红妹子!

2019年5月

姐　姐

时至今日,我还是想有个姐姐。

有个姐姐多好啊,就算谁跟你争,她也会让着你;挨了父母的打,不敢回家,有个姐姐,她会给你打掩护;有什么好吃的,她总会把多的那一份留给你……

许是没有姐姐的缘故,便在心里想出许多姐姐的好来,仿佛就真的有个姐姐那么对自己一样,想着想着,竟把自己感动了。

其实,我曾有个姐姐的,可惜我没见过她。

据母亲后来一遍一遍地叹息,我知道,在生我之前,我曾有个姐姐。姐姐比我大一岁,属马。母亲说,姐姐生下来就憨敦敦的,眉眼极像她。对于向来盼着生个女孩儿的父母来说,这是遂了心愿,也就是人们口里念歌的话:碎女孩儿,是大和娘的打心锤锤儿。可是,这个打心锤锤儿却被我给顶死了;因为姐姐死后一年,就有了我。姐姐的死,是母亲很久都无法释怀的事,母亲的满腹缺憾无处排遣,只好一遍一遍向我说:是你把你姐姐给顶死了,要有了你姐姐,哪还有你。对此我无法辩驳,我能说什么呢?如果那时我知道世上还有个叫作"命运"的东西,我就会对母亲撒出满腹的委屈,说一句,那都是命。只可惜,那时我和命运彼此不认识。于是,在母亲的叹息里,便越来越觉得自己犯了一个很大的罪。

有时我想,我宁愿不要出生的,宁愿只有姐姐而没有我,那该是多么幸福的。这么想着想着,心里又生出无限惆怅来,有了姐姐,自然没有我,可没有我,我又哪会有姐姐?那是一个多么孤独的世界啊。可我的心事能向谁说呢?大概只有天上的星星懂得吧?

夜来,躺在炕上,看星星从窗纸缝儿里跳进来,眨眼看我,又想起母亲的话,她说,姐姐都能坐住了,胖胖憨憨的身子,多惹人爱啊!可惜一阵"四六风"把她给吹走了。每当母亲说起这个莫名其妙的"四六风"时,我心里就恨,又想起因为"四六风"吹走了姐姐,才来了我,就连带着,连自己也恨起来。

不知啥时起,我成了家里的单帮子人,无论什么时候都是父母和哥哥他们一派,我一个一派。也许他们并不觉得,可我心里一直这么认为,尤其是受了哥哥的欺负时,这感觉就更强烈。

小学二年级,我背着家里唯一的一本字典去学校。其实二年级是不需要字典的,许是出于虚荣心,那天把字典给背去了。课间,哥哥过来了,以为他是要给我什么,正期待呢,等来的却是他恶狠狠的呵斥。原来他因没带字典,挨了老师的骂,刚好一顿恶气撒在我身上。于是,我在同学们的注视下,被哥哥提起书包,把书本铅笔橡皮倒一地。他嘴里哼哼着走了,我无地自容。倒不光是委屈,觉得在同学面前被自己的哥哥欺负,简直比挨别人的打还难受。上课时,我肘着头发呆,心想如果我有个姐姐,会不会不是这样的待遇?正想呢,讲台上半截粉碇飞过来,打在我的帽子上,留下一坨白印子,给我的羞辱一个纪念章。

四年级,父亲去县里开会,带回一支钢笔,说好给我,这倒意外。我还没找好地方藏起来,哥哥笑呵呵过来了,我心里一阵恐惧,然而这次,他格外和善,手里竟攥着一把水果糖,我明白他的用意,把钢笔藏在身后。然而是我多想了,他根本不提钢笔的事,只把糖往我怀里塞,说话间露出出于本意的笑,这本意是什么,我想大概是他的良心发现,觉得以前对弟弟太不好了,终于要弥补。我心里仍抗拒着,却不争气地觉得感动,又为自己的多心感到惭愧。我嘴里含着糖看他,他笑笑地出去了。

我把钢笔从背后拿出捧到眼前,突然觉得理亏。然而,他又来了,这次手里提着一瓶"沙棘汁",那是我最爱的美味——曾经因为喝"沙棘汁",屡次偷母亲的鸡蛋。这次,我心里等着哥哥的话出口,恨不得替他说出他心里的话,可又觉得他是纯粹的善意,而我却理解成了交易,这多可耻!我自责着,难免还有一点点戒备,怕他真的说出要说的话,辜负了他的善意。他拧开沙棘汁,抿了一口,嘻呀!真格的甜呀!说着咂吧几下嘴皮。我盯住他,他却一把把瓶子推到我跟前说,喝吧!我狐疑着抢过瓶子,闻闻,仰头,一口气灌下去半瓶,边灌边斜瞥他,防着他的反悔,然而没有。他拔出笔帽翻来翻去地笑呢。我放心了,才小口小口地咂起来。咦!今天的"沙棘汁"怎么有点酸?他笑笑地望我一眼出门了,我也望他一眼,算是对这次交易的默契,尽管心里仍不愿那是交易。

酸是酸了点,可也是"沙棘汁"啊!我摸着瓶子上的字心想,并不觉得有什么吃亏。这次咂了半天,"沙棘汁"不过下去一点点,我拿过盖子拧上,迅速找个地方藏起来,出了门还在心跳,却听见哥哥的笑,又听见母亲笑着小声数落他。母亲说,我说怎么半瓶醋不见了,原来是你!我回身跑去把那半瓶"沙棘汁"拧开闻闻,半瓶醋······半瓶醋！我刚迈过门槛,想想还是算了,人家是一派。我肚子里一哐当,打个嗝儿,酸得人掉眼泪。

夜里就想,如果有个姐姐该多好啊！

没有姐姐,就想起同学的姐姐,想起旺旺的姐姐。她总是隔着教室门喊旺旺的名字,旺旺,旺旺！我们就大声哄笑。

旺旺旺旺,你姐给你拿馍馍来了！

果然,旺旺他姐就从手巾里翻出一个馍馍,从门口伸进去,旺旺脸红红地跑去接了,低头跑回座位,仿佛受了很大的嘲弄。大家都笑啊闹啊,把桌椅摇得叮叮哐哐。我跟着没命地笑,可心里满是羡慕。笑着笑着,觉出失落。旺旺的姐姐总是把手那么从门口伸进来,有时是一个馍馍,有时是一个洋芋,我觉得那馍馍和洋芋一定很香,我想跟旺旺换着吃,要开口,终于又算了。

一次,"六一"儿童节,杨晓东穿着他姐姐的白衬衣来了,他噘着嘴,脸上有泪痕,不用说,是跟家里闹了别扭。他的白衬衣明显宽大,而且上面有暗暗的小碎花,肯定是他姐姐的衬衣。我猜出这个秘密以后,作为一个重大发现四处嚷,杨晓东噘嘴吸溜着鼻涕。我又想起他一定是挨了他爸妈的打,就格外幸灾乐祸,越跳越高。可等到集体表演广播体操时,我却开了小差,心想,穿着姐姐的白衬衣,挨了打,也是值得的啊！

然而,我也有自己的办法。晚上,就在心里盘算,算算我有几个堂姐几个表姐,算来算去好几个呢！我想,拿两个堂姐或表姐,顶杨晓东的一个亲姐,等于我也有了姐姐,而且还富裕,这么一来我还是赢了他。一高兴我就大方起来,不如拿三个堂姐或表姐顶他一个姐姐,不然胜之不武啊！这么一比,还是我赢。最后索性拿五个顶,我给幸福地睡过去了。那晚,月亮怎么那么大啊！那么好看！我是在梦里看见的。梦里看见的,还有我自己的姐姐。

可惜,一晚上就那么过去了,我还是没有姐姐。思前想后,堂姐和表姐固然也好,到底隔着一层。就想起堂弟每次边擦着鼻涕边说起他姐姐时的样子。每次想要他做什么,他就说,我姐姐不让,或者是,我姐姐晓得了骂哩,又或者是,我姐姐不高兴了咋办？看他每次说起姐姐,都要带上一个"我"字在前头,我就连他的姐姐也是我的堂姐这个念头也不能有了,仿佛这么一想,便是要跟着沾光,堂弟说那话时的表情,分明多自豪啊！我怎么能跟他分姐姐？这么一想,再见到堂姐,也觉得没以前亲了,终归是堂弟的姐姐,不是我姐姐。

后来,母亲倒是不大说起我那个死掉的姐姐了,可我心里却常常说起,不但说起,还幻想着姐姐如果长大,该是什么样子,会叫什么名字,想着姐姐如果骂我一句,或者打我一下,会是什么感觉,这么一想,又觉出自己的不该:姐姐怎么会打我骂我呢?那是只有哥哥才干的事。

我哥打我,也是习惯成自然。有时为分不匀一份好吃的,有时为该谁洗锅,而更多时候因为我做了父母的探子。那时趁他上晚自习,我趴在他教室窗口,幸灾乐祸地看他跟别人掰手腕,或是把纸丸成蛋蛋扔在前排女生的辫子上。回家自然是添油加醋把他的恶行向父母表演一番,于是,他免不了被一顿数落。然而睡觉时,我要防着被他偷袭。可终究是睡着了,睡香了,梦里一阵骨头疼,一看,我哥收起拳头钻被窝里去了。他霸道蛮横,我也只好泪往肚里吞,并发誓不再做父母的探子了,想着他们终究是一派。可经不起三哄两哄,下次又去了,又挨了打。心里盘算着长大报仇的事情,盘算着哥哥比我大五岁,等我到二十,他二十五,也许势均力敌;想到我五十,他五十五,他比我老,简直就是窃喜。

可也白喜一场,等我长成少年,人家去外地上学了。我成了一个人睡,又觉得报仇的想法简直太小家子气。

后来,有个姐姐的想法渐渐淡了,已经过了做梦的年纪。那时在兰州,起初上班,和几个同学合租一套房,日子过得紧巴巴。有时闲聊起来,又有同学说起他姐姐,说他姐姐又给了他多少零花钱;听他那话,姐姐简直有种母亲的感觉在里头。那时,我母亲已经去世好几年了。就默默心想,没了母亲,有个姐姐也多么好啊!可也就是一瞬间的想法而已。

前年,不知为什么,突然有了想写一部关于姐姐的小说的念头,连框架都构思好了,要充实材料时,才发现一片空白。写什么呢?总不能全凭幻想吧?打个比方,如果一个人习惯了母亲的怀抱,他就熟悉那怀抱里的味道和温度,也知道别人的怀抱根本骗不过去。而我呢,没有姐姐,要写出那种真切,不是自欺欺人吗?这么一想,那部只有一具空壳的小说就烂尾了,至今待在空间的隐私日记里。

母亲离去二十几年,再也没人跟我念叨我那个长到半岁就死去的姐姐,也没人说是我顶死了我的姐姐。关于有个姐姐这样幼稚的想法,从我心里彻底消失了。

直到今年元宵节,我正看书,二姑家的表姐发来小视频,打开,是四个点起的"灯盏"(老家的一种用杂粮面做的元宵节应景食品)。表姐在视频里说:乾昌,这是我为你们一家点的灯盏,这个是你的,那个是弟媳妇儿的,后两个是两个孩子的……又说,你看你看！灯花大不大！大不大！（按老家的说法,谁的灯花越大,谁今年越旺）。听表姐介绍,仿佛比我还高兴。

受表姐感染,我也似乎亲眼看着那灯火红彤彤,灯芯上,一个大大的灯花若隐若现。想起自离开老家,竟有二十来年没有点过灯盏了,今晚居然是表姐为我们一家点了。盈盈摇摇的灯光配合着表姐温温软软的说话,居然让我有穿越时空之感,仿佛回到童年。想起那时一家人围着,头碰头点灯盏的情形,这么想时,仿佛又闻见灯盏里洇出的清油香,以及听到灯火烤着玉米面灯盏发出的吱扭吱扭声。

关了视频,突然想起视频里的表姐,小时候憨敦敦的样子,跟母亲那时描述的我的姐姐简直一模一样,一笑,脸上两个窝窝。

2019年3月

干 大

其时，襁褓中的我，患了一种俗称"四六风"的病，试尽种种验方偏方乃至秘方后，仍不见效，不由使家人想到我的命运。所谓命运，是人对自己的无能为力所能给出的最终解释。对此，我的父母不免要怏怏相对而欲语无言了。

不知过去多久，听到一双小脚颠破夜的铅幕。父亲便知是他母亲来了。奶奶此来带了积古的忧伤，还有于长年劳苦间攒下的一份从容。于这忧伤从容中，母亲窥得一线希望。奶奶奉了一页黄裱纸，是所谓符篆。奶奶是为我送痘气来了。送痘气是源于民间的一种古老方术，于这方术所渲染的谜语中，把禳灾祛病的心事向神灵托付。父亲看来，这种迷信聊胜于无，而母亲为此燃起心中一点火星，恨不能即刻替了奶奶，做那期待中的表演。

我奶奶施展她的"法术"，舞之蹈之，念念有词；我母亲双手合十，祈上苍宁把这罪责降临在她自己身上；我父亲为眼前景致所迫，聊胜于无渐而或信其有。那时，黄裱纸已幻了烈焰红唇，打着旋儿，向半空施展它的妖娆，直到韶华烬尽，伏寂寞于人的肩头发梢。奶奶盘腿坐下喘息时，我母亲方敢睁了双眼，仿佛不信眼前所见仍是刚才那个人间。

目之所及，环屋萧然，再瞅时，我那张略备人形的脸上，眸光分明黯淡下去，沉入夜的深处。奶奶摇头暗声，这场演出耗去她十年功力。她离去时，安静得似从不曾来过。父亲忽一转身，将我从母亲怀中掏去，托于胸前，似要将我这快病死的猫儿掼在麦草上。母亲为本能的驱使，推打父亲，抢我入怀，而后头也不回，毅然决然向夜的重帷撞去。脚下无路，那通向村里赤脚医生家的路，早为医生断为死路。逐客令言犹在耳，但母亲没有眼睛亦没有耳朵了。为她所拥有的便唯有一颗心，而那心此刻却在泣血。

父亲跟出门，循母亲背影，犯错的孩子一样，不敢趋近。结果在意料之中，悲哀却仍不妨更添一层。汗水泪水，分不清。于那洒满盐的村路上，两个人来回奔走，上天无梯，入地无门。

若被那赤脚医生判定死刑的我,当时有一股为以后所具备的气力的话,将要看到我的父母:那蹒跚踽踽的男子,与那哀怨凄迷的妇人,似夜的精魂,怎样连一声撕心裂肺的哭喊或一句歇斯底里的诅咒都渺然无法出口时,不若自行了断——若真能自行了断,则这无尽的愁苦或可暂停,便能以一个不相关者的冷眼,体察着曾有的一切。

只要把日子往前推一年半载,那时,将是如何一幅场景——那时,男子于县城公安局,蹬了他的自行车,以一种愉快而悠然的心情奔向他肩负的使命。这使命除了公干,更指向大山背后一座小山村,有天天掐了指头算他归程的妻子,一个憨朴直率的妇人。妇人已为他养下一个大胖小子,大胖小子如今五岁。那时宁使光阴虚掷。妇人一个人时忍不住笑盈盈,独守一份清贫的家业也不觉得委屈。

家业虽单薄些,不过小院一方,瓦屋两间。那又如何,到底是分家后,凭自己双手堆垒起来的。想到此,妇人又要笑了。于这笑里,她目睹屋前小园中,绽出一株牡丹,简直晃眼;一只狗头蜂没睡醒,无名撞入花叶间,那盲目的嗡嗡嘤嘤、嗡嗡嘤嘤,造出一个悠长淡远的梦。妇人随了那梦,把她的目光又散漫向虚空,那里后院梨树顶上,粗枝大叶撑起一方蓝得使人惆怅的天空,不妨一只鸽子贴住屋瓦飞过去了,终于不见,空留一声化不开的、慵懒的叹息。那叹息正来自妇人所龁踞的方向。叹息的意思尚不为眼前牡丹与梨树领悟,但妇人心里暗许:眼前光景,若说还有什么遗憾,那遗憾无外乎是缺一个女儿罢了。妇人喜欢女儿,这跟男子想法一致。想到这默契,简直这些年一个人所受的劳苦都如糖似蜜。这足以给人一种设想:若有个可人的女儿已然降临人世,哎呀!简直一个好字难以形容!

尽管妇人并不认得这"好"字如何写法,但有儿有女便为好的道理她自然懂得。于妇人心思里,已听到他男人的自行车,那车轮已转出一种怎样的轧轧不绝而欢闹的声响了……

然而谁能料到,这好梦竟为一个意外所打破,非但女儿并不如期而临,且因这意外带给人遥遥无期的愁苦。

不忍多想了。对于处在困厄中的人,便是多一秒的回顾都是残忍。那时妇人正于绝望中扯了男子衣袖,她知道,无论男子在她心中曾如何能干,此刻却无法怪罪于他的无能了。

天既亮,就不得不面对一种现实,现实无非是荒草掩映着的某一处野洼上,那里将新添一个不久后为风所抚平的土壳。

但命运倘若不失时机抖搂它的威风，还能叫它作命运么？

这就使一个人来到了父亲心上。人是经村里一位长者所推荐，是一个武装部长。老者意思说：眼下便唯有这一条路可走，就是把那人为孩子认作干大，文言词即为拜作寄父。

人来定了。来人虽做武装部长，竟还颇懂些阴阳。两个男子相见，让烟沏茶上炕，一个身披戎装，一个穿着警服，两种肃穆一拍即合，于三言两语间派定了我的命运。但叫他一声干大却是万万做不到的，因那时，我已出气尚存而进气微不可闻。干大当机立断，为我背上刺字。当然不是"精忠报国"一类。但究竟什么字，识字的父亲却不大记得，反而不识字的母亲多年后仍记得分明。

无论如何，将死的猫儿于某个早晨居然能灌进一点米汤，可见认干大这条路已走通一半。那剩下的一半竟也于微茫中渐渐见了希望，拜寄父所"刺"，我终于活下去，并将于若干年后，有机会聆听来自我母亲所讲述的传奇。

母亲的讲述，非但使我知道无数个日日夜夜，她为我所经历的苦难，而更使我称奇，是她每喃喃讷讷，指认我背后的字迹时，我脑中便现出寄父、那军人的形象。

在我的记忆里，便有这样一个与我命运发生关联的男子，他是如何年轻勇武。我几乎能看到军装穿在他身上的一种非凡的傲岸。我想他必定有着刚毅英俊的脸庞，而当他迈开他干练有力的步伐时，世人将见识到什么才叫作玉树临风。他固然是那么的英俊潇洒，而更给我陶醉的却是他的另一种样子：那必定是我安卧于他怀中时，他俊拔的眼里焕出一种为人父者具备的慈柔之光，那慈柔的目光将我抚定在沉酣的梦中。而梦中的我闻到他身上有一种经肥皂和香烟洇出的、使人安稳恬静的味道。那味道使我无法形容。但我能形容的是，当他的胡子茬侍弄着我的小脸蛋时，那种痒痒的舒服。若那时我能忽然长到可以开口说话，第一句话必定是清清脆脆唤他一声干大。

但这声干大，那军人是无缘听到了。

据母亲说，军人以后还曾造访我家，除了尽他作为寄父的义务，常常随他而来的还有一只两只的锦鸡。那自然是军人好身手的结果。当母亲向我描述那锦鸡肉如何肥美、如何给缺少肉食中的人带来莫大快慰的时候，我却于那美味全无印象，所模糊记得的，便唯有幼时曾看到别在镜框缝隙里几根好看的锦鸡毛。当我清晨揉开矇眬睡眼，却于微曦中向那几根羽毛造出一个奇幻迷离的梦。那梦装饰我几乎整个的童年。

那以后军人调往他乡，而锦鸡的羽毛亦散落不见。听到消息，使我陷入怎样的怅惘。这怅惘使我强烈想要见军人一面，喊他一声干大。

随军人从脑海远去，我已不复少年。而随我的少年岁月一并模糊的还有当初刻在我背上的字。那时母亲因病患，视力仅能维持她颤颤巍巍地走路。但她仍不忘偶尔掀开我后背的衣服，要摩挲那将我从命运手里夺回的字迹。那字迹她显然看不到，但她仍记得字的位置。她用她从未捉起一支笔的指尖在我背上认真画出一撇一捺，还希求得到父亲的印证。却与以往一样，父亲早忘记那字，能记得的便唯有他略带愧意的、嘿嘿的笑罢了。

每当这时，那远去许久的军人又站在我的面前。我看到他仍然那么英武，那么把一身军装穿得有模有样，仍然渴望闻到他身上混合了香皂与烟草的味道，仍然想到自己是个婴儿，那么安稳恬静地在他怀中沉酣着。进而又莫名想到他的家庭，他的妻子，他的女儿。

不知怎么，我固执地认定他有女儿的。且那女儿刚好比我小两岁，以便见她时她叫我哥哥，蹦蹦跳跳跟在我身后。他有这样一个幸福的家庭，非但得了女儿，且妻子给予他殷切照顾，这顺遂与照顾使他永远那么的年轻，不减他的好身手，于某时一枪下去，打中一只锦鸡，然后他们一家氤氲在热气腾腾的安乐里……

但连这想象也已是许久以前的事了。许久以前我母亲也还在这世上。

人过中年，我对于自己有了新发现，比如我的走路，我的吃饭，以及我所有行立坐卧的样子，竟都是当年从对那军人的想象中得来的样子。不知不觉照着他的样子塑造我、修正我，使我反省给我观照，于何时何地都具备一种刚毅英武的风采，觉得才不是对他、亦对自己的辜负。

人过中年，便常要赖于某种回忆来安顿一些人事，寄寓一些想念。人这一生，某些部分并不由自己完成，还要经由他人填补。比如三岁以前的时光，一片空白，所谓回忆不过来自父母后来的反复描述，于此，人才捡回那并不真正度过的三年，建立一个完整的人世体验。人要活在回忆中，借回忆建立时间的概念。于我而言，若非回忆，便不会有那些与我相关的传奇，亦永不知自己曾与命运过招。

曾几时，我为着与那军人再无缘谋面而深感遗憾，为未出口的一声干大激起我对于他的想念；于另一时却又欣然想到，我更当感谢未谋面的缺憾，便于记忆里、想念中，那军人可以永远那么年轻，永远拥有好身手，使我遭遇人世困顿时，闭眼想他，便有了与命运照面的勇气。

2020年10月

"大，你咥了么？

额咥咧。

你咥了个啥？

额咥了三碗长面"……

苜蓿芽儿

春雨如烟，春风微煦，沉睡一冬的大地，业已唤醒，便舒展了腰肢，萌动了情思，打个慵懒的哈欠，空气里便涸了一层柔软，向远处漾开去，漾开去。清晨，阳光将要穿过树梢，还带着潮湿。远处田野里，像是酝酿了一个鹅黄色的梦，不忍多看。又怕是错过一个长久的期待，使人心焦。便约了伙伴，扗上竹笼，踏上轻熟的田间小路，向旷野里奔去。

愈贴近，那鹅黄色的梦却愈稀薄起来。终究才刚三月，燕子们还没来，倒使人添了惆怅。然而孩子们终归不会烦愁太久，只要一个沙包，就能将快乐次第填满，如待竞的风帆。

打沙包是女孩儿们的强项。终于有失落的男孩子，垂了头一个人向远处走去，像是怕太阳落了单。别人亦未特别关注，仿佛快乐太脆弱，一不留神便要被多愁捉了去，因此无人留意。脚丫子踩在地上软绵绵的，像炕上铺着褥子，蹦跳起来格外轻捷。突然，远处有呼喊声传来，大家循声望去，却见他于光晕里的剪影。不知什么时候，太阳已钻进他发梢里。

快来呀！来呀！来——

他跺着脚，却听不见跺出的声响，那绵软把声音给吸去了。不用懊恼太久的，因为大家已向他奔过去。

哎呀，还鬼得很哩！悄悄出来咧！

哪里！哪里！快说呀！说呀——

哼！看你们！叫也不来！

此刻，他倒不急了，一甩头，一种胜券在握的得意浮起来，跟头发里的阳光融合了。然而终于还是他首先沉不住气，抬脚踢开一块土坷垃。

呀——

众人一齐惊叹，惊叹声飘到一个合适的地方，凝固了。

仿佛那一脚是揭开了新娘的盖头！

可不是新娘子么！所有人围拢过来，把已被挑动的空气围成一个圈圈，怕溜了似的。那是怎样一种柔软啊。鹅黄的脖颈，水红的腰肢，葱绿的裙裾，竟还羞得抬不起头来。所有人都笑了，笑纹里都是阳光的味道——还鬼得很呀！太阳不出来，她们竟也不出来呀！

突然地，所有人都想起什么，四散开来，把起初呼喊的孩子忘在身后，让他独自骄傲。

看呀！

看呀——

一个，又一个！

每人都找到一个新娘，不！又是一个！一样鹅黄的脖颈，水红的腰肢，葱绿的裙裾。阳光抚摸每个人的头顶，那消失了的梦，它又回来了。只是忘了带小铲来。其实也好，带了又怕弄疼了，只好劳烦指甲把她们掐下来，一种忧心的温柔从指尖往上升，往上升，像是掐着自己。掐一下，心上一疼，又掐一下，心上又一疼……

倘若你是来自遥远的南国，必然不懂这奇怪的文字。也不怪你。如果你有幸亲临我的家乡，那神秘的大西北，便能知道，我说的，那可是掐苜蓿芽儿呀！可我只能悄悄地、悄悄地告诉你，免得被人家笑话。

那黄土地，其实是苜蓿芽儿叫醒的。她们刚一破土，就有了一个鹅黄色的梦，土地就活了，梦也活了。那是我儿时的梦，此刻却又分明萦怀。

苜蓿芽儿，是苜蓿的孩子，她们原本是作为牛羊的饲料被放养在沟坎儿里的，和养人的庄稼相依为命。那时，人和牲口一起讨生活。可人作为万物之灵，终究高贵些，便把牛羊们的光阴播撒在不宜耕种的沟沟坎坎里，不成想，那里却正好是苜蓿芽儿孕育的温床，春风一来，她们便偷偷掀开冰冻了一冬的土地，要看看人间的新奇。这一看，就把孩子们给招来了——是早有的约定，只是看起来更像一场不期而遇。

这鹅黄水红葱绿的新娘，是头茬儿苜蓿，像农民的第一个孩子一样金贵，掐了来，圆圆胖胖的睡在竹笼里，有婴儿睡熟时特有的安详，如果你仔细聆听，似乎还能听到她们的呼吸。她们鬼得很！可孩子们更鬼，孩子们的欢喜里多了一层意思，仿佛是捉迷藏赢了的一方。可每个人心里都藏了一个不可告人的秘密，要在别人发现之前，掐到更多苜蓿儿，便一边掐着，一边问远处的伙伴：

你掐了多少呀？

才一点点呀！怎么办？

回答的人心里自然有故作的焦急，而问话的人也悬着心虚，问着，可也没停下手里的动作。一问一答，显出诚恳，却也知道那诚恳里头，仿佛有各自的一双眼，朝对方的竹笼里偷眼瞟去。

终于要回去了，所有人都怀着一个心事朝一处走过来，每个人都说别人比自己多，心里又认为自己终究略胜一筹。最后的结局是皆大欢喜。

回到家，母亲眼里恋恋的，仍言不由衷地呵斥一句——还不写作业去！

一会儿，偷偷从窗口探出头来，发现母亲端着簸箕，一下，一下，划拉着苜蓿芽儿，翻拣里面的草丝儿和柴棍儿，专注的神情像是对着镜子端详自己的脸。莫非是那新娘子般的苜蓿芽儿激起了母亲初嫁的记忆？

作业，其实做得浮皮潦草，心思都在苜蓿芽儿那里。终于听到母亲大声地呵喊：来呀！还不死着来——

其实不必那么大声的，早都欠起屁股等着了。揿住母亲的尾音，已经跑过去了。灶火早已燃起，进门就闻见麦草燃烧的清香。自然有默契，搬了小板凳坐过去，手拢一把柴禾，摇摇地笑起来，灶火映在脸上，暖暖柔柔柔柔暖暖。一会儿，大铁锅里，水发出快乐的呻吟，也不过急着翻个身，又叫唤起来。这期间，母亲已把苜蓿芽儿又淘洗了一遍。此刻，那鹅黄水红葱绿更夺目了，把一缕阳光从门口惹进来。铁锅里的水，蓦地停止了呻唤，想通了似的。这简短的沉默，反而更有力，打破了人的幻想。正要探究，水却空前欢快起来。母亲把苜蓿芽儿倒进水里，有种新郎官把新娘子抱起来扔在炕上的豪迈。水安静了，人心里却疼，是替那些圆圆胖胖的苜蓿芽儿疼。

哎呀！也是没办法呀！终究要人怎么样呢？那么可爱的生灵，就快要吃进肚子里，想想都透着残忍与可悲，也只好心一横，由她去！反正，女人们不也是这么一天天地在生活的熬煎里渐渐老去？

母亲的笊篱，已俘获了那些面目模糊的苜蓿芽儿，连最后的三两个也没有放过。面目模糊其实也有好处，让人减轻了要吃掉她们的负罪感。这简直是人的劣根啊，总是善于给自己的一切行为找到合理的借口。而那些已然调进去的清油和盐，以及头茬麦麸醋、红灿灿的辣椒，简直就是对这借口的美化——

经过这样一通美化，残存的罪恶感消失无影了。便稳稳捉起放在炕桌上的红漆木筷，搛了来，唇齿暧昧苟且间，味蕾被刺激出空前的情绪，简直有种杀戮的快感。转眼，一盘苜蓿芽儿就被包围着消灭殆尽，没有一丝喘息，连怀恋最后的香消玉殒都成了不真实的幻象,因为心里分明已经有了再次的期待……

等到下个周末再去,上次扫荡过的战场,简直没有一丝痕迹,被新一茬儿的苜蓿芽儿给覆盖了,连同初次的兴奋与罪证一起掩埋。这次是早都磨好了刀的,无论是铁匠打制的小铁铲还是大号铁丝砸扁磨出的月牙儿刀,都寒光闪闪,露出狰狞的笑意。每个人照例是根据个头的大小划分了势力范围,一片沟坎切割成大小不一的"殖民地",谁也不会谦让。竞争的紧张与兴奋冲散了杀伐的戾气,手起刀落,苜蓿芽儿像失魂的美人,一个一个,囚禁在竹笼里。回头看看,那么撩人。

也有调皮的孩子,相约在地里翻起了跟头,在懂事的姐姐看来,那简直不务正业。临了自然还要围在一起比一比的,看看究竟是谁的多,于是自然就滋生了交易。有人说要拿一支铅笔或一块橡皮换人家的苜蓿芽儿,千谋万算地终于说服了,一把一把去抓,被抓的人心里生出悔意,定要那答应了铅笔和橡皮的人当众再重申一次才够放心。再来一遍的诺言还是具备杀伤力,看着苜蓿芽儿从竹笼里一层一层少下去,终究把怜惜与不舍埋进夕阳里去了。知道晚上他要做一个梦的,主角儿自然是他被人一把一把又一把抓去的苜蓿芽儿。然而这已是不容篡改的事实,眼下还不如去想想吃苜蓿芽儿的甜蜜。

母亲通常是凶人凶惯了的,除非看见苜蓿芽儿。仿佛苜蓿芽儿才是她最可亲的孩子,以安放她随时随地的温柔。这难免不让人吃醋。男孩子只管掐苜蓿芽儿,把余下的工作留给母亲和姐姐。于是,房檐下的光阴里,便有了母亲和姐姐一下一下的划拉,仿佛给苜蓿芽儿梳头。

许是见识浅薄的缘故,再没见过哪种野菜可以有苜蓿芽儿这样丰富的做法与吃法。无论是苜蓿疙瘩苜蓿饼饼还是苜蓿烙烙,又或是苜蓿浆水苜蓿包子,每种做法都能吃出新意。再不济,哪怕懒得要命,在一锅面汤里撒进去一把苜蓿芽儿,绿莹莹的,粉嘟嘟的,那一锅面汤立即被点染出一种生动来,白的面,黄的洋芋,又绿又粉的苜蓿芽儿,搭配出天下第一的美色,不容你不垂涎欲滴。

据老人们说,苜蓿芽儿是救命恩人。那个饥荒的年代,多少人靠着苜蓿芽儿把一个看来早已注定的命运给抵挡了去。许是因此,这恩情以某种记忆从上代人的血液里一路流淌至今,继而化为一种基因,才让后来的一代一代人那么钟情于那些山野沟坎里的苜蓿芽儿。

沟坎里长出的苜蓿芽儿,本有着跟过去的乡民一样卑贱的命运,同样的草木一秋,她们也只能给小麦玉米洋芋等庄稼让位,只能屈就于水土无法保持的荒岭洼地之间。可她们却总是于这卑贱里,灿烂地迎来春日暖阳,活泼泼地从沟沟坎坎里钻出来,从不以出身而自惭形秽。

每当初春,大地在一个冰冷的躯壳里懵懂时,她们便欢快地唤醒大地的耳朵,把一种蓬勃的力量蔓延给暂且洪荒着的天地,于是,春天便也萌动了心思,冷不防一个撩骚,整个西北的黄土地,便穿起了绿衣。待到某个时节,人们吃够了,遗忘了,连牲口都对她们的老生出嫌弃,她们又开出紫的红的花儿,天真烂漫地招摇着自己新的生命。冬来,她们像约好一样出走了,仿佛从没来过,却又于地下,以粗大繁密的根系,连结着彼此身边的土地,等着下一次春风妩媚,又齐刷刷冒出来,给人一个惊喜。

曾以为梦中的故乡已不在了,等看到那漫山遍野的苜蓿芽儿,梦一样地,又笼起来,笼起来,便知道,我的故乡,她还在。

2019年3月

家乡的烩菜

这样一个冬日，还有什么比家乡的一碗烩菜更能安顿人心的么？

想到烩菜，又要回到我的小时候了，请原谅这份记忆的独裁吧，人实在是拗不过自己的心呢。

我又要看到炊烟了。看到炊烟将怎样地由村子每个屋顶升起，在高远的天上，描画一幅悠然的图景。冬月里，人就闲了，日头也闲了。闲了的日头，光长头发，赖在塬顶草窝里，疲疲沓沓。人却闲不住。庭院是早已洒扫干净了的，炕也填进去一笼笼驴粪。炕热到腿根，心却凉凉的，总觉得欠点啥。于是袖手出门。同时也就看到许多人奔往一处，互相觑一眼，一眼而心知，便有了主意。丢了什么似的，各各忙忙儿回家去，揣到自家窖前。窖里头，正有什么等着呢——原来是个这！

于是，一刹那，你将看到，女人们从四面八方一齐来了。不是走来的，而是婀娜着如云彩般飘来的。怀里抱住的，或笸箩或簸箕，肩上担着的，或竹笼或木桶。挨到井边，将一应物什，照地上那么一蹾，倒先都咩呲一笑。一切秘密都在那笑里了。

井是老年间留下的，井沿石上一道一道深深浅浅的沟槽，是人跟光阴扯锯留下的印记。人们用辘轳摇来井水，浣衣淘菜；井水送走一拨人，又迎来一拨人。一拨一拨的人看似不重样，却都熟悉井，也熟悉井绳。为这份默契，人们轻车熟路地开始各自手下的活计。笸箩里，簸箕里，竹笼里，都是萝卜。萝卜一头绿莹莹一头白生生，到底还存着些泥土，仿若脸上的雀斑。萝卜似待嫁的新娘，有不宜示人的娇羞。她们将要于女人们的手中，行一番洗礼，再按着规程，奔赴各自的前程。想到此，女人们笑得更加欢实。

女人们笑乏了，新娘们也净了身子，又开了脸，接下来，将要进行的事，新娘们难以预料。或破片，或镲丝，或切条，将是命运予她们的仪式，经由这仪式所点化而涅槃，正在女人们一双妙手。那时，大柴火锅里，水已闹腾开了，正如一个热烈的洞房。新娘们被推搡进去时,褪去平生火性,将要被赋予一种娇柔。低吟浅唱而蹁跹摇曳,是于水乳交融里一场欢舞。再回首往事,已是许久前了。那时,她们还只是萝卜,于地窖里酣眠一秋而又越冬,做了个长长的梦。而更早一些时候,她们还在各处的洼里与塬上长养着,无不甜脆而憨态可掬,个个儿就如农家女子,后来就一股脑入了各家的闺房。现在,随着地窖的草盖被掀翻,重见天日,再阅历一番烟火,便可以说,她们将要与人世发生最密切的关联。

而这关联,便带了人间情味。从女人们的笑里启程,又从她们指尖羽化。所有人不说,但心里亮清,是想吃一顿烩菜了。而于烩菜,萝卜便是其灵魂。于是,这馇萝卜的过程,便因许多期待而被赋予诗意。

农人不稀罕人参,但不可少了萝卜。于是你将看到,屋檐下,铁钩上,那笸箩簸箕和竹笼里,成片成丝成条的,将要给人怎样的慰藉。男人又嘱咐一遍,意思说,多做两碗。说笑间,女人揞了手,系了围裙向灶台摇去。引了柴禾,噗儿噗儿吹两口儿,火苗差点燎了眉眼,正要使人揪心呢,却腰身一扭,把吊下来一绺头发,顺势往耳后一别,捉起马勺,已往大锅里舀了七八勺水,又摇摇地迈过门槛儿。进来时怀里多了一盆萝卜片。萝卜片上闪着昨夜的冰碴。搭来一笊篱,又是一笊篱,第三下有些犹豫,抖落一点,又一点,然而一狠心,使劲挖下去,最终又是满满当当的,都投向锅里了。

女人怀疑自己的估量,却对一家的口腹心知肚明。可都馋着呐。就这么寻思的一会儿,锅里的水开了花儿,于是再填一把柴进去,空气里已满是萝卜的清香。

梨木案板上,豆腐块块,粉条根根,蒜苗丁丁,鲜肉片片,等等,早已备好了的。

豆腐是石磨磨出的老豆腐,上冻后能碰死人的那种,但现在泡进水里,已是温柔软款。粉条是自家压床上压出来的,劲道得像女娃的腰身。肉是自家喂养来的,肥而不腻。至于蒜苗干辣椒一类,斜是斜来尖是尖,配好了,码在碗里,那么喜庆,像嫁妆。而若瓷盆里,竟盛着前日煮过肉的高汤,简直再好不过,将调教出一份格外的韵致。但若没有,也不打紧的。难不住巧妇一双手。那双手的厉害处,就在于既能刈麦锄草,又善事汤羹。但与农事上的泼辣不同,料理汤羹是她们自编自导的行为艺术,而道具不过是锅碗瓢盆。一阵叮当玲珑,一番轻扬曼妙,种种食材佐料依着各自风味,迎合了主妇性情,纷纷投身锅中,在柴禾撮合下,营造一份浓烈。

向来谁家的饭,便是谁家的味道。而那味道的醇厚寡淡,便源于那家主妇。一般情况下,长得好看的女人,于锅灶间也要争强好胜的,否则她的好便落不到实处,而若谁家的媳妇儿,好看又有好厨艺,将使男人面上增辉。

想到这,女人的腰肢更加柔软起来。而锅里洇出的蒸汽,也配合着,于屋顶、于房梁,于箱箱柜柜各处照看着,随女人的步伐或杳杳渺渺,或俊飞飘逸,给女人披上一层轻纱。女人一辈子没穿过轻纱的结婚礼服,却不知此刻便是天下最美的人儿。这人儿却又是个乐队的指挥,经由她一番点拨,诸般食材佐料琴瑟相和,各自保持独特风格,又沾染上彼此韵味。

一切都在汤里了。还是那么熟悉。

就正如两口子,一起过着过着,眉眼竟越来越像彼此,便是吵起架来,也配合得严丝合缝,别人插不进一句嘴。

女人掂来一勺汤汁,红唇轻启,一切滋味便了然于胸。她笑了。终于松一口气,伸展腰肢,为这演出来个收势。

这时,一场欢会即将迎面而来。碗筷们也蠢蠢欲动了,要为主妇的杰作评点个子丑寅卯。当一勺一勺烩菜舀进碗里,随着盘子端于炕桌,骨碌碌,父子们巴巴儿围拢来。看到人人碗里,红红绿绿。绿莹莹的是蒜苗,红艳艳的是油泼辣子,而皱眉一吹间,口水还未咽下,却看到白嫩嫩的豆腐与爽滑滑的粉条,而于豆腐粉条间安卧的,却是晶莹剔透的萝卜。再眯眼相端一会儿,不忍下口,碗里跑出的可不是个绿袄红袖的小媳妇儿么?小媳妇儿脆格生生地眨巴眼儿,丝丝缕缕的海带条儿,活活儿是她的眼扎毛。

女人指一下空气,隔着几寸,点的却是父子们的额头。

男人嘿嘿一笑,伸手接碗时,背后娃娃早爬上脖颈,被女人用筷子敲一下头,同时塞给一个蒸馍馍。爷俩又抢筷子。筷子是红漆木筷,碗是粗瓷大碗,蒸馍馍是笑开口的马蹄子。"吱儿"一声,男人先品一口汤汁的味道,接着"咔"一声,出了一口长气,要夸女人两句,却词穷了,只好埋头猛刨起来。女人却把一个蒸馍馍掰开,碎进娃娃碗里;馍馍敛了汤里的油花儿,更有一份香甜。娃娃咬一口,笑了,笑得女人很满意。才端起自己的一碗,却倚住门方子,红漆筷子夹在兰花指间,吃得温暖也吃得秀气。才吃两口,男人的碗已向前展过来。女人小碎步去了,又蹬蹬蹬地跨进来。等男人三碗下肚,额头和鼻翼上沁出一层油汗,女人瞭他一眼,那一眼分明带了欣赏的埋怨,是说,好比猪八戒吃人参果,辜负了这好手艺。显然,女人更满意自己的吃法。那时,她将体会到一碗烩菜,连汤带水,各种食材,将怎样的在萝卜的统领下,依次安抚了人的味蕾,又活络了人的肠胃,细嚼慢咽之下,轻挑缓捻之中,口齿留香而仪态万方……

一锅烩菜,就把未出口的心事打发了。两口子照着面儿打着嗝儿时,娃娃已跳出门槛儿去了,带了满肚子咣当咣当的幸福。

这是谁家的夫妻,又是谁家的孩子?

是家乡每一家的夫妻,是每一家的孩子。

每每想到这画面,便要悸动不已。为那一碗热腾腾、暖心暖胃的烩菜。

而这烩菜,竟已多年未吃过了。想起最后一次吃到,还是去舅舅家。那是舅爷去世的时候。掌勺的正是四妗子,她是做烩菜的一把好手。那天,我一连吃下三碗,吃得满头大汗,也吃得不好意思。毕竟舅爷去世是悲伤的事,我却一碗接一碗,好像过了这个村,就没这个店。谁料竟真是最后一次,经由烩菜给我天大的幸福。

以后回老家,老家人也都跟了时尚,柴禾锅早被电磁炉等代替,端到面前的,也如城里人的饭菜。想吃烩菜是不能够了,离了大柴禾锅,再不是那个味道。

这难免要让人思想的,难免要让人于午夜里心生惆怅。

人为头脑的思想发明了"意志",又为心里的情绪发明了"念想"。但人正是被自己的意志与念想骗过了,人以为能够以意志去克服,以念想去寄寓,以为自己是起了乡思,以为自己是想家,却是自己的胃无以安放罢了。由此可知,人的头脑与心灵终究没有身体诚实的。或者说,当离了故土太久,当头脑开始逐渐迟钝而心灵开始趋向麻木,胃便替人思考,替人想念。人的胃实在是可靠又长情的器官,它记得任何一次你给予它的好处,无论相隔多久。

而现在,我将要愧对我的胃了。我们相对无言,我们惺惺相惜。便一起回想:回想家乡屋顶的炊烟,回想村口早已不复存在的井台,回想那些于井台边摇起辘轳,又说又笑的女子,回想一头绿莹莹一头白生生的萝卜,回想大锅里的烩菜。于这回想之中,又饕餮了一回,沉醉了一回。

醉着时,便又是家乡的人了,又是小时候的模样了,但愿永远也不要长大,永远也不要离开那里。

2021年1月

长　面

从自诩为文明人以后,已很久没有认真打过一个饱嗝儿了。这颇上不得台面的一点心思,如今竟成了埋伏在心头的一桩夙愿,我想我是多么的不幸。但其实,若抛开这所谓文明的念头,以食物本身来说,一个响亮的饱嗝儿,恰是对这种食物的最高礼赞,也是对其创造者的最高嘉奖。至今想来,能配得上这样一个礼赞的,怕只有老家的一碗长面了。

老家的长面,其实是一种臊子面,但臊子面因各地做法不同,成了一个面目模糊的概念。于我而言,还是习惯把这面叫长面,就像丈夫习惯了妻子的小名儿,改口叫大名,总觉得是叫别人。

这是生长在黄土高原上的一碗面,须得黄土地孕育出的冬小麦粉做原料。一茬麦,就是一次十月怀胎的分娩。在四季的轮回里,在一场场风霜雪雨的阅历下,冬小麦,被这方水土涵养出只有这里的人才熟识的人情世故,因而气味相投、两相不厌。

麦子一黄,碾麦扬场,捱过了碌碡和牲口的碾压与践踏,麦子便沾染上生灵的气味,这是人和麦之间的交情。

晾晒好的麦,通体阳光,被石磨褪去浮华,麦麸和麦面分离,留下的便全是筋骨了。这筋骨,终要长成农人身上一把子使不完的力气。农人不知喜悦二字如何写成,他们最热烈的表达,便都在这一碗新面与新麦麸醋勾兑出的长面里了。

主妇将额角的一绺头发向后挽去,她手执面勺,伸向面柜的动作,自带庄重。家里几口人,挖出几勺面,从来不是糊涂账。然而今天,因为这丰收的缘故,她允许自己犯一次糊涂,宁可多挖两勺。堂前神灵在上,这是可以被原宥的。

挖在瓦盆里的白面,用事先勾好的灰水和得匀匀停停,利利索索。所谓灰水,最早是用荞麦秆烧灰和水后,淀出的天然添加剂,它可以进一步去掉新面的火性。后来有了碱面作为替代,可人们依旧习惯叫作灰水。这,源于对土地生出的一份虔诚。

和好的面,还须揉个九九八十一遍。所谓千揉的媳妇儿万揉的面,这是做好一顿长面的前提。揉过的面扣在瓦盆下饧着,女人们像了解自己的心事一样了解其中火候。等她们揭开瓦盆时,面团已经像调教好的媳妇儿一样,顺眉顺眼,细皮嫩肉。擀面杖早在案板上伺候着了,一长一短。此时该是短的擀面杖派上用场。主妇们用它把面团从中间向四周擀开去,饧过的面团终究还有点农民的犟脾气,边擀出去时,边回弹,因而要反复多次,才能使厚面饼卷在擀面杖上。面饼在主妇手下旋转着方向,于擀面杖和案板的挤压下渐渐铺展开。这时得换成长擀面杖了。捉一把玉米面撒在面饼上防止面皮粘连,从指缝间漏下,均匀撒在铺开的面饼上。擀一回,铺开,再撒上面泼,再卷起来,不停重复推擀的动作,面饼愈大,愈熨帖起来。

说起来,文字实在苍白,若此时,你正在擀面人身后,必将看到一场优雅的舞蹈。一张面饼,在一根擀面杖的驱使下,经人手点化,怎样和人的腰身浑然一体,时而水袖长舞,时而凌波微步。一霎时,一张吹弹可破的面皮,已服服帖帖地,在主妇的刀下了。她们惯用的,是一种带弓架的长条刀片,叫作"刃镰架"。之所以是这样的形状,在于因刀法的不同,可以有不同握法。老家面食的花样儿实在繁多,一张面饼,在巧妇手下,可以切出千姿百态的形状,这是普通菜刀无可比拟的。

如果说擀面是一场行为艺术,现在,切面才见真功夫。因为长面是一根一根切出来的,因着精准奇巧,每一刃镰下去,都赋予一条面一个独特的灵魂,因而,当后来面条被下进锅里,捞进碗里时,彼此依偎,又互相独立。如果这顿长面是家常便饭,通常是把面饼来回折叠成一拃宽的一摞来切,但倘若是过事情(红白喜事),吃面的人多,则是一摞面饼叠在一起,一刃子一刃子划过去,刀法不偏不倚,面条不肥不瘦。分毫间的工夫,都在主妇两只手里了。长年历练出的经验已然成为心法,不假思索,刃起面开,一根根柔韧若发丝的面条,翩然脱离母体,扭动着腰肢,向一边曼妙了。

切面时,案板旁边大柴禾锅里的水,已经欢起泡泡。灶台后面的二锅里,炖着搁好的臊子汤。如果说面条是长面的筋骨,那臊子汤就是长面的灵魂。人与物有了感应,臊子汤的风味就是这家主妇的风味。搁臊子汤,有一套严格的程序,且材料考究。土鸡蛋摊成饼,和胡萝卜、土豆、老豆腐、五花肉等切成碎丁,炒制了,黄花丝点染其间,以文火熬煮,再佐以农家自酿的麦麸醋,煎爨(音cuàn,热辣)扑鼻,酸香满屋,远隔几条街的邻居,都闻到了,扒住墙峁。

开锅下面,要经过三四次点水,面才劲道。面条在滚锅里如潜龙在渊,凫凫袅袅,抢着向筷子争宠一般。主妇不慌不忙,动作轻盈娴熟,像召唤乖觉伶俐的孩子。捞面同样是一门技术,一碗面完全可能因为捞不好,被吃面的人嫌弹,而前功尽弃。非但捞的时机要把握好,捞进碗里的形状也有讲究。捞长面,须不多不少刚好一筷头儿。会捞的人,决不拖泥带水,筷子轻巧一点,手腕翻转,面听话似的跟着筷子走。挂在筷子上的面条要上下抖动几次,为控掉面汤。然而由于这须臾的优雅,却颇有工夫茶里"凤凰三点头"的味道。接着,另一只手端了碗,捉筷子的手向碗里来回摆动,面就层层叠叠安卧在碗里了。然后浇上二锅里的臊子汤,抓一把葱花撒上去,摵来一勺红艳艳的辣子油,碗入掌盘(一种用来端饭的托盘),哎呀!还没端到跟前,口水已经溢出来了。

一碗长面,可谓三分天下:面一分,臊子一分,汤一分。但整体不能太满,以离碗沿一寸为准,要让人有吃完一碗,巴望着第二碗的欲望才好。吃长面可以不喝臊子汤,通常是一碗新面递过来,只把面条捞了;若臊子汤不够,可以添一些。

可有时,这家主妇搁臊子汤的手艺实在太好,使人们忘了这个规程,连汤带面几口刨下肚,最后面吃完了,臊子汤不够。这是主妇的尴尬,也是她的荣耀。她很可能因为这顿饭,被人前人后长久地津津乐道。

吃长面,因为连吃带喝的热烈,常把人带入比赛的节奏。然而这是无言的默契。远远看去,人人头埋进海碗里吸溜着,旁若无人,余光却察觉着,唯恐落后;落后了,就有少吃一碗的风险。而面条的顺滑,添了这比赛的兴味。许多人根本来不及嚼,只可劲儿吸溜。

在所有面食里,只有长面是可以不用"吃",而可以"吸"的。吸面条时,马步蹲裆,气沉丹田,常常是,面一头还在碗沿搭着,另一头已经滑进肠子里了。于这一场热烈里,倘有个孩子怀抱小碗出现,则有格外的乐趣。那孩子吸溜的面条,跟鼻孔下晶莹的两串鼻涕相映成趣,孩子闭眼的一吸,把一碗面吃成一幕剧,在"滋溜滋溜"的声响里,笑疼了人们的肚子,放下碗揉揉肠子,因而肚里,又生出多吸两碗面下去的空隙。

人吃得汗泼流水,腾不出手擦,汗糊了眉,眯着眼照样能把一筷子一筷子面精准送向嘴边;嘴唇只是过渡,"滋溜"一声进去,连牙齿都要向肠胃生出嫉妒。每个人挥舞的筷子和扇动的嘴唇都是一阵小风,勾结在一起,成了一场大风,转眼,主妇一场劳作化为乌有。案板上空空如也,炕头上,廊沿下,到处码着空碗,空气里升起饱嗝儿声一片。食客的满足并未消除主妇一腔疑虑,躬身向前,问问这个,又问问那个,唯恐人家没有吃好喝好,仿佛这样一场盛情款待,反倒使她有了十分的亏欠,双手揉捏住围裙一角,谦卑地自言自语道——

藏捏人怕么吃好(客人恐怕没吃好)……

藏可咋办恰(这可怎么办)……

曾经那个年月,对一个男人来说,一碗长面足以让过去一年的辛劳和委屈变得理所应当。风里来雨里去的光阴,在一碗长面的滋溜声里变得无足轻重,化为嘴角一抹浅笑。

对一个女人来说,做饭是她毕生的事业,而能作出一顿让人躬了腰、摸着肚子、打着饱嗝儿的长面,意味着她事业的巅峰。

然而,这并非是每个主妇都能心安理得的幸运,有人巴望了一辈子,为着一顿长面的不如人,到死不甘心。而那些公认的好手艺的主妇们,却依然不会因为这顿的香,对下顿掉以轻心;下次面对一盆麦面,依然诚惶诚恐。

这实在是因为一碗长面所蕴含的重要意义。在老家,长面是仅次于饺子的吃食。饺子的尊贵在于每到过年才能吃一回的稀罕,而长面却因为附着于寻常烟火里的仪式感,而显出格外的庄严。无论来了客人还是游子远归,无论婚丧嫁娶还是筑墙上梁,都离不开一顿长面所营造出的醇厚热烈的气氛。仿佛只有一碗长面在手,在连吃带喝的畅快里,才把一些情绪表达到淋漓尽致。随着那一声声的"滋溜",一些忧愁不见了,一些苦闷消化了,一些欢乐升腾了,一些幸福瓷实了。通过一碗层层叠叠的面条,把汤汤水水的生活归置得妥妥当当。一碗长面里,饱含着的,是一段苦乐酸甜、五味杂陈的人生。

然而更早的年月,长面,也不是顿顿都能吃到,一碗纯白面做的长面,是许多人劳作一年的向往,粗粮杂面才是日常的主旋律。但黄土地上的人们向来不知悭吝为何物,他们可以自己把一顿饭浮皮潦草地应付过去,倘若来客,必以长面相待。为此不惜腾空面袋,扫净面柜。对农人来说,人后一句"实诚"的评价,是他们一生赖以走在人前的荣耀。

对客人来说,长面只吃一碗,那是耍戏人哩。明知主家紧着所有白面做下这一顿,虽心生无限亏欠,却仍是一副还没吃够的样子,吃了三碗再吆喝两碗,哪怕出门后悔半年,此刻也不能因为作假而放下碗筷,让主人感到难为。这是患难的岁月里,一种只有他们彼此之间相知的交情,也是他们立足于天地间的信条。

那个打着饱嗝儿,被送出二里地还频频回头的客人,终究找机会还了对方的人情;而那人情,必定也是一顿热热火火的长面。

后来日子好过一些，长面渐成为日常吃食，但那份虔诚早融进骨子里了。于许多人而言，美美儿咥它三四碗长面，再下地走路时，肚子里的面和汤咣当作响，自有一种无言的踏实。甚而在抹了嘴、打个惊天动地的饱嗝儿时，有种此生没有白来一场的慨叹。

毕竟，有些人，巴望着，巴望着，眼看新麦下来了，却等不住了，去了。

要说长面有多长，它要农人用一生去丈量。一碗一碗长面弥起来的光阴，就是他们或长或短的一生。一个农妇可能一辈子都没认真摸过她男人的腰身，却在柔软的面团里把双手粗糙了，把擀面杖磨细了，终当某天，她的力气不足以举起那双筷子，而那碗面也不再长成她的筋骨，她的一生便走到了尽头。

然而她的生命还将继续下去，在她儿女挥起的擀面杖里，在人们一次一次的吸溜声里。

如今，长面早已不是精贵的吃食，一些老手艺也已失传。再回老家，当目睹熟识的远亲近邻端出不亚于城里酒店的各色菜品，我却于这丰盛里感到一丝落寞。倘有人此刻端了一碗长面出来，必是从进门那一刻，便看穿了我的心思。他定然知道，我纵走再远，总没走出那个碗边边。而我所以为的千山万水，加起来，不过是一碗长面的距离，更可在一个肆无忌惮的饱嗝儿里穿越久已远去的时光……

2019年6月

糊糊汤

冷风飒飒的夜,月盈窗牖,我又开始怀念那一碗热滚滚的糊糊汤了。

糊糊汤,自然是奶奶烧得最好。

奶奶也把糊糊汤叫作"甜汤",大概是这汤本身恬淡的缘故。在缺菜又少调料的年代,人们把一碗白水面片叫作"净背眼饭"(眼,方言读音niǎn;净背眼:光脊背的意思,意即这饭清汤寡水),于是,把糊糊汤叫作甜汤也就不奇怪。琢磨一下,不得不佩服老辈人的创造力,一种简陋的饭食,托于近乎调侃的口吻,便赋予平淡不易觉察的乐观。

奶奶烧糊糊汤通常是在早上,因为上地里干活的人天麻麻亮就出发了,现在需要烧了汤,和干粮一起送去。

清晨,当我睡眼惺忪把住门框时,奶奶已经把烧好的汤往瓦罐里舀了,她并不看,就知道门口有人望。她说:斌昌,看迟了么,赶紧把干粮送到地里去,藏(方言,发语词,无实义)怕做活的人都饿了,哎呀!赶紧……奶奶边说边把瓦罐边沿的汤用指头捋了。却不见答应。

答应个啥!她又把人的名字叫错了!

我盯住奶奶,意思是说,奶奶,我是乾昌!

这次她仿佛知道错了,可再说出来,却是永昌(一个堂哥的名字)。奶奶一向糊涂,难怪单会烧糊糊汤!我这么想着,接过瓦罐,背上干粮,就往地里赶了。

山路弯弯曲曲,糊糊汤在瓦罐里晃晃荡荡,干粮在胸前甩甩打打,耳边又响起奶奶的话:要麻利哩啊,娃,赶紧把干粮送到地里去哇……

那年月,少吃一口馍馍不要紧,攥住锹把锄把的人,呸呸!往手心吐两口干唾沫就又是一把子力气,但少了一口汤就不行。地里的人要做活,要出汗,没有喝上汤,汗就出不来,出不来汗,怎么能出活呢?

等干粮送到地头,大人们吃饱喝足,蹴着吸一锅烟,打着饱嗝儿沿地垄走几圈儿,一嗓子秦腔吼出来,那些扔在土圪垃里的力气又回来了,仿佛被一碗糊糊汤打通任督二脉,再使起家伙,能把锹把锄把舞出旋风。喝下去的汤,顺着脖颈淌成一梭一梭的汗,天高地阔,物我两忘,似乎人和天地都通透了。

一碗糊糊汤,对耕耘在土地上的人有多重要,自然不言而喻。而重要之所谓重要,不在金贵,恰在平常,正如于山村的孩子,再大的梦想,不如落实在手里的一颗水果糖。但这意义,要等到他们长大以后才能知道,正如一口糊糊汤对于一个生命本初的滋养。

糊糊汤非但能变成力气,变成汗,紧要三关也能变成奶,变成娘。

有的月婆子就是不下奶,娃娃急,大人更急,于是,有经验的婆婆就想到了糊糊汤。因为是伺候产妇,可以往汤里打上蛋花儿,就算是上等的营养了。端来打了鸡蛋的糊糊汤,舀在调羹里,吹两口,喂给哭哑了嗓子的娃娃。娃娃噙住汤,不哭了,娃娃一不哭,大人都展开眉头。

在不知奶粉为何物的年代,有多少娃娃,因为一碗糊糊汤活了命。但要说做糊糊汤,实在平常,想要美言几句,却说不出个名堂。

糊糊汤做来,可谓简单顺手。只要一马勺水,一把白面,和了搅成面糊糊,这时,大柴禾锅里的水也咕嘟冒泡了,然后把马勺里的面糊糊缓慢均匀倒进开水锅里,搅拌搅拌,往灶火门里填一把穰柴,三滚两滚之间,一勺稠生面糊糊,就成了一锅稀熟面糊糊了,然后撒上盐和花椒粉,火候一到就可以出锅了。倘若家里正好有鸡蛋,就可以打蛋花进去。但打蛋花却需要一点手法,打得好的人,打出的鸡蛋糊糊汤,蛋花如黄花丝,缕缕绽放,爽滑顺口,而且匀称,可以保证每碗里都有一份。黄亮的蛋花,清白的面糊糊,蓝边白碗,使人悦目又有食欲。但倘若手法不好,打出来的蛋花就疙疙瘩瘩不好看,一勺有,一勺没有,常使端着碗喝汤的人疑心,总觉得别人碗里蛋花比自己多,就要伸头去看,心上去琢磨,不单嘴里不香,心里也不舒服。

在我的观察,奶奶每次打蛋花时,都要把鸡蛋打在勺子里搅匀了,然后举向锅上方,勺子微微倾斜,勺里的蛋液曳出一条线,随着另一只手执了筷子在锅里搅动,蛋液落进锅中的开水里,水在锅里翻滚,蛋花儿朵朵自由绽放。若你能亲眼看到一勺蛋液如何从人手里到开水锅里绚烂的过程,定会叹服,这短暂的几十秒,不啻一场优雅精妙的行为艺术。

然而就是这看似简单的步骤,在不同人操作下却有截然不同的风味。尤其是糊糊汤里打了蛋花的话,有的人烧出的汤就有面的甜顺和鸡蛋的清香,而有人却把一锅汤做出鸡蛋的腥味来。有的人有本事做好一锅别的好饭,却不一定能烧一锅好看又好喝的糊糊汤。我想一来是手法和火候的缘故,二来也是因为食材跟人的接触过程,沾染了人的气息,因此不同的人做出的糊糊汤,便有迥异的味道。

前面说过,一碗鸡蛋糊糊汤可以让一个饥肠辘辘的月娃子眉开眼笑,但其实也是给产妇下奶的法宝。当月娃子吃饱喝足含笑睡去,产妇才端起汤碗。到底有些不舍,毕竟家里白面不多,鸡蛋更是金贵,但想到有娃娃嗷嗷待哺,又想到躺着被婆婆伺候也不过是偶尔一回,一狠心,就喝下了肚。喝了汤,自然要舔碗,仿佛挂在碗壁上的一点汤水,此刻已然是从体内泌出的乳汁,不容丝毫浪费。

但舔碗并非产妇的独创,喝糊糊汤或吃其他容易粘碗的饭时,这是人人皆有的共识,这是老辈人的传统。

给我印象最深的,是爷爷和奶奶的舔碗。

奶奶是急性子,喝完糊糊汤,舔起碗,自然别有一种豪迈。她伸向碗里的舌头仿佛鞭子,吧嗒吧嗒抽打着碗里残存的面汤,边舔边转着碗,口唇配合间,生出一种节奏;舔到碗底,使劲探出的舌头,使她的表情近似于"苦大仇深",仿佛在说:看你给我往哪儿跑!于是,碗底仅剩的一点汤沫也被剿灭干净了,这时,奶奶才打出一个意味深长的嗝儿,宣示一场胜利的完美落幕。

但爷爷舔碗又是另一番景象,双手托举,满心虔诚,仿佛每舔一次碗,就是对其中一个孙子的爱抚。自然是眼里带着笑意,脸上蓄着满足,笑漏下来,落在白胡子上,连胡子也盈盈的了,每舔一下碗,都是一次享受,连呼吸也带了韵律。呼吸在碗里回响着,声音是哈欧哈欧,绝不似奶奶的吧嗒吧嗒。

其实不过是一碗糊糊汤,就算再大的碗,碗壁上能粘住多少面?却要整出这样一场盛大的排场,简直近乎仪式感了。想来也不奇怪,那一辈人饿过肚子,遭过罪,又因为每一粒粮食都是亲手从土里刨出来的,自然生出对粮食的敬畏。

回顾起来,更早一些时候,连舔碗这样的事,也不是人人都享有的殊荣。据父亲说,他们小时候盼着家里来亲戚,倒不是因为亲戚来了带来什么礼物,而是盼着亲戚来了,奶奶就可能烧鸡蛋糊糊汤,光闻见鸡蛋的味道就是享受了,更何况那热热乎乎、甜甜香香的鸡蛋糊糊汤。亲戚前脚走,孩子们后脚就赶到,嚷着,抢着,看能不能每人分一碗底鸡蛋糊糊汤。但其实是一人一口也无法保证,于是总有落在后面的孩子巴巴说:娘啊,弟弟喝了汤,我能不能舔碗啊……

在这样的亏欠里,鸡蛋糊糊汤的美味简直要写进孩子们的基因里了。

糊糊汤之所以值得回味,不单在汤的好喝,恐怕更是因着忆苦思甜的味道。

那时,一碗汤开启了一天的日常,寡淡的味觉和胃口,在一夜长梦过后,空空荡荡,急需食物以关顾和供养。于是每当清晨的一碗鸡蛋糊糊汤端在手上,解决温饱之余,使人在对食物的敬畏里生出对未来的无限希望——乃至于一点都不能浪费,仿佛对碗底碗边一点汤水的视而不见,就要减损人在尘世间的福分。于是,人们从小锻炼出舔碗的技巧,也记住了糊糊汤的好。

关于糊糊汤的好处,总以为说不完,又怕以为是岁月夹杂了乡愁而晕染出的美好,使我要努力寻出一点确实的证据来。于是,想起往昔岁月里听到的一个故事。一家老人因病卧床不起,弥留之际,却总不愿坦然离去。亲人无着旁人无解,这时,老人艰难作出双手捧物状,让床前儿女陷入迷惘。他老伴猛然醒悟,遂疾入厨房,端来一碗糊糊汤,喂老人喝了几口,他才安然闭眼离去。原来使他留恋的不是这尘世,却是一口糊糊汤!

这事儿的真假,因为糊糊汤的美味而让人宁信其有而不信其无了。再说,故事既然出自奶奶之口,那就简直是铁定的事实。

不过,回想起来,弥留的老人果然是留恋那一口糊糊汤吗?一口糊糊汤真算得上什么不可替代的美味吗?

这很使人怀疑。怕是留恋那一口汤里含着的情味与烟火吧?

想想我又何尝不是。我想喝一碗糊糊汤的时候,不单是想着那汤的味道,也是想着我的爷爷奶奶,以及我那个再也回不去的故乡。

2019年10月

馍　馍

若说20世纪80年代,城市青年背包里可能埋伏了一截板砖的话,那乡村孩子书包里的重器无疑就是馍馍了。

尤其是冬天,书包里的馍馍,有板砖的硬度,却无板砖的分量,互相追打嬉闹起来就方便而踏实,不想挨那劈头盖脸的一砸,就只好赶紧跑。跑着跑着,咦!到校啦!

携来学校的馍馍,百家不重样。那时课间铃响,叮呤咣唥,人人埋头向桌框往外掏时,才一睹真容:黄的棕的白的黑的,便摇头啧舌啃起来。不身临其境无法体会那样的壮观。

背馍馍是乡里孩子早起上学第一要务,不必特别叮嘱,那是一天的口粮。但也因为父母之前的一句话,使馍馍作为口粮的功能再添意义。他们说:可别到学校里给我佴(音èr,意为丢)馍馍!因这话营造的凝重,孩子们不敢作分毫懈怠的妄想。佴馍馍的说法相当于干部家庭的父母,对孩子说别佴他们的人。但由于农民已经没啥人可佴,只好寄寓于馍馍。只是由于农村孩子自小经验馍馍的来之不易,以及目睹父兄面对粮食时的敬畏,使一种信念早早扎根:为不佴馍馍而念书,正是为将来的端一碗饭吃而念书。但这碗饭肯定不是指馍馍。这大概是那时节,农民一辈子有过的最诚实却也最违心的念想。馍馍的重要恰映衬了馍馍的卑微。于是目送孩子出门的父母们,心怀一份悲壮。孩子究竟领悟多少,并不确定。于他们而言,家里还有馍馍背,已顶够了。

这样的思考过于严肃。严肃到底与孩子的天性不符。现在,坐在课桌后啃馍馍的孩子们,暂可把大人的教诲放一旁。再者,光眼前景象,已使人不觉松缓下去。一些微妙而不可言传的心思在四大洲间游走,他们不单嘴上啃着自己手里的馍馍,且眼里亦打量他人的馍馍。黄的像金,白的如银,棕的么,棕现在几乎见不到了,除非灰水(碱)多了,把白蚀成了棕,而至于黑的,还是那么触目。但也不必过于不好意思,毕竟那时孩子的心灵里,还未存攀比的虚荣。

白的，自然是说白面馍馍。那是馍馍里头的老干部。对于70后来说，提起白面馍馍，不用说，自有一番滋味在心头。不单是馍馍本身的味道，还有心上一抹化不开的哀愁。毕竟那时，老干部固然可亲，却也不常大驾光临啊！

那时，小麦普遍产量不高，一般人家，家口又大，只好多种玉米洋芋之类，就把小麦地位抬举到不像话。正如老干部得在盛大的日子才有幸瞻仰，白面馍馍是年节或家里来了亲戚才有的供奉，神仙和贵客还不够哩，至于自家人，只能是沾点余光了。

说是白面馍馍，还是笼统的说法。具体说来，又有馒头、花卷、烙饼等分别。单馒头就花样儿繁多。现在只说惯常概念里的馒头。农人自负一身蛮力，做起活计大开大合，但要等他们蒸起馒头来，你才见识他们的温柔，以及怎样把那柔情施展到淋漓尽致。而使这含而不露柔中带刚的品质尽显的，莫过于将过年时蒸馒头。那时大概已腊月二十七八，女人们趁着男人们还在游世，早凑在一起密谋下了。厨房向来是农妇们安身立命的凭借，亦是她们生命中一些美丽得以绽放的温床，于是过年的蒸馒头就成为一场难得的行为艺术。

一种幽微细密的情绪随时间的蔓延在空中渐次漾开，终而感染所有女人，营造出一份默契，也催发着另一些因子的萌动。那是寄身某处的一盆酵面。酵面是经由酵子发起的面团，而酵子是导引这场艺术，进而与人和谐统一、修得正果的密钥。而之前某个时候，经由一位年高德望的妇女亲手点化，那酵面已在类似炕头或炉火旁打坐一夜，因脱了冥顽，却赋予造化神秀而颇不安分了。面浮皮密布灵气外泄的针孔，空气里弥漫着酵面的馨香，淡淡远远的酸。而这淡远却使众妇女不能再坐视不管，终于开始抹胳膊挽袖子，她们决计要干起来了。于是掣面的掣面，舀水的舀水，揽柴的揽柴，而那个倚门而立刚过门儿的小媳妇儿，表示要伺候灶火。她脸一红，咩呲一笑，大家觉得由她烧火正合适不过。

现在，酵面已端坐在案板上，白面也倒进去半口袋，接着就是边浇灰水，边以手臂反复搅拌。这是考验耐心的时候：浇水太快容易结成面疙瘩，最好是随着臂腕微颤而马勺里的灰水不绝如缕，使面与水的合欢亲密又温柔，这样才能使和出的面团儿肤美条靓。

现在，趁和面的工夫，说说灰水的来历。那时，碱面和小苏打已有，但因循着一份口耳相传的神秘，人们内心仍然更愿相信由草木灰沉淀出的一种名曰灰水的添加剂，更具天然育化的神奇功效，更利于蒸出好馒头。

她们开始专注于自己的分工时，伺候灶火的小媳妇儿却听见人的脚步。须臾，见来人抬了一架硕大的蒸笼进来。真是够大，够高！那高而大的蒸笼由竹片加木片制成，层层叠加而起，使屋顶顿时暗而矮下来，那小媳妇儿连忙跑去帮忙，却因惦念着这蒸笼的大而高，而使她灶门里的柴禾已要燃尽了，为免新婆婆挑剔的眼光，赶紧回就其位，加一把柴禾进去，抖抖，大锅之上已洇了一层水汽，到屋顶时，把在过往年月里熏黑的椽檩映衬得更加古老。而此刻，婆婆作出不寻常的温柔，欣赏似的，把两只面手向大盆里磕一磕，笑笑地把接下来的任务交给大媳妇儿了。大媳妇儿领命时默念了去年就烂熟于胸的口诀——

盆光、面光、手光。此所谓揉面的"三光政策"。

意即揉好的面，要不沾盆不沾手而面皮光趟。大媳妇儿领了这心法，决心在新来的弟媳妇儿跟前大展身手，于是腰身摇摆起来，带动手臂，那曼妙，简直使她忘了手底是一坨面，也忘了嫁前娘家亲妈的切切教导：千揉的媳妇儿万揉的面呵！虽说现在并未受到婆婆的蹂躏，却也先那小媳妇儿一步，把未来可能的仇给温柔地报了。

现在，面团已如新媳妇儿的脸，光趟柔韧，莹润可人，按出个窝窝，旋即弹起，似婴儿屁股，使人不忍丢手。

如果把镜头来个蒙太奇般剪辑，那和面的是我的母亲，揉面的是我哥，而烧锅的却是我。那时我必然要盼着母亲的烧灰蛋儿了。啥是烧灰蛋儿呢？

烧灰蛋儿的意思，就是从刚才揉好的面团儿里揪出一点面剂子，手心丸一丸，鸽子蛋样的，丢进灶火里，燎熟了，为的是查看灰水的多少，也就是检验面里的碱与酸中和的程度。而我所盼着的，一来是烧灰蛋儿时近似游戏的恶作剧心理，二来是吃灰蛋儿时，唇齿流连的那点子温存，使人贪恋，贪恋而品咂它怎样地在火中吱吱啦啦欢唱一番，变成通身金黄，然后捧在手心，一分两瓣，那小小一团热气腾出的温柔，以及小麦特有的清香给人嗅觉的抚慰。哎呀！想想也是醉了。

当我这么想时，那灰蛋儿已安卧母亲手心，可爱极了。眼见母亲眯了眼去闻，鼻翼上漾开的温柔，说明面发得很成功，而母亲嗅着灰蛋儿时的模样，仿若亲近她另一个新生的孩子，几乎使她忘了身边还有一双巴望的眼睛。我几乎要带着哭腔喊出来了，母亲一个转身，把灰蛋儿塞进我嘴里，我那点小心思瞒不过母亲。我的味蕾受到莫大鼓励，口水漫灌，那景致，简直不忍回想。

现在，蒸笼已坐于大锅上。仿佛所有人终于松口气。但松口气的不包括我意念里的母亲，即那个万千重任系于一身的婆婆。她现在以极难觉察的手势，摩挲着围裙下摆。使她隐隐担心的是蒸笼里的馒头，那些可爱又恼人的精灵，它们会不会笑？对一家主母来说，蒸馒头并非意味着只要蒸熟，还要使馒头笑。但笑，又不至于咧了嘴而放浪形骸，亦不能笑得浅尝辄止。倘若那样才使她贻笑大方，她不能在过年的当口给演砸了。但事实证明，跟过去多少年一样，她的担忧纯属多余。当揭去笼顶的纱布，开盖而望，一层层检视下去，一屉一屉的馒头笑得热烈又庄重，正是受检阅的部队，而作为首长的婆婆却不好意思挠挠头，倒仿佛眼前的成功纯属意外。

这些馒头终于放凉以后，被装进一口大缸或是笆箩，再慢慢上冻，作为一家人一正月的口粮储存下了。以后每顿饭前，当有人问起时，就理直气壮地说：我家吃的是馍馍菜，你们呐？那人十有八九也会说同样的话。

难怪，那时主要的饭食就是馍馍菜。

过年时的蒸馍馍，是一场必不可少的隆重的仪式，实在有铺排一番的必要。过年对于农人的重要不言而喻，而蒸馍馍对于辛劳一年的女人，是终于如期而至的抚慰，是女人们一年中最辉煌灿烂的时刻。她们经由双手把过去一年的平凡营造出一场庄严而盛大。

倘若平时蒸馍馍，则简化许多。

非但简化，且优化。这优化的结果便是白馒头变成黑馒头，黑馒头的意思是黑面馒头。所谓黑面馒头，是白面尽力向麦麸接纳和包容的结果，于是掺杂了麸皮进去，成为二等公民。我们那时日常面对的，通常便是这二等公民。去学校时就背了这样的黑馒头去。而混杂着蒸出为数不多的几个白馒头，却被母亲一个篮子盛了，用一根绳子吊在房梁上，作为不时之需。当我背着黑馒头去往学校时，心心念念的却是这不时之需的尽快到来。那或许是某个不寻常的日子，比如一个贵客的到来。那时，盼着来亲戚，简直好比盼过年，只为房梁上的篮子，眼睄着从绳子一端悠悠下来，馒头终于装进盘子，而恰好那亲戚又是有眼色的人，留下一个半个来，即便借口说他已经吃饱了，我也会大方原谅他的虚伪。但这希望时常落空，亲戚多跟我们一样实在，在大人一再催逼下，把一盘白馒头扫荡干净，留下一个空惘的梦。

因这梦的空惘，便有使它充实的必要。那时，我和哥哥已向猫学了些身手，叠起罗汉把悬向房梁的篮子巡视一番，终于冒死偷来一个，揣进腋下逃向无人处，分得匀匀停停，安排进我们的肚子。然后努力学会无辜的表情，仿佛那样便可减轻罪责。也有失手的时候。比方贼心不死又贼胆包天，居然分了白馒头去往学校跟人炫耀，终于被大受刺激的孩子告了状。于是母亲用来擀面的棍子就撺在我们身上。

但到底值得。因为学校里那些举着黑馍馍或黄馍馍的同学，怎样艳羡呐！那一顿擀面杖回味起来已不是疼，甚而可作犒赏。

同学举起的黄馍馍，正是玉米面粑子。冬天里的玉米面粑子。

确切说是玉米面碗坨（用粗瓷大碗做模子蒸成碗状而得名），冻得足够瓷实。尽力啃一口，啃出几道白茬茬，简直触目，常使有的人埋怨父母没有赐予一嘴好牙口。那时玉米面在粉碎机里粉出，自然扎嗓子，很不为人所喜，但又如患难之友，嫌弃着却不离不弃。因着又爱又恨的缘故，作为武器时便生猛异常。玉米面碗坨的硬，在智慧的农人眼中，全不是问题，拿刀背剁了这顽固的东西，泡在一碗开水里，化为绵密的甜，则又具备老少咸宜的品质。非但老汉们端起一碗黄馍馍吸溜吸溜个不住，便是出月不久而母亲少奶的婴孩，也能将就几口。

但另一种棕色的馍馍，却连将就几口的机会也不给了，那是高粱馍馍。使我们的父辈在特殊年代深受其苦之后，它们终于惶愧到不敢见人，渐渐淡出人们的视线。我对于高粱面做的棕馍馍，只有一次记忆，是幼时在舅舅家匆匆一会，寥寥几口之后，从此相见不如怀念。

使我怀念的，正是各种馍馍营造的人间烟火与人间情味，及至今天，我终于将过去的种种馍馍都怀念起来了。要说起家乡馍馍的丰富，简直不知从何说起。

细究起来，日常的白面馍馍也不只有馒头一种，当然还有它的小妹花卷儿，以及它的兄长大馍馍，小弟切头子，表姐花馍馍。鉴于女士优先的原则，先说说花卷儿。至于花卷儿的具体做法就不啰唆了，我所介绍的乃是老家做花卷儿的佐料，是我们叫作苦豆的东西，它过于可爱。明明香喷喷，却偏偏叫作苦豆。只见母亲向擀开的面饼上抹了清油，又把苦豆面撒上去，若女子白皙的脸庞多了数不清的麻子——虽麻子有过多的嫌疑，却也因其香而得原宥。当苦豆附着面饼在母亲手下辗转腾挪，而呈朵朵花儿绽放，那些花卷儿几乎要急于自己跳进蒸笼里了。一阵烟火加持，香气愈加浓烈。揭开锅盖看时，一笼屉花卷儿香艳触目，不啻一场热烈明快的舞蹈，蹦蹦跳跳、衣袂飘飘地进入人的口中了。倘若那时，手边正有一碗热清油和了蒜泥调制的蘸料，则更是不可方物。

由这白面馍馍里的女士引领着，另一种更适宜庄重热烈场合的馍馍——大馍馍就要出场。大馍馍固然因其大而得名，常有小孩子头颅一般的体量，却也不单因其大而瞩目。还在于它代表一种朴实的高贵——

那时，大馍馍笑开口的腮边，已由红曲代以胭脂，洇上点点红晕，即将背负它们无上光荣的使命踏上征程——

大馍馍是重大礼仪活动的嘉宾,比如婚丧嫁娶,必要一个外形花俏的竹篮盛了,也必要那篮子扛在一个模样齐整而妆容明媚的女人胳膊上,那女人的头发远远看去抿得那么光亮。此刻她正笑语盈盈,走往谁的亲家或谁的娘舅家的路上。亲家与娘舅是亲戚里的尊者,若没有一篮大馍馍引领,简直是叫花子上门。而有了这一篮子大馍馍压阵,则无论那扛着篮子的是媒婆,抑或是一家主母,哪里去不得?怕是城隍爷那里,也尽去得。

旧时的大馍馍终究朴实,等到后来生活条件进一步改善,大馍馍便如新娘子的嫁衣,由土布改成旗袍,终于发展出一个叫花馍馍的,更加引领风骚。那时节更有一番动人模样。

但那样的时候毕竟稀罕,伴着寻常日子的,更多是寻常馍馍。比方说馒头里的小弟,切头子。切头子就如面条里的方便面,属于快捷高效的产物。因为常规的馒头要经过一番揉捏造型,但切头子只要滚出一根长长的面剂子,而后二三寸见长挨次切下去,就成了。这样蒸出的馍馍尽着朴实,就如农人本来面目,吃着有司空见惯却相依相偎的踏实。

切头子因为做法简便、体量娇小便于储存而成为最常见的蒸馍馍。一碗烩菜上炕,一个切头子扔在菜汤里,敛了菜汤的油水,一口咬下去,再撮一筷子萝卜条条肉片片、粉条节节豆腐块块,啧啧啧!美得人腔子暖和肠子实惬,心里禁不住叫 niá nia——

而至于馒头的七大姑八大姨,乃至左邻右舍,简直让人眼花缭乱。比方说烙馍馍家族,就有洋芋烙馍、甜菜烙馍、榆钱儿烙馍、洋槐花烙馍、苜蓿芽儿烙馍;还有属于面饼一类的摊馍馍、血馍馍、炒旗花馍馍、糖馍馍、葱油饼馍馍;乃至糜子面馍馍、荞麦面馍馍、洋芋饼馍馍、玉米面干炕馍馍……

倘若把这各样馍馍排兵布阵,简直列出一个海陆空天的馍馍大军。

老家人爱馍馍,惜馍馍,疼馍馍,并赋予馍馍种种意义,甚而由此演化出一种生活方式,概因馍馍非但养活人,也塑造人的品格与家风教养。老人们吃馍馍要双手掬着,仿若膜拜,防着馍馍渣掉落;馍馍渣掉进土里也要拈起吃掉。即便后来终于不缺粮,馍馍做多了吃不完、长了毛,还要在日头下晒干了,碎在开水里吃到河干海净,方不辜负馍馍,也不辜负自己和头顶三尺神明。一辈辈人把节俭的品质传承下来,也借此涵养出对粮食与上苍的敬畏。非旦敬畏造化与上苍,更推己及人生出悲悯。

要馍馍的来喽——要馍馍的来喽——

那天,村里来了一个要馍馍的(要饭的)。那是一个有着年画上神仙一样白胡子的老头儿,此刻却软扎了一副褡裢,一群懵懂顽童跟在身后,喊着、跳着。

老头儿衣衫褴褛,眼里又不似往常那些乞讨者的悲哀。现在他就在我家门口,挂着的木棍是他的腿,真正的腿却缥缈到将要不存在。说实话,我心底并不欢迎他的造访。因为那时正有爷爷留给我的一个油饼扣在橱柜的碗下面。我总觉得那老头儿正为那油饼而来。他的眼使我不敢看。他早已看穿我的心思,也深知油饼现在藏身何处。偏偏爷爷却向厨房方向去了。我的怨恨与委屈一并剜向爷爷的背影。就在爷爷弯腰伸手一刻,我捉了他的手,爷爷却将我推开——

那从未有过的一推,使我觉得屈辱,并以为之前爷爷对我所有疼爱不过是假象。现在我要看他如何表演。但爷爷伸手处却是家里唯一的白面口袋。现在,当我不明所以时,他已向门口去,掏了口袋里的面往老头儿的褡裢里装了。但这并不足以消除我的戒备,我把住门框虎视眈眈。那老头儿起初茫然,进而机械地配合着爷爷的动作,胡子翕动,掩于胡子下的嘴巴却没有说出一句话——

然而我总觉得他是有句话要说出来的,却终于没有。

当他扛起褡裢转身,向我若有似无地瞟一眼,挂着的棍子与地面的敲击声,把时间无限拉长——拉长到无名的渺远,渺远到仿佛转身时,他无形的腿连带他的身体已不知往何处去了。我回身捉起碗下扣住的油饼,向那渺远处疾逐而去……

那敲击我心底的声音却一去几十年。

后来我问爷爷,那老头儿还会来吗?爷爷说,会。

然而几十年过去,他终于没来。

于是,村口便永远存着我的一个等待,就如爷爷临去世前,他一直坐在村口的老榆树下。他在等我,也替我等待,等待那样一个渺远,渺远而又清晰的实在。

2020年6月

傲　子

一

那时,我住在四中对面的院子里。四中像一根扁担,一头挑起窦家,一头挑起杨马家。窦家村住着姓窦的人,全是汉民;杨马家住着姓杨和姓马的人,回汉杂居。

马关方言里,把以做饭为生的人叫"大师",现在要说的这个大师,就来自杨马家,她姓马,是一位穆斯林妇女。

她是何时来的,现在全不记得了。只记得见到她时,她已是母亲的好朋友了。大师有老家人特有的憨直爽快,人又爱干净,所以很快跟母亲相知也不奇怪。我进门时,已见她们手拉手说着体己话了。你知道的,女人们表示亲热的方式,无非是分享彼此的秘密,这是她们那时留给我的人生经验。但是很快,前一眼还笑得像互相挠了胳肢窝的两人,此时却已悲叹连连、偷天抹泪。她们似要回避我,然而到底情难自持,高一句低一句地,一些话还是飘进我耳朵里。大师似乎是向母亲描述她的惨痛经历,大意与她男人有关。说到自己男人,她紧咬了牙花子,恨恨地飘出几句咒语,意思是要害死她男人的人下地狱。说到动情处,大师的一双手,搭上母亲的两只手轮换着,也不及擦拭她的眼泪。我心底莫名跟着恓惶起来,坐也不是站也不是,终于被母亲的眼神揉出去了。

大师走后,我问母亲,大师怎么了?母亲向我吼一声:娃娃伙儿,问啥哩!发完火的母亲又向远处的虚空自言自语:真是个可怜人啊……

母亲这声叹息,使我隐约觉得人间某处藏着一个莫名而巨大的哀伤,像薄雾里的鬼影,随时要给人一击,不过好在暂未降临在我头上。

大概也永远不会降临了。毕竟那时,悲哀离我太远。

第二天,大师又来了。她头戴白帽,帽子之下便全是她盈盈的笑脸了,她的笑使她的面目模糊起来,有种幻梦般的不切实际。

当她不时拽拽衣襟,回头看看自己的影子,迈着轻快的步伐,远远迎向母亲的时候,使人怎么也难跟昨天那个愁云惨淡的大师联系起来。

大师跟母亲打过招呼,转身出门时的样子,有种与她年纪不相称的娇羞俏丽。而母亲也把住门框笑着望她,舍不得似的,送大师的背影向灶房摆去。

家房跟灶房不过隔着几间房子,却因为这不舍,仿佛有了山重水复的距离。使我觉得一切是个谜。

大师给父亲的同事们做饭,而我家是拖家带口住在父亲单位上。

大师做饭跟她的人一样干散麻利,一阵菜刀的咚咚锵锵和水的呲呲啦啦过后,香气就溢满整个院子了。使我总幻想着:她的饭一定比母亲做得好,要是哪天能尝一口就好了。等大师收拾完自己的厨房时,我家也洗好了碗筷,大师恰好进来了。又是握住手,仿佛与母亲这一顿饭的分开是一场天长地久的别离。照例,说到后来大师又要揸着泪,夹杂着祈祷与诅咒,把她的悲苦诉说一番,母亲依旧配合着大师长吁短叹。而我,已习惯了。于大师的描述里渐渐勾画出一个大致的轮廓:她男人跟别人合伙做生意,因为一次意外,男人死了,但作为亲坊的合伙人却不愿赔偿,而那合伙人在当地做着不小的生意。她诅咒的自然是那家人的没良心,而悲叹的,便是留下一家孤儿寡母,要她一人养活。这大概是她每次要向母亲诉苦的内容。

其时,两人手握手陪着彼此抹一回眼泪,临了,大师搓了红肿的眼眶,再站起来时,一团笑已经又把她的五官笼成一团雾了。她娇羞而俏丽地拽拽衣襟,向母亲打个招呼就走了。整个院子突然静默下来,唯有母亲的一声叹息:

唉⋯⋯太可怜了⋯⋯

可怜的次数多了,竟使我觉得讨厌。

使我想不通的是,一个人竟可以把悲伤与欢乐如此轻易切换。在大师那一团笑的不断稀释下,她的悲苦终成平淡无奇,我甚至多少觉得她的悲苦是刻意的。

一次,终于禁不住她厨房里的香味,我在厨房门外盯住她。她不像在做饭。她做饭时的每个动作还跟她欢乐着时一样,轻快里透着俏丽,仿佛有为她自己表演的意味,这跟我见过一些女人做饭时的手忙脚乱全然不同。她更像一个谜。

正当我猜着谜时,她掌了铁勺舀了锅里的饭汤来尝,嘴唇卷起,跟铁勺不过是蜻蜓点水。她喋巴喋巴,扭头把尝进嘴里的汤吐出来,就是那扭头的工夫,她看见我了,她一笑,我就跑了,我莫名觉得自己犯了什么错。

后来壮胆问母亲，母亲说，因为她是回民，此时回民们正在"闭斋"，回民闭斋时，就是口水也不能咽下去。母亲的述说里带着向她的朋友致敬的虔诚，我却觉得不可思议。

于是，当大师再次握住母亲的手，说着她惨痛的经历时，我竟觉得也许她本该如此，她的悲惨也本该如此。她再揩着红肿的眼皮时，我看不到她的泪。她真假。

那天放学回家，她又来了，看样子她已经被母亲陪着说完了她的辛酸，她已经开始拖着衣襟，五官又要被一团笑笼了去了。她站起就走，母亲留不住。母亲把住门框目送她时，我感到屋子里还被大师的假笑塞满着，我不喜欢这感觉。我向母亲明知故问：大师怎么又来了？我不知道自己什么时候对她的称呼已经由阿姨变成了大师，母亲回头剜我一眼，那一眼的意思我明白：大师也是你叫的？！

看，那是什么？

我朝母亲努嘴的方向看去，呀！好吃的！怪不得总觉得屋子里全是大师的味道。油布包里，除了金灿灿的馍子，还有各种造型的油馃子。我的口水瞬间淹没了唇齿。要知道，那时只有过年才能吃到油饼，而这种造型精美的油馃子，只在龙山镇上的集市里才能看到，当然即便看到，也不过满足一下幻想而已。如今——如今竟就在眼前！

不必说，这是大师，噢不，是阿姨拿来的。我心里鄙夷着自己的背叛，掬了油馃子来吃，连掉在地上的渣渣也不放过。母亲笑笑地看我。母亲的笑半路上拐个弯儿，变成悲愁，淡淡说一句——

唉，真是个可怜人啊……

知道母亲在叹息阿姨。当我心里又觉得她是阿姨时，大师这个身份不见了，她的绵长而无由无绪的悲苦又回来了。心里觉得阿姨实在不该有那么悲惨的命运，又觉得她那些祈祷与诅咒简直理所应该。那时，她嘴里的关于她男人的形象也高大起来——

每次述说到最后，她说起她男人时，眼里满是怀恋与自豪，仿佛那是世上再没有的好男人。但事实是，那样一个好男人，这世上真就没有了，他抛了这可怜的阿姨，独自去了。

当我准备好一腔同情，要好好面对阿姨时，她却又笑笑的，白帽帽下的五官被她的笑模糊了，完全没有悲愁的样子，使我的同情无着无落。我想大概是我年纪太小，她的目光已经掠过我的头顶，早已和母亲惺惺相惜了。以后，她照例穿着整洁合体,照例要不时抻展了衣襟,回头瞥一眼自己的影子,不用看,她的白帽帽下没有五官,就只剩她的笑了。

第二年开斋,她又来了,又是一油布包美味的馓子和油馃子。她与母亲的见面与交谈,仿佛并未被过去一年的时光冲淡,还是彼此不舍又惺惺相惜——

然而这次是真要好好惺惺相惜一番了。因为阿姨说她要跟人去新疆搞副业了,做饭微薄的收入实在难以养家。这次,她没有说她的悲苦,甚至也没说她的男人,连我期望着的诅咒也没说——

我竟觉得她的那些诅咒里,带着一种勇敢与坚韧的决绝。然而她终究没有说。

她坚决不让母亲送她,她走时又抻着衣襟,又瞥一眼自己的影子,又是一团盈盈的笑。然而她在母亲的视线里却模糊了——母亲把住门框,站了很久很久,这次母亲没说她实在可怜的话,我想母亲有一肚子的话,却怎么也说不出来。

正如我嘴里嚼着世上最美味的馓子,却怎么也咽不下去。

二

见识了馓子的好处,那是世间难得的美味。

那年,我已在梁山。倏忽又到回民的"开斋节",父亲的年轻同事来约,要给另一位回民同事"开斋"。父亲走不开,拿眼角刮我,意思是问我去不去。父亲的同事看着我,笑得意味深长。我明白他笑里的意思——去吃馓子了,还不赶紧答应!

父亲能不了解我的心思?

拿上几份"人情",我跟父亲的同事推着自行车上路了。路上,父亲同事反复交代的只有一句话:去了少说话,大口大口吃馓子就对了!

我心里好笑——当这话从一个大人嘴里说出来的时候。

不过也难怪,那时毕竟大家肚子里油水还不丰富,再说,对于馓子这样的美味,逮住机会,谁不想多吃几口?

看父亲同事推着车子,眼里笑眯眯地,仿佛装了一肚子不可告人的秘密,我心里给他起了一个外号——馓子君。

山路曲里拐弯儿,像人的辘辘饥肠。到了!闻见馓子味儿了!我俩相视一笑。

主人把我俩迎到炕上,摆上炕桌,端来热滚滚的三炮台。馓子君眯缝着眼,一口一口吸溜吸溜地呷茶，我愈加觉得他的心怀鬼胎，不防一口烫茶差点喷出来。

主人一脸虔诚，添茶倒水，慢条斯理，倒是一点都不着急。我看看馓子君，又看看主人，滑稽和严肃相互映衬，倒实在是一出好戏。可我心里也暗暗批判自己，自己又何尝不盼着馓子赶紧端上来？

终于茶过三巡，脚步声响，门口一黑，主人托住个大洋瓷掌盘进来了。果然是堆成一座山样的一盘好馓子！

盘子刚放在炕桌上，馓子君已经伸手过去了，我故作矜持瞅他要怎么办，一阵嘎嘣脆的声响已经带着节奏升起来了。主人嘴角一丝善意的笑，很快以热情掩盖过去，主人向我说——

娃，藏赶紧，你啊赶紧吃——

听这么说，我倒更不好意思伸手了，仿佛这趟来的目的不纯。正犹豫呢，馓子君替我解了围，他抓起一把馓子伸到我面前；我接住，从那把馓子上撅下一根，剩下的又放进盘子里。一瞬，我觉得馓子君眼里闪过一丝不可理喻。

我手上和嘴上的动作到底不忠于我的心思，越想大快朵颐，却越觉不好意思。尤其听到馓子君一手捉了一把馓子，一手使劲往嘴里塞，同时配合着骇人的、类似驴子嚼草料的那种嗑噌嗑噌的声音时，使我觉得羞愧。于是，我嚼着时，刻意避开他的嗑噌，仿佛是要主人听到——那不是我，那不是我……

主人知趣出去了，临转身还不忘一脸实诚地说：藏你两个不客气啊，都是个家人（自家人）。

主人跨出门槛的一瞬，馓子君露出孩子偷了大人钱的窃喜，窃喜带着余韵向我而来，意思是——

唉！少年！藏赶紧放开吃啊！

我明白他的意思，赶紧捉起一把馓子，双股地往嘴里塞，刚塞进去，又心虚地望望窗外。馓子君知道我的心思，不防着一笑，满嘴馓子渣就要喷出来。我脸红着嚼馓子，也不管是否跟着馓子君的鼓点了。可到底不如他的功夫好，我一小把还掌在手里，他一大把已经塞进肚里了。

我的心有二用，时刻留意别被主人撞破，笑话他家来了两个饿死鬼。正忐忑呢，主人不知怎么进来了，我手里掌着的馓子倒无处安放了，假装是撅给对面的馓子君，这家伙居然不接！

我悬着的手如人赃俱获，等待审判。心想，馓子君馓子君，你娃可真坏！

主人笑笑地说:娃,藏你吃,你吃。知道主人是一脸憨厚的虔诚,毫无取笑的意思,可我还是被自己羞到了。手里的馓子罪证似的,要一点一点消灭才好。我作出大口的样子,可咬下去却是女孩子一样的斯文,尽量不发出一点声音。而馓子君那决绝的嗑噌声就变得惨烈了,阵阵抽打着我的羞耻心和反酸的胃。

不知过了多久,仿佛很漫长,又仿佛一瞬,我们要辞别了。馓子君大大方方和主人相谈甚欢,我却有坦白从宽后的落寂。

我们推着车子走在山路上了。我决定一路不说话。我听见馓子君满足地打嗝儿。我心里莫名生气。

看,这啥?

咦!馓子!——

眼睁睁看着馓子君居然从袖筒筒里抽出一把馓子,仿佛一个狡猾的侠客抽出他的宝剑。

我惊呆了。馓子却跑到我鼻子下面了。

——我知道你不好意思,我还把你不知道……

听馓子君这么说,我脸烧了。一来为自己一直以来的羞涩,二来……二来为自己的心口不一——明明是馋着馓子的,却没有馓子君的实诚。我才觉出馓子君的可贵,也觉出自己的虚伪。

就像去走亲戚,明明觉得人家饭好吃,吃了一碗却非要说吃饱了,非要等人家三番五次地再塞一碗过来才好意思吃,仿佛非要显出被强迫的样子才够坦然。

接过馓子君手里的馓子。一路上细嚼慢咽,我才品到那馓子的好处。金黄酥脆的馓子,表皮有细细密密的泡泡,那是精磨冬小麦粉里和入的鸡蛋被滚烫的胡麻油唤醒后的扬眉吐气。随着不断咀嚼,馓子里各种调料复合,而后经由穆斯林巧妇之手点化的美味刺激着我的味蕾。再想起之前的惊心动魄,竟品出了感动——毕竟,那是面前的馓子君冒了被主人笑话的风险袖来的馓子。

多么可爱又诚实的馓子君,我想。

多么矫情又虚伪的我啊!我想。

转眼几十年过去,如同当年的大师一样,我再未见过馓子君。然而即便身在异乡多年,我还会时不时去买一把馓子来,而且非得是穆斯林制作的清真品不可。尽管商业化的馓子全然吃不出当年的风味,但于我也算聊以自慰了。

不知怎么,当年那些不忍回顾的往事,如今竟连细枝末节也一股脑跑出来了。使我常常奇怪,多少眼前的大事转身即忘,类似鸡毛蒜皮的小事倒越来越清晰。

后　记

　　说实话,我并不确知记下这些鸡毛蒜皮的意义何在,只觉得既然几十年过后,这些小事还留在心里,竟把一些真正的大事替代去了,也许就有记下来的必要……

残　饭

残饭，就是剩饭。小时候吃残饭，跟被母亲拧耳朵一样，是我的噩梦。

那时柴火锅大，人的饭量也大，有时掌握不好，做饭时多掺半勺面或多切几块洋芋疙瘩，就做多了。吃不完照例要盛在瓦盆里，成为残饭，留待下一顿吃。残的若是烩菜倒好，翌日早起掺几瓢水，撇一把盐，再泼一碗醋，拌上辣子，就着馒头也能吃得呼噜呼噜，头上磨汗（冒汗）。但残下的是面食，就让人害怕。面食放上一夜，已经发酵，再加热，软趴趴的，或干脆成了糊糊，捞不起来，喝又太稠。使人要找各种理由躲开，但无论装头疼还是肚子疼，都没用，还没出口，早被母亲一眼识破。清晨还在被筒筒里，正想怎么对付呢，我哥向我挤眉弄眼；我狠狠剜他一眼，他倒捂嘴笑上了。这时听母亲喊——

"还不去烧饭！"

等我磨到厨房门口，我哥已把盛残饭的瓦盆坐进大锅的水里了。我把了柴禾向灶门里填，火向锅底扑燎燎一阵儿，残饭在盆里被水烫得吱吱咛咛叫唤，心里说不出的欢喜又憎恶。残饭盛到碗里，端一碗放在炕桌上给母亲，而后我俩相跟着跳出门槛，向厨房去，抢自己那一碗。抢不是抢着吃残饭，是怕谁先到，乘机把自己碗里的残饭偷偷拨给对方。这事儿我俩都干过，只是我吃亏的次数多些。

我坐在门槛上，很作难地捞，筷头把残饭叨出难看的样子，像鸡叨食。却听见我哥刨得稀里呼噜。正要鄙视这家伙，猛听背后一声：赶紧吃！吃不完头打破灌进去！

我后背一硬，刚才一口真就差点吃进脑子。脑后一阵手风飕飕，本能一躲，却闪空。我哥就憋住笑，故意刨出很大声。就在他大声刨面时，两颗泪蛋蛋，一前一后滚进我碗里。只好认命，闭眼不看，闭气不闻，一头扎进残饭碗，就当临刑。睁眼时，咦——

我哥又不见了。

知道他刚才是虚张声势。这我清楚，但他这套花招却总将母亲哄过，使母亲边骂我边夸我哥比我懂事。但我总疑心哪里不对,正琢磨呢,我哥提了碗,嘬住筷子笑笑地闪过我钻进厨房去了。这次我决定探个究竟,往他刚出来的地方蹚摸。可那是后院儿啊,是猪们鸡们的地盘儿。刚拐过墙角,两只鸡扑棱棱往我身上跳,差点嗛掉我手里的筷子。我恍然大悟,抬脚把一只鸡踢得唧唧呱呱逃掉;另一只却死心眼儿不服,还偏了头瞅我。我回身向外踏步,暗喜:背着牛头不认赃!却迎面撞上我哥那双牛眼,瞪出两道贼光。我谄媚一笑,他贼光闪烁,也咧开嘴笑。我俩谁也没说,但谁都心里明白:吃洋糖还是吃拳头,自己选!

我哥的洋糖跟拳头,迟早有一天被我前后脚都吃了,虽开始甜,后来还辣辣的带点儿咸,但都不比另一次的残饭难吃。

那次,二姑家表弟来了。亲戚来了当然要好好招待,盼着母亲做顿好吃的,最好是西红柿鸡蛋面,这饭母亲最拿手。但表弟到我家时,真不巧,厨房只有一盆残饭。觉得不至于,母亲可不是小气人。母亲那天确实格外和气,居然罕见地没骂我。可到饭点儿,端来的是热腾腾两碗残饭!这让我在表弟面前丢尽了脸。慑于母亲的笑中含威,还是把碗接来给表弟。递给表弟残饭时,我向他笑,他向我笑。我的笑是替母亲向表弟表达亏欠,同时掩饰我的尴尬;而我的亏欠与尴尬,从表弟那里折回时变成愧疚与埋怨;愧疚是对亲戚的招呼不周,埋怨是向母亲的不近人情。但表弟笑得分外灿烂,使我更加无地自容。我埋头向碗里猛刨,表弟也跟我一阵猛刨;我又抬头向他笑,他也抬头向我笑;我俩边笑边刨,几个来回,我心里忽然想哭。我想哭时,以为表弟眼里也含着泪花儿;但没有,表弟的笑是欢快的,使我心里更加酸楚。表弟心里会怎么想呢,我想;让别的兄弟姊妹们知道了会怎么看呢,我想;要是二姑知道了会怎么说呢,我想。我每回去她家,她可是都用长面招待我的……

小小的人大大的虚荣,给我带来的痛苦,今日还分明记得。当我那时终于把一碗残饭刨完时,脑子里一团糨糊。不记得我俩后来是怎么把碗放回厨房,然后手拉手找别的兄弟姊妹们玩儿去的,只记得自己那天总向表弟赔笑,跟他形影不离。他为我的亲密陪伴感到快乐,而我心里想的却是,万一他把今天在舅母家吃残饭的事说给谁。心上的惆怅直到送表弟回去后,夜里做梦还抽泣两声。

不明白母亲为什么总要人吃残饭,难道倒掉不好么?我亲见有的人家把残饭倒给鸡倒给狗;当那些鸡那些狗叨着或吞着残饭时,觉得人家孩子真幸福;就像我后来疑惑的另一件事:为什么有时过年,我的新衣服是我哥的旧衣服改成的?

疑惑归疑惑，怨恨归怨恨，残饭还是照吃不误，且一直吃了许多年，终于吃成习惯，终于吃到不用装头疼装肚子疼也能从容吃下去。

直到后来某天，如我在一篇文章里写到，母亲做了一顿她心心念念的"忆苦思甜饭"时，才多少懂得一点残饭对于母亲的意义。她以为那饭会好吃，结果最后她自己也终于承认不过是想象。那时，她的摇头，她的叹息，使我觉得报复的快意——而当快意很快散去，才发觉自己的浅薄，并为过去多年对母亲的不解与怨恨感到羞惭。以后的日子里，我非但理解了母亲，亦时常想起爷爷奶奶，每次吃完饭，都要舔碗。想起他们眯了眼边转碗沿，边把头埋进碗里舔舐时，觉得亲切无比。

他们笑笑的，仿佛与食物间有默契，如人与人之间的不舍与疼惜。那种表情只有在他们面对最亲的人或面对地里丰收在望的庄稼时才有。我想象着他们的表情，终于使那表情长在我脸上。是后来某天我做了馓饭，因舔碗而被一旁的妻与孩子嘲笑时，不禁羞赧。也当即告诉妻，把吃剩的馓饭留着，我要吃残饭。非但吃残饭，还要吃出像过去一样的感觉。待热剩下的馓饭时，必要留下一层锅巴，焦焦黄黄，脆脆甜甜，像母亲那时端这样一碗锅巴对我哥俩说：谁愿意吃残饭，就奖他锅巴吃，吃了锅巴可拾钱哩！为锅巴的好吃，不，为了拾钱的好处，我俩把一盆平时憎恶的残饭抢光了。

妻解我用意，亦知我习气，我不爱倒剩饭。所以剩饭常常归我。我当然知道吃剩饭的种种坏处，且不愿让妻与孩子们吃剩饭，但到我这里原则却可以通融。自己从小吃惯残饭，且一吃多年仍然健康，便有了自信，以为自己是贱命，贱命的人细菌啥的就拿他没办法。

我把剩饭叫残饭，妻与孩子们当然莫名所以。可我觉得这两个字亲切，就如后来想起母亲常说的那句话——

残饭热三遍，神仙不得换！

2020年11月

饺　子

　　南方人对于北方人的爱吃饺子,简直大为好奇又大不以为然,就像北方人眼里,南方人的吃汤圆儿:甜丝丝、腻歪歪,实在无趣。但口舌之间的事,最没道理可讲。滋味是嘴品出来的,却不是嘴能说出来的。

　　北方人爱吃饺子。冬至吃饺子,过年吃饺子,来了贵客吃饺子,一家团圆吃饺子,嫁闺女接女婿,还是吃饺子。仿佛没有饺子,一腔情思就无以安放。这大概跟北方的冷有关,冷的气候塑造了北方人冷峻的外表,但心里到底热乎,这热乎要如何表达?都在一顿饺子里头了。

　　冬来,天寒地冻,正是吃饺子的时候。但不同于其他饭食,吃饺子总要寻一个理由才好。倘若正逢着某个节气,倒是理所应当,可倘若这天实在馋的不是时候,左顾右盼,抓耳挠腮,只好说:娃们馋了。娃他爹和娃他娘会心一笑,笑得秘而不宣,心里知道,哪里是娃们馋了,分明是自己馋了。为一顿饭寻找理由,非但因为饺子好吃,更源于吃饺子所体现的仪式感。古来,除夕之夜,人们以饺子敬神祭祖,且要赶在夜里十二点之前把饺子吃掉,因为此刻正是子时,正值年岁更替,吃饺子(交子)即"交子更岁"之意,因辞旧迎新,便有喜庆团圆、吉祥如意的味道。作为一种传统沿袭下来,以后每到节庆,人们就要吃饺子,以讨个好彩头。

　　现在,娃娃们放学回来,咦——今儿是啥日子,要吃饺子啦!

　　倒问得爹娘不好意思,只好说,好日子,还能是啥日子!吃饺子还不好!说着,洗手剔甲,叮叮咣咣,一家人齐上阵,都忙活上了。和面的和面,洗菜的洗菜,剁馅儿的剁馅儿,烧水的烧水,凑热闹的凑热闹。

　　没哪种吃食有包饺子这般热乎的参与感。

　　不久,准备工作就绪,大家围在炕沿儿上,边擀皮儿边包,头抵头,腰碰腰,说得欢火,笑得热闹,不知不觉,一炕席饺子就成了。待饺子下进锅里,味蕾简直已迫不及待,巴巴儿望着,滚过三遍水,饺子搭在笊篱里,个个儿晶莹剔透,笑盈盈的,笑话人满嘴口水似的。饺子的香,与其说源于饺子本身,不如说更在等待的过程。由于眼大锅小，一锅饺子出水，筷子一阵飞舞，盘子就见底了。可馋虫刚刚勾起。如此，下一锅就显得格外漫长。其间磨人与享受，就全在这等待的过程里了。

吃饺子自然少不了蒜与醋。

若说醋是饺子的伴侣，那蒜就是点化这伴侣之间交相取悦的神来之笔。北方冬小麦面粉擀出的面皮，细腻劲道，内涵了不同馅儿料与调料，就是面食与馅料的完美契合，也是各种调料之间的心领神会。这时，夹来一个饺子，经过麦麸醋的浸染，仿佛灵魂的萃取，于是，饺子便有了空前活力，等待被咬一口。随着面皮破开，馅儿料绽放，经面的开启进而到馅料的铺垫，再到汤汁的烘托，人的味觉被依次唤醒。这时，粘在饺子皮儿上的蒜开始强势介入，唇齿应接不暇，饺子中的纷繁味道都被蒜的辛香一并领着，裹挟了热乎劲儿扫荡着口腔，大有相见恨晚之感。口水不失时机再次袭来，好像要使口中充溢了足够香味与满足，才肯缓步滑向喉咙，却不料被性急的胃一下吸进去了……

这味觉与触觉、感官与器官之间彼此层次分明又交相融合的激荡与晕染，便赋予食物一种美学内涵。

中国的食物向来讲究色香味俱全，若说哪种食物是其中集大成者，我想非饺子莫属。在于吃饺子的过程，其实是所有感官与知觉参与创造并审美的过程。又因为饺子圆圆满满的外形及包饺子时氤氲出的温馨和谐，自然就成了承载某种仪式感最恰当的媒介。

然而即便如此，也还不过是感性认识。要全面了解饺子给人的丰富内涵，就要把这仪式感上升到行为艺术。中国人向来不单说吃，而说吃喝。只有吃，到底不够完满，必得吃吃喝喝才热烈。

因此，吃了饺子，怎能不喝饺子汤呢。

中国人之所谓"原汤化原食"，说的就是饺子和饺子汤。吃一个饺子，再喝一口饺子汤，既利于吞咽，又清新口腔，重振舌尖的味觉因子，让下一口的咀嚼依然保持完美的味觉体验。同时，几口汤下肚，热热乎乎，这顿饭就吃得舒服，这种舒服感本身，便体现着热烈的幸福，使人无限眷恋。

试想，当一盘饺子被一群人围住，一双双筷子引领下，一只只胳膊挥动，似水袖起舞；唇舌迎来送往之间，再来它一口热乎乎的饺子汤，咂吧有声，滋溜有音，有头有尾，全全乎乎。若此时还有人意犹未尽，要剥来一个蒜瓣儿，随着门牙的啮合，嘎嘣一声的脆意为这一场活色生香添了格外的意趣。于是，一顿饺子被吃出挥汗如雨、酣畅淋漓,岂非一场精彩绝伦的行为艺术?

至此,你该大略知道了北方人爱吃饺子的缘故。皮包馅儿里的含蓄,蒜滚醋里的热烈,就把北方人的内敛又热情完美诠释了,更别说一顿饺子里所承当的历史与情味。

曾经,困难年月里,饺子不是寻常食物,在于面食的不易,更在肉食的稀缺。可尽管如此,到了过年,吃一顿饺子无论如何是所有人的想望。

日子过得再艰难,生活过得再清苦,倘若少了年三十晚上的一顿饺子,非但这晚要没滋没味,甚至这一年,人都失了精神。话说,再穷的人也得过年啊,这里的过年,无非是指吃一顿饺子。

当除夕之夜来临,一碗无论什么馅儿的饺子端在孩子们手里,无论他们的家境是如何贫寒,因为这一顿饺子,便觉得世界将要对他们平等以待,便也有了与富人家孩子一样的荣耀。

在肉食稀缺的年代,二斤肉若煮了,怕是无法满足一家的胃口。如今,剁了馅儿,包成了饺子,仿佛二斤肉不止于二斤肉,连吃带喝的,变成肚子里咣当咣当摇晃着的满足。你看,饺子就是这么神奇,可以把一个不起眼的幸福化成一个巨大的幸福。

而这幸福不单来自唇舌与胃口得以抚慰给人的满足感,还在于从包饺子到吃饺子,乃至喝汤与回味之际,给人无尽的情味。

寒冬腊月里,一家人借着微弱的灯火,朝着一个方向而来,拢在一起,手忙脚乱,盆盆碗碗、坛坛罐罐彼此碰撞,互相没有嘘寒问暖,却把一腔关切与深情埋伏在一个手势一个动作里了。你搅馅儿我擀皮儿,大家说说笑笑,说的无非是家长里短,笑得不过是市井日常,包进去的油盐酱料便是生活中的苦辣酸甜。一家人热热乎乎一起包一顿饺子,就把过去的不如意给轻轻打发了。一顿饺子吃完,便对未来存着满心的期盼。于是一辈辈人就这么活下来、走过来了。一直走到了今天,饺子不再只是节庆时才能享用的罕物,但其间蕴含的滋味,却如包饺子的过程,把一切都包含在里面了。

你以为他们吃的是饺子,他们其实是品味一种生活罢了。

2019年11月

忆苦思甜饭

那年,父亲工作调到梁山,收拾行李时,父亲对我说:给你准备了一根扁担。见我疑惑,他接着说道:梁山又高又陡,那里缺水,准备扁担是要你担水,这是你的任务! 我以为他是开玩笑。走了二十里山路,曲里拐弯全是上坡,到了地方才知道,还真是! 这地方真缺水啊! 老家好歹有泉,这里从几丈深的井里摇上来,仍是泥糊糊。还好扁担可以不用,乡政府院子里有一口水井。

水井在厕所对面。这地方,缺水就缺水,偏偏风也贼大,上厕所要撩起衣服,不然风会像受了委屈一样,把撒出去的液体给人还回来,还骂骂咧咧打着呼哨。莫非这里的风也善解人意,知道液体的可贵?

我去井房,摇着辘轳,吊上来的还是半桶稠泥糊糊,不禁怅然。有穿透千年的荒凉感。心想,这日子,什么时候才是个头啊……

初来乍到,人生地不熟,母亲也无处可去,没事时就挽起麦辫掐着,掐一会儿,歪头把麦辫上的麦葶咬断,再捋捋,嘴里念念叨叨。还不放心,又捉住挽在臂弯里的麦辫一五一十地数数,数完后又数一遍……

她算计着——她算计着,是以自己的微薄之力补贴家用呢。

我放学回来,她还掐着麦辫,若有所思。我心里气恼,人都快饿死了,怎么还闻不见饭味儿呐! 母亲似乎并不在意我进门。我把书包甩在床上,气鼓鼓躺下,望着顶棚发呆。

嗳——

母亲忽然叹了一声。我回头看时,她的表情竟像个涉世未深的小姑娘。

这是?

母亲并不理会我心里的一万个问号,她似乎是对着一处遥远的虚空自言自语:嗯,今儿就做它一顿忆苦思甜饭——

母亲看我盯住她,她眸子一亮,说:想不想吃忆苦思甜饭? 我心里琢磨着这几个字呢,她把麦辫一放就起身去了,脸上开了两朵花儿。

忆苦思甜这词的意思我大略知道,但这忆苦思甜饭为何物,却着实摸不着头脑。

我想问母亲,看她的样子,又不忍打扰。

我去做作业了,思想却在跑毛。母亲做饭是有一手的,这是亲朋公认的。无论是臊子面还是西红柿鸡蛋面,不管玉米面疙瘩抑或荞麦面尜尜,吃过的人无不赞叹。可这回,这忆苦思甜饭……

我实在不明白这饭的名堂。母亲捉住菜刀的声音咚咚锵锵,我的作业做得三心二意。

我迷迷糊糊都要睡着了,忽然听见母亲说:看——

一回头,见母亲端着碗,说:忆苦思甜饭!

我莫名所以,这饭怎么连香味儿都没闻着呢?但还是被母亲的情绪感染,跑到跟前,往碗里看一眼,再看一眼母亲,母亲笑盈盈地,仿佛是这碗饭使她增了格外的光辉。

快尝尝!

我接过来捧住,却找不到头绪。这饭既不是面条也不是馓饭,是一碗奇奇怪怪的面菜糊糊。我想着时,母亲已自己捧了一碗吃起来。我想照着她的样子,却捞也不是,挑也不是,简直不知如何下口,勉强刨下几口,这饭形容不出的味道,咽下时还有点儿扎嗓子。但母亲却吃得欢喜,使我怀疑自己的味觉是不是出了问题。于是我也当作好吃的样子,使劲刨几口,可饭在嘴里,到底难以下咽。

看我作难的样子,母亲似乎有点难为情,是那种一个手艺精妙的人突然失了水准的尴尬。

母亲问:好吃吗?

嗯……

我摇头之际又改成使劲点头,含含糊糊说:好好好!好……却禁不住哽一下脖子,把"吃"字给噎回去了。正要问母亲呢,却见她捧住碗,陷入沉思。

……

我说:妈,我出去吃了啊!转着吃得多些……

我心里想着,说得很大声,但其实发出的声音却轻飘着,仿佛生恐吵醒一个梦——

其实,我是怕母亲尴尬,这饭实在难吃,之所以撒谎,一来是怕她看见我的作难,二来……实在不行就把饭倒进树窝里,拿土苦了……我边走边思谋着。

你晓得——

母亲开口，我心里一紧，迈开的腿僵住了，迅疾捉住筷子往嘴里扒拉几口。

——你晓得这饭的来历不？

母亲像是对我说，又像对着一个渺远处说。

我心说：我咋晓得！这么难吃的饭！

心里这么想着，觉得母亲已听到了似的，红了脸看她。母亲把目光从远处收回来，看向我，我望着她眼睛的一刻，她的目光落在我脸上，我觉得自己脸烧了。但母亲并未在意。

母亲说，这是我们小时候常吃的饭……

说着，她目光移开，又投向那莫名的渺远处……

四周很安静，很安静。唯有母亲的声音，仿佛穿越时空。

按母亲的说法，这忆苦思甜饭，是多种杂粮一起做的，是玉米面、糜子面、蜀黍面、荞麦面……以及各种野菜的杂拌。

但其实今天的饭里，并没有蜀黍面和糜子面，因为这些现在太稀罕。今天的饭里是母亲翻箱倒柜才找到的几样杂粮，还是从老家带来的。至于野菜，不过是拿白菜芹菜等替代。

母亲说，这其实还算好的，那时，若遇到更紧张的年份，这样的饭也是没有的，就只好顿顿吃蜀黍面饭和红薯干面饭，吃得人烧心泛酸，但还得吃啊，人要活命啊……

母亲回头看我一眼，仿佛以为自己说的是另一个世界里发生的事，跟眼前的世界并不相干，这大概也是她从我疑惑的表情里看到的内容。她觉得再说下去，就像面对着台下空无一人的戏场的演员。她摇摇头，眼里有知音难觅的遗憾。

我端起碗往嘴里猛刨，觉得刚才要把饭倒在树窝里的想法简直是造孽。母亲笑笑，看着我说：难吃吧？难吃就别吃了，别吃了……

她红着脸，像是向我认错一样。

我说：好吃好吃！真格好吃啊！

母亲说：好吃个啥！我自己都觉得难吃！

我俩同时望着对方，都笑了，有尴尬而无言的默契在里头。

锅里剩下的饭，母亲盛到碗里放着，我不知道她最终是吃了还是倒掉了。

忆苦思甜饭啊！夜里我躺着一遍一遍念叨，渐渐地，那隔着许多年的时间的帷幕似乎化开了。

此后，母亲再未提起那忆苦思甜饭，我也并不追问。后来我觉得，她当时是为完成一个心愿。仿佛不如此，就不得圆满。

尽管结果并未如人意，总算对她自己有个交代。

我心里为母亲感到欣慰。

没再提起忆苦思甜饭的母亲，以后还是做着她拿手的饭菜，一瓢一饮，涵养着我的胃，强健着我的筋骨，终使渐渐长大的我离她远去。

现在，母亲去世二十几年了，不知为何，我总还能想起母亲做的那顿忆苦思甜饭。不是因为那饭的难吃，也不是因为母亲当时是否要告诉我一个什么道理，而是她当时说起这饭时的表情，使我难忘。有一瞬间，她仿佛成了小姑娘。她的羞涩，以及她羞涩里开出的花，仿佛一个梦。

我所怀念的，大概就是这样一个梦。

此去经年，我自然没学会母亲的忆苦思甜饭。然而我却时常做老家的粗茶淡饭吃，都是小时候母亲常做的饭食，是记忆中的味道。

妻儿无法理解，他们每每看我做了一锅馓饭或是浆水面，一个人吃得津津有味，鼻头冒汗，他们看着我，仿佛我也成了一个遥远的梦。

我什么都没说。

可我知道，吃着这粗茶淡饭，心里就有说不出的踏实和暖……

2019年10月

麦瓶儿

　　小时候，一到春天，野洼上就有吃不完的野菜野果儿。像野莓子啊，野葡萄啊一类的野果儿自不必说，光想想就淌口水，单说这野菜，就带给人许多欢乐。有些野菜要煮熟了炒熟了吃，有些不必，生着就能大快朵颐。无论田间地埂还是路边水渠，一把薅过去，扔进嘴里，嚼巴嚼巴，唇齿都是快活的。

　　一开春儿，最早钻出土的是辣辣。这是一种像村里的光棍儿一样浪荡的野菜，到处都有它猥琐的身影，四处逛达。一会儿溜到沟边，一会儿爬上土堆，一会儿又从墙根儿下冒出来了。有时，一脚踢开个驴粪蛋儿，咦！辣辣！

　　辣辣就是这么个贱命的玩意儿，肥地里不长，偏往瘦旮旯里钻。

　　但是毫不妨碍孩子们喜欢辣辣。孩子们喜欢吃辣辣，实在有点儿恶作剧的味道。因为吃辣辣的感觉，除了把舌根儿和嗓子眼儿辣得发齁，没有其他特别。不过，这倒合了孩子们顽皮的天性。薅下一把，连叶子上的浮土一趟塞进嘴里，腮帮子鼓嚅鼓嚅，瞟一眼大人，大人们满脸嫌弃，孩子们故意笑笑地，心里充满挑衅的得意。

　　吃辣辣最过瘾的当然是吃它的根，然而根不容易拔出来，手劲掌握不好，嘣！断了。侥幸拔出来的根，带起一大片地皮，抖抖土，捋一捋，在衣襟上胡乱揩几下，边嚼边辣得傻笑，又吸溜吸溜作出极好吃的样子，为的是馋别人。

　　与其说吃辣辣，不如说是为了好玩儿，因为实在吃不出个啥。于是，老家人就把人心里那种虚无缥缈的妄想叫作"辣辣"。

　　比如，人家问：今年挖了多少光阴（赚了多少钱）呀？

　　回说——

　　唉！挖了个辣辣！

　　大家彼此苦笑，心知肚明。

　　可是，说挖了个"辣辣"，总比说挣了个"锤子"文明些，是不是？或者还有别的用法。比如有人说：哎呀！这人有钱，借我两个花花？

　　那人无奈摇摇头——

唉……我有个"辣辣"哩!

意思跟我老家的一个歇后语差不多——说"陈家庙的石头,没矿!"(陈家庙是个地名,那里有铁矿石,但有效成分含量不高。)

吃辣辣终究惹人笑话,吃蒲公英就好多了。我们把从蒲公英叶芯儿里抽出来的空心秆儿,叫"葛芦秆秆儿",要吃的就是这部分。要在蒲公英还是花苞的时候揪下来才好吃。这时,揪下"葛芦秆秆儿",秆秆儿断口处会流出奶汁一样的白色液体。"葛芦秆秆儿"嚼着脆生生的,苦苦甜甜。到蒲公英再老一些,长了满头白发,秆秆儿就柴了,不好吃,只好给驴啊羊啊吃。

如果去放羊,就到了野洼上。到野洼上,就能吃到"马奶子"或者"鸡腿腿",运气好还能找到野蜂蜜。但这几样儿不像"辣辣"和蒲公英那么常见,这就稀罕了。一经发现,大家抢着跑过去,双手捂住,意思是先"占下",然后摘了或拔了慢慢享用。没"占下"的人,只好咽唾沫,可怜巴巴。别人分一点儿给他,简直感恩戴德。

羊吃饱了,攥着日头西坠,还有好多好多野菜野果儿,也来不及吃了,跟着羊回家。

至于榆钱儿和洋槐花一类的,就容易多了,村里到处都是这两种树,抬手就捋下一嘟噜。或者直接连树枝撅断,举向嘴边,像羊那样啃,一副懒懒又陶醉的样子。不过,有时能从花瓣儿里吃出蚂蚁来,那往往是已经吃了半肚子时才发现。晚上睡下,肚子疼,以为是蚂蚁们啃肠子,也得忍着,不敢告诉大人。

可要说最好吃最好玩儿的,还得是麦瓶儿。

麦瓶儿是啥?是一种野花儿。

吃野花儿,你想,咋能不好玩儿?

吃麦瓶儿,一般是去麦田里拔草的时候——这是常伴着麦苗长出的一种杂草。麦瓶儿还是嫩叶的时候可以像苦苣那样地吃,但我们要吃的,是它长高后结出的花骨朵儿。

麦瓶儿的花座儿像个葫芦,葫芦嘴上伸出几瓣儿水红的花瓣儿,像个包着头巾的小姑娘,微风一吹,摇头晃脑,憨得可爱。

蹑摸进麦田,悄悄靠近,简直让人心跳!

啊哈!捉住了!

然而先不急着吃,而是揪下一个葫芦,用指头捏住,挤它。

啪!

一挤，葫芦爆开了，露出白白的籽儿。啪！啪！又是几个。光听这响声，就满足。玩儿够了，划开麦苗，把一个个亭亭玉立的麦瓶儿拔出来，攥在手里成一把，一举两得，既锄草，又能攒一把麦瓶儿吃。拔够了，大家挨坐在田埂上，剥开麦瓶儿花苞上穿着的一层绿衣，就露出一个嫩绿光滑的葫芦来，然而花瓣儿还娇艳地开着，眼看花入狼口，真有种凄迷美丽的无辜感。剥好一个放进嘴里，滑滑凉凉的，已经被口水淹没了。一咬，葫芦在嘴里脆脆地爆开，一股甜水儿立刻在唇舌间蔓延，还带着丝丝苦意，像看见一个喜欢的女孩儿那样，甜甜的惆怅。

麦瓶儿的好处，实在是能够吃出一种层次感。花瓣儿，葫芦壳儿，连带壳儿里的籽儿，一一破裂绽放，次第以各自不同的触感和甜度刺激着人的味蕾，软甜酥脆交替，给寡淡的味觉极大安慰。

有时候，从麦瓶儿里剥出的小葫芦，用冰草串起来，戴在手腕上，就成了手款儿（手镯）。

是谁想出的"麦瓶儿"这个名字？他当初起这名儿时，大概心里想着一个小姑娘。

那是没有辣条也没有烤串儿的童年岁月，连一颗水果糖都是奢侈。但这些触手可及的小野物儿还是极大地鼓舞了孩子们，带来无限欢乐，又添了天然的野趣，因而，那时日子过得紧巴，却并不觉得缺了什么。我想，幸福有时候是和贫穷或富裕无关的吧！

土地除了产出养活人的粮食以外，还赠予我们许多小野菜、小野果儿，这也许是大自然对山村孩子格外的恩赏。

现在，老家的田野上，什么辣辣啊，蒲公英啊，"马奶子"啊，"鸡腿腿"啊，该还是有的，只是更多存在于人的念想——现在的孩子有吃不完的零食。榆钱儿跟洋槐花虽然触手可及，却已失了当初那份心情。唯独这麦瓶儿啊，总让人念念不忘。可是，她们好像跑到哪儿躲起来了。

我曾在回老家时留意过，麦田里阅兵似的，是排列整齐的麦苗，独不见麦瓶儿的身影。要知道，过去麦苗和麦瓶儿可是黄金搭档。

怎么就散了？

想到除草剂的广泛使用，再看看整齐而孤独的田野，心里不禁黯淡下来，麦瓶儿，那么娇艳可爱的生灵，能躲过一劫吗？简直不敢想象。

可我宁愿相信，宁愿相信她们是随着孩子们的出走与成长，悄悄藏起来了。

她们呀，等着他们呐！

2019年4月

直到后来，一些风在荒野上四处流浪……

灯　盏

　　小时候早起上学，最重要的两件事是背馍和端灯盏。忘了背馍要挨饿，不端灯盏，就得趸到人家跟前照亮亮。

　　尤其冬天时，天冷，天亮得迟。捧着灯盏，就像捧起一团火。巴巴儿到学校，赶紧擦了火柴点起灯盏，手拢在火苗上烤烤，指头不那么麻了才翻开书包，掏了书来念。随念书声，火苗扑闪扑闪，常常中断人的思路。有些调皮的孩子故意把书页翻得哗啦啦响，或是念书时带长长一口气，为吹灭前排同学的灯盏。就在念书声和打闹声里，一天的早自习热热闹闹地开始了。

　　制作灯盏，一般就地取材。墨水瓶盖儿上钻个眼儿，用洋铁皮（一般是罐头瓶盖）卷成灯芯管，再用旧棉花搓个棒棒，拿长针或竹签塞进铁管，然后把灯芯管穿进墨水瓶盖盖中间的眼儿里。墨水瓶里早灌了煤油进去，拿盖儿盖了，等一会儿，等棉花灯芯吸足了煤油才能擦火柴点着，不然费灯芯。描述起来感觉复杂，其实动手很快就能完成。

　　看着新做成的灯盏点亮，传来好闻的煤油味，就舍不得吹灭。这时大人过来，"噗儿"一口吹了，使人万般惆怅。

　　墨水瓶做的灯盏，瓶盖是塑料的，点得时间久了瓶盖会被烤煳。有心的人就找来铜钱做垫片，垫在瓶盖外表面，这样的灯盏耐用又洋气，常常引来同学歆羡的目光。早自习时，瞅老师背手出门了，大家纷纷围拢过来，个个伸手抢着给灯盏做灯罩，明着为烤火，实际是舍不得瓶盖上的铜钱。第二天，好几个孩子的灯盏瓶盖上有了垫片，这可奇了！凑近一看，原来是垫了一片洋铁皮。大家彼此会心，定然是回家跟大人闹了一场的缘故。等灯盏点久了，瓶盖上积了一层黑黑的烟油，终于面目不清，就都觉得公平了。

　　但墨水瓶灯盏有个缺点，因为瓶身是玻璃，追逐打闹中容易摔碎。几次三番央求大人，大人觉得烦，只好自己想办法。一次，我拿母亲吃完药的塑料药瓶做了一个灯盏。端到学校，造型新颖，同学们莫不赞叹。忽然铃响出操未及吹灭，等回到教室，灯盏早烧化了。化了的塑料摊在课桌上，把课桌烧了一片黑。幸好不知怎么火灭了，并未引燃整个课桌。真是吓得心提到嗓子眼。怕被老师发现，上课时胳膊支起护着那坨黑，等回家被母亲呵斥才发现，新棉衣袖子上全是黑印子，自然免不了一顿打。这天的作业就多了一倍。

晚上做作业时，家里点的是父亲单位发的带玻璃灯罩的灯盏。这灯盏有高高的个子和鼓鼓的肚子，灯芯是棉线织成的扁条，灯头位置还有个铁丝扭成的小转轮儿，可以通过调节灯芯长短调节火焰大小。灯芯是扁的，因此火焰也扁扁的，由内到外分成蓝红黄三种颜色，向火焰吹口气，摇摇摆摆，很妖娆。用时往灯头上扣上一个玻璃灯罩，灯盏聚光又防风。坐在灯下做作业时，仿佛一下就安静了。灯罩用的时间一长，被煤油熏黑，就拿卫生纸擦拭。同时说明灯芯烧焦了。取剪刀来，剪掉灯芯上的焦炭，再扣上擦干净的灯罩，一下换了新天地。然而在这灯盏下人也就容易分神，因为常有蛾子来，无怨无悔地飞撞着灯罩，扰得人心烦，就发誓要拿住这祸害来报仇。然而捉住蛾子并不费力，这家伙笨，一下就捏住它的翅膀，翅膀还扑闪不停。蛾子身上的银粉扑簌簌落下来，终于把翅膀也挣出几处残缺来，又觉得可怜，想想给放了。这么一闹，做作业的心思大减，索性找来一根针，在灯火上烧红了到处戳，戳了板凳，戳了课本，终于忍不住拿舌头去舔针头，呲啦一声，一股焦味儿，还没来得及呻唤疼，身后大人早举起巴掌。巴掌落在后脑勺上，眼前一万只蛾子飞，鼻涕眼泪地叫唤：再不敢了。其实，大人觉得玩儿倒是其次，可浪费煤油就是遭罪。挨了巴掌心里憋屈想不通：人难道没有煤油金贵？

那时，煤油要在供销社统一购买。供销社门市部柜台边立一个大铁桶，里面是整桶的煤油。

人们提了瓶子去，售货员接在手，漏斗往瓶口一插，豁啷——舀一洋铁皮缸煤油，举高高地，在漏斗上方曳一条线下来，灌进瓶子。往往是舀了多少就灌进多少，无论瓶子大小。这是售货员练出的手艺。这倒没什么，使人羡慕的是售货员举起洋铁皮缸往瓶子里灌煤油时的动作。现在想起来，有点像工夫茶里的"凤凰三点头"。优雅的动作配上煤油好闻的味道，使人不禁联想，售货员家的娃娃再怎么浪费，后脑勺不至于挨那几巴掌的吧？

灌了煤油的人，把瓶口楔紧了，高高挂在钉了木橛的墙上。要往灯盏里灌时，再小心取下来。那时，人们对待每样跟生活密切相关的事物，都带着一种虔诚。比方说，我爷爷每次把煤油瓶从木橛上取下来时，那神情，使我觉得是在庙里,他眼里的煤油,就成了庙里的龙王。

入夜,狗不咬了,驴一口一口嚼着草料。

点了灯盏,奶奶掐着麦辫,坐在炕上讲古今,内容不外乎哪一年谁家立在门口的笤帚成精了,那妖精头上的红头绳竟跟绑在笤帚上的红头绳一模一样;又或者就是谁家的媳妇子糟蹋了粮食,被牛头马面拉去阎王爷跟前割了舌头……

听着听着,孙子们头蒙进被窝,胆子小的早扑进娘怀里,娘刮着脸羞啊羞——这么大了还要嘬奶头!

不一会儿,脚底下卧着的大黄猫咕噜呼噜念起了经,奶奶手上的麦辫还有一下没一下地掐着,可眼皮早重到抬不起来了。奶奶被自己的呼噜惊醒,一看,一个个东倒西歪睡着了,一抬眼,看见灯盏还独自摇头晃脑,忽然觉得这是遭罪——

天爷呀不得活了!看一眯眼的工夫,费了多少煤油!然而这罪孽很快也就过去。噗儿——一口吹灭灯盏。整个村子都睡着了……

那时,无论去谁家,窗子上的窗扇必定是黑的。是常年点灯盏的缘故。也因此,那一片房顶的椽子要比其他地方黑一些。简直都不用想,若要谁家这两处不黑,倒使人奇怪。要不是这家人吝啬得很,舍不得点灯盏,要不就是新修的房,还没有足够黑的资格。

煤油灯下,奶奶的古今讲了一茬又一茬,女儿嫁出去一个又一个,门方子里进来的儿子一个比一个高,村里跟她一样年纪的老人越来越少。奶奶猛然想起什么,半夜里,她说:看不得活了么,赶紧把灯盏吹了再睡觉!旁边最小的孙女儿,边埋怨着奶奶的唠叨,边吧嗒——

拉亮电灯——

奶奶,你可是糊涂了!哪来的灯盏哩!灯盏是个啥?

奶奶笑了,才想起现在可不是点煤油灯那个年程了。可第二天到底为了证明自己记性的不坏,非要从桌子板凳底下寻出一个灯盏来。翻来翻去地寻啊寻……

那一年大女儿扎过的红头绳给寻出来了;又寻啊寻,那一年二女儿丢过的沙包给寻出来了;又寻啊寻,寻啊寻,那一年小女儿抓过的羊骨头给寻出来了……

猛然才想起,还是那一年,那一年,最后一个灯盏因为三孙女儿要缝毽子踢,要拆灯盏盖盖上的铜钱,拆成几件件了,早寻不着了。

小孙女儿嘟着嘴说:奶奶,看,哪来的灯盏!我就说是你糊涂!

奶奶一笑,说:是啊是啊,奶奶是糊涂了,糊涂了……

2019年11月

洋　芋

当我打量一株土豆的时候,我恼人的乡愁又袭来了。现在,我分明知道眼前的就是一株土豆而已,却怎么也叫不出口,因为之前都是叫作洋芋的。这就如进城混了几年的人,回家说着蹩脚的普通话,正自以为得意呢,却不防给人背后说:"个变言子!"

这么一疑心,就更叫不出口了。然而乡愁却是明摆着的。我终于要恳求似的在心里说:原谅我吧! 我回来啦! 我听见风中有窸窸窣窣的声响,很使人疑心是洋芋们捂嘴笑呢,仿佛还说了声——

"瓜娃子呀!"

听到这话,我也不客气啦,我揪住一枝洋芋蔓,几乎要将它连根拔起,正如好哥们儿的勾肩搭背。好呀! 你们,你们终究是认得我的!

我认得的,就是这眼前的洋芋,却使我想起曾经它们的样子。

那时已是农历七月,一夜之间,洋芋们就满沟满屲招摇起来了。真是没羞没臊! 不就是开了几朵蓝花儿么,不就是穿了一身绿裙么,这就要赛起牡丹来啦! 然而它们招摇得更欢实了。抬眼望去,黄土高原深处全是洋芋的地盘,倒使我的闯入显得单薄孤独,使我再不能小瞧,而仅把它们当作未来桌上的一盘菜了。

使我不能小瞧的,还不是我那些浅薄的见识,而是来自老人们的传说,他们说,在他们年轻的时候呐,正挨着饿,一担洋芋就能换回一个女人呐。比如那谁谁的女人就是洋芋换来的,那谁家的女娃又因为一个洋芋跟人跑了。当然,这已是古远的事了,现在很不能在年轻一辈身上发生效用。这从日常言语里就可得到证明。人们把村儿里脑子不太灵光的人叫洋芋,而把哄骗像洋芋一样的傻人做傻事叫壅(yōng)洋芋。于是,洋芋又从美丽传说落到灰头土脸的境地,几乎等于嫁给了癞蛤蟆的嫦娥了。当然,那是人们已经能够吃饱肚子以后。

吃饱肚子的人们终于把吃当成娱乐,而这之前,饿着肚子时,他们是哲学家。

眼见就有几位曾经的哲学家,其时正在一孔瓦窑前忆苦思甜。而我,却是被烤洋芋的香气引诱到这里。那时我三四岁，还是羞涩而不善言辞的年纪。看几个赤膊袒胸的农人已捧了刚从窑灰里扒出的烤洋芋左右手颠来倒去的。褪了窑灰的洋芋露出通身金黄，有人忽然掰开一个，热气腾在眯了的眼仁上，当他吸溜吸溜吹着时，我的口水已经淹到脖颈了。我站在上风口的土台台上，装作看远处的白云，心里盼着，他们要向我看一眼多好啊！终于没有。我感到巨大而荒凉的孤独。烤洋芋的香味渐行渐远而终于模糊，使我下了一个很大的决心，这决心成为未来要报的一个很大的仇。

"你等着！"我说。

"哼哼哼！"我说。

"看我以后——"说了半句，后半句被我的口水和眼泪淹没了。

当我后来终于借着放牛的名义，终于懂得去人家地里刨出一堆洋芋，拿野洼上拾来的柴禾烤出一窝金蛋蛋的时候，我说了一句叫作君子报仇十年不晚的话。

其实也没有十年，那时不过十岁左右。可十岁对偷摘人家的果子和偷烧人家的洋芋来说已足够，何况咱有天赋，嘿嘿！

这么琢磨时，我手里已经捧起一个烧到皮焦瓤沙的洋芋了。当然，身边是一群小伙伴儿，个个贼眉乌眼的。当大家哈噗哈噗大快朵颐时，我却起了惆怅。今天的洋芋是如何也比不得三四岁时，在破瓦窑前闻到的洋芋香了。

后来不止偷烧人家洋芋带来的欢乐，还有……还是从那年说起吧！

那年，洋芋大丰收了呀！天爷！那么大！一镢头下去，挖成两半儿的洋芋，也还大刺刺咧嘴笑。但笑得更欢的却是母亲。那是她亲手种下的洋芋哩！这时她正向从县城赶来的父亲炫耀。

大人的欢乐，就很容易变成对孩子们的宽容。于是，当父亲母亲挖洋芋时，我就抱起一捆洋芋蔓满地撒欢儿。终于，日头藏到塬上的草窝窝里了，父母这才意识到一时忙到忘形，眼看挖出的洋芋是运不回去了。那时，我正铺了一摞洋芋蔓躺在田埂边一孔破窑里，那是过去农业社时，放羊娃挖来避雨的窑洞。母亲有了主意。于是一地洋芋装进尼龙袋，大家七手八脚一顿忙活就藏在这窑里了。窑口正用我抱来的洋芋蔓堵上，简直堪称完美。

第二天，带着昨日幸福的余味，一家人拉上架子车就上地里了。父亲流里流气吹上了口哨。正经的幸福，正要用不正经的方式表达。母亲瞅瞅吊儿郎当的父亲，选择了原宥。母亲抿嘴一笑，几乎把天边一朵云彩给羞跌下来了。

不妙——

随着父亲口哨的顿住,他端详起地上两道辙印,那印迹弯弯曲曲从我家地头往邻村方向蔓延了,终于在缥而又缈的尽头写着两个字——

不祥!

父亲撒腿跑向破窑。而先到的却是母亲——

准确来说先到的是母亲的骂声。骂的自然是谁家的先人。大意是谁家的先人八辈子没吃过洋芋。骂到不解恨时,骂终于成了诅咒。诅咒的内容是,谁谁和谁谁家的先人八辈子顿顿吃洋芋。母亲骂得铿锵有力而不失抑扬顿挫。父亲默默点一支烟,蹴着猛吸几口,然后长久地吐出。我以为父亲会沉默到底,谁知他猛然站起,气沉丹田的结果是一声——

XX——

那是我头一次听父亲爆粗口。他显然不得要领,不像平日里习惯了爆粗口的人们。他这一声居然把我惹笑了。父亲觉得自己的尴尬,又装模作样揣一把自己上衣口袋的钢笔,似乎是要挽回一点知识分子的颜面,结果却把大家都惹笑了。于是这一场失窃,以骂开场以笑终结,于莽莽苍苍的黄土大塬上,那么荡气回肠。

回家路上,父亲拉架子车,母亲领着我跟在后头,二人居然罕见地飙起了秦腔。不过这次还是不得要领,唱的却是陈世美与秦香莲,那时,秦香莲正拖儿带女奔走在告状的路上。

哈哈——

我总结的道理是,人往往会乐极生悲,又或者叫作一报还一报。当然这报应是应在我身上,谁让我偷烧人家的洋芋……嘘——

这话我没敢说出来,可也再没机会说了,因为那是我家种的最后一茬洋芋。

以后,我就跟着父亲到了外地了。

但洋芋是断少不得的。对吃洋芋长大的人来说,饭里没有洋芋,就几乎等同于没盐没醋。在外,洋芋只好靠亲戚朋友的供给,隔三岔五地,就有人送来一两袋洋芋来。有了洋芋,咋做都是饭。无论炒洋芋还是煮洋芋,不管长面还是旗花,有了洋芋才能把一碗饭吃欢实。终于明白,人骂人说看你像个洋芋一样,表面似乎是说那人笨得可以,然而实际却更像夸。可不是?

想起洋芋能想起什么?

可不是憨敦敦的农人的模样么。

我以为老家农民的品格就无限近于洋芋的品格。就如煎炒烹炸,你无论如何待它它都不恼。煮它,它就开口笑;炒它,就欢奔跳;摊它,它在油花儿里吱吱闹;痛揾一顿做成洋芋搅团,它饱了肠胃,还暖心暖肺。没错,想起洋芋就想起暖,就想起寻常烟火。

那年父亲又调动单位,一家人去到遥远的梁山。临近春节时,一天,铃儿当啷蹄儿嗒嗒,开门一看,竟是爷爷吆了一头驴赶了四十里山路,驮来一口袋粉条一口袋洋芋……

粉条是洋芋的侄子,父亲是爷爷的儿子。左看右看都是血浓于水。父亲已不是吹口哨的年纪,爷爷也早已佝偻了背。两个男人坐在一处,没一句话,却把烟一根一根抽得吧嗒吧嗒。午饭有粉条也有洋芋。吃饱喝足,爷爷胡子一抹,死活要走。父亲脸红脖子粗,死活留不住,他扽住爷爷衣襟的样子活像我三岁的时候,就差吹出一个鼻涕泡。爷爷的倔犟一如既往。他看了儿子儿媳妇儿,看了孙子,驮来了粉条洋芋,他就心满意足了,他又吆着毛驴儿上路了。

四十里的山路,嘀嗒嘀嗒,那是毛驴儿的蹄子响……那是父子们顾念彼此的心血打在彼此心上。

此去经年,时光荏苒。

可不知怎么,倏忽间洋芋就变成了土豆。

这是我后来进城应和别人的说法。一开始觉得难以启齿,无论土豆还是马铃薯,那是别人家的土豆与马铃薯,全不与我心里的洋芋相干,心里觉得倘不叫洋芋就是对自己以及对洋芋的背叛。可终究不知从哪天开始,我竟也满嘴的土豆土豆。

今天,当我再次打量一株土豆时,我终于又把它改回了洋芋。我想,我是被黄土壅大的,就像被黄土壅大的洋芋。我小时候最怕被人说笨,最怕被人说我笨得像洋芋一样,如今却盼着被这么说一句呢,可也永不能够了,也就再次牵动了我恼人的乡愁。当我再次看着一株洋芋时,我又看到一个被我用镢头挖开的洋芋,它怎样地被切成一个一个月牙,又怎样地被掬进背篼里,又怎样地一牙一牙被撒进黄土的窝窝里,那窝窝里有粪土混杂着草木灰的清香,然后又被一抔一抔的黄土壅了。一牙一牙的洋芋在地下说着悄悄话,似乎是酝酿一个天大的秘密,等着一场雨后个顶个儿地钻出来,然后齐声向一个羞涩的少年说——

瓜娃子!你来啦——

2020年5月

杨老师

啊呀！谁料生活竟又将我抛向一个叫马关的地方了。

从这一年多的学校生活来看，不过是懵懂愚顽罢了，然于其中波折算来，竟可堪有了十足的老成。因这一二年间，就已随父亲工作的调动，辗转了三处地方，终于轮到马关时，是第四处了。

既已老成，便不免对这新地方生出要一探究竟的豪迈。其时，我正走在马关的街面上。马关到底与老家不同，眼见什么邮电所、供销社、敬老院、粮站、变电站一应俱全，可谓另一个世市；更别说街面两边颇有几个卖杂货的摊点，于人伙中散漫摆布开来，营造出一种安闲稳当的秩序。街上人们永远不紧不慢，把光阴就此打发。

而邮电所门口就有一个补鞋的小摊，永远为那么几个或痴或呆的脑瓜围住。被围住的正是叫老王的。老王这时捉了一只布鞋，旋而把锥子密织了一圈针眼，然后又用牙齿啮着将一根细尼龙绳往那针眼里拖过，他那份专注就似从事一门什么艺术，使人非感染不可，于是也就为这街面又做了一个稳妥的注脚。

我到底还怀着一点忐忑。因为穿过大街向左拐去，往前就见到学校了。学校对那么大的孩子来说，总归不如家里自在。至于那新老师的脾气，那可谁知道！万一遇上爱揪人耳朵的，只好认作倒霉。

这么想着，已趔进一个大铁门的一扇小门洞里，向一条石子路趄过去，便到了二年级门口。那时，就见到杨老师。

杨老师确是一副干部的打扮。通身蓝迪卡布的制服，四个口袋；又有一顶蓝帽子端端正正架在头上，先有一派威严。这使我不敢奢望他的眉目，想象中定然要板正严肃，要不然怎好配这身装束？

你就是韩——韩乾——韩乾昌吧？

显然是注册时父亲打了招呼，且叫出我名字的声音并未如想象中的样子，于是使我壮胆向他投去匆匆一瞥。这一瞥之下，所见的却是个慈眉善目的半大老头。老头竟笑笑地向我了,那笑里盈出一种光彩,瞬间使人卸下心中武装。

啊是,老师。我答应着。跟了他在一班新奇的目光检视下,移到我的座位前。孩子们自然有他们打交道的方法。这方法无非是带着对新人的好奇而格外关顾,又间或还有点对打破旧友谊格局的渴望,于是我便成了各派拉拢的对象,因而很快混熟了。但随即这良好的第一印象就遭到打击,更想不到这打击竟来自那慈眉善目的老头。

那时,于一种被追捧的得意里忘了形,就把在老家学校时,跟一帮小伙伴处学来的脏话写在纸条上,教新朋友们宣读。新朋友们大概从未见这粗野的新词,跟着琅琅有声而大摇其脑了。这时,教室前排窗口一个黑影忽闪一下,即刻有人预警:杨老师来啦!

我想到的第一件事就是把那写有骂人话的纸条攥在手心,背于身后。然而没用,杨老师已囊囊向我来了。

韩乾昌——啊——我把你个韩家的乾昌!

于第一声的喊里,几乎要使我打个战,待第二声时,却慈柔下去。

这声慈柔的呼唤,使我把刚才脑子里编造的几种谎话一个都想不起来,一片空白中等待将来的惩罚。静默中,我感到一束锐利的光向我压迫。终于藏在身后的手无以遁形,乖乖就范,把黏得汗津津的纸蛋蛋呈现在那光的前面。那纸蛋蛋就将燃烧起来了——

那上面,那样的话……

那话使我耳根烧起来。

而现在,又业已烧进了蓝迪卡布的一只口袋里了——

自然是后来经别的同学口吻向我嘲笑时得来的画面,而当时站了一节课的我,脑里全是父亲的斥责及母亲的笤帚疙瘩。

那节课真长。教导主任屋檐下铁片敲出的叮当声,好容易被我逮到,就要逃走,却被通知要向杨老师的住室了。

报——报告——

进来……

趑进门,垂首等着命运未知的安排。杨老师一双脚缓缓向我踱来,那定生死的时刻,我几乎闭了眼,像摆在砧板上的猪头待价而沽。漫长的等待,却感到被一只暖而大的手抚住了,几乎一个激灵。这简直使人想不到更猜不透。莫非突然袭击?但耳朵分明近在咫尺,只好做被揪的准备。然而此刻一个声音说:娃娃,这话不该出自一个学生的口,那是最下流的一种野话……

说到"下流"二字中间,声音似有觉得不妥而犹疑,"流"字到了尾音其实是慢慢滑过去的。现在想来,当然是老师对学生的保护,然就纸条上的话而言,说下流却一点不为过。而那滑过的空气中,我已被羞惭所紧迫,就要掉下我悔恨的泪水了,又于这严慈的声音里觉出委屈——

这委屈是我的小狡猾。是说求求老师,看在我如此可怜的分上,还是不要告诉家里人吧?

就在迷蒙的眼中,却见杨老师把那纸疙瘩丢进门后的小铁簸箕里。而随后他的一声叹息似乎就带了惋惜和宽慰。他又抚住我的头了,继而拍我肩膀,意思是说娃娃去吧,去吧,以后可不敢再说那样的野话;或许还有说,娃娃放心吧。然而那一拍却有千钧之力,使我牢牢印在心上,又给我出门的勇气。

这事于同学们的期望又失望中过去,终于没看成我的笑话,而不久,我却要见识杨老师另一面的模样了。

那时六月天气,暑姆难熬,课中时有同学拿了不听话的脑袋往桌面上敲,瞌睡实在来得容易,竟忽略讲桌上的教鞭。我以为这次杨老师定不轻易放过了,果然他已举起巴掌,却最终屈了两根指头,轻敲眼前桌板,于同学们一片猛醒的迷蒙里说:

不如——我们就睡一会吧——

那"吧"字后面已分明盈了一份笑意,其中的光彩使刚还迷惘中的人跟着嘿嘿嗬嗬笑起来,仿佛共谋一条妙计。

于是大家披了慈柔的光,放心把瞌睡向双手间、课桌上放踏实了。孩子们的梦正如一绺柳丝摇落下的微光,影影绰绰。然而去时却果决。就听耳畔有人轻呼——

快跑呦——发大水呦——

人人从惊惶中醒来,屁股就要飞离板凳而不住揉那惺忪睡眼,方悟那喊的人正是杨老师。空气顿住几秒,便听到一阵嘿嘿嗬嗬的声音响起。这时,杨老师把教鞭在桌上一绊,说——

上课!

以后若干年,再未见哪位老师有如杨老师的善解人意。孩子们小憩后,实际有了更加饱满的情绪,于是算式就更容易记住。但这么好的经验到底不是每个老师都有智慧获得。那时才更想到杨老师的好处。

又有一些时候,比如一节不为主课老师待见的副课上,杨老师却笑笑地来了。而于杨老师的笑之前,孩子们也早准备了他们笑笑的期待了。知道又非有好故事听不可,简直打起十二分精神。

杨老师那时所讲的故事大概都与劝人孝敬或勤劳的品格有关。比如说到一个懒惰至极的人为着他娘子要回娘家,而央及娘子烙出一个极大的饼,把饼中间掏空,挂在懒汉脖子上,为的是吃着方便。而等那娘子回家却看见夫君仍旧饿昏过去了。原来那懒汉吃了眼前的饼,却实在懒得转,乃至脖颈后面的饼还完好,人却饿到不省人事……

又或者是某村就有这么一个不孝子,某天终于用背篼背了他的爹娘往深山老林里去了,为丢开这侍候了吃又侍候了穿的活的赘物。却在丢掉那破背篼时被自己儿子阻止。儿子意思是,留着破背篼吧,以后好也把爹娘背到这荒无人烟处喂狼。结果自然是不孝子幡然悔悟,终于拾了背篼,又把爹娘背回去。

就是这样的故事,几十年后仍然存活于我的脑中。非但故事分明,甚而老师讲那故事时的神情亦分毫毕现。讲到悲哀处眼里的黯然神伤,与讲到欢乐处那些盈着的光彩,都还使我觉得几十年的光阴,并不遥远。

然而快乐总是那么短暂。到了四年级,代我们数学的已是另外的老师,而杨老师便代了他另外的一班做着发大水的梦的小伙伴们了。以后见他,或在早起跑操时,或是某次教工值班安排的黑板上,写了他的名字——杨振甲。

杨老师的名字,几十年后还是看得那么清楚,那时就端端正正立在黑板上,仿佛被他注视着,有慈柔的光从头顶抚过。

谁又想到,自离开马关小学,再见到杨老师却是几十年后了。

那是在一次回老家的路上,经过马关的街道,就在兄长驾车转过一个路口时,出现一个熟悉的身影:仍然是那样一身端庄整洁的蓝迪卡布制服,一顶蓝帽子。只是衣帽下的身体显得单薄,终而现了一种安静的衰微,直觉告诉我那定是杨老师;那一刻杨老师似乎也认出我了。

就是那样一双我所铭刻着的眼睛,以及虽浑浊而失了光彩的眼神,却仍洇出一种慈柔,使我要被那慈柔又拉回我的小时候了,待要喊上一声老师时,车子已离开一段距离,我的心如颠簸着的路程,再无法平静。这一面竟就这样匆匆错过,成为以后很久无法原谅自己的理由。

终究是心上的缺憾,使我常想要回到马关去,回到那条街上,看看那或许不再安闲而依旧安稳的时光,更看看杨老师。

然而耽于世事流转,总不能如愿。一晃又是几年过去,却于某天在朋友圈看到杨老师的女儿、我的老同学玉洁的"说说",确知杨老师已经仙逝……

我还能说些什么呢?无非是默默在玉洁的"说说"下表达一声哀悼罢了。然而杨老师却永远使我不能再见到他了。便更后悔那次为何没有下车去问问老师,而陷入一场许久以前的幻梦里,把机会错过。

时至今日,时常想起杨老师。想起他时便想起他所讲的故事,以及他眼里怎样地盈出他笑笑的、慈柔的光彩,向我们说——快跑呦——发大水呦——

2020年10月

一些树

你会忘记一些人,却会记住一些树。一些你以为永不会离开的人,最终离你而去;一些疲惫不堪的树,你以为它们早该去了,却还在原地。

小时候,院子里有一棵杏树,每到夏天,就能结出婴儿屁股蛋儿一样、光滑娇嫩、又红又圆的大接杏。这简直再自然不过,如果一棵杏树没有贡献果子的能力,人们还留着它做什么呢?而这大概也是它占据院子一角多年的原因。可天有不测风云,这棵树做梦也想不到,夜已为它安排着一个无法预知的命运。因为院里房子要翻修,人们打算把它挪到另一处地方。跟这棵树一样,我也是后来才知道人们的诡计。于是,这棵树就被挪到大门之外,一个衰败的园子里了。

第二天,我避开忙碌的人们去看它,它的枝叶在风中瑟瑟发抖,像是因为疼。它看起来那么落寞,跟周围的花花草草格格不入。之前它长在院子里时,也没有其他树的陪伴,可我没觉出它的孤独;而此刻,它的孤独那么显眼,乃至要让我掉下两行泪来。为它命运的陡转,更为对挪动它的人的憎恨。在我看来,无缘无故挪一棵树,是大人们干过的诸多蠢事之一。就像他们以爱你的名义把你狠狠抽一顿。

从这树的孤独里,我生发出不祥的预感,难免往坏处想。那么久了,看惯了头顶那块蓝天,以及屋顶的炊烟,还有从墙头升起又落下的日头,突然某天,一切都陌生起来。倘若是个人,还能向人求情一番,而它是一棵树!没人跟它解释、与它商量,就被安排到另一个陌生的地方,不寂寞死才怪。后来,它真就死了,但不是死在寂寞里,而是死于一头驴子。不知哪个闲人把一头蠢驴拴在树上,那驴饿了,饿了的驴就叫唤,叫唤几声忽然住嘴了,咦——

驴眼一亮,就把树皮给一圈一圈儿啃下来了。真是一头蠢驴!

再看树时,已被人放倒,说是要当柴禾烧。我想要跟人们讨个说法,可想想,又觉得他们一定会以为我疯了而打我。我恨恨地去驴圈里,抽了那驴几鞭子,骂了无数"驴日的!"驴无辜地龇牙咧嘴,让人生出厌恶的同情,可驴子又知道什么呢？再说，骂它也不是骂，不过是说了大实话。

后来许多年，每次回老家，我都要站在那棵树原来站过的地方，把自己想象成那棵树的根，看看能不能从脚下长出一棵小树苗来，然而没有。它的心一定是伤透了。

可是后来，我也干了一件大人们常干的蠢事。一天，我跟人去放羊，在一个沟渠里找到一棵小树苗，一眼就知是毛桃树。它比其他小树都俊，也黄瘦许多，让人莫名心疼。我把树苗抬回来，为防寂寞，根上裹了一包源自它故乡的泥土。回到园子里，踅摸来踅摸去，我决定把它栽在园内一座破房子后头，这样可以避开驴子的耳目。以后，我每天背着大人去给小树苗浇水，浇完水就跟它说会儿话，只有我俩能听懂的话。还要左顾右盼，防着被大人和那头驴子听见。树很听话，它越来越高了，也壮实了一些。开学了，要去马关，我去跟我的小毛桃树告别。夜里想了许多话，我以为它会跟我一样悲伤，结果，它摇头晃脑地，倒把我逗笑了。

"你要等着我"，我说。

从此，我心上多了个牵念，也多了个负担，总担心一只冒失的鸡或者一头蠢笨的猪把我的树苗啄了啃了。等放假回去看，没有，它好好的，还长出一些新的枝丫，并且周围又长出一些小柳树，它们似乎很熟悉，倒使我像个外人。"你可要记得我"，我说。它忙着跟那些柳树勾肩搭背，不理我。"你娃小心着！"离去时，我又恨恨地说。

这样，过了几个暑假，它长到跟房顶一样高了，堂弟某天跟我欢闹，哥啊哥！快看，房背后有一棵毛桃树哩！我装出才发现的惊讶，迎合着他的惊喜，心说，"你娃才晓得哇！那可是我栽下的树哩！"树唰啦啦一阵响，像是捂嘴偷笑。这是我跟树之间的秘密，我为这秘密感到幸福和自豪。我开始幻想，用不了多久，我的毛桃树也会结出一嘟噜一嘟噜的毛桃，到时看你们馋不馋！

那年夏天，放暑假回老家，我去园子里，房背后的墙峁被扒开一个很大的豁口，墙体被烟熏得黑黢黢的，又老又丑。再看我的毛桃树，哎呀！影子都不见了！连忙跑去问，他们说，隔壁麦场失火，烧到这边，把树都给烧死了。他们摇头叹气，哎呀！可惜呀，烧死了好几棵核桃树……

我不知道我的毛桃树旁边还有什么破核桃树，那与我无关，我就要我的毛桃树！我心里的悲伤，他们不知道也不懂，我也不愿告诉他们，这是我和我的毛桃树之间的事。我守在那里站了一下午。站在那片焦黑的废墟前，过往的一幕一幕向我走来。我亲眼看着它，我的小毛桃树，一片叶子怎么柔柔嫩嫩地抽出来，又怎么一天天长大，又怎么在风中笑话我，又不搭理我，又怎么向我捂着嘴笑，可它说不见就不见了。我像个失去孩子的母亲，仿佛一眼把人世从幼稚看到衰老。

我的悲伤为什么那么稠密，那么绵长……当天上下着丝丝小雨时，我扒住窗棂这么想。如果当时我是早慧的，一定会想到"命运"这个词，可惜，我那时是个十足的笨蛋！因此我不知道什么是命运。而就在我终于多少知道一点有关命运的秘密时，非但我的毛桃树已离我远去，且许多人许多事也已改变。

比如，某天我发现爷爷竟是个老头子。

但其实爷爷从我记事起，就是个白胡子老头，我不知道他是否年轻过。就像我不知道爷爷家门口那棵桑树是否曾是一棵小树苗。桑树长在爷爷家驴圈的墙外头。记起桑树总下雨天。那时，从树下走过，总能看见一些桑葚落在地上，这是意外的惊喜。呀！桑葚呀！我和堂兄弟们抢起来。我举起一个桑葚，对着空中看，紫色的，熟透的桑葚泛着盈盈的光，一颗雨水挂在桑葚的茸毛上，被染成紫色。当我对着桑葚发呆时，堂兄弟们已经又捡起几个放进嘴里了。我要多看看，多想想，这小小的一抹紫里，它能透着怎样的甜，简直让人不忍心。等我醒过来，他们笑笑地走远了，我觉得自己做了个长远的梦，一抬头，一滴雨水落进眼里。树上看不到桑葚，它们躲在叶子背后，就像爷爷躲起来的青年岁月。

也就在那一天，我居然才发现，原来我白胡子的爷爷，真的会老去。当如梦初醒，才发觉我真是个十足的大笨蛋，连一棵桑树都看不住，它不见了。桑树是怎么不见的，我不知道，因为那时爷爷已不在人世了，我问不出口了，就像我没法问，爷爷去哪里了。

但有一棵树是我时常要问的。

那是我家后院的一棵老梨树。我总在电话里和仍在老家的亲人寒暄一阵儿后，才小心翼翼、装作不经意地问。我不想让他们知道我是多么关心一棵树，从小对着一棵树发呆，于他们而言，这已经够怪了。

他们说，"还在，还在"。

"噢，在啊……"

当知道梨树还在时，我已无话可说了。说什么呢，在就好，在就好，虽然我不知道好在什么地方。于是，我的思绪又回到过去。那年，我惹母亲生气了，她要打我，我蹿到梨树上，母亲的笤帚疙瘩扔不到我，她就在树下骂我。而我在树梢把一颗梨子啃得甜丝丝、水浆浆，故意摇头晃脑，吃出一种幸灾乐祸的味道。

饭熟了,母亲叫我下来。我才不会上当,知道墙拐拐里藏着填炕的推耙呢,对于母亲的伎俩,我再熟悉不过。等到我的肚子吃得跟树梢的大黄蜂一样圆时,院儿里已好一阵儿没有动静了。母亲是去地里了?不要你养活,我自己也能活下去!当我摘满一腰的梨子从树上溜下来时,心里想。我去厨房掀开锅盖,饭还温热,可我不会吃的。我又上树摘了几次梨子,把梨子装在竹笼里,自己养活自己!我想。

　　我去找我的伙伴玉虎去了,我要跟他去卖梨子,一毛钱五个,一五得五二五一十三五十五……玉虎跟我一拍即合!

　　我俩去邻村,一开始不好意思喊,人家以为我们是走亲戚的娃娃,那些人就过来过去地看我们,就指指点点,就笑。笑个屁哩!我心想。我俩对看一眼,就喊上了,一喊,就有小孙子哭开了,有小孙子哭,就有老爷爷笑上了,有老爷爷笑,我俩也笑上了。但老爷爷笑完小孙子,就转头来恨恨地盯我们,我们就笑笑地装作看不见。我们看不见,小孙子就哭得闹得更凶了,老爷爷连并老奶奶们终于坐不住了。

　　他们围上来问东问西,有人嫌梨子没熟透,说要尝一口才买。我们说,尝吧尝吧,不甜不要钱。嘴上这么说,心里说的是,看把你牙给崩掉!一些人尝了,买了,更多的人围住说说笑笑,看热闹的心思多于对梨子的兴趣。我们换一个地方,像模像样地吆喝,后面跟着一些娃娃,学着我们吆喝,我俩瞅瞅手里攥着的一把分分钱,像故作严肃的大人一样笑了。到日头偏西,一竹笼梨子已经换成一把分分钱,我俩数了又数,数了又数。钱是个神奇的东西,怎么数都数不够。我俩笑了,笑的是一个意思。我跟玉虎买了两包五香瓜子,把剩下的钱平分了,一路欢跳回家。

　　到了家门口,又想起墙拐拐的推耙。我朝房顶看,烟囱在冒烟,母亲在做饭了。我恨不得手里的分分钱自己长了腿,走到母亲跟前,好给我打个掩护。一看,钱已被手心的汗泡得打滑。正犹豫呢,抬头见母亲已提着饭勺站在厨房门口瞅我了。我头皮一紧,就要转身逃去,母亲断喝一声:手里拿的啥?!我被母亲这一声定住了,只好讪讪地伸出手,随即又后悔。母亲一定以为这钱来路不明,不然不会一脸肃杀。我把另一只手提着的竹笼向母亲晃晃,嗫嚅着,梨,梨,是梨,是我卖了梨……

　　说这话时,我不知道我的脚步已经被母亲的目光给拖过去了。

　　母亲看看钱,又看看竹笼,终于确定不是谎话。她接过钱,放在手心,用一根指头拨来拨去地数数。她数完抬头的瞬间，我羞涩低头，四周的空气已被奇异的温暖围住。母亲摸着我的头说，这几毛钱可以买几斤韭菜。她说话的语气仿佛是说，这顿打就免了，而且仿佛带着某种意外的赏识。临转身，她给我五分钱，说是去买糖。那天的晚饭，我吃得格外香。

梨树不说话，可我听见它在偷偷笑。

一笑许多年就过去了。

很多认识的树都离我而去了，这棵老梨树却一直站在后院里，送走一茬一茬的人，结了一茬一茬的梨子，迎来一茬一茬的狗头蜂，落下一院一院的叶子，每到春季，还会开出一树雪白雪白的花。可以想见，一些狗头蜂还会在枝叶间穿梭，一只鸡还会对着枝叶间透出的日头勾勾悠悠地唱，它们也许记得这棵树，却永远不知道这树曾有过怎样的故事。

问这棵树，我问了很多年，终有一天，却发现无人可问了，因为家家的门都锁上了，家家的院里长满蒿草。

可我知道，这梨树还在。

我曾以为，人是世间唯一的有情者，后来发现错了。很多人，悄悄地就走了，走了，再也没回来；而一些树，只要被一把锁锁住，它就永远守在那里，老了，枯了，也还在那里。就像一把锁锁住的时光，它们有记忆，无论何时，你推门进去，就一齐扑面而来，当所有人忽略你的过去，不念你的将来时，它们记得。

才知道，世间有情的，不是人，而是一些树。

2019年4月

老屋的雨

一下雨，仿佛日子就被拉长了。

听一滴雨从莫名的高处跌下来，敲在屋檐上，打着青石板，湿在心底，把一抹悠悠的心事向一个渺远处洇开去，被遥远的时间稀释了。这种寂寥空旷带来的闲适，像一朵花儿开放的过程，使你觉得倘若不是在这样一个百无聊赖的日子里，听这样一场雨，简直是一种缺憾。

人生有些日子，是要拿来虚度的。

这样的思绪，最适合发生在一间老屋里。仿佛因为屋子的老，才使你安然把一些心事说出来，又因为雨的滴答声，使你的心思得到回应，便有引为知己的快慰。雨使你感到孤独。使你感到孤独的，恰是雨的懂得。这懂得，使你觉得寂寥的人世，有了流连的希望。

因为这样一场雨，一些无意义的思绪，也变得有意义了，一些虚无也成了充实。

小时候，如果恰逢一场雨，而这天又是周末，可以不必听母亲急切的催促，也没有上课铃给人悠远的负担，老屋里昏黄的暖，使你觉得，像生病时祖母摸在额头上的一只手。被窝也无由地亲切起来。被褥里的老棉花，因湿润的空气而散发久违的馨香，荞皮枕头给人宁静的踏实，这踏实与宁静，使你觉得耳朵不只是一个听觉器官，那里有直达心灵的通道。墙角，粮仓里一窝老鼠窃窃私语，使你觉得重一点儿的呼吸都是打扰；一只猫打着满足的呼噜，慵懒的样子使它具备往日不可察觉的温柔，因而它的不务正业是多么值得宽宥。一只猫需要一个冠冕堂皇的借口，人何尝不是。

一场雨，仿佛重置了世界的秩序，让一切可憎的可亲起来，使一切不洁的洁净起来，让一切凶恶的平和起来。

在一场雨里，一间屋子老去了。老去的屋子，带给人时间沉淀的信任。坐在老屋里，犹如捧起一卷泛黄的古书，里面写满光阴流转的故事。

与太阳热情的喧闹不同,雨给人温润的静谧。而这静谧被一间老屋守住,便生出一份安宁。因为安宁,一些深埋的念头在心底滋生起来,使你觉得伟大并非永恒值得赞美,平凡有时实在是理所应当。你不再认为拥有雄心壮志是多么可贵的品质,凡俗烟火也许才是人生的本相。如果可以,你宁愿沉睡在这种安宁中,耽溺在这平凡里。而这一切,都拜这场雨所赐。雨实在是平常不过,不会使你有感恩戴德的惶恐,就像老屋的无言。

就在你绮思遐想的时候,母亲已经把一些盆儿啊罐儿啊放在屋檐下了。听雨滴敲打着这些盆盆罐罐,演绎出一些节奏,是不属于人间的天籁之音。你觉得母亲简直就是个艺术家,她不用挖空心思去遣词造句,只用这几件简陋的物什,就可以创造出世间最耐听的诗乐。当你为这诗乐痴迷时,又觉得那些青瓦啊屋檐啊也了不起,那些盆盆罐罐更是不凡,因某种相通的灵性,它们一起创造出这杰作。

你不甘在这伟大的创作面前只做个旁观者,于是便披衣来到屋檐下。雨中的老屋,像久经世事的老人,岁月给它足够的智慧,这智慧便是它无言的沉默。你开始慨叹时间的神奇。一些原本没有意义的事,因为时间,便有了意义。就像这雨中的老屋,倘若它还不够老,便不会听懂这雨中的诗乐,也不足以萌动你寂寥的情思。当你回顾起第一次关于人生的思考,并为这思考赋予一些意义,那一定是在这样的雨中,在这雨中的一间老屋里。

一块墙皮在一个雨点来临时剥落了,露出了墙泥下的麦衣;一窝燕子在雨来临前就酣睡了,留下空的屋檐;一只鞋安静地躺在地上,不去关心另一只鞋的去向;一个人,却因为一场雨,动了写一封信的念头。于是,你觉得相对于太阳每天的升起,一场不期而遇的雨,才是必然。倘若不是这场雨,一片麦衣就没有出头之日,一双燕子就要孤老终身,一只鞋就不会具备思想,一个人就不会去思念另一个人。

雨,让人成为思想家。

就在你感到这思想的深邃时,一阵小风改变了一些雨的走向;一片树叶顺水流走;一只鸡向天空叫了一声;一个人打出一个长长的哈欠。因为小风,原本要从屋檐一头栽下去的雨,此刻却跳进了水盆里;因为一滴雨,一片叶子长出了翅膀;因为一缕雨丝的光亮,一只鸡成了诗人;因为一个人的哈欠,一窝老鼠发生了激烈的争吵。

你刚才所以为的必然,现在却成了一个偶然,因为这偶然,注定改变了一些事物的命运。

落在盆里的雨,最终喝进某个人的肚里,长在某个人的身上,成为他血液与筋骨的一部分,造就他的一些脾性。肚里和身上的雨,因为人的缘故,沾染了烟火气,成为尘俗的一部分。当你细心追究起来,那些雨,来自某一朵云,而那朵云可能来自某个人一次深浅起伏的呼吸,或是来自另一个人的一次香汗淋漓。

一朵云,让一个妄想成为梦想,一场雨,让一些人和另一些人相濡以沫。

雨,让人成为哲学家。

一个人,因为一场雨,经由一场思考,便如度过了一个漫长的人生;而雨,静默无言,看世事轮回沧桑。

人对雨而言,只是过客。

注定的过客,却因为一间老屋,便有了在雨中淹留的凭借,便使我常想起老屋,想起老屋的雨。

老屋的雨,还下着的吧?下在老屋上的雨,是否还是当年那场雨?

在那样一场雨里,梨花白了,桃花红了,柳枝绿了,杏子青了,燕子睡了,炊烟散了……

当我站在异乡的一朵云彩下时,我是多么怀念故乡的老屋,怀念那落在老屋上的一场雨。老屋里住过我的祖父,我的祖母,我的父亲,我的母亲,以及嗷嗷待哺的我、牙牙学语的我,还有一些藏在深处的时光。如今,一把锁,把一些人和一些时光分隔两地。唯有这雨,带我于异乡和故乡间来回奔波游走。

这样的一场雨,让我的思绪一丝一缕、一点一滴,敲打屋檐,叩动心弦,洇湿心事,让旅人做着故人的梦。

2019年5月

驴

当驴悄悄离开村子的时候，整个村子落寞了。

曾经，村子是人的，也是驴的。而人之所以存在，又在很大程度上依赖于驴。如果没有路上一泡热烈的驴粪蛋蛋，如果没有驴在半夜里那数声悲愤的嘶吼，如果没有驴莫名其妙地打个滚儿撒个欢儿，人简直要寂寞死。人一寂寞就要胡思乱想。这时，恰好有个驴向人龇龇牙、尥尥蹶子，露出无可挽救的蠢相，人就笑了。人一笑，驴就轻而易举地把人的寂寞都揽过去了。人嘴上虽有不便引驴为知己的虚伪，但不妨碍心里有要跟驴亲近的渴望。于是，经过千万年的相处，驴和人终于谁也离不开谁了。因为人知道，驴离开人还是驴，但人离开驴，则难免陷入虚妄的境地。在于人向来只承认自己的高明。设若这高明没有把另一个人比下去，则自己的高明便多少带些虚构。那么现在好了，有了驴托底，再懦弱没本事的人，还可以骂一声蠢驴。这么一骂，人就舒坦一些，就平衡一些，接下来的日子，无论多么黯淡，也还将就值得一过。

这么一想，如果不是驴替人背黑锅，实在不知道人类能不能度过曾经那些漫长而蒙昧的岁月。

尽管驴子并未据此骄傲，但不妨碍人越来越矫情。大概正因为心虚的缘故，人便要把一切不可描述的霉运与无以名状的愤怒，通通发泄在驴身上，于是驴的蠢便就此坐实了。

然而这么说多少有点违背事实。人除了骂人蠢驴以外，还常常骂一句驴日的。听上去虽粗野，其实细品起来，就知道人在驴跟前的自卑。人知道自己某方面比不过驴，因此才恨得牙痒痒。设若驴忽然听懂人类的语言，听人这么骂时，定当会心一笑。只不过因着幸运的缘故，人摆脱了四条腿走路的命运，空下来的两只手可以握住一把刀，又因为这刀的缘故，吃饱了肚子就可以进行一些漫无边际的思考。于是，一些还要靠四脚着地的生物就只好认栽，只好接受人的奴役。也因此，人的傲慢与偏见就产生了。

在人类所驯化的生物里,驴当是独特的存在。因为,驴向来是有诗人的浪漫与天真的。驴不似马那般具备与生俱来的贵族气质,亦不像狗那样趋炎附势,更不会像猪那样无欲无求。驴兼有马的力量,狗的忠诚,猪的憨厚。但驴却从不以此而居功自傲,这就近乎谦卑。但如果据此就把驴归于劳模一类,那还是错了。错就错在人把驴的一身傲骨归为驴的倔脾气,把驴的撒欢儿当成撒娇,但倘若人某天学会了驴的语言,必定听到,那不过是驴的沉吟与驴的孤傲。但驴终归是天真的,它们一边埋头于无休止的劳作,又一边不甘于命运的捉弄,常常要卖弄一番。最显而易见的是驴的吊儿郎当,常常冒着被流弹击中的风险而袒露它的伸缩自如与血气方刚,又因为察觉人的面有愧色而得寸进尺,不防着就要对另一头驴子引吭高歌一番,结果被误以为是对整个人类的无情嘲笑。驴终于被捆了去,烦恼根就此永久斩断。人类很早就知道低调的好处,可惜人们没有告诉驴子。人类从来世故而厚颜,偏偏驴子是天真的理想主义者。

这是驴不同于其他牲畜的地方。但人不在乎,依然要拿驴开涮的,依然要拿驴抽鞭子的。人类的自私在于人类只关心自己。这是造物主要驴们生而为驴的悲哀处,但其实也是人的悲哀处。要知道,人面对一头驴最得意的时候,也无非是被驴嘲笑得最彻底的时候。

人总以为一切都被自己安排着,殊不知其实一切都被驴所安排。一头驴生病了,这家的生计就可能没有着落;一头驴瘸了,新郎就不能按时按点儿掀开新娘的盖头;一头驴死了,田地就要荒芜;一头驴因为另一头驴的变心而失落,人就得尽着心思去哄、去安抚。

这时,人并不知道自己面对一头驴时的卑微。

人所不知道的不止这些。

人不知道一个老汉受了委屈,抽驴两鞭子,气也就消了;一个婆婆被儿媳妇儿数落几句,趁着给驴添草加料的时候,摸着驴脊背说说话,皱起的眉头也就展开了;一个哭闹的孩子,骑在驴身上跑一趟,孩子又欢奔乱跳了;一个女子对着心上人来一句,你个倔驴!心上的疙瘩也就解开了;又甚或是一个满腹怨愤的汉子向天嘹亮地吼一声——驴日的!就把罩着的乌云给赶开了。

……

你看看,人类的傲慢与偏见多么根深蒂固,根深蒂固到自以为是的高明,轻轻被一头驴子给归置得妥妥帖帖。当人哀伤的时候、无助的时候、愤怒的时候、幸福的时候、激动的时候,就把自己给忘了,就只剩哀伤、只剩无助、只剩愤怒、只剩幸福、只剩激动。这时驴子却是沉默的智者,它面不改色,它岿然不动,挨了鞭子不辩解,被人抚摸还能保持必要的矜持,遭了白眼不会跟人一样斤斤计较,只是偶尔点点头,对人类表示有限的同情与理解,又间或发出两声无伤大雅的蔑视与讥讽,然而不过瞬间也就过去了。驴子从不把喜怒哀乐放在心上,它们从不烧香拜佛,却有得道者的慧根与悟性,反而是人类常常要临时抱佛脚,要祸到临头只知道来一句——

驴日的!

或许是后来,人终于觉得自己可以高明到摆脱了那些蠢驴子,终要接受现代文明而心安理得,于是,一头接一头的驴子被当作历史的负担,挨了刀子,抽筋扒皮,熬了胶,补了人的血。人们觉得突然清净了,再不必承受驴子不时而来的无情嘲讽,再不必面对一头驴子的吊儿郎当面露愧色,再不必担心潜伏于月黑风高的夜里做一件见不得人的勾当时,被一头驴子察觉,再不必无缘无故要被某个人骂一声驴日的。

这下,人们可以高枕无忧了。不料,那些曾经的寂寞却回来了。没有驴子的蠢,他们开始分不清人群里谁是聪明人谁是蠢人,当他们有了一些委屈一些愤懑,满以为可以对着人说时,却发现那人扭头躲开了,当一些被驴的叫唤吵到骂人的人们开始觉得要面对一个孤独的夜,人们居然开始失眠了。

当人们为自己的现实主义而沾沾自喜时,却发现现实不时给他们当头一击,他们只好保持继续的麻木与沉默,因为敢于叫唤的不见了,而那些不见了的,正是那些驴子——

那些天真的理想主义者。

于是一些心思再也无人诉说,一些心事再也无法安放,一些未来成为幻想中的遥不可及,而一些过去早已成为悔不当初的过去。人们一开始以为这是世道变了,人心不古了。当他们某天烫一壶黄酒,捧起一块驴肉火烧大快朵颐时,原本设想的豪迈并未如期而至,原本要靠着驴肉补起来的身子却阵阵空虚,他们终于莫名惆怅起来。

他们怅惘着对自己说了一声——

驴日的!

2019年11月

玉　米

若说小麦是细皮嫩肉的小媳妇儿,那玉米无疑就是身宽体胖的大野妞儿啦。对于人们这种偏见,玉米觉得很没有怨尤的必要,但也并不妨碍她继续向小麦投去歆羡的目光。玉米就那么大剌剌傻呵呵地瞅着站着,使任何想要为之不平或惋惜的想法都变得有点儿可笑。于是,玉米就自然而然长她的了,终于长成大个子,站在高原上,一站就是若干年。

想想吧,恰值金秋十月,往那黄土高原上走一遭,满眼红缨金盔绿甲的阵仗,在那沟沟坎坎、墚墚峁峁候着呐。风过处,猎猎有声,仿若刀枪剑戟摩挲,自有一种肃杀。若你被眼前阵仗威吓不前,那才是上当。且不管它,自顾趋前,哈!原来是玉米!

滋溜!一只野兔被你的呼喊惊了,后腿踢着滚圆的屁股跳跳地向远方,空余一溜烟尘的怅惘。这时节,你且要见识那玉米将如何的妩媚了。

经过几个月发育生长,乡野村姑改换了她的模样,已出脱成半老徐娘,身子被一种生命的活力膨胀,那怀中婴儿呼之欲出。这时,你睃睨不止,每个都忍不住想要亲一口,而终于瞅定最胖那一个,剥去葱衫水袖,你禁不住要去掐,嗯啵!那才叫一个鲜嫩多汁。你忽然惜可了,你抚住自己的臂膀,为刚才那一下的疼而皱了你的眉头。那婴儿却向你笑笑的了,那被你冒犯的婴儿母亲、半老徐娘的玉米秆,也要原谅你的鲁莽了。于是,因着这宽宏的心胸蓄养出的一种野性的温柔,使你想到玉米的前世今生。

玉米具备这样一种奔放率真,实在与她的出身相关。那还是五百年前的大明,随哥伦布的船舱,经由欧非亚一路辗转,终于到达这一方水土。谁料这多少有点凑巧的际会,却成就一段好姻缘,带着美洲土著天真烂漫气质的玉米,正合了黄土高原的秉性,被这里敦厚质朴的人们一眼就相中,从此由新鲜到亲密,开始漫长而热烈的相伴相处。玉米的到来,非但有助于解决这里人们的温饱,又催生出与玉米相关的、诸多颇具黄土风情的美食。这实在是远隔重洋的两大洲之间美妙的缘分。

想到美食,你收回放逐历史的思绪,任由你的目光转向莽原上那一株株玉米,必然幻想着一场不日之后的盛宴:那时,一筐笼煮玉米就那么热腾腾上了炕头,一家人围上去,吸溜有声,连啃带嚼,铿铿兮而锵锵然。呀!简直有为农人的傲娇。但谁让你是急性子,你按捺不住,你不管不顾眼前究竟谁家的玉米地,你的热切无妨你急中生智,即刻便捂了肚皮提了裤腰向玉米地深处做奔突状。

现在,你已入了玉米地,塬上的风只好向你摇头,那只远处的野兔竖了耳朵,窥觑你这不可告人的目的——

随即一切陷入沉寂,配合着你的撒野。

出来时,顾不得脸皮被玉米叶儿划出酥酥痒痒的一杠一道,腰身已肥出一拃,带着侥幸进而奋然、进而张惶,心却谋定某处一堆柴草——

那柴草业已燃起,燎了你那怀中之物,毕毕剥剥,于袅袅香气中,你的馋虫将要怎样蠢蠢欲动了······

这自然是游子的想象。便想象亦足可慰藉近乡的情怯。于是,你且放慢脚步,若抚摸纯真岁月里一段恋情一样,把思绪向一株玉米的长成散漫而去。

玉米,无非带了乡野女子的憨朴,不拘肥田薄地、沟沟坎坎,撒了下去,或壅几锹粪土灰土,或实在连那粪土灰土也懒得铲来,也无妨,你忙你的,不过几场风又几场雨后,她就要出世了。不为引起任何人注意,她扒开头顶一个土坷垃,向寥廓天地抛个顽皮的媚眼儿。谁也不在乎她的到来,鸟儿唱她们的,羊儿啃他们的,就是经过地头那个老汉,不过咳嗽两声,又背搭手走了。

玉米不因人的薄情而自怜自伤,今儿抽出一片叶子,明儿又抽出一片叶子,转眼成个穿了绿裙的小姑娘,不时来一场她自己的舞蹈。那时,人们在屋里歇缓着呐,在场院上谝闲传呐。人们说的是今年麦子的薄厚,论的是镇上油盐的贵贱,又或是园子里哪棵树该放倒了,圈里的叫驴几口牙了。人们论这说那、东计划西观战(diān,掂量),全不把玉米包含在里头。麦子粜了换钱,油盐里可以挤生活,放倒一棵树能盖房,叫驴牙口大了能驮粮食,至于玉米么······

谁能记起那粗粗野野的蛮妞儿!

玉米就这样在人们的轻视里长大了。长大的玉米藏了自己的心事,也藏了一些人的心事。玉米的心事是感到一种孕育的使命带给她的希望,怀中那娇嫩的婴儿给她初为人母的娇羞;而人的心事么,却更有不为人道的地方。

人来了,结伴而来。那是私恋着的一对男女,走进玉米地,为着这天然的屏障,把一些幽微的情感表达,任一腔骚动的心绪暂得安放。那往往是怀揣自由而不得的痴男怨女,在父母炯炯的逼视下,做着他们鸳鸯蝴蝶的梦。玉米不懂人心。玉米只随了风制造一点声响,遮了日头造出一份阴凉,却不意圆了人的好梦。为人圆梦的玉米仍然缄默着;缄默的玉米使人觉出她们具备神灵般的慈柔,乃至离了而去的人儿还要不住回头张望。这黄土高原,向来是鸟儿兔儿、猫儿狗儿们的欢场,却偏把一些为人想要密封的心事暴露于洪荒苍茫之上。于是盼呀盼呀,盼着玉米似这般高,一对对青年,便若他们分离时的不舍一样,携了将失却的魂魄来了……

待旁人知晓,一切都熟了。

可不是,塬上玉米已然熟透。人们才记起玉米,才打了玉米的主意,才吆喝起他们的牲口,背了他们的背篓。当人们在玉米地挥汗如雨时,更早前一些风雨留下的痕迹已荡然无存,眼前便唯有被冷落又被拾起的一份热闹。

掰回来的玉米,晒在屋顶晾在场院,吊在房檐下,挂在木架上,准备着领受一场人间烟火。而至于孕育了玉米的母亲,那一秆秆曾浑圆膨胀的身体,此刻孤苦伶仃站在荒蛮颓废的原野上。娩出婴儿的苞衣,若干瘪垂堕的乳房。活泼泼的野丫头,终于仿若人世的老祖母,留待残年将尽,安于接纳作为饲料抑或柴禾的命运。

玉米晾干了,搓到笸箩里,被钢磨抑或石磨碾了推了,做成馓饭、搅团、片片、丁丁,乃至烆烆(qióng)、干炕、发糕,于人的磋磨及水火洗礼下,变着花样儿讨人喜欢,给人身心实惬。但就如母亲之于一家的默默付出,使家人得了天大恩惠,却终究上不得台面。你看看,但凡家里来了体面的亲朋好友,那被另眼看待的定是白面。无论臊子面还是白馒头,都被红漆嵌金的盘子端了,被俊秀灵巧的媳妇儿捧了,使炕上桌边的客人眉开眼笑。而玉米面,此时却像羞怯的母亲,悄悄躲在门背后。

便是自家人,玉米面也常不被欢迎。孩子们见了玉米面饭食就皱眉,而大人仍然要把一碗玉米面饭吃得热汗涔涔,因为知道那是一家人一年最重要的口粮。当然也有例外。就是玉米面做成馓饭的时候,那时配了大缸里的酸菜麻菜,才把一碗饭吃出热热火火的人间情味,到那时,人们才感念一点玉米面的好处。而更加认识到玉米面的可贵,那还是若干年以后的事了。

后来不单小麦连年高产丰收,就是玉米也登了大雅之堂,用上了地膜化肥。玉米因此更加高产,却也更加退居二线,渐成彻底的副食。直到人们进了城,把那山珍海味都吃腻歪了,终于又心心念念起家乡的老玉米。

于是,就如离了故土才有故乡,离开母亲才知道有母亲的好处,再想起玉米时,多少游子便有了若文章开头那一场幻梦。

想来那时真真将玉米辜负了。她们是山野中自生自长的农家女子。曾几时,她们的命运便是散养于天地间,而又于某时待价而沽。多少父母眼中,玉米若终将出嫁的女儿,在家不过一时,终究还是别家人。

但这别家人却埋头干着自家的活,吃着自家粗茶淡饭,纵上不得台面亦无暇埋怨上天的不公。她们长养着,待某天在媒人的掐指一算下派定命运,做了给兄弟们娶妻的资本。而嫁为人妇后,仍然安于一种劳苦清寂的生活,用双手把一颗一颗玉米的种撒下去,以期收获,于这期待中把一茬茬光阴打发了去,直到子女们一个一个成人,又亲手送他们去往广阔天地。当原野上再次出现一片一片风中摇落的玉米秆秆时,那干瘪垂堕的身躯之上便有一双眺望的泪眼。

那时,又一茬荒蛮一世的玉米老了。

而那被眺望的人儿,终将于某个梦回的午夜,看见那片玉米地,发觉那离落一地的落寞与忧伤,终于再次回想玉米曾给予的恩养,于是等不得天亮,就做了一顿玉米饭,常常是一锅馓饭。

一锅馓饭下肚,清甜软糯的滋味那么醇厚悠长,悠长,悠长到要用尽一生的气力去回想。

2020年10月

马老师

我一年级转了三次学，竟使我忘了曾有过一年级这回事。所记得的，就从二年级开始。其时，大约是从老家的小学转往马关中心小学的后半学期。

那天下午，窗外一个影子高一下低一下映过来。他是挟了册子进来的，这节并不是语文课，但气氛还是紧张起来。大家只好暂且抛开周公，以师生之礼互致了问候。他照例环视一周，把一个浅笑的余韵漾在从门缝钻入的光尘里。他坐下，在讲桌后面的凳子上，双腿随即交叠，为配着桌面上交握了的双手似的。同学们等待发生点什么，又不知该失望还是希冀。短促的焦虑。那是期中考几天后。他眯眼把照在额角的阳光往远推推，然而无用，阳光穿过指缝，又照着他的白牙了。

"语文和数学都上九十分的有谁？"

大家左顾右盼，眼里大抵迷惘。他舔一下食指，翻一眼册子："两门都在八十分以上的有几个？"

这次不再顾盼，大家齐刷刷望向马黎明。他是尖子。马黎明举起右手，红了脸，表示荣耀集于一身的窘迫。他以笑示意马黎明，终究还给他的学生一个恰如其分的骄傲。

"两门七十分以上的有几个？"

这次轮到我心跳了。原本要举手的，却差点站起来。当他说出"三个"时，我抬头睃巡——那两个是窦富强和窦亚楠。

他说："好好，好……"但似乎最后一个好字给他出了难题。他眉头锁得更紧了。

"这次的'三好学生'……只有三个名额……"

教室里只剩呼吸。

"你们四个里面，谁还不是少先队员？"

倘若当时我是看着他的，必定会看到他的笑。但我不敢抬头，知道那笑里含着鼓励。

"为什么是我!"我想。这念头使我感到一阵被捉弄的沮丧。然而接着又想:"为什么要是我?"

倘若我不承认我不是少先队员……

我低着头,觉得他必定看着我了。我必定被他看穿了,他必定听见我心里对自己说——

"三好学生……"

"啊呀!"

"少先队员……"

"唉……"

"老师,我——我不是!"不知怎么,阴差阳错,我站起来了。说着"我"的我,多希望那不是我。但一切已无可挽回。

他笑说:"好,这次的'三好学生'就是马黎明,还有……"后面我不愿听见了。

就这样,我与唯一的一次"三好学生"的称号失之交臂。因为后来我的成绩总是语文名列前茅,而数学不尽如人意。随着后来希望的逐渐渺茫,我再无这样的机会——哪怕是撒个谎的机会。

然而他的笑,却刻在我心里了。

他是马老师,是以后要带我们三年课的马老师。

马老师教语文课。教语文课的马老师,有着一条瘸了的腿。这使我第一次意识到,老师也可以是瘸腿的。但这想法实在大不敬,我心里狠骂自己几遍。

现在,校专干住室门口的铁片被敲了几下,声音还在半空里晃着,马老师挟了书,一高一低从窗外映进来。问了好,回了礼,在桌子板凳一阵叮叮咣咣里,他开始板书了。板书时的马老师像个战士。这倒不完全因为他头顶鲁迅(鲁迅的形象自然是以后才联系到的)式的硬茬的头发,而在于他的粉笔字。当他用了半边身体的力量写下一个字时,总有一种决绝。比如一个"会"字写出来,上面的"人字头"定要直直地交叉着,撇和捺互相支棱起,有种缴枪不杀的肃穆。他这种写法很费粉笔,因此下课后我们常常可以捡到许多粉笔头。我想,他只用了半边身体,如果要用了全力,那字将会如何? 正这么想时,他已经盯住我了,话却是向全班说的——

把书翻到xx页——

"把书翻到"还是刚硬的,到了"页",却拖了长长的尾音,似乎刚才那千钧的力使他累了。现在他从战士变回老师,他要用他地道的马关方言教我们识字了。

教了生字,领读了课文,照例要提问的。提问时,问号全在他眉间的皱纹里,然而脸上却是一个期待的、意味深长的笑——

"窦调珠——藏你说一下。"

到了"珠"的尾音处,窦调珠站起来了。站起的窦调珠,动作有和着尾音的默契,然而结果却不大乐观。窦调珠红了脸,绞着衣襟,沉默……

但这并未使马老师的笑觉得有收回去的必要,他的笑敛着,总使人担心他的笑要随时溢出来。他已经喊另外一个同学了——

"张国安——藏你说一下。"

张国安还笑着窦调珠呢,不妨被叫起来,两个笑相遇,倒都不好再收回。张国安挠头张张嘴,瞥一眼窦调珠,被窦调珠回敬恼恨的一眼。

"唉!马黎明,藏你——说一下。"马黎明回答得干脆。这时,马老师的意味深长的笑才渐渐敛了去,仿佛之前的笑不过是逗号,等到这里终于画成句号。然而很快,敛回去的句号变成几个干脆的破折号——

"张——国——安、窦——调——珠——"

"藏——你两个听见了么!"

"坐下!"

最后的感叹号使人一惊,所有人脊背一挺,这是打黄牛惊黑牛。

在一片朗读声里,外头的铁片叮叮当当,把一段阳光裁成几截,马老师挟了书高一下低一下地被那几截阳光给送出去了,背后是一片桌子板凳的磕碰声。

桌子板凳倒比人还急。

那时,大概已是三年级。

到了四年级,全校都要学雷锋学赖宁。马老师对于荣誉向来不甘落后,他抽屉里的荣誉证书就是证明。之前响应号召,他已经捐了许多款物给更加贫困地区的学生,这次学校组织学雷锋学赖宁的活动,他自然不能掉队。

在马老师的影响下,我那时也捐了一些文具和零钱,成了班里的积极分子。这倒没什么,使我印象深刻的是偶然的瞬间,我看到他抽屉里的荣誉证书时他的笑。他见我进来,接过我手里的零钱和文具时,往抽屉里放的一霎,我看到他的一摞火红的荣誉证书,他忙拿双手盖了。他笑了,竟笑得像个孩子。这简直是很大的反转,因为向来要向他露出羞涩的,应该是我。

我那时有种无故的怪癖,就是没来由地羞涩。尤其是单独面对女生或老师的时候。

在马老师的印象来看,我是个腼腆到比女生还胆小的学生。然而令他不解的是如此腼腆的我,却常常是班里甚至学校里一些坏事的始作俑者,比如扔篮球打碎教室玻璃或是跟某个同学打架这样的事。照马老师本来的看法,这绝不该与我有半点联系。然而事实明摆着,那就是我干的。这样次数多了以后,被他罚站时,他就常常盯住我笑,我也还他以笑,似乎有种识破与被识破的默契。

好几次,我被叫去他的住室,他都要说:"看起来到底腼腼腆腆个人,怎么就这么害!"我以为他终于要打我了,然而还是没有。

后来,班里转来一个很高个子的同学。他的高个子是对我们的挑衅。放学后,我在卫生院的大铁皮门上用粉笔写了几个大大的字:白国珍——是那位新转来同学的名字,他是卫生院院长的儿子。

放学后,我正和母亲在院子里洗洋芋呢,瞥见正副两位校长来了。母亲知道我又犯了错,在校长们开口之前就给我一顿笤帚疙瘩。使我忐忑,这次难逃马老师一顿打了。

果然,第二天,语文课后他叫我去他的住室。进去,我羞到不敢看他。他笑着盯我,含着意料之中的得意和无可奈何的包容。我仿佛已经看到他高高举起的巴掌要落下来了,我觉得这次无论如何都要向他保证了。然而他的巴掌却成了轻轻的一指,点了一下我的头。这一点使我伤脸又感动,决心以后再不麻烦他。可不几天,我俩又在他的住室见面了……

五年级,教语文的成了窦永红老师。马老师又去带一年级了。此后,他渐渐离我们远了。使我觉得近的,只有他的笑。他见了我必定要笑,意味深长得使我觉得惭愧。然而终究不曾改正,一直到小学毕业,我都是出名的调皮。以后小学毕业,我竟把马老师给忘了。渐渐连他的笑也一并忘了。

再次见到他,已是近二十年后。那是我回老家的镇子上办户口的事,在一家面馆,要了一碗炒面正吃,莫名觉得空气里有熟悉的味道,抬头,见对面一个人也在低头吃饭。坏了,是马老师!我要站起来向他问好了,却不知怎么被一阵羞涩拽住,赶紧刨几口面,装着跑出去了。

出去后我开始后悔,为什么不问问马老师。他的头发已白了大半,他的皱纹画出太多问号,要向生活讨个说法,却又像已无需答案。可是我竟然跑了!

我不知道自己在怕什么,又羞涩什么。我一边自责一边宽慰:也许看错了,也许不是马老师,倘若是马老师,我又怎会偷偷跑掉?不! 那绝对不是他!

回兰州后,想到也许再无见到马老师的可能,于是我又常常想起那次的遇见,懊悔日甚一日,终成心上的疙瘩。然而忙于生计,后来还是渐渐淡忘了。也许这淡忘是我予自己的宽恕。

日前,老家的同学发给我一个小视频,视频里一个人正用铁锹整理着道旁水渠里的淤泥。那人伛偻着背,显出极努力又极吃力的样子。因为水渠是公共设施的缘故,我第一反应肯定是马老师,因为从我记得时,他就常常热心做有益他人的事。要再确认时,又不敢相信。因为视频里的人显然已不复当年的战士,而是个十足的老人了。想到一个能把粉笔字写出战斗姿态的人,眼前的迟暮与沧桑,使我总不愿相信他就是马老师。

我问同学:这人是谁?同学沉默半天回复:"是马老师啊!"

我一时无语。我心里感激同学隐隐的埋怨,因为倘不如此,我将没机会表达自己的歉意。此刻于这淡淡的埋怨里,使我稍许安慰。我想起那时或许欠着他的一顿打。

倘若他现在能打我一顿该有多好……可他现在打得动我吗?我陷入无由的怅惘。

就在我怅惘着时,见他停住手里的铁锹,揩一把额头的汗,又把一绺垂下来的灰白头发,向后拂过去了……

后　记

于文学性而言,这样的文字太平淡。然而又不想把一段原本平淡的岁月归于离奇,因着忠实的缘故,如实把一点过往写下来,唯愿这平淡,配得上他平凡而真实的半生。

给我的小学老师——马世斌老师。

2019年11月

六一,六一

　　快到"六一"了,听到儿子咿呀学语唱着关于"六一"的歌曲——"六一,六一,大地穿上花衣……"竟想起了我的"六一"。

　　我的"六一"记忆,总是和音乐分不开。

　　我们的音乐老师叫王全恒,他会弹学校唯一的一架脚风琴。于是这个黝黑的男人成了我们心中的黑马王子,音乐课便成了我们的期待。

　　他每教我们一句歌词总会拖着长音来一句:

　　"预备——唱——"

　　喊"预备"时是升调,声音仿佛爬上了一座山,到了山顶铆足了劲儿,非释放不可。接着,是一声降调的"唱——"

　　拖着尾音平滑顺溜地把铆足了的劲儿给卸下去。

　　然而他的这个"唱——"发音十分生动,就像你看到电视或者电影上的某个慈祥亲和的女音乐教师发出的那一声"唱"一样,无可奈何的柔绵里带着无可拒绝的力量。仿佛他的"唱"字一出来,你还没有跟着唱出来就对不住他这个生动的"唱——"。

　　一到"六一"儿童节,各个年级要举行歌咏比赛。那时候,翻来覆去总那么几首歌。

　　演唱最频繁的歌是《小草》,简直是歌王!

　　也是每次放学整队的必唱曲目。每当我唱起"没有花香,没有树高,我是一棵无人知道的小草……"时,心里总有莫名的忧伤。看大家唱得热闹,我心里却想哭。

　　可惜后来,这歌被赵本山毁了,听到就起鸡皮疙瘩。

　　副歌王是《原野牧歌》——

　　　　辽阔草原美丽山冈群群的牛羊

　　　　白云悠悠彩虹灿烂挂在蓝天上

有个少年手拿皮鞭站在草原上

轻轻哼着草原牧歌看护着牛和羊

年轻人哪我想问一问

可否让我可否让我诉说衷肠

年轻人哪希望我能够

和你一起和你一起看护牛和羊

……

我不知道那时候老师教这首歌的初衷是什么,现在看来这几乎就是一首情歌了。只是那时懵懵懂懂,觉得这歌相比别的歌,唱的时候心里有些异样——放羊就放羊,干嘛要诉说衷肠,衷肠是啥?

当然,主旋律必不可少——

《社会主义好》《没有共产党就没有新中国》《我们是共产主义接班人》《接过雷锋的枪》《学习雷锋好榜样》……

这些歌往往被排成二重唱。

随着王老师一声悠扬婉转的"预备——唱——"

大家开始像公鸡打鸣一样努力把脖子往天上伸展——

"社会主义好——"

当第一组的"社会"完了,第二组撵着第一组的脚后跟接上——

"社会主义好——"

……

"共产党好——"

"共产党好——"

……

"建设高潮——"

"建设高潮——"

最后,大家同时高潮。

唱二重唱是最紧张的,急了会踩到前一组的脚后跟,慢了容易倒绞绞,最后乱成一锅粥。

说实话,马小燕长得多好看呀!长长黑黑的辫子,笑起来两个酒窝,羞死个人!

她一笑,整个天上的云都脸红。

可惜马小燕人家不跟我好,人家和杨小鱼好。那我就只好一边咬着牙狠狠唱着社会主义好,共产党好,一边偷偷瞥一眼马小燕。

马小燕不看我,我就故意唱跑调。

其实二重唱挺好玩儿,唱好了蛮有节奏美。但要达到配合默契可不容易。配合不好的话,一个已经高潮了,另一个还在建设。为此,那个会弹脚风琴的黑马王子没少问候我们的屁股。

可是越问候屁股大家就越容易紧张,总有人抢拍子。第一个社会主义还没好完,跟第二个社会主义又好上了。这么一好,就容易好出问题。

尤其那个马平凹。

哎对了,这家伙居然和那个著名的平凹同名!

还有,我们的平凹总是胡好乱好。最后终于把我们温文尔雅的戴着一副胡适之一样儒雅的眼镜的王全恒老师气得大骂——

好也好了几回了,我们又去"接过雷锋的枪"。

当然还是分两组去接。

当第一组"接过"时,第二组紧跟着去"接过",这样一来两组之间总是错开两个字,你接你的,我接我的,不然大家都接不过来。接不过来咋做雷锋的接班人?

每次唱起这个我就想雷锋咋那么多的枪,几百人年年"六一"接过他的枪,总还有接不完的枪。

其实也有比较抒情的歌,比如《每当我走过老师窗前》《党啊,亲爱的妈妈》《妈妈的吻》之类。

相比那种时常让人乱好一气的歌,这些歌比较容易让人投入感情。

每次唱到"啊～啊～每当想起你～敬爱的好老师,一阵阵暖流心中激荡……"我心里就真的激荡起暖流,进而后悔不该背后偷偷咒骂老师,不该往老师的烟囱里扔石头。

你想啊,我们睡了,老师高大的身影还映在床上呢!

既然把党比作妈妈,那说明党也一定可亲,于是觉得党也妈妈起来了。谁要敢说党不是妈妈,那我就对他说——妈妈的!

歌咏比赛完了该广播体操表演。

还要分出一二三名的。

那时大家的集体荣誉感很强,谁也不甘落后。再说到了"六一"那天,各自的家长也会来看表演,丢人事小,挨棍子事大。

203

每当那时，人群嗡嗡嘤嘤——

看！那是谁谁的个儿！

噢！那不是谁谁家的个女子嘛！

看！看！谁家的他那个大撒！

……

所以，大家一致努力认真做操，并努力避免不要在最后一节跳跃运动时因为屁股腾空夹不住而放出一个吱吱啦啦的屁来。

说了唱歌和体操，怎么能不说白衬衣蓝裤子？

那可是"六一"的标配服饰。

那时的白衬衫大多是棉布的，如果谁有的确良的白衬衣那可就傲娇了。

记得杨玉荣的白衬衣还是带点儿花边儿的，怪不得她笑得那么美。

我觉得吧，全校的女生，就数杨玉荣和李红红心疼。

马小燕最丑，她不看我。

白衬衫，蓝裤子，鲜艳的红领巾，如果再配一双"双星"的白球鞋，那叫一个"增怂咧"（帅气，厉害）！

可白衬衫并非人人都有，自己没有，就要提前跟别人借。

记得有一年，杨小东穿着他姐姐的白衬衫过"六一"。衬衫上面有暗暗的小碎花。

我说：小东，你今儿脸为啥这么红？

杨小东吸一口鼻涕说：冻哈滴。

我说这是六月天啊！

他说：你吃的不多还管得多！

我和杨旺旺就偷着笑断气。

白球鞋要提前洗好，如果嫌不够白，还要趁着湿气擦涂一层白粉笔灰，然后用卫生纸包起来晒干，这样干透的球鞋就会雪白雪白。

要说谁的红领巾好看，那还是人家杨小鱼。

我们的都是家里用红布做的，人家的是用红绸子做的，而且尺寸比我们的红领巾要大一些。

我在想，怪不得马小燕愿意和杨小鱼好，原来并不是因为我个头小，而是没有人家那样的红领巾！

过"六一"了，家里会破例给几分或者几毛零花钱。

街上有那种自行车后座上带一个白木头箱子——箱子里面装着的冰棍儿。给老板五分钱，老板揭开箱子盖儿，随着一阵雾气钻出来，冰棍儿的奶香四溢。老板像揭开被子一样揭开上层的白毛巾，拿出冰棍儿，接过来就舔，不小心就把舌头粘住了。

当然还有那种五颜六色的“汽水儿”——其实是用凉水和色素、糖精勾兑的——当然是后来才知道的。当时可是美味啊，只有最好的朋友之间才会互相请客。

关于“六一”，最早的记忆是我上学前班的时候。

那年“六一”天很热，母亲用那种大的盐水瓶给我灌了一瓶子面汤带到学校去喝，结果看节目时，一高兴就忘乎所以，边笑闹边拿一根木棍儿敲瓶子，不留神把瓶子给敲碎了，还很烫的面汤洒到我腿上和裆里，还好不算严重，否则我的青春将会小鸟一样不见了……

终于该我们的节目了！我们的节目是歌舞——《丢手绢儿》。没想到我湿着裤裆和我的小伙伴儿们超常发挥，居然拿到了三等奖——一人一个小手绢儿，可把我给美坏了！

最后一次过“六一”，压轴节目是我们六年级的“脱队”仪式。

当我们的大队长兼音乐老师王全恒庄重而严肃地宣布大家集体脱队时，我们的眼眶竟有些湿润。想想当了六年少先队员，却从来不知道珍惜，有时还拿着用革命先烈的献血染红的红领巾当作武器追逐打闹，真是可耻。

我的心情尤其复杂难言，因为我即将失去我的一道杠！

这一道杠得来多么不易啊！

本来这一道杠每年都是窦亚楠的，因为她爷爷是学校的老师，而且说实话，她长得也挺心疼的。可是她那天生病了。然后马老师说：马黎明，你戴上吧——其实我知道马黎明是马老师的亲戚，而且马黎明学习好，这不是明显的走后门儿吗?!

哼！

可是，居然出现转机，马黎明那天的馍馍被马瑞云给偷吃了，他俩正闹别扭呢，所以马黎明的嘴噘得比城墙还高。马老师一看他不识抬举，就当即决定撤回命令。

这就太好了！

我于是帅帅地瞅着马老师，结果他看见我了！

他说:韩乾昌,那就你戴吧!

这时候谁谦虚谁就是冷怂(傻瓜)!

我自然当仁不让啊!只可惜,我这个小队长还不如抗日电影里的鬼子小队长当的时间长,节目一结束就直接就地免职,而且直接就脱队了!

到最后我的一道杠被无情剥去,马小燕还是没有看我一眼。

于是,我的脱队无比悲壮。

当最后一次听王老师说"预备——唱——"时,当我们最后一次唱起"我们是共产主义接班人"时,我知道我的"六一"已经远去了。

白衬衫和蓝裤子也一并远去了。

……

不知道现在的娃娃对于"六一"是什么感受,反正我觉得我心里的"六一"很美好。因为有白衬衫,有蓝裤子,有红领巾,有马小燕,有杨玉荣,有李红红,有窦亚楠,有余喜燕……

怎么都是女同学?

不不,还有杨旭君,张国安,杨旺旺,杨晓东,杨军吾,窦旭斌,马黎明,马瑞云……当然还有会弹脚风琴的王全恒,有二重唱,有五分钱的冰棍儿……

还有我做梦都想当的小队长。

2018年5月

露天电影

村里山大沟深，人们习惯了吼着说话。像放电影这样的大事，就不能少了村支书的一声吆喝。

晌午，人们捉住筷子抻长脖子，正把头使劲往饭碗里扳时，就听见远处树杈上的喇叭说了——

咹咹，这个，广大社员群众，今晚些，庄里放电影哩，啊，这个，这是件喜事么，老汉家老婆子、女人们娃娃伙儿，秋收结束了，大家欢火一下，啊，这个……

尽管农业社的说法，已是久远的事，但不用这样的名头开场，就觉得声音太轻飘，随时要夭折了似的；村民们也习惯了的，一听到"社员"，就知道是喊自己。

干咳几声后，老支书大概觉得，也许还欠点子庄重，顿了几秒，他还是又把计划生育的事又"抓紧"和"落实"了一遍，声口铿锵。但他后面的话，早被一阵风吹跑了。这风来自村子四处圪崂里的议论。

听见的人饭碗往廊檐下一蹾，抬头，看见炕眼门前的小板凳。娃娃们早顺着大人的议论跳出门槛去了。人人思谋着，今晚些要早早占地方哩。

那年月，放电影这样的事，终究不寻常，有时一年半载也不见得轮上一回。光阴对山村的人们来说，除了是用来受，还是用来打发的。闲来无事时，无非是东家串西家的，浪浪门、吃吃烟，要么就拢在墙根儿下数说数说谁家的娃娃、背晦背晦（背后议论）谁家的媳妇儿。夜来，倒在炕上，干靠（捱）一回，终究乏味，不如干脆拉了灯绳，睡觉！倘若是雨天，日子被拉长了，就难熬，十堵院墙里，倒有八家的男人在打娃娃骂女人。没办法，人心急了也无处打发。现在来了电影，咋不惹人？

放电影的据说还是"大头祥盛"。祥盛因为头大脸红，抢了同伴的风头，使那同伴本来模糊的影像至今竟全忘了。我所记得的，就只有祥盛的一颗大头。

其时，祥盛已坐在爷爷家炕上了，单等着长面上桌。爷爷是三队队长，招待放电影的，是义不容辞的责任。

我们蹑摸到大门口，长面臊子煎爨（香气窜鼻子）得很！但我们的目标是爷爷家的粮房，知道里面放着祥盛带来的"片子"，就是电影胶片。

"片子"放在几个这么大、这么方的铁匣子里。我们比画着，作出放电影的手势，可谁也不敢动匣子里头，那里头装着满满的神秘与膜拜。也足够吹牛的资本了。跑出去逢人就说，祥盛带来的"片子"就在我家哩！八路军和日本鬼子都在里头哩！你当个啥哩！听说的人莫不现出热眼，那讨好与嫉妒，使人莫名兴奋。

祥盛他们咥了长面，揩了嘴，坐着吃烟了。他知道派去拉机头的架子车已在路上，并不着急。而戏场里早已人头攒动了。头一拨是娃娃们，端起板凳抢占位置，关系好的自然摆向一处，被冷落的那个，赌气似的嘟着嘴。好在孩子们的翻脸和重归于好都在须臾之间。接着，女人们洗了锅，胳膊上挽了麦辫，一撮一伙，笑笑地来了。几个人架起梯子，在戏台柱和树杈间拉着电线，一些半大的孩子在场院里跑来跑去。这样的时刻，大人们总比往常多了宽容，对趴在树上的孩子，也觉得他们的可爱。而更大一些的男女，则怀了另外的心事，此刻，也许正梳洗打扮呢。

跟逛庙会一样，放电影也是山村重要的社交活动之一。往往是十里八乡呼朋唤友地来了，并不只为看电影。也许在婆家受了委屈的女子，可以借此回一趟娘家，把攒了半年的眼泪洒在娘家门里，虽说不过得了几句空头的安慰：唉，家家都一样，娃，你藏忍咔！但终究回去时，又欢欢喜喜了，眼里露出久违的神采，为下次的一包泪腾出地方。

天黑得太慢，简直跟祥盛的慢性子一样。

现在，电影幕布四角被四根绳子拽住，大黑柜子（音箱）也分放戏台两边，场中央的两张桌子上铺了绒布，那是放机头的地方。机头箱子和"片子"在桌上庄严蠲着，几个负责看护的人，不时向试图靠近的人瞪瞪眼。男人们这才姗姗来迟，走得舞手夯脚，脸上是神秘的笑，掌心卧一撮麻籽，也不看，两指一捏，一扔，麻籽粒儿轻车熟路地到了唇齿之间，咯嘣一声，噗儿——成了挂在嘴边的两个黑碗碗，使人总要担心掉下来的，然而却不，那麻籽碗碗舍不得此刻人们嘴边那点热闹。

祥盛打着嗝儿来了，穿着四个兜的青色上衣，总使人想起干部。然而却没有干部应有的威严。当他红着脸蛋从箱子里取出机头时，有人禁不住喊出声——

咦——看！大头祥盛呦！随即觉出失言，吐个舌头。

祥盛却不恼，继续着他慢条斯理的动作。人们心里觉得，难得有祥盛这样随和的干部。

戏场里人声嗡嗡嚓嚓，人群营造的气氛，使平时的怂人也胆大起来，拿起个手电东扫西照，不注意晃了一个人的脸，那人骂一句脏话，怂人软软回一句，竟透着只可意会的幽默，人群里轰啦一下爆出笑声。天上的星星多起来，似乎人间的热闹反衬了它们的落寞，瞪起眼要一探究竟。

祥盛架好机头，把那些"片子"挂在机头上，开始摇起来。因为电影是巡回放映，前一个村子放完后，胶片没有倒过来，现在需要手动倒片。

随着摇动，"片子"滋滋啦啦，把里头的故事重来一遍。摇着"片子"的祥盛真幸福，多少人的酸甜苦辣尽在他的掌握，顺叙倒叙之间，就把多少人间喜乐给演绎了。

人们等待着，等待着，时间却偏要慢慢来。

突然，场中央射出一道白光，把一些人射到前面的幕布上去了。其中，有人嘴里挈着烟，有人手里的麦辫摇摇晃晃，有人的脑袋奇大。瞬间的暴露，制造出奇异的欢乐，这样定住几秒，有人骂上了：要谁谁把他的头撇远一点，又说谁谁家的媳妇子故意要人看她的俊模样子哩！偏有顽皮的孩子不理这个，故意作出手枪的形状，在那道光柱间比比画画，有人朝他屁股上来一脚，说，藏死过去！要开演了！

听这么一说，人群的浮嚣从空中落下，专盯住幕布，怕错过一秒就要吃亏。喇叭里吱吱啦啦一阵电流声，不及细听，幕布上有人动了，却不是熟悉的场景。幕布上出现一个穿白大褂的，终于有人反应过来，原来是关于蛔虫的宣传片。人们集体泄气似的，发出一阵：嗳——

就有人说，还好，不是演结扎戴环的。这么一提醒，人们又觉得看看蛔虫也未尝不可。

白大褂嘀嘀咕咕一阵，终于滚蛋，空气重又严肃起来，知道正片即将开始。眼前一亮，照例是一阵号声响起，一个五角星闪烁光芒。不用说，孩子们最清楚这是打仗的片子。然而心终究揪着，知道片子里的坏人迟早要死，但对好人的担忧并不减少。剧情已经是去年或前年就背熟了的，此刻依然要紧张一回。

在孩子们眼里，电影就是战争片和武打片，其他一概不算数的。

那时常放的是《地道战》《地雷战》《平原游击队》《英雄儿女》等战争片，也有《大刀王五》《少林寺》《风尘女侠吕四娘》《游侠黑蝴蝶》这样的武侠片。但给我印象最深的却是《岳家小将》和《红牡丹》。乃至《岳家小将》里，最后银铃子被她哥哥金弹子误杀在一片芦苇丛时的情形,至今历历在目,片尾的《小百合花》这首歌至今唱来,依然会被触动。记住《红牡丹》,是因为当时被主人公的悲惨遭遇深深感染,因此怀了要为她报仇的念头,深刻在心。

战争片和武侠片当然好看,但好人和坏人,好也好得明显,坏又坏得彻底,最后的胜利与失败也带着必然。而《岳家小将》与《红牡丹》这样的影片虽则结局大同小异,过程却格外曲折,能使人快乐的同时,还能哀恸。不知怎么,我小时候对悲伤的记忆总清晰于对快乐的记忆。

这时,黑影里,有人窸窸窣窣捏灭手电回到场子里来了,悄悄对另一个人耳语,说是刚去树林里解手时,似乎照见了鬼,一个黑衣服,一个红衣服。然而他的秘密被场里的专注覆盖去了,无人在意。

一阵风来,幕布拽着绳子挣扎几下,电影里的坏人,脸被扭曲出一种诡异,好人却因为无意的拉长显得更加高大。其实剧情倒在其次,人们要看的不过是那几个片段。无非是坏人被打和好人得胜,至于其他细节,简直可以不论。电影胶片仿佛也深知人心似的,有时就直接从一个场景跳到下一个场景。其实是胶片放映次数过多,断了,用胶布弥起来,难免丢了几帧,这是常事。有时正打得热闹,幕布上一个黑点儿,胶片断了,放映的人嘴里念叨着。正看到紧张处的人因为一腔激烈的情绪暂时要憋回去,于是一肚子怒火。但放映师不慌不忙,从容把"片子"取下来,把断处用胶布粘了,才又恢复放映。上一幕情形还在人脑里,到下一幕,本来刚伸出去的刀,此刻已插在某人身上,但是人们也顾不得追究,很快,再次被情绪牵引了去。

(有时运气好的话,小孩子就能从放映师脚下捡来几条断胶片,回去打着手电正经放起来,也很值得自豪一阵。)

灯歘啦亮起,幕布一片白,知道是一个"片子"放完了。这时,人群里有妇女大声嚷起来,埋怨旁边的人离她太近,仿佛已经吃了很大的亏。说完又后悔了,众目睽睽之下的窘迫,使她自己也不好意思地笑起来。人们也都心知肚明。那意思仿佛是说:难道灯不亮时,便宜也就可以尽着占?

大多数时候,这样的事也不过是人们百无聊赖的生活中的调剂。但有时候就会引起殴斗事件。那时,人们仿佛对打架这样的事抱有宽容。也许是娱乐手段的匮乏,潜意识里把一场精彩的打斗当作好戏。然而这种微妙是不宜表达出来的,大家只好各自默契配合着。因为心知肚明,所以不必动刀动枪,只以拳头解决问题。至于自行车链条和铁蛋一类,则更多充当道具的作用。往往是一场电影结束,看了什么很快忘记了,但对于打架的场景,却可以津津乐道好一阵儿。也难怪,农人们辛苦一天,拿这吹吹牛、炫耀炫耀,也不失为一个解乏的手段。

等第二张"片子"架上,夜幕也善解人意起来,以它的黑暗,成就一些不为人道的浪漫,为人们私下的动作和意念做个掩护。于是不单吃麻籽吃烟这样光明正大的动作变得潇洒,连人群里放屁及偷摸一下某人的手这样的事也堂而皇之起来。老天爷知道人活着必须有些秘密的,否则人生就没意思。老天爷要做的就是悄没声地让一些人手上和心里的秘密不事声张,一辈子匆匆而过,由当事人带进坟墓。人活着,与其说是一场一场兹事体大的冠冕堂皇支应着,不如说是被一桩一桩的秘而不宣追撵着。否则,一场电影怎会牵动那么多人的心事,乃至这村放电影,那村的少年提起马灯,捏了手电,风度翩翩,在月光下深深浅浅,踟踟蹰蹰,一脚一步地赶过来。

当然,明面儿上,电影承载的,更多是寻常里的人情世故。人活着,总有一些情绪要宣泄,总有一些情感要表达,于是,一场电影替老实木讷的人们做了这一切。看一场电影,畅快一回,悲伤一回,然后抖擞精神,扛起担子,仿佛过去那些悲苦,也就无足轻重。

当从邻村赶来的人们,走在回家路上,捏亮昏黄的手电,打起微弱的灯盏时,一路上总也想不明白:这深更半夜的,山路弯弯,水路迢迢,莫非是跑去编了个闲传?大家一思忖,附和着,觉得这道理的确没错。可当有人提出,某天某个村还有一场电影要放时,立时每个人又开始盘算,惦记着要换上两节新电池,再多打来一些煤油,因为很快,将有更长的一些山路水路等着他们。

电影散场了,多少带些怅惘。脚底下嘎嘣响的是麻籽碗碗;背上背的是早已熟睡的孩子,不知何时把一泡尿浇在父母身上;女人们脸上的雪花膏稀薄了,稀薄了。空气里,混杂着各种气味,香的臭的,都是人情味。其实电影已是又加演了一部的,可人们仍然意犹未尽。此刻,人人不惜以一顿长面的代价请大头祥盛留下来,并切切地说:我家的炕啊,给你放得热热的;另一个人抢着说,我家缸里卧下的浆水和酸菜,天爷,那叫一个香!

祥盛都听见了,却也都没听见,不慌不忙收拾着他的行头,嘴上入囊入囊应承着,心里想的却是把铁匣子里装着的人间故事,经他之手,转移个地方重演一遍。仿佛演完了别人的事,他也完成此生的使命。他这么敷衍应承着时,你又觉得他是庄重的。这让人们的一腔热忱落了空,又不容反驳。然而人们不必沮丧,明天还有一堆零里零碎的活计等着呢,足以填满电影远去留下的暂时失落。

于是,人们在回去的路上,已经又盘算着下一场电影来临的日子了,可算来算去,谁也说不准下次是啥时候。就像老支书家树杈上的大喇叭,它啥时候说谁家的女人该结扎了,啥时候该交公粮了,啥时候要唱大戏了,似乎有准,也没准。毕竟,一窝猪娃有时八个有时十个。农人的一切都是散漫随性的,就像这光阴,总是灰头土脸,偶尔,总算也能光鲜一回。毕竟谁家过年还不吃一回油饼。

大头祥盛后来上哪儿了,我不知道,每次回老家总说要问问的,终究给忘了。也许,大家都早忘记了吧?毕竟这样一个时代,谁还会去关注一场露天电影背后的事呢。

可有一件事,我是记得的。据说,当年捏着手电去解手,发现了两个鬼的人,到底心有不甘,第二天跑到小树林里,捡到一只绣花鞋。

据说第二年他的女儿就出嫁了……

2019年9月

院子里的风

一些风吹进院子,被院墙圈住了,被一扇门挽留了,被一阵脚步凌乱了,被一捆柴禾燎黑了,被一张嘴巴噙热了,风,便不再单纯,便成了院子的一部分。你以为你熟悉了一座院子,其实,你是熟悉了那院子里的一些风。你熟悉它,却并未真正了解它。你不知道,风也是有形状的,也是有味道的。风溜进鸡窝里,就是鸡窝的样子;钻进粮仓里,就是粮仓的样子;顺在墙根下,便是墙根的样子;扑进一个女人怀里,便是那女人怀抱的样子。风刮进一段光阴,一段光阴就有了样子;风吹过一段生活,一段生活就有了味道。可能是鸡粪的味道,可能是粮食的味道,可能是阳光下一床褥子的味道,还可能是一个女人经过时她身体的味道。

因为这些形状与味道,你知道半山腰里哪一缕炊烟,是从自家屋顶升起来的;黄昏时分,哪一声呼唤,来自母亲的方向。因为风的缘故,再短的旅程,也被拉得漫长;因为风的缘故,再远的归途,也不过咫尺之间。正是风,赋予日子形状和味道。

你以为看到一些事情,是眼睛的功劳,其实是风告诉你的;你以为你心底一些秘密藏得很深,其实风全都知道。

当一茬麦子熟了,招招摇摇,你捉起镰刀;当一只母鸡踱出方步,咯咯咯咯叫,你摸出一颗蛋;当一声呼唤远远儿传来,你走进家门;当夜空响起犬吠,你吹灭灯盏钻入被筒。你以为这些都是你自己知道的,其实,全是风告诉你的。

如果没有风,你怕要连自己也不认识了。

就像风带来一粒种子一样,人也是风带来的。如果不借助于风,那一声新生嘹亮的啼哭,便无以宣示。倘若还要追根溯源,这声啼哭,也是某个夜里,两股风在一片混沌里纠缠不清时,就酝酿了的。

盘古只身开天,女娲抟土造人。若说没有借助风,我不信。

风吹起黄土,也吹走时间。在风眼里,一茬人跟一茬麦子没什么两样。只不过,割倒一茬麦子需要一把镰刀,而割倒一茬人,一场风就够了。

一个人，一辈子，以为过的是一场光阴，其实不过是吹了一场风。一场风起，一些人来了；一场风落，一些人离开。吹人来的风，留下了，舍不得走，要看看时间给人脸上身上留下怎样的痕迹；吹人去的风，最终停在某处，把一个人一生的故事堆在一起，垒成一个土包包。

一些人走掉，顺手带走一些风，多年后，土包塌了，平了，又把风还回来了。还回来的风，刮在另一些人的脸上身上，使他们觉得这风的形状与味道，是他们所熟悉的，仿佛从未离去。

如果没有一场风，再多的牛羊，再多的水草，再多的粮食，再多的人，村子里也是空荡荡。

在村子里，风是最自由的，它四处游逛，想停下来歇歇，就落在门口的草垛儿上，想撒个欢儿，就把一树叶子摇得哗啦啦响。没什么比风更知道人的心意。

你去别人家，首先闻到的，是那家院里的风，你喜欢不喜欢那家人，风自然会告诉你。你爱上一个姑娘，不是爱上她本身，而是爱上她身后的一阵风。风不似人那般势利，无论豪门别院还是茅屋鄙陋，它都乐意光顾。而且去了就能沾染上那家的气息。村东头谁家锅里炸油饼的味道飘到村西头；村西头谁家碗里的炝葱花飘到村东头，热烈混杂一处，在风看来，不过都是人间烟火。哪垧地旱了，哪垧地涝了，风会告诉一朵云，云又向天上汇报，于是，一场雨就下来了，一个日头就出来了，人们以为这是磕头祷告的功劳，却不知是一场风，沟通人意，以达天听。

人们一直以为是用脚步走路和用嘴巴说话的，其实，是风替人们抵达与沟通。

入夜，整个村子的人都沉在一场梦里，就由风守夜，由牛守夜，由狗守夜，由老鼠守夜。人只用一根绳子就捆住一头牛，拴住一条狗；用一个土坷垃就堵住一个老鼠窝；用黑暗为一些谎言打下埋伏。却捆不住、拴不住、堵不住，也骗不过一场风。人不知道，因为一阵风，一个悄悄潜入村子的贼落荒而逃；在一阵风里，一头牛和一只狗隔墙数落着人类的可笑；在一阵风里，一窝老鼠在召开家庭会议；因为一阵风，一个人心上的想念已经被另一个人在梦里知道。第二天醒来，人们打个哈欠，拍拍口袋里的粮食，出门互相打个招呼，觉得一切都跟前一天没有两样，又把鞭子吆在牛身上，又把一天的光阴扛在肩上。

人永远不知道当他们还在梦里时，究竟发生了什么。不知道，是因为人的傲慢。他们从来像打量一场风一样打量一头牛或是一条狗，以为牛只懂鞭子的声响,以为丢给狗半个馊馒头,已是天大的恩赐。人的傲慢使人的眼睛和耳朵很多时候成了摆设。如果人能谦卑一点,用心去看去听,会发现,其实,在一场风里,牛啊狗啊驴啊,甚至老鼠什么的,早都是人中间的一分子,早都是村庄的一分子,早都是家的一分子。当人们打量它们时,它们也在打量着人;当人们夜里闭上眼骗自己时,它们只好吃吃地笑。风把人的秘密告诉了它们,却不把它们的秘密告诉人。

如果没有风替一些人和动物守住一些秘密,人和动物,就根本无法和谐相处。

韩家的风跑到李家,李家人就觉得陌生;董家的狗窜到张家,张家人就闻见不一样的味道。因为不同地方过来的风,带着不同地方的秘密。韩家的女儿嫁到李家,就要哭就要闹,她舍不得韩家的风;董家的女婿跑到张家,张家人就要撺着看就要笑话,因为张家的风使他拘谨。

人以为熟悉并记住的是一个地方,其实只是熟悉与记住了一场风。当风把人从一个地方吹到另一个地方,吹进另一些人群,风把人们的秘密交换了,时间一久,开始分不清风的味道,于是,在另一场风里留下另一些秘密。最后,嫁到李家的女儿,把李家的一座房子叫家,却把风送她来的地方叫娘家。后来,风又把韩家的女儿跟董家的女婿吹到一个更远的地方,在那里,他们才发现,使他们陌生的,不是那里的人,而是那里的风;他们熟悉与记住的,却还是当初那场风。他们发现,只有他们所熟悉与所记住的风,才守得住他们的秘密。于是,当他们怀念一个地方时,其实是怀念那个地方的风。

只是,他们不知道,风吹远的不止他们,一些牛啊驴啊狗啊老鼠啊什么的,也一并被吹远了。

当一场风把他们吹跑的时候,那些牛不见了,驴不见了,狗不见了,老鼠不见了,一些风,也接着不见了。

他们才知道,那些风,其实是牛的叫唤,是驴的撒欢儿,是狗的咬,是老鼠的开会,一个连一个一声接一声,才成就了的。

现在,风没了根。

当人们偶尔回到村子,看到一座颓圮的院落,看到一株似曾相识的树,看到一张渐已苍老模糊的面容,他们站住了。他们在等待什么?

他们,他们只是在寻找一场风。

院子再衰败,只要有一堵墙还站着,就还有一些风在里面;一棵树再衰老,一阵风过来，就又听到当年在树下的嬉闹奔跑；一阵风起时，记忆里一些面容再苍老模糊，依然能闻到他们身上熟悉的味道。

现在，人被风吹远了，门上挂了一把锁。

人去院空的一把锁，锁住的不是一扇门，而是一些风。

直到后来，一些风在荒野上四处流浪，韩家的李家的、董家的张家的风，它们结伴疯跑。因为一把接一把的锁子锈了，烂了，一座连一座的院墙破了，塌了，一个又一个出去的人不再回来，曾住在那些院子里、奔跑在那些墚峁上的风，成了孤魂野鬼。

它们和那些四处漂泊的人一样，无家可归了。

2019年9月

咯琅琅的清河水呵，我是你荡涤与摩挲过的灵魂……

黄土地，我扎根的地方

都市浸淫既久，就想回老家待一阵儿，大概想沾沾泥土气吧？土里生养的孩子，恋着那点子土气实在理所应当。这么想着时，我已站在故乡的土地上了。挨着黄土，就有甩掉鞋子、光脚丫撒欢儿的冲动，一任土面面溢过趾缝，酥酥痒痒，被摩挲抚慰的那点子温存，从脚底板升起，顷刻心都化了，一些失意也就不必计较。我该是一颗洋芋蛋儿的吧？唯埋进土里，才有生命得以滋养的踏实，而精魂却是骚动的，攀着枝叶，把心情开成一朵紫花，又长成一枚洋芋铃，歪着脑袋听听、看看，便听到一株麦子拔节向上的声音，便看见一只屎壳郎拥有怎样的落寞，然而须臾之间，又盯住一只蝴蝶，扑闪扑闪地，向远空去了。

远空猹猹犬吠，墟里悠悠鸡鸣，头顶红日微煦，脚下溪水潺湲，一切似灵魂的召唤，空明澄澈，辽远疏朗，瞬间，便知来路与归处。

我终究是土地的孩子，这辈子再脱不掉一身土气了。

这奇妙的感觉从何而来，以前总未细细思量，待到中年，却渐渐明晰起来。大概正因知道一茬麦子怎样种下，又如何长起，终而生成人的筋骨血脉，才如理解了麦子的黄与皮肤的黄一样，理解了这黄土地——她是人的根。不知为何，总爱闻一泡暄腾腾的驴粪蛋蛋的味道，难与人言，曾以为是怪癖，今天，却恍然大悟：当我闻着驴粪蛋蛋的味道时，可不是恋着那里头的青草的芬芳么？当驴子在草地上打滚儿时，不也正如我躺在草丛里看云朵儿么？人与驴的眷恋，并无本质不同，不过都是天性罢了。当我开始理解一头驴子时，便理解了一泡驴粪蛋蛋，也理解了我自己。

使我理解自己的，还有许多。比如一阵风，一场雨，抑或风雨中一扇老朽的木门。我在想，为何都市中生活几十年，依然未改旧时脾性。大概是风雨，以及风雨中老去的门扇，赋予了我生命底色。乡村的风雨来时无遮无拦，先是把塬上的一个放羊老汉撵回来了，又把麦垛上的一顶旧草帽抛向远处打着旋儿了，终于搡开衰朽的门扇，都不商量一声就登堂入室了。我静静看着，却并不知道，我的率直与倔强，天真又苍凉，早经由风雨而涵养；而那扇老朽的木门，"哐当"一声的惊心，便使我要跌入莫以名状的惆怅里了。从此一生都是奔放的，又是沉静的。经由那样一扇门，让我开始幻想一场风雨，不久前曾经过谁家的小小院落，又将奔向一个怎样无垠的天地。

那无垠天地于我，终是遥不可及的幻想。当我开始向往，便几乎来不及道别，就匆匆远离，以为唯有远离，是自我的救赎。直到后来，见惯灰蒙蒙的天空，走遍钢筋混凝土的丛林，才又想念，想念那一朵一朵的云与一闪一闪的星子，想念漫山遍野的狗娃花儿与山丹丹，她们是天的眉眼，她们是地的裙边。

使我想念的，是黄土大塬上，忽然吼起来的一嗓子秦腔。若说有哪种音韵能一下直入心底的话，便唯有秦腔了。秦腔的苦情，秦腔的慷慨，秦腔的悲壮，唯有西北黄土大塬的厚重与苍凉才托得起，配得上。听！当秦腔吼起来！第一嗓子，便带了血丝，便把人的精神抖擞起来了；不必酝酿，乍地而起，心尖尖儿都在震颤呐！未及把戏文听真切，一曲板胡就把噙了千年的一汪泪，给惹下来了。

惹下的泪，浸润眷恋，钻进黄土地的褶皱里。褶皱犹如老母亲干瘪的肚皮，而连绵起伏的一个一个土包包，是老母亲萎垂的乳房。黄土地上的人，向来靠天吃饭，有时旱得连一滴眼泪都舍不得淌，便唯有把不为人道的苦吼在一嗓子秦腔里了，便唯有把对母亲的爱，化为拥抱那土地的一颗一颗泪蛋蛋了，那是予母亲最深情的反哺。

天下所有的戏，都是唱出来的，唯有秦腔要吼出来，吼着吼着，把苦情吼成了欢实。当吼出的调子，送走天边凄清的冷月，迎来一轮火红的太阳；当昂扬的鼓点，敲醒酣睡万年的大地，腾起滚滚烟尘，一腔愁怨也就寻不见了。

正因体味过鼓点的激越与调子的苍凉，使我后来面对人世繁华，有了一份共情；目睹众生疾苦，便不会是审视与打量，而有设身处地的理解与悲悯；并使我每遇困厄时，能有绝地重生的力量。

但倘若生命唯有这样一种姿态，未免过于荒凉，于是，便有了"花儿"。那是另一种直抵心灵的乐声。"花儿"虽也常常如泣如诉，却于泣诉中带了俏皮与浪漫的味道。无论是一双绣花鞋垫儿，还是窗台上一豆灯盏，不管阿哥的情深还是阿妹的意长，总是针扎了手还笑笑的，灯窝窝里没了油还巴巴儿望着，阿哥看上张家川的瓜牡丹了还切切地不撒手，阿妹被上磨（地名）里人拐走了，还把情歌唱了一背篼。"花儿"的天真烂漫，便是老家人的天真烂漫。天真烂漫的"花儿"，给予人身心最温润的滋养。再复杂的社会，只要还有人漫着花儿，心田就不荒芜；再务麻（心烦）的心事，只要花儿出口，就还觉得星星是星星，月亮是月亮。后来出

220

走家乡,于纷繁芜杂的人世,只要心中响起"花儿",就莫名感动,就牵动一腔柔肠。老家人独有的纯粹与质朴使尘埃荡涤了,把滚滚红尘隔开了,让人眼明心亮,让人坦坦荡荡。

可你以为听过秦腔与"花儿",便知道我家乡模样么?那还是见识短浅,还远远不够。我家乡的模样,不单在塬顶,在野洼上,在埂堎下,在沟畔畔,还在张川龙山二镇的街道上,是那样亲切,又那么触目。放眼望去,满街各色的盖头与白帽帽,明媚似霞、灿若云霞。十字街把来自四面八方的人群联络成一种声气儿,一个身段儿;来了来了,都来了,就在凉粉碗碗或麻籽摊摊前,被招呼住了;被一声连一声的"他丫丫"或"她爸爸"给拽住了,没防住就热热烈烈诌上了,咋咋呼呼闹开了。市声、烟火,瞬间化为一个深不可测的江湖。划锅盔的刀子,呲啦划出一条横平竖直的道理;称豆腐的秤杆,须臾权衡了人心世道,一碗比圆树梁还高耸的炒面片,埋伏下关山月明,担起丝路风霜;一坨牛板筋,于摇摇晃晃的品咂里,悟出一番人世哲学。

每当此时此刻,我便要沉醉于勇猛刚烈的老家话里了。老家话砸在地上一个坑,唾在墙上一根钉。我再未见过如老家话一样硬扎的方言,倘没听惯的人,猛听之下定要硌得慌,那都是些啥样的话啊——

那话——是如磨盘一样的锅盔,似煎爨(味道热烈而浓郁)可口的羊肉泡,若一闻即醉的酒醅子,像五大三粗的酥麻糖;冷不丁,就一齐大剌剌粗粝粝地来了,简直招架不住,就要抱头鼠窜了,却于转身之际大喜,然后莞尔。原来世上再无如此掏心窝子的话!

老家人,向来是把最熨帖的心事说得像吵架,把最疼人的情话吼出高八度。但那还只是起个范儿,等正式开腔,则响遏行云,便青衣水袖,正如一个温润可心的油饦,捧在手心娇憨无比,轻咬下去,入口即化,唇齿留香……

当我站在黄土地上——

许久未有的满足与幸福,仿若顺着咯琅琅的清水河,流向黄土大塬上的沟沟畔畔、樑樑峁峁。

我将要醉倒于这片高天厚土了。

而当终要离去,心中带着恬恬的喜悦与淡淡的惆怅,可是,当初那个烂漫天真的自己又回来了,一些熟知的脾性又回到了身上。是黄土大塬的宏阔给了我包容的胸襟;是秦腔与花儿为我生命濡染出苍凉与多情;是勇猛刚烈的老家腔调,赋予我一份率真;是咯琅琅的清水河,浸润我一腔柔肠,于是,便总要把阿阳思念,把关山回望……

每当想念至此,便要感恩生我养我的那片黄土地,她让我生有皈依、死得安放。

正是这样一片黄土,给我以根基,予我以喂养,才使我拥有更丰富与广阔的生命,在与都市的彼此观照中触及更深刻与细腻的人生领悟。当我不再如当初、为自己卑微的出身而羞赧,当我见识了世界的切切嘈杂与蜚短流长,便愈加觉得家乡的可贵,便愈深深眷恋着我的黄土地了。

当我想到我眷恋着的家乡时,我仿佛看到一串洋芋铃的摇曳,听见一株麦子的拔节向上,感到身下青草的温柔,闻到泥土气的芬芳,以及一个驴粪蛋蛋的味道……

2020年4月

颠　山

颠山,是我老家话,离家出走的意思。但离家出走的萧疏淡漠,远非颠山之生动果决可比。"颠"反映离家时的状态,"山"直指目的地所在,合在一起就有了画面感,所以还是用方言说更有味道。

"颠山"为何?情由不一。

比如两口子闹了别扭,女人又吃了亏,即力量不胜而非表抗争之坚决不可,于是辫子一甩屁股一拧,揩把鼻涕,颠山去!或者子女被父母暴揍一顿,被揍者又有种种委屈不服,瞅准机会跳出大门,也颠山去了。

颠山是弱者最后的尊严。一来发泄情绪,二来以示对对方的惩戒,三则不花钱无有成本而效果显著,不颠白不颠。

我的第一次颠山,在三四岁。

那时住在县城,父亲单位里。一日父亲上班,母亲与我在家。母亲因忽然想起什么事,要出门一趟。等她赶回来,发现我不在屋里。左右捉寻不见,忙跑去喊父亲;父亲开始不以为然,直至向整个院子打问后,不见音信,才慌了。父亲跨上单位的三轮摩托,飞至广播站,即央广播员满城喊话,而后又带母亲在三轮摩托上张牙舞爪、满城乱撞,然而一上午胡乱过去,终无所获。据母亲后来说,她已做了最坏的打算。

谁料奇迹竟发生了。事情是这样的:那天下午一位远房亲戚去街上买东西,恰遇失魂落魄的父亲,才得知,父亲在寻我,而我正被这亲戚收留着。当父亲怒冲冲跳进屋时,发现我正睡得酣甜,手里仍紧握一块油饼。父亲哭笑不得之下听说,原来亲戚在院门口照见我,便领了我去。亲戚拿了油饼给我吃,又倒一杯麦乳精,我吃饱喝足后睡在亲戚腿上,不知啥时又上了床,做起甜梦。直到下午,亲戚又遇见父亲,这期间,他竟对广播声充耳不闻。

以后,这事儿隔一阵儿,就分别从父母亲嘴里说出。实际上,我也正是从他们反复讲述里弥合出一个完整的故事,从故事里还原父母当时的心情,或许还有添油加醋的成分，年深日久，已不可追究。但蕴含其中的感情深存心底：便是油饼的好吃，以及亲戚屋里的温暖，给我的宁静舒适，过去多年仍觉亲切。这次经历曾给父母苦恼，却让我自豪。

当然严格说，这不算"颠山"，顶多是一次意外走失，但正是这次走失，为我后来的颠山提供了必要准备。

真正颠山发生在六七岁间。一次吃饭时，打碎一只细瓷小碗。那个年代一般人家里用的都是粗瓷大碗，这小碗还是母亲央了父亲从县城买来的，仅有一个。我还没从惶悚中醒来，母亲的巴掌就火苗一样往头上身上蹿。情急之下一头顶开母亲，胁下生翼，飞过门槛儿跑了。

刚出巷子，母亲脚步声紧随而来，随之而来的还有母亲尖利的吼声，几欲将我掀翻在地。还好她终于放弃，她的脚步声渐成原地踏步的鼓点，鼓点随我跑远仍敲打在心上。

又穿过两道沟，沿坡往山上蹅摸，一步步向田野，一眼眼村庄渐远。确定没人追时，反生失落。猛见天上白云，不怀好意地筛着；一脚踩住自己的影子，影子越来越小，终于踩不住，觉得天底下只剩自己一个。

风溜田埂，牵扯衣襟，仿佛被一只手捉住，却空惘。才咀嚼被母亲追逐时，害怕而刺激的快感，随即为深心里盼着被捉而于自己的背叛感到可耻。想到母亲此时慌张，手里活计捉起又放下，满院转圈打磨而终于四下张望、趴在村口墙垴上呼喊我名字时，把眼下因被母亲捉打而痛、而自恨的心思淹没了，巴不得天黑，那时才有好戏看！然而日头悬在当空，像一张刚出锅的油饼。过午，远处田里劳作的人影晃动，人间显得那么不真实。我想走得更远一些，远别这非真实的人间。走更远一些。将来狗尾巴草编了草帽，又拔一撮野葱。野葱的辛辣跟泥土的馨香，营造淡淡惆怅。

不时传来一声长呵，是放羊娃吼秦腔，其声苍凉其调悠扬。虽那时并不知有苍凉悠扬这样的词汇，那份感情是确切的。瘫在田埂上，看云朵向崖畔低头含笑，渐生蒙眬睡意。惊醒时，一只老鸹独自离了树枝，太阳已经钻进草窝里去了。空气陡然凝重，风过田埂像匍匐在黑黢黢的狼背上。翻身起来，地上一个人形瘆目，脚下村落迷蒙一片；屋顶缭缭，炊烟不听人的使唤，跟了日头一同向山后跌去。忽然感到被什么从背后猛推，却不敢转身；似要喊一声的，被酸楚截住不能出声，撵着魂往山下跑，如在梦中飞。路过一户人家，门闩玲珑而门扇吱呀，是人间最美乐声。到巷口，看自家屋顶，烟囱黑狗一样蹲着，饭菜余味尚存。一头踅进隔壁爷爷家驴圈里。驴圈里有个堆放草料的围栏,摸索着卧在草上。两头驴子对我充耳不闻,继续它们的咀嚼。我拉了草料把自己浑身苫住,枕着手,听驴铃叮当,听它们哂笑听它们交头接耳。

过了一会儿,听见爷爷咳嗽,知道他来给驴添草。我屏气凝神防着被爷爷发现。爷爷掌了马灯,照向驴槽,往槽里抓两把、摸摸驴脖子,转身出去了。驴子比我幸福,我想。打定在驴圈过夜的准备,要糊涂睡去时,爷爷又来了,这次向槽里撒几把玉米,对驴咳嗽几声,转身抬脚时,忽然把马灯悬在我头顶,一惊,又笑笑,准确捉住我的胳膊,我顺从着被提出草堆。爷爷摸摸我的头,嘴皮欲动,却努起脸来,显然是向母亲表达不满。爷爷牵了我手向家去。须臾心想,一顿饱饭和一顿饱打哪个先来?爷爷大手的温暖,也只是暂时的吧……

进门,瞥见母亲从厨房出来,一手端了碗,一手揩向围裙,大家都没说话。我端了碗,饭尚温热,往嘴里扒面条时,爷爷背着手出去了。吃完饭,等着的一顿打还不见落实,便跌倒在炕上睡了。那晚,感到炕那么陌生又那么亲切,贴着炕席时,整个身体被匀实托定,天地专为我侍候。

实践出真知嘛!有再一就有再二再三,以后颠山不免得计,有时还要绉个花儿。

直到后来,母亲打不动我,山村也成背影,推向前台的是真切的生活;真切亦不过梦幻泡影,母亲竟一句话未留就舍我而去。从来都是我跑母亲追,现在她自己跑上山,我却永远追不到她。

母亲平生唯一的"颠山",那么决绝。

往事再次浮现,已是异乡之夜。

异乡之夜可埋伏乡愁,白日却不得不直面以待,不敢半分闪失,唯恐失手,哪敢有颠山的念头。

然凡事总有意外。是毕业后,暂于一家单位实习。某次,受了上司批评,委身一角伤神,恰遇一位女同学,在另一头花容失色,使我大为感动。以为她为我抛洒同情之泪,使我心酸给我温暖,差点上前搂她香肩。女同学叫杨丽,本来漂亮,梨花带雨就分外动人。只是人家那时那么骄傲,何曾正眼瞧我?然而我竟不知那正是她一腔婉转情意?

事情就是这样子,人生就是这样精彩!因这鼓舞,已经心里拉了她手,一起奔向一个满是自由的去处,给她肩膀,肩膀不再拿来哭,而是使她靠得踏实。竟几乎落泪,她却扭头笑了。她的笑一直蔓延到后来多少年,每当想起,使我在心里笑自己。人家当初是因为跟对象吵架！原来世上还有这么美丽的误会！不过我仍感激这意念里未竟之私奔。不，意念里未竟之颠山，赋予我一段美好回忆。

时光陡转，再次想起颠山这回事，已人到中年，又把儿时的荒唐回味，不禁莞尔，却也别有滋味。转眼孩子也该到颠山的年龄，偶尔也曾责罚一回，想到他们会否也曾有要颠山的念头。但随即觉得悲哀。都市圈养的孩子，何曾体会过自我放逐；放他们出去，亦不过迷失在钢筋混凝土丛林里，颠山的滋味他们是无福消受了。

这丛林里没有炊烟，风也不会带去家中饭菜的味道，更不知颠山愈远，只是愈盼着那熟悉的脚步声愈近……

2021年4月

市　声

　　昨晚出去散步，因为长假的缘故，街上人群多了几分悠闲，在都市，是难得的景象，于是又依稀听到久违的市声。

　　这几年因为城市管理的需要，许多夜市摊点被取缔了，我也因为忙于生计，闲逛这样的事仿佛已是久远的记忆，再次重温，竟莫名触动心弦。

　　心理上，我向来喜欢规整有序，无论家里还是街市，都觉得要把一切安置妥帖才踏实，但似乎又隐约舍不得街市上那点子嘈杂。正如家里偶尔不叠被，或是光着脚丫子在地板上飞奔，仿佛如此放纵片刻，生活才有烟火气。想来大概是我出身贫贱的缘故。

　　小时候在老家，能跟着大人赶一趟数十里外的集市，是梦寐以求的事，也许正是这份亏欠镶在筋骨里头了，使我总要从人群嘈杂、市声喧嚣里找到一些亲切。后来到了城市，在城乡接合处，也有类似乡下的集贸市场，我也时常混迹其间，从一把小葱小蒜里刨拣庸常的生活。

　　那时刚结婚，住在一个叫"排洪沟"的地方，这接地气的地名正符合我的身份，于是，当我逛起集市，也颇堂皇正大起来。集市上卖菜卖杂什的多是来自兰州周边地县的农民，跟面有土豆色或玉米色的他们交流起来并不困难，三言两语就认成老乡，渐渐竟也有了几个点头之交，也就开始知道一些关于他们的事情。

　　在其中有一个卖西红柿的大姐，至今仍记得她的模样。别人摊上是各样菜都有，她却独卖西红柿，这不免使人好奇。一次终于忍不住劝她道：多卖几样难道不是给顾客更多选择么？如此不是收入更有保障？

　　她笑着把一颗西红柿搭给我，我来不及道谢，她已经用手掌把我未出口的话按回去。她说：其实吧，关键看能不能把一样儿"卖住"，"卖住"了，照样有得赚，且更加轻松，如果"卖不住"，看起来样数丰富，其实眉毛胡子一把抓，啥都有，啥都不精……

　　她对我说这话时，身后她男人正嘿嘿向我笑着，不言语。他向我笑着，但笑意里却满是对自己女人的崇敬。我见过太多这样的男人,他们因为女人的能干,便甘于绿叶的身份,嘴上往往说自己没本事,脾气却好,但其实脾气好就是最大的本事。因为脾气好,女人并不嫌弃他赚不来大钱,还心甘情愿给他生下一炕娃娃。他大概就是这样一个男人,一个卖西红柿卖出名堂的女人背后的男人。

男人身旁是他们的女儿,五六岁,她边蘸唾沫边把一沓毛票捋展了,码在一个装过注射针剂的纸盒里。我被这一家人营造的画面感染了,但心里还是不明白大姐的话。她嘴里的"卖住"该当作何理解?看他们忙碌着招呼别的顾客,又不好深问,就打招呼离开了。

以后买她家的西红柿就成了习惯。主要原因是我爱吃西红柿,无论什么菜,都要烩西红柿进去才觉得有味儿。后来渐渐地,经过她家菜摊,不买上几斤西红柿,总觉得少了啥。一来是她家西红柿确实好,二来是大姐脸上的笑,她笑起来红红的脸蛋上仿佛挂着两个西红柿,怪不得她把西红柿"卖住"了。

每当称完,她男人要把袋子递给我时,她就抢过去,顺势白她男人一眼,从一堆里捉起一个西红柿搭给我,同时脸上绽放着愧疚的笑,仿佛不搭一个柿子,倒是他们家对我有了很大的亏欠。

其实一开始我是坚决拒绝的,觉得这行为就跟买水果时喜欢捉起一颗就要尝的那些人一个毛病,无非要占小便宜。我含蓄向她表达我的意思,她却笑着瞪我一眼,那样子就像小时候去姑姑家,要回家时,拒绝姑姑伸过来的一把糖果,使人不接着便不好走出她家大门,于是只好含羞笑纳。

但她男人的记性仿佛很坏,每次称完就拎了袋子给我,照例要被他女人瞪一眼。而被瞪一眼的男人才满足了似的,满脸皱纹堆起一层憨笑,仿佛他的坏记性,正是为了女人那一瞪的温存。

看来他们真是"卖住"了,直到他们蘸着唾沫数钱的女儿已经梳了小辫儿,已经知道害羞,他俩还在卖西红柿。唯一的变化是数钱的女孩子旁边又多了两个在比赛抹鼻涕的小女孩儿,她们都有西红柿一样灿烂的肤色。男人还是一副讨好又愧疚的样子,面对女人,有谦卑的温柔,女人数落一句他一笑,仿佛就要"嘿嘿"一声,人听时,却又无声。我竟开始舍不得这一家子了,因为我要搬家,要离开这里。但我并未告诉他们,我想我还会时常来逛逛,不说反而自然些。

回家路上,碰见院子里一个热心阿姨,她仿佛认识我提的西红柿,打量一眼袋子,意味深长看我一眼,然后像亲手揪住一个巨大的秘密一样,把两只手在自己嘴上按成喇叭状,对我窸窸窣窣地说:以后别去那家买西红柿,她家是八两秤！说完又把按住嘴巴的双手使劲拢拢,仿佛那秘密随时有逃逸的危险。我说,阿姨,谢谢您,我知道了。她看着我的笑,仿佛大有深意,摇摇头走了,意思好像是:唉,到底还是太年轻。

后来,我离开排洪沟,几年不见卖西红柿的一家人,去逛逛的想法也一直未能如愿。有时竟会想起他们,也想起那位热心的阿姨。然而却总不以为他们手里拿着的是八两秤。但反过来,也还是相信那个老阿姨,她也没有哄我的理由。心里只觉得他们不过都是善良的普通人。

当我后来再想起他们一家,想到他们能把一种蔬菜"卖住",不单养活了几个子女,还计划着在省城买房时,想到的已经不单是他们的善良与能干,而是体味到岁月赋予我的阅历,于是对于那些琐碎嘈杂的市声,以及置身琐碎嘈杂中的人们,有了新的看法。

挣扎在底层的人们,自有一套从实践里得来的逻辑与智慧。比如,市场上确实存在八两秤,但与此同时也不乏一些爱占小便宜的人,大家都是为讨一口生活。虽说那些爱尝人家的果子或是笑着把人家菜摊上一根葱悄悄挟在腋下带走的老年人,不见得得了多大的便宜,但那一刻的紧张兴奋里,写着他们隐秘的快乐。可对卖水果卖菜的小贩来说,意义又不一样。

你想,倘若每天遇到几个这样的老年人,每人尝一个果子,或是从腋下挟走一根葱,又或许把一个不大不小的西红柿掖在袖筒里带走,一年四季下来,还不得损失一架子车?这账可真不能细算!可是大家低头不见抬头见的,买卖之间往往谈笑风生,挟走或袖走一根葱或一颗西红柿的动作,也是电光石火之间的暗波潜流,不好明着说,更无法定义为偷,说破了,大家彼此怎么做人?

但底层人民向来是有这样的智慧。你明知他是八两秤,但他在家门口,总为你提供了方便;他也知道你爱占点子小便宜,但长年累月又吃不起那个亏。于是,大家彼此在一片亲热中,各自盘算着自己的小九九,貌似糊涂又心知肚明。明着说自己糊涂,不过是说对方糊涂;也知道对方心知肚明,却仍然想着:嘻嘻!到底还是占了他便宜……

于是,八两秤的和挟走一根葱的,大家彼此都觉得没有吃亏,都心满意足地挥手告别,继续讨着他们各自的生活……

当明白了这一层,向来黑白分明的我,也不禁莞尔一笑,不觉得他们卑琐,反觉出可爱。

不过是大家的生活都不够从容,如果能像那些有钱人一样,住在什么"黄金水岸"，什么"东方巴黎"一类的地方，相互大概可以不必如此。但话说回来，倘若真的住在那些地方，有了大超市便利店，公道是真的公道，却也因此少了你来我往的热闹，少了许多烟火里的人情世故。

可不是？平民老百姓掐掐算算过日子，看似的毫厘之争，无非是寻求那点子从牙缝里挤兑着讨生活的平衡。我原本对市场上一些人为几分钱几毛钱的辩论不屑一顾，觉得与其浪费那个时间，不如去多赚两个钱才是正经。后来觉得，这种看似浪费时间的讨价还价实在有它存在的必要。除非是那些真的大动肝火、大动干戈，平常的小吵小闹，无非是趁机把日常的不如意发泄一二，让一些寂寞闹出点动静，便觉得生活的辛苦简直不值一提，甚而也不那么孤独了。

混迹于市场的，大多是平常寡居的老人，或是受了公婆气的媳妇子，无处发泄的幽怨，在一片市声里释放了，进门的一刻，突然气也顺了，理也正了，一天的光阴便又打发过去了。寻常百姓的日子没那么多大道理，都是鸡毛蒜皮，但把鸡毛蒜皮捋顺了，也就安放了他们的焦虑与不安。

"生活"一词，对有人是堂皇正大，对另一些人却是鸡零狗碎。对了，老百姓其实更爱说成"过日子"。

想到这一层，很多原本要计较的事情，便不再觉得有计较的必要；然而对于他们的斤斤计较，又以为有情有可原的理由。

记得一次买菜，前面一个人付了钱，遗落了一把芹菜，摊主又把这把菜算在我头上，我付了钱转身之际，掏出这把芹菜放下，告诉摊主，这不是我要的菜，然后昂然离开。走出几步想起，我不是付钱了吗？想想整个过程，心里觉得失笑。觉得还是算了回去理论，大不了几块钱的事，让那个摊主肚子里暗自高兴那么一刻，不也挺好么？我自己不也从回味里找到一点难得的喜感么？

也是奇怪，很多大事我都忘了，偏偏这样的小欢喜至今记得。

我自己买东西从来不数钱，找零回来也就随手一揣，自然更没有讨价还价的本领。但随着年纪增长，却喜欢听别人抑扬顿挫地讨价还价。当然不是要真的听分明，判断是非，只是觉得听上几声还挺接地气。

老百姓就指望着那点子嘈杂证明自己还活着，靠那点子脸红脖子粗觉得活得有滋有味呢。

怪不得，后来城市管理部门把很多露天市场清退以后，市面上的确整洁多了，但同时总让人觉得少了什么。倒不全是方便与否，而是那片凌乱嘈杂里的人间烟火气淡了，不见了。现在一栋栋带着门禁的高档住宅区把人群分割成三六九等，一座座豪华写字楼又把人们区别出高低贵贱，人与人之间沟通的机会更少了，又没有曾经游离于城市夹缝的一个个农贸市场牵线搭桥，人们之间越来越客套，又越来越陌生。

又想起去年，下班后不知怎么就逛到一个之前从未涉足的路边市场，沿着城市次干道，卖菜卖水果的、卖蜂蜜卖老鼠药的，沿路边浩荡下去，简直壮观，恍惚置身于小时候的庙会中，竟使我莫名兴奋起来，下意识掏出手机，拍了一段卖老鼠药的人叫卖的视频，发在朋友圈，顺带着感叹了一番农贸市场在城市管理夹缝下的状态，仿佛这人间真味，颇有于石头缝里蓬勃出一朵花儿的意味，欣喜中带点淡淡的惆怅。可同事欣芮看到"说说"后告诉我说：那里原本就是个自发形成的市场，她小时候还常跟着她爸爸去逛。

这让我要感慨民生之多艰的正义落了空，想象欣芮在屏幕那头的笑，我自己也哑然失笑。过后一段时间，欣芮的父亲因病去世了。没想到当时在农贸市场发"说说"一段儿，竟成了回忆。便常幻想那个市场上，欣芮慈爱的父亲，拉着欣芮的手，他们指东指西地看，说着家常，然后买一堆瓜果梨桃回家，是多么平凡又温馨的人间场景。

当时欣芮对我说时，一定带着温暖甜蜜的回忆，然而后来，当我再次想起，却已物是人非。对欣芮来说，一段往事成了永远的珍藏；对我而言，当时一个无意的举动，竟使我关于那瞬间的回忆，有了点意义。

欣芮不知道的是，她随口的叙说，竟使我体会了别样的人生况味。

大概因为这些况味，我总觉得，之所以会有一边期望着城市的整洁有序，又一边期望听到那嘈杂喧闹的市声这样的矛盾心理，大概是舍不下那份人情味。

如果我跟欣芮不认识，自然不知道她的父亲，也因而不会知道那个农贸市场会与一对温馨的父女有关系。但现在，他们父女之间的故事，仿佛也有我参与其中，虽然不过只言片语，却同样给我温馨的遐想，又给我淡淡的惆怅。

而这一切，都跟邂逅一个农贸市场有关。

世间很多事真是始料未及。而今晚的意外是，出去逛一圈儿，听到久违的市声，便有了如此多的感慨，有了这样一段婆婆妈妈的文字。但其实我想说的还有很多，又不知该怎么开口。

我们的城市自然要发展，自然要越来越整洁漂亮，但到底该留下些不起眼的犄角旮旯儿，给那些底层的人们去遮风避雨，去钻营算计。他们也许冒着被驱赶的风险，或是卖几双鞋垫，或是兜售一点针头线脑，于他们或卑微或琐屑的身影后，便可以隐约看到一个小户人家的微薄的期望,或许是小孙女儿要一个花书包的心愿,或许是老太太贴补一瓶降压药的实际需要。

给他们一个不起眼的犄角旮旯儿,是给予一些微薄的心愿一个出路,也是留给我们一个洞察人间真相的窗口,使我们享受现代文明繁荣的同时,不忘城市的夹缝里还有那样一群人,他们尽管时常狼奔豕突,时常衣衫褴褛,却于他们的奔跑中,到底给他们残存一线侥幸的希望,也提醒我们不那么轻易地原谅自己的健忘。

2019年10月

日　历

　　不知为何忽然想拥有一本日历。这么想着时,几乎看到我将要怎样地于日历每一页写下一些心情:或是向某人的一段告白,或是莫名哼出的一首歌词,或是多年前谁曾说过的一句话,又或是一个连我自己也搞不明白的符号。觉得那一刻,将是真切地与一段时光打个照面,于是以后某个日子里翻开,那段时光便又从生命里复活了。

　　于这样的遐思中,有了对过往的一些回忆。

　　时至今日,我仍时常想起,多年前爷爷挂在墙上的历书。是每年初,爷爷往集市上办年货时,精心挑选来的。大红色的封面上印着一个身着华服,头戴冠冕的神祇。翻开,内页上有日期,并写上哪日适宜搬迁动土,哪日适宜婚丧嫁娶等。有了历书,仿佛日子具备了仪式感,一些凡俗琐碎的事情,也便有了意义。

　　爷爷向来所遵循的,是传统农历。这历法是一代代人传承下来的,是农耕民族于数千年的繁衍中,总结下来的一套休养生息的方式,里面记录了祖先对自然最感性的认识,也寄寓了他们最为朴素的价值观。

　　当这样的历法传到爷爷这一辈时,经历了怎样的演化与变迁,没人能说得清。而每个使用者,无不报之以敬仰。仿佛载有这历法的历书,经由某种感应,沟通着过去与未来。于是千百年前与千百年后的人们,过着的是同一个光阴。对习惯了日出而作、日落而息的人们来说,无论太阳抑或月亮,照着的是同一片土地,而为这土地所涵养的,便是同一条根。

　　于是,这条根上的人们,日复一日、年复一年,从远古走到了如今。

　　到了年末时,爷爷小心把旧的一本历书取下来,随纸钱一起焚化。目睹薄薄的册子化为一团火,扶摇而去,我看到一些日子实实在在流走了,心中不由怅惘。而当新的一本挂上去,我又长了一岁,带着对未来的期许,也添些不为人知的落寞。

　　每换一次历书,爷爷就添几许白发。直到最后一次,爷爷挂上去的历书,在墙上待了很久,都没取下来。

爷爷去了。随着爷爷的离去,那种古老的历书,渐为人们所抛弃。人事更迭,物换星移,总是不可避免又伤感无奈的事情。

而那时,每到年头,父亲单位都会发一种新式的日历。

这日历有厚厚一本,上面印了大大的各色数字。从浅绿到淡红,再到深红,每天撕去一页。我盼着的,自然是深红那一页。因为意味着周末的到来。终于可以不必早起背上书包上学而放心睡个懒觉,然后跟伙伴儿们疯玩一整天。而倘若某天发现,代表过去一天的那页竟未撕去,则仿佛那天的太阳并未真的升起。于是便把它扯下来。那呲啦的一声,也就格外清脆悦耳,使人有主宰万物的快感。

那时懵懂,竟不知为那声响而疼惜。总以为尚有大把的时光供人挥霍的,下起手,也就毫不留情。

后来有了台历,制作趋于精美。而尤为喜人的,是每页的下半部有留白,是做备忘的地方。这台历就放在父亲一位同事的办公桌上。我那时,总爱往他办公室里跑。他时常不在,办公室的门却洞开着。室内蓄养的,是一汪幽深而安然的时光。

我进门时,看到一缕阳光怎样地穿窗而入,映着细微的灰尘飞舞,恰似海里的鱼儿。那本台历就在光线下等待着,似乎知道有人要来。它的察觉,给我莫名的紧张,乃至要蹑手蹑脚地靠近。当我站在桌旁与它对视,有久别重逢的欢喜。从眼前那一页看,已经过去好几天,却因主人不在而未及翻去。那一刻,我却没有要代劳的意思,反而把日子往回翻。往回翻是为那留白处写下的字。

现在回想,那字那么俊逸潇洒地向我奔来。我已忘记了何时第一次见识那字,只觉得我与它们有种缘分。在我意念里,汉字原本就该是那个样子。又因我的字难看,看他的字,让我仰慕又羞愧,正如看到一位美丽的女子时,那样自惭形秽。但那些字却分明那么阳刚挺拔,像阳光下的少年,矫健的身躯后有明媚而梦幻的剪影。每翻一页,都有不舍的惆怅;而随了下一页,另一些字又使人眷恋。其实所记内容,不过是某日有何公干或是某某会议,或是摘录的一段名言警句,又或是提笔要写的一个字,却为什么缘故而忽然搁笔,使那未完成的字的一部分仍含着委屈。一瞬间,我有要完成那字剩余部分的冲动,却终于抑制了自己的念头,怕亵渎了。

残缺的,常有缺憾而无可替代的美。随手翻动时,我能触摸到由那书写所表达的一份情绪,甚而闻到某种令人舒适的味道,想来大概总是混合着烟草与香皂的味道吧。晕染出一种使人踏实的温馨,营造着一抹使人依恋的情味。终于,那光线,它轻轻柔柔落在我的指尖,并透过指缝,使台历上某页有了明暗变奏。倘若我会弹琴,那将是现成的乐谱。而某一刻,我觉察到我的指尖确乎在抚弦了。不过琴声却是从宁谧的远方而来,直入我心底。当醒来时,大概耽溺太久,日影已匍匐在窗棂上了,才恋恋不舍地出去。要回头时,终于忍住,仿佛与一段情谊的诀别。

这场景如今还要时常想起。想起时,又连并把过往一切有关日历的记忆捋一遍,那时,眼前站着另一个自己,目睹那个自己怎样一步步地,向现在的自己走来。

实际上,后来还曾有更加精美的挂历出现的,但我对挂历的印象,总不如过去那些老的日历那么亲切。挂历常作为礼物被彼此赠与,有些还印上了广告,但正因这新颖使我觉得隔了一层。总以为有些东西还是旧模样更好些。

就在这样一个雪花飘舞的日子里,我又想起往事。想起往事,便禁不住想要一本记忆中的日历。于是,一番搜寻,终于给我找到了。

与日历一起买下的,还有一支笔,是学生时代常用的吸水钢笔。我期待着它们的到来。我已经迫不及待地要在每页上写一些字上去。我想到一线阳光照在那纸与字上面的样子,仿佛经由那影像,我便可以穿越一些时光,把一些曾想说而终未出口的话,说出来,又和一些早已远去,却仍鲜活于心的人,拉拉家常。

2020年12月

做家务

我可要问你一句啊，你多久没认真做过一回家务了？

好吧。

还是说我自己吧。老实说，这问题还真给我难住了。曾经我可是很爱做家务的呀！

那时新婚，终于有了自己的小窝，置身其间，竟有恍惚之感。想来不久前，一切还只是幻梦罢了。那时想，这茫茫浮世，许我容身者，哪怕仅是一片狗窝般的去处，也足以安稳了。现在，居然就有这样一方天地摆在心头。可教人怎么办呢？我说，要好好侍奉这小窝呀！从此我可是有家的人了。

我爱我的家，我要做家务。我要亲手一抹布一笤帚地把家收拾得亮亮堂堂。我的私心告诉我，决不容家被污浊染指，只许阳光温柔进来，分享我的幸福。

这想法怕给妻知道。她知道岂非要与我抢功劳？

晨起，妻安睡。以我温柔目光把沉酣一夜的家唤醒。目之所及，每一旮旯每一个角落都有感人的默契，默契暗合我心，使我感到处处存着动人的力量。哪一处该用哪一块抹布都是预先招呼好的。被分派已定的抹布们也报我以微笑，在我的关照下忠于他们的职守。

就这样，不知多久，经由我的安抚，被我收拾熨帖，家与我彼此相对，静候一天光阴流转，期待与我共度流年。当被妻唤着时，我心下自许，望着她歆羡的心思竟大过于盼着她的夸奖。而与此同时，却对她心生防范。当我以目光指引，要她领受眼前一切时，其实是要告诉她，千万莫如从前，转眼就给糟蹋了！知道这其实很难做到。果然，就在我睒目之下，她差点把一块打扮俊俏的抹布给揉成一团，还好眼睛及时替我出手！妻只好还来一笑。

对家居整洁的要求简直已近苛刻，以至掉落每一粒饭渣都要即刻拈起，滴于任意一处汤汁必定赶紧擦拭，否则心里就存了牵念而不得安宁。有些做法便于我自己也不能理解。例如刚从沙发起身，就要回头把刚坐过的地方抟展刨平。

可转身又坐于原处。这时若恰与妻目光相触，便使我不好意思起来。想想，这又何必！然而反思也不过几秒，很快就为妻的什么马虎唠叨起来了。我想，坏了！分明须眉男子，有了家，竟就这样的琐碎了！

外出上班时，锁门之际，仍要回头睃巡一圈儿。放心了，才稳稳离去。

晚上回家，开门一瞬，所闻见的，仍是熟悉的味道，所看见的，还是早上离开时的样子，疲倦一下就没了。换下的皮鞋定要第一时间擦亮、摆正，方才大方登堂入室。因了一份自信，觉得干干净净的自己才配得上干干净净的家。

家务固然每天都做，但定期大扫除仍是必须。或一周，或两周，趁着家里一个人时，施展身手，大干一场。一个人，免了妻的指挥与打扰，也好尽我慢慢享受。

从吊顶到地板，从箱柜到抽屉，不经亲手打理一番，就觉对不起她们；又怕遗忘了哪个，从此对我心怀不满。时间往往需要大半天。时间之所以久，一来因仔细，二来还因爱怀旧的习惯。常常从某个抽屉里翻出一张纸片，或是什么小物件，总要想起当时收纳这纸片或物件的缘由，于是不免神思一番。而这神思，又往往随了记忆远游，要回到我的小时候了。

想那时，头脑中第一件事，便是母亲教我做家务。而我呢，为此没少挨母亲的笤帚疙瘩。母亲手里捉住的是一个陈年间使秃了的老笤帚，给我的，则是经她亲手挑选而模样精致的一把。母亲对于做家务的要求，不单在其过程中，就连所使唤的工具都不容一丝敷衍。在母亲严厉检视下，我必要把笤帚握出一种优雅，才敢随她目光一笤帚压一笤帚，小心扫去。一边扫，一边还要心中默念她传给我的心法：笤帚要轻起轻落，与地面挨延缠绵，方不起浮灰；万不可太使力，那会把笤帚压趴下而走样……

就这样，我在母亲眼皮下扫地，常扫出一头汗。还不敢擦，怕擦汗时动作太大，使母亲以为我在抱怨。终于扫完地，以为可以松活一下，不料仍被母亲一把捉去，要我把扫地的要领向她复述一遍。复述的重点是，关于扫地前洒水的手法。按母亲的意思，洒水要用指尖儿一点儿一点儿捞；且端住脸盆的手，要放到足够低，免得溅起泥花儿污了桌腿。

母亲问：记下没有？！

我低头：记……记下了。

嗯——？！

记下了——！

大声说记下时，我看到一滴水珠向我面前落下，砸向地面成一朵花儿，正符合母亲洒水的要求。于是每次扫地前的洒水，那一捞一捞的惆怅，就如我洒下一滴一滴的泪瓣儿……

那时，心里简直恨透母亲。不单让四五岁的我，承受与年纪不匹配的劳动，而她过分的严厉，使我觉得自己简直无用，连个地都扫不好，常常扫完地去放笤帚时，还感到脑后她的目光。那目光的急迫，使我梦里还能感到。

在母亲的严厉训练下，我不单要学会做家务，还要学习做饭。可到底个儿矮，够不着案板，就垫了小板凳在脚下，学着和面揉面、擀面切面。偶尔学得好时，得了母亲一句夸奖，简直高兴得不知怎么办。然而却不敢过分显耀，因为接下来，万一一个闪失，又被责骂一顿，就把之前一点功劳完全抵消了。

母亲这种特别的教养方式，自然与她的出身分不开。母亲的家族是过去的地主，算是大户人家。虽至母亲一代时，家世早已没落，但她自小受到的教养，还是多少塑造了她。

但母亲不知道，因她的家风家教，给我童年带来多少痛苦。谁能想到，大冬天的早晨，鸡刚叫第二遍，天麻麻亮，就从被窝里给母亲拎出来。拎的可不是胳膊，而是耳朵呀。为免得耳朵从此与脑袋分离的痛苦，只好乖乖起来。按母亲的吩咐，把不同用途的抹布先后叠好，翻里翻面的、一下挨一下分别向柜子或箱子抹去，且丝毫不能乱了规程坏了章法。洒水当然是防着扫地时弹起灰尘，且要边后退便洒；而扫地究竟是否得当，标准是她的鼻子里不能钻进一点土腥味。扫完地，还要等偷偷浮起的一点点灰尘落踏实了，才能往家具上落抹布，而抹布必得叠成四四方方，擦拭时定要由里而外、自上而下。

等一切洒扫停妥，便等着母亲检查。

母亲检查时的样子，全然一副婆婆面对刚过门儿的小媳妇儿的架势。

大概因为母亲自己刚过门儿时，从她的婆婆那里继承了一句话——

"千揉的媳妇儿万揉的面。"

母亲暂时只有儿子，却没有儿媳妇儿，便只好事先向她的儿子们践行这家训了。

母亲哪里知道我心里的恨？我恨不得不叫她妈，我该叫她一声地主婆儿！

但我哪里敢。我只是心想着，终于等到哪天长大，那时翅膀硬了，便可以半开玩笑半认真地那么叫她。看她怎么说！

但母亲不给我报仇的机会。没等她老成地主婆儿时，她就走了。

母亲走后很久很久,当我终于能多少明白一些人间的事时,才体会她那时对我严厉的重要。才想到,后来从不曾因为家务琐事给人落下口实;更想起儿时,别的孩子脸上挂了串鼻涕,被人奚落为庙里钻出个白胡子老道时,我脸上身上总是干净清爽的。我还想起母亲自己,无论那些年她病得多厉害,仍要穿戴整洁,毫无久病之人常见的邋遢。

当终于知道那份严厉是予我滋养,才意识到经那些训练予我的一些品格,已经作为生命里一部分,牢牢长在我身上……

当我再次神游,当那神游带我把往事向一些光阴诉说一遍,竟发现我已久未认真做过一次家务了。尤其是换了新房以后。

我开始真切感念做家务的好处,想起那份认真给我的幸福。

当我做家务时,便看见阳光那么认真地来了,浴了窗上一盆花,浴出一片不知何时已生出的新叶,那叶儿竟娇羞得不知所以。接下来,我又从抽屉里翻出一个旧物件儿,看到这物件儿,同时看到为我所翻出的一段往事,那往事,将使我于夜里造访一个久未谋面的梦……

2020年10月

第一场雪

我于雪有大欢喜。欢喜里藏了我的秘密：人间第一场雪，它总为着我而来。切切地，便于这秋的深处，已盼着一场雪了。

雪亦不曾将我辜负，它解我的风情，适时给我讯息。必于一个宁谧的夜，一颗心莫名悸动。

翌晨开窗，泠风拂槛，果然天地纯白，给人意料中的惊喜。

一个怎样干净的世界，此刻在我面前一览无余了！雪，拂去所有人类印记，万籁俱寂，了无挂碍。便怀了宗教般的虔诚，于人们沉沉的睡梦里，悄悄去赴我与雪、与那梦中精魂的约会。

我向了兰山而去。都市中一片世外天地。

那时，鸿蒙间唯有我与雪，还有我于雪中的足迹，雪轧轧而我徘徊，徘徊是雪的轧轧使我怜爱，怕雪的疼亦怕污了雪的清白，要轻轻地、柔柔地走去，以我不安的温柔，给雪些些抚慰。然而这是我的不得要领的惜取吧？是我矫揉而无谓的自欺吧？终于，路旁树杈上，雪借了小风的力而向我取笑了：丝丝雪花跳进我的脖颈里，那凉飕飕的一点暖意，使我怀着的对雪的歉意因这恶作剧而稍作释怀。在我向着风与雪俏皮时，却听见它窃窃地笑了，笑我这俗世里的人，自以为懂得怜香惜玉。

好吧，这是我的迂阔。我终于要不吝我的热情了，便向山上大步走去。

不觉中，呼出的汽已凝结在胸前绒衫的纤毛上以及额前发梢间，倒与雪的晶莹恰恰般配，这天作之合的亲密，给人莫大鼓励，便使我以一种顽童般的期待，雀跃着向更高处探求了。不意脚下一个趔趄，咪溜一下蹲坐在雪窝里。懊恼只是刹那，接着便因这一摔而生豪迈：偏要给你点儿颜色看看，等着吧！雪！

心底跟自己赌气，一定要在山顶上，一个空净处，留下一串童年的印记。那是幼时游戏，却于成年后更给人回顾天真岁月的凭借。想起那时，不拘场院里或路中央，总要仿了拖拉机的样子，踩了没过脚踝的雪，突突突突，嘴里边叫唤，边一路开过去,回头时,一串轮印拓进雪里,乐在心上。便是给雪的一个训示,仿佛是说:雪!你从此属于我一个了!

正耽于儿时幻梦,不防抬眼已达山顶。登临的松快使筋骨的疲劳倏忽散去,极目苍莽穹宇,放眼楼台亭阁,杳杳渺渺、粉妆玉琢,绮幻世界尽收眼底。深吸一口气,飒飒凉风,满是清甜;忍不住挖来一捧雪,于唇齿间流连,又掬来一捧,向天地挥洒,便是对这幻界的恭敬与致礼。因这敬礼,身体受了莫名召唤,茕茕踽踽兮,飘然而不知所以,恰此际,闻得树上鸟儿唧啾有声。鸟声更唤起一层无法言喻的寂静欢喜。要循声追着那鸟儿时,却不见踪迹。然而鸟声乍歇又骤起,从这一枝向那一枝,跳跳地,要眇目而寻时,却万境归空。

正无可不可呢,鸟儿们却轰啦一声,向远树上去了。才发觉前有麻雀后有斑鸠。它们捉弄我,丢下我不管,使我怅惘,起了格外的遐思。使人想到,鸟儿们看到这样一个呆头巴脑的人,心里作何感想?必定不是我看它们的热闹,而是它们看我出怎样的洋相了。这让我对人类的身份自惭形秽。人惯以自身解释世界,却终究远了世界。就比如眼前这一棵树,鸟儿们愿意栖息在它身上,愿与它亲近,它们之间必有一份无言的懂得,而我却是无故闯入的捣乱分子。

我便凝望那树,要进入树的身体:若我能进入树的身体,继而入了树的心,也许就能懂得一群鸟儿的说话吧?然而我这愚痴者,终不过给树、给鸟儿们添了份嘲弄的谈资。它们顽它们的了,不再将我理会。而我便只好向他处寄寓我无由的惆怅了。

就在转身之际,却发现远处有一株蜀葵。她竟还存着娇艳的一枝花。那独占鳌头的一枝花,此刻被雪虚拢拢掩了,半是矜持,半是娇羞。当我要向她去时,却犹豫了。分明使我想起一种女子,便是戴孝掩面啜泣的女子,雪给她的孝服,给了另一种她自己亦尚未觉察的妩媚,此刻却被我这不合时宜的人窥到。我想,我该假作不经意地从她身边过去吧?却又实在怀着我恹恹的怜爱,而禁不住要用余光抚慰她了。这样一种近乎无礼而挑逗的意思使她更加入了我的心。乃至离了很远仍不住要回头,看看她是否向我报以青目。意念中青目有加而心有所属的一瞥,使我安慰使我失落:纵是一场不期的缘分,然而即便如此,那又如何……

就在这样一场自作多情的旖旎里,雾霭已不知何时将山上一切情致拥入怀中了。一切近的、远的,无论树木抑或庙宇,都幻入一场奇谲瑰丽的梦里了。这时,定要应了梦,做一回神仙不可。尤其当古建四周的汉白玉栏杆若隐若现时,不禁奔过去。古建正在穿顶眺望整个碧落的所在,俯瞰去,似人间氤氲于瑶池仙气中而要随时飞举。那俯瞰的仙人,亦不免有了指点红尘的逸兴而持玉麈吟哦不止了。

呵,雪——

雪使天地无尽广大而无限接近,使万物存着对话与理解的可能。若我是屈原,便不禁要发出那亘古的天问了。当感到一丝凉意,却发觉腮边已有泪垂。我是为屈原的寂寞吗?还是为我的孤独?

分不清。何必去分。人间的寂寞孤独,纵相隔千年万载,总似曾相识。

为无法开释的一段愁,使人几欲将雪的一片美意就此辜负,只好暂离了屈原,离了这寂寞孤独,向一片空地走去。那将是我要留下一串印记的地方。现在,一辆拖拉机又突突突地从数十年前的时光里奔来,将我重新拉回离了片刻的人间。当我回眸,深深浅浅一串足迹,怎样向我回溯一段久已疏落的前尘往事。使我看到小时候,看到故乡,看到我的母亲,看到这些年一路走来的艰辛与不易、欢欣与感动;使我找回原存于身的天真拙朴;使我要撒个欢儿,打个滚儿,将心底的话痛快表达出来。就在遐思迩想的混沌中,看到阳光穿透雾霭厚重的心思,照着身后我的一个一个足迹;光线映出七色的彩晕,给人温暖而奇幻的实在,一切艰辛不易都不足道,仅剩莫名欢喜了。

我确已在雪里打着滚儿了,放肆地呼唤了,我感到人世的美好;美好将我紧密包围。于围着我的美好里,又听到一阵鸟儿的叫声。认得的,还是起初那些鸟儿,那俏皮的精灵们,偏要这时来凑热闹。静耳谛听,我竟通了它们的言语,懂得了它们的交谈。当我在这大地之上,与鸟儿们、与树们亲近着时,便进了树们的身体,入了鸟儿们的心胸,融入雪的精魂,同它们做了可亲爱的伙伴了。

阳光抚过树杪,沐浴我的身体,吻着雪亦亲厚可亲的一切,古往今来的人事沧桑历历在目,都被观照,被理解,被懂得。万物一心,众生同体,都是大地之母怀中的孩子。

于秋的深处,于意念里,与第一场雪赴心灵的密约。

我对雪有大欢喜。

雪之圣洁,予我洗礼,我将是永远天真的处子,永怀最炽烈的爱恋,爱人间,爱万物,爱我可爱的一切。

2020年9月

走不出的，是声音

我曾听到过许多声音，那些声音被我塑造亦塑造着我，乃至于现在，要用一些声音来确认我的存在。终于分不清，我听到的是声音，还是说我早已是那声音的一部分。

那时候，村子还很安静。安静是需要一些声音体认的，比方说，当我早晨睡眼蒙眬时，听到枝上有麻雀叫，那声音就是对我灵魂的认领。倘不是麻雀的叫醒，我将永久沉睡下去，也将永远不知道我是谁了。

这时，我听到村口有个女人在大声喊些什么。我尖起耳朵听，她在寻她昨夜未归笼的鸡。倘不是一个女人的叫，我便不知道世上还有那么一只鸡，那只鸡的走失让一个人牵挂了一夜，以至于清早就要扯破嗓子告诉全世界。仿佛那么一喊，全世界便分担了她的牵挂，也仿佛那只鸡的出走便有了十足的理由。当我听着时，也许那鸡此刻亦如我一样尖了耳朵听的吧？一只鸡怎么确认自己的存在呢？大概就在那女人的嘶喊里了。鸡也许跟人一样，要活在一些牵念里，嘶喊里，才能认识与了解自己。正如一个婴儿，要哭，要闹，要在母亲怀里撒撒娇，才确认了一场母子关系。于是觉得，人世的一些情绪与脾气，其实并非闹情绪与耍脾气本身，而是经由这无理取闹来确认自己。

经过这一番联想，经由一只麻雀与一个女人的叫，当我睁开迷蒙的双眼时，看到一个真的我，存在于真的人世。

人的生命是由一些声音唤醒的。被唤醒的人们，自然要向声音里寻些什么，才不感到孤单。

有时，当我走进一个屋檐，恰好遭逢着一场雨，即刻被引入一个声音的世界。我走进屋檐是无意间的事，而屋檐下的一场音乐会，却是实在的必然。当我站在那里，投入整个世界，整个世界亦进入了我，给我前所未有的充实，而充实却由孤独来呈现。当我感到孤独，便禁不住要去伸手接了那雨滴来；听见雨滴敲打手心，继而有一丝凉涸满全身。把手与心两个字组合成一个词的人，真是伟大；那个人一定曾如我一样捧起过一些雨滴,那雨滴确乎是可以由手入心的。想到此,不禁使我有了要紧握的冲动,当我紧握时,雨滴却无声溜走了。于是,我便放任,正如我不再切切思索人生的意义。

这时,有更多雨滴落下,如落在琴键上的手指;溅起的音符,轻扬在我脸上;我的孤独笑成了一幅乐谱,和了一行热的泪而成为那天最动人心魄的交响。我再次感到一种生命的充实。经由这样一场洗礼,我变得空前柔软,我的腰肢像一株豌豆苗,向竹篱上匍匐过去了,是向天空的注目,向未知的敬礼。感恩上天由未知处临降这样一场雨,让它走进我此刻的生命,又将于未来怀有期待。我是期待一场雨么?我是期待下雨时那份孤独,唯孤独叮咚敲响时,使我听到灵魂的召唤。非但于我,在雨中,我还听到了另一些生命的觉醒。

一窝老鼠因雨的到来,终于暂停忙碌的奔波,聚在一起窃窃私语。于是他们的密谋也可以被人宽容,甚而因跟人一样,为着对粮食的敬畏而觉得可以彼此分享,而生发怜悯,而惺惺相惜。更使人疼惜的,是那只燕子,它斜剪着飞来了;原来屋檐下的宁静,正为等它。莫非燕子也珍重这样的时刻,而配合着雨声的鸣啭,是对眼前世界最钟情的讴歌。

一场雨里,所有生灵模糊了界限,忘却了身份,说着彼此能听懂的语言,听同一曲动人的旋律。由此,一只猫可以堂而皇之地偷懒,大大方方打着它的呼噜;狗也无所事事起来,仿佛对陌生人的造访可以置若罔闻。一切百无聊赖与无所事事都是可以被原宥的,而使一切可原宥的不过因为这样一场雨,一场雨就是一个多么空明澄澈的音乐世界。而这音乐之中,我的到来是唯一的打扰。

就在那只猫正打呼噜,那只狗无所事事时,野地里,一株狗尾巴草正拔节呢,而一朵山丹丹刚伸展了腰肢,她那只大喇叭向谁广播呢?许是一首久已酝酿的情歌。在那歌声里,一串野豆荚准备好一声爆裂;一株马冰草等待着一双小脚丫的路过;一簇狗娃花期待一双纤手的造访;一只野蜂为下一次曼妙的舞蹈而把腰身束得更细了。目睹这一切,使我想要赞美的想法愈加苍白而不知所措;相对于一切自然的嘉许,人类的夸赞是虚妄的。

我简直惶愧到要逃离了。但使我抬起脚的却是一丝风。或者说,是风经过树叶的沙沙声提醒了我。我竟不知雨何时已停了。雨悄然褪去,现在是风的世界。风来雨驻,多么优雅。这优雅是一缕花香,是一抹淡淡青草味;却并非嗅觉的功劳,而是声音的杰作。那一缕花香与一抹淡淡青草味,是拜风的摇曳所赐。因着一朵花的曼舞,一簇草的欢唱,我听到她们,亦感到她们,我重新获得被接纳的快活。这快活几乎要使我雀跃了，此时，却有叮当之声传来，宛若天籁。

谛听，是风抚牛铃的声音，那声音我是熟悉的。此刻却因风的缠绵而平添特别韵致。叮当的牛铃，不慌不忙，不紧不慢，仿佛牛未诞生时那叮当声便存在了。而牛不过是为那声音而化育、而繁衍、而甘愿被一条绳索缚住一生。当那叮当声响起，非但使牛的存在显得合情合理，亦赋予牛一种从容优雅的气质，简直通了神性，足以牵引我。使我跟着一头牛漫无目的地走了。牛那散漫的眼神，无辜的表情，安贫乐道的态度，以及一声长调一样的呼喊，活像普度众生。当它发出一声长长的"哞——"时，整个天地为之专注凝神，重归宁静。

但这宁静未必不是人的自作多情。

现在，牛已卷了舌头，向一坨青草大快朵颐了。牛舌头和野草都找到了归宿，而人的心思却远远落在后头。牛和草彼此拥吻相互啃噬，是向对方最好的慰藉，却使人的同情和怜悯落入空惘。人向来如此。人以为的那些高贵品格，只是源于傲慢。当人终于开始反省时，牛在一旁默默进行它的反刍，根本没把人当回事。不被当回事的人，才借着牛的反刍使自己安顿下来。安顿下来的人才能听到更多声音。

比方说脚下一条溪流，比方说溪边的一只青蛙。

青蛙听懂了溪流的说话，而溪流正是被那叮当声唤醒了的。牛不知不觉成了指挥。使牛成为指挥的，不过是自然而然的安排。在自然的安排面前，人显得格外荒凉甚而荒诞。

当有了这样一种浅薄的见识，更使我迷恋种种声音了。

当我吆牛回圈时，听见母亲手中锅铲的碰撞，同时听见从远处某个屋顶升起的一声吆喝，那是母亲向孩子的呼唤。当那一声吆喝随炊烟向高远的天空漾开去时，跟万万年前所有人类母亲的语言并无分别。世上千万语调，母亲呼唤孩子时，却总是一个调子，拥有一种深情；而回应母亲那悠长的一声，亦是无数声。那一刻，天地间唯有这一问一答，在舞蹈在盘旋。

更使我迷恋于且专注一些声音而无可自拔了。

正如母亲的专注。当她喊完那一嗓子，重向灶台，她并不知道当她挥舞锅铲或饭勺时的模样，不啻一场歌舞，而那歌舞是经由风送到我的想象里，并孕于我的思念中。

经由思念，多年后的我，发明了"听吃"这样一个说法。

那是在一篇写老家炒面的文字里，我被一片吃的声音打动了，并借此找到了我久已失散的故乡。这个发明，已穷尽我一生智慧；或者说我已不需要任何人间的智慧，只要那些声音，便足够了。

许是午夜，许是清晨，当我思念，我便听到老屋里，那些桌椅板凳、锅碗瓢盆，怎样地、在穿过椽缝的星光下说着久已不曾听过的话语。正当它们说话时，我又听见一只老鼠的梦呓，耳闻一只燕子的呢喃；我感到一头驴子的思考，看到当初那女人丢掉的一只鸡，它趁着夜色的掩护又回来了。

回来的鸡，不为回来，而为成全那女人蓄积了半生的唾骂；整个村子的人，不免又要听女人向世界的宣告。想到这一切，整个世界为之会心一笑，睡得安稳了。

当又一天来临时，村子再次被各种声音唤醒，其中就不乏那只回来的鸡的功劳。它决定再不走丢了。就如我当初坐在那家面馆听吃时，知道自己一生也走不出那声音了。

不是走不出，而是我早已是那声音的一部分了。

2020年6月

有些路,走着走着就断了

那年初春,赶回去时,舅爷已安卧一捧麦草之上。多少具体,陡转虚妄。无边落寞使我出门而去,又被什么导引,走向暌违多年的河湾。河湾里曾发生的事,轮番敷演。多少次,跟了表哥及一众伙伴,垒沙成坝,凫水嬉闹;也曾偷偷跟着一个长辫子的黑脸姑娘,走出老远,直到无由的惆怅把她的身影淹没向前村深处。现在,捉手可寻的人事,倏忽不见。唯远方迷雾中,一星半点的农人,侍弄着田里的事。一切与我无关。

鹅绿已涸上高原,残冬负隅顽抗,仍有大块的黄裸露着,特等我、与我一道演出最后的诀别。蓦然心惊。河对岸,垄畔上一株山桃花,燎得那么孤寂。忍不住向她奔去。她的瘦还是惊动了我,但她的骄傲却不容我怜悯。她招来我,却决不许我靠近。只得拿手机拍了几张照片,未经同意,隐约惶愧,想要删掉,却被私心阻止,这背叛使我不忍面对她的珍重芳姿。转身离去时,瞥见边上一条草径蜿蜒,直达一座荒丘,丘顶杵了一爿青砖瓦舍,是一座小小庙宇。因着同样的单薄,我向那庙探去,及至门前,门却上锁,一杆黄底红边的三角旗迎风颤抖,摩挲越墙而出的柏枝。那一刻,决定四处走走,走到哪里算哪里。每道畦垄、每块梯田,似都有一去的理由。走着时,回头处,足迹杳渺,只眼前踩破的地皮新鲜。情知只要一阵风来,便了无踪迹,却仍想亲近每一块土地;想象自己是一枚印章,每经一处,都留下些许信息,为我将来的灵魂留下指引。当捉到这样的念头,才恍惚发觉,是担心这里大约要最后一次容我了。或许这一去,再无理由回来。

不知多久,只记得跟刚破土的油菜聊了一会儿天,与小心翼翼扒望的荠荠菜对视一回,又向坡顶的苜蓿芽儿眨眨眼,还看见一株老实憨厚的"鸡腿腿"。

回转时,远方星星点点的农人已不见。有被遗弃的荒凉。到家吃饭,饭是熟悉又陌生的烩菜,一气吃下三碗。舅舅妗子们看着笑笑的,大家都不说话。

翌晨,望着被瓦屋围住四角的天空,我从此是一个没有舅爷的人了。

午后,当满院的人例行公事,忙于各自的活计时,我打算继续走,走我前一天未曾走完的路。

这次方向相反，是舅爷家通往我家的那条路。

这五里路程，从记事起，跟不同人走过不知多少回。最早的记忆是跟母亲。那时在母亲怀中。母亲包了她镶银丝边的绿头巾，雪花膏的味道扑入口鼻，与母亲体温一起营造一种温暖。母亲跟她的伙伴说话，她的呼吸打在我发梢、眉尖。我的路，由母亲替我走。后来，或一家人，或我兄弟俩，又或跟了村里人一起走。无论跟谁一起，目的只有一个，去看舅爷舅奶。五里路被我的记忆多次安排，有了特定秩序。每见一棵树，或一盘嵌进路边墙上的碌碡，就向舅爷更近一步。如此，路变得不再漫长。而那树与碌碡，也默契似的，竟守在那里多年不曾挪动一步。但有时，五里路仍仿佛千山万水。是母亲生病后，每次回娘家，都是考验。一次雪后，母亲忽然想娘家，就由父亲搀扶她，我们三人上路。我偏不省心，路上犟嘴，惹母亲生气；母亲要打我，偏撵不上，只好任我在前面做出气她的动作。某一刻，母亲看着我的鬼脸却扑哧一下笑了。也许是娘家近在眼前吧？母亲笑了，我却自责得要命，便半作怪半认真地、用脚把路上的雪往两旁扫去，母亲循我扫出的痕迹，走得稳了；直到脖颈冒汗，我才原谅自己。那时，觉得这路可恶，若山间有座桥多好，可以拉着架子车带母亲回娘家。但正如那时的幻想，被对面迎着的舅奶望断，此刻我的眼前，那条路却消失了。矗立着的，是一家挨一家的院墙。多年未走的小路，竟被人安家坐院占去了。我努力张望，仍拼凑不出原来模样。曾以为永远走不断、走不出的一条小路，就这么消失在世上。不知当年等我的树，还有那个碌碡，它们还在原地吗？

办完舅爷丧事，回去时，车行在新开辟的大路上，一路沿河湾经过几个村落，很快又到石川，然后向龙山而去。就这样，又跟马关擦肩而过。

马关也有一条几十年来让我念念不忘的路呵！

那时每到周末，都要穿过八杜沟，撇下庙湾，向鸭坪梁进发。到了鸭坪梁，二十里路程过去一半，剩下全是下坡路，任山风吹干额颅上的汗，一路唱着信天游或"村里的小芳"，向老家而去。有时是推着自行车至梁顶，然后飞身上车，吹起口哨往下杀奔。在老家待一天，想吃的饭倒因为四处胡逛耽搁了，而该打的架，却再次约好。那时的娱乐，除了打架就是学电视里打仗。时常脸上留下两道勋章，依依不舍向马关去，等汗蜇痛伤处，报仇的心没了，却开始想念。想着想着，又到鸭坪梁。鸭坪梁上有一大片杨树林，那时就可以坐在树荫下歇缓，就可以把一道河川几架山峁尽收眼底。脚下庙湾里、八杜山、石板川，对面草湾、二坊、范家,历历在目,尽可以排兵布阵,做一回将军。多少回也想,鸭坪梁上这片树林从哪来的,那些杨树怎么从来站得笔直,它们终年望向何方?

没有等到答案。下山时,早把老家的伙伴放一旁,又想着马关。想着马关四中的黑铁门、大操场、矮土墙,还有那条长年由修鞋的老王守住的街道。

那时,觉得世上有走不完的路。而走不完的路,跟世界无关。只眼前这二十里,怕是要走上一辈子。一条路连着老家和马关,两边都有我的亲人。

那年寒假结束,恰逢大雪天,跟我哥手提肩扛大小包袱,往马关赶。包袱里是爷爷奶奶拣选压实的洋芋、粉条,酸菜疙瘩等老家土产。走到鸭坪梁,我口中冒着白汽,头顶戴了冰凌帽,想焐一下毫无知觉的耳朵,却找不见手。手连冻带勒早离了胳膊。放下手中包袱,指头还蜷着,仿佛碰一下就会像冰碴一样折断。塞进胳肢窝,没有热气,只好胡乱塞进裤腰,狼爪子一样切割皮肉,指头才渐渐苏醒。忽然想哭。我哥猛然愤怒,掏出包袱里的酸菜疙瘩向地埂下撒去,边撒边大声咒骂,然而他的愤怒与咒骂,随即被风雪吞噬。

我哥连撒几块酸菜疙瘩,被这行为艺术感染,我也照例捉住一块要撒,被我哥拦下。从他眼中愤怒里,看出他的疼惜。是爷爷奶奶带给儿子儿媳的,儿媳等着给儿子做㸆饭哩……一路下山,恨这条路,发誓要走出大山,再不理它。很快周末,又欢天喜地向那路上奔去了。

就这样,觉得脚下的路,永远走不完也走不出。走不完走不出无关乡愁,那时没有乡愁,只觉得当下的路,是全世界所有的路。命运总在不经意间向人铺开。谁想到,若干年后,我又踏上从马关向梁山的路。留待以后说吧。如今我只想知道,那条从老家向马关的路,它怎么样了,是否如去我舅爷家那条路一样,早已被人遗忘。而鸭坪梁,以及梁上那片白杨林还在吗?若不在,我将何以确认归程几何?渴了累了,到哪里去寻一片荫凉?

这么想时,多年后的我,早已走在他乡的路上。他乡有着又宽又直的条条大道,而我思念的,永远是老家崎岖陡峭的小路。

他乡条条大道,让我走远,从这头走向那头,中间记录我满目沧桑的生活,却不能给我指引。不像那时,老家小路,从这头走去,另一头总有人等。就如我走过无数次的鸭坪梁,一根扁担,两头都是牵挂的人,无论从哪边出发,抵达的都是家。

而今走着他乡路,风光旖旎,却常常迷路。转身望家乡,家乡路已淹没草丛中。

有些路,走着走着终于断了。

2021年3月

怀念老屋

我对老屋有特殊的情愫。从前不清楚，这情愫从何而来，现在知道了，我正是迷恋老屋的老。

什么是老屋的老？

只好打这样一个比方：小时候生病躺在炕上，已尝试了所有的药，可还有说不出的难受。这时，耳边传来小脚敲着廊沿的声响，心里咯噔一下，是奶奶来了。闭了眼等着，一个黑影从头苫到脚，新棉被一样。那时，一只粗糙的大手按了额头，心里万般委屈一齐涌出，鼻子一酸，眼泪就要夺眶而出。过去一切的不开心与不如意，被那手稳稳把住，成了俘虏，逃不掉，而久违的幸福，又回来了。接着听到一句苍老的叹息：看我的狗狗，bu dang（方言，无对应汉字，意为可怜、心疼）着，藏咋起恰。

这话确乎说了不下十次了，可每次听来还会像第一次一样的幸福。现在，所有好的不好的情绪，都安顿妥帖了。仿佛病也就在回去的路上，耳边似乎已经听到巷口小伙伴儿们招呼去折柳梢、编柳帽的声音了。

没错，是奶奶的手。当我每次想起老屋时，便要想起她那苍老而粗糙的手。仿佛只有足够的老，才能涵养一些难以言传的宽厚与温柔；老年人身上积古的气息本就拥有一种催眠的魔力。那只手，有你需要的所有生命能量，确乎是母亲的手替代不了的。若在平常，当然一定觉得母亲更亲近，甚至偷偷反感奶奶的霸道，可当生着病了，母亲的手就不管用了，必要奶奶的手才好。我想，这大概就是老的力量。

当我每次忍不住这样想时，就回到了过去，回到小时候。回到小时候的我，首先想到的是老屋。想起老屋，就想起老屋里的大炕。大炕也足够老，一张破了几处的竹席，磨得黑黝黝闪着光，那是被人的肚皮和脊梁蹭出的光泽，光看着，就凉浸浸的舒服，使人总想去挨一挨、打个滚儿。一俟躺上去，平和里透出的安稳，给人无言的抚慰。大概是土炕使人接了地气的缘故。身体跟竹席摩挲着时，闻见一种神迷的香,那是被岁月涵养,又沾染了一家人气息与体温的味道。

　　每当清晨,被窗外的响声叫醒,爬起,边揉眼边扶了窗,院儿里,人们窃窃私语、交头接耳。其实不用格外关照,他们自有默契,知道一会儿谁要往东山田里压粪,谁要去西沟泉边担水。那话其实是尽可以不必说的,但也许是他们觉得有了这仿佛鸟儿的低回,才好向太阳轻轻耳语。而当太阳起高高时,他们已出门去了。当第一缕阳光溢满院子时,院子一下寂寥起来。除了杏树枝头的麻雀叽叽喳喳,刚才还说的话,此刻已撒在弯弯曲曲的路上了。那时太小,却也明白有一份责任,要好好守家。其实大人并未明说,不过出门时向窗口点点头。有一份默契,是从彼此眼神里早确认过的,无数次了,又仿佛总是第一次。

　　喵呜——猫从哪儿直跳到炕上啦!

　　呀! 个死恰(该死)地,死阿达起(哪里去)了!

　　这一骂,猫认错了,过来在腿上蹭啊蹭地不停,还把它给委屈得不行! 喉咙里咕噜咕噜,又使人怜爱,手从偏处落下,舍不得打它了。这么一想,一家之主的自豪在心里头;瞬间,那落寞与惆怅不见了。就叫起猫——

　　快呀——快——

　　快呀——走——

　　把你个死恰地猫,走呀! 一起捉门缝儿里挤进来的日头!

　　就这么,一晌午过去了。扁担咯悠悠水桶吱扭扭,大人们从四处回来了。

　　……

　　夜里,黑一进一进,往最深处了,座钟忽然当当响几下,老屋瞬间安静下来。大人们说赶紧睡哇——赶紧睡哇——睡……

　　睡字不过才说了半个,说话的人就打起了呼噜。孩子却睡不着了,又想起白天幻想中的鬼故事了。这时,不像白天,窗缝里透进的不再是盼望,而是随时可能钻进来的鬼影。往下缩,再缩,被窝盖了头,呼吸终究还是一种暴露,汗津津的,手几乎要捉住什么了,原来是大人们的腿。才觉得一点踏实。睡,睡呀! 半夜被一泡尿憋得差点跳起来,还是害怕,半天才从被窝里探出头。

　　也许又是一个夜晚,情形却大不同。那晚非但没有鬼,星星也实在调皮得可以。头顶椽缝里,漏出点点光,想着,许是星星们从窗缝挤半天,急了? 上房了?

　　借着这微弱的、青黝黝的光,映出墙上年画的大样来,竟还有上面的字。

　　但大样无非是模糊的轮廓,而字迹却是根据白天的经验补出来的。因为常被大人拉住认那年画上的字,却总也认不全,现在半夜,倒个个儿都老朋友似的,抿了嘴笑,又笑,怎么还笑!

呵!一嘟噜一嘟噜,都认出来了,连最下面的一小嘟噜也认出来了——

那是用红的极工的小楷,写着"某某新华印刷厂"。一时,不单年画,那些糊在墙上的饼干外皮儿啊,旧报纸啊啥的,都跑出来了。不知怎么一起跑进了梦里。梦里说着各种饼干的名字,口水湿了枕头……

关于老屋,怎么那么多记忆啊!也只有老屋能装下那么多记忆。要不然,一些小小的心事,往哪里藏呢?说给谁呢?谁看着听着不是笑话?

这些小小心事,藏了几十年,直到老屋老到实在不像样。每次回老家,都听人说,哎呀,怕是该拆啦。每次听他们这么说,我都要偷偷跑进老屋,去跟它说最后的悄悄话。

老屋啊老屋,我又来了……

现在,老屋早不住人了,但那些糊在墙上的年画啊,饼干皮儿啊,挂在钉子上的镜框啊,中堂啊啥的,还在。不单这些在,老屋里的味道也还在,像积古的老人身上的味道——使人宁愿要生一场病,在她的怀抱里好好睡一觉。现在,老屋里,多少年的光阴,腌在一个菜坛子里,被一颗石头压住,泛起泡沫,敛了新的回忆,又追向旧的时光。借着旧时光,我照一眼被灯盏熏黑的窗扇,发现四岁时,用铅笔画在上面的"2";哪里是"2",分明是长嘴的鸭子。我被那鸭子惹失笑了,一低头,见炕围纸上,当年母亲纳鞋底的针留下的眼儿。我仿佛又看到母亲,她捏了针,歪头,拽了线咬断,针在头发上篦几下,别在炕围纸上了……

我其实看到了好多好多,但其实什么也没看到。因为我发现在老屋,刚才明明看到许多人还在,在炕上吃饭、说笑,怎么忽然又不见了。我闻闻这,摸摸那,我一闻就能闻出一段往事,一摸就能摸到一些体温。老屋里,每个角落都有人依偎过,踩踏过,怜惜过,也嫌弃过。我看到老屋地面上,被笤帚扫出的土窝窝。那时早起要洒水扫地,那个窝窝里必盛了一点子水,不能即刻就扫,母亲在厨房大声呵问呢,让人气恼啊!怎么还不干呀!都要使我几十年后忍不住上前踩一脚了。

一踩,咦!水不见了!那是一窝泪,早流满了我的脸颊了……

老屋终究老到让我心疼起来。可我依然无法接受它的年轻,宁愿相信老屋从来都是老的。老屋不老,如何承载那些新的旧的记忆与时光?

那时候,谁家盖了青砖大瓦房,要让全村人羡慕的。忍不住跑去看,啧啧,了不得!啊呀,真格了不得!不知别人是否口是心非,反正我还是喜欢老屋,老屋里有我迷恋的味道。倘若新房里摆一坛子酸菜,那才不像样!而屋里又怎能少了一坛酸菜呢?必定要老屋。

想起老屋,不免想起一只猫的呼噜,更想起一只老鼠的碎步,那么小心的,使人怜爱地防范着。宁愿它们偷了粮食去了,而猫呢,还咕噜着……

我想,除了在老屋,没哪一处的老鼠能激起我的可怜来,要使我觉得猫怎会忍心祸害一窝老鼠,早都一家人了呀!

以后向老屋告别时,也总要向老鼠们说说话。但也许老鼠们早不认得我了吧?干脆一狠心,说,不认就不认吧!反正老屋就将永远不在了。

可老屋偏偏就在。

老屋啊老屋,越老越顽固!奶奶爷爷不在了,母亲也不在了,你怎么就还在!你还守个啥!心上宁愿老屋不在,可偷空再藏进老屋去,发现它在才是天经地义。只是见一次,老一次,见一次,老一次,老到终于使我心疼,赌气说,看你还能老到啥时候!

前年,我又藏进老屋。堂嫂使侄女们上地里掐苜蓿去了。原本开玩笑的,可堂嫂认了真,非要给我带一包回兰州。当我心里用到“回”这个字时,被自己吓一跳。

兰州于我分明是异乡,老屋于我分明是故乡,而现在却要挥别故乡,回往异乡。

故乡成异乡,我便是旅人,便是过客。那时节,觉得确乎要与老屋告别了。堂嫂大概觉得我的心事,仿佛要我记住故乡的味道似的,非要给我一包苜蓿芽儿,心里感动着,淡淡接过,连一句谢谢的话都没说。故意不说的。知道那沉默里,人间烟火挑着,一头是现在,一头是当初,若道了谢,非但人,连老屋,怕都要陌生起来了。

又到清明节,今年大概回不去。这次老屋大概是永远不在了。不知怎么又梦见了奶奶,梦见老屋,梦见奶奶粗糙的大手又摸我的头。奶奶说nia nia——看我的娃,bu dang着,藏咋起恰!

我躺在老屋炕上。当奶奶的大手抚过我所有委屈时,当我又看见那个扶着窗沿的孩子,任一院的阳光洒了满满的惆怅时,我知道,老屋还在的,还是那么老,我又闻见了老屋的味道。

2020年4月

村庄里一切都是有用的

村庄里一切都是有用的。这是爷爷告诉我的,也是我从许多人那里看来的。

比如一泡驴粪蛋儿躺在路中央,那是等一个老农拾进笼笼里;比如一根柴禾立在埝塄边,那是等着上坟的人拿它做搅火的棍棍;比如一只狗卧在谁家门口,那定是等着另一只狗吃饱了,好一起私奔;又比如夜里一扇无缘无故张开的大门,风急吼吼溜进来,又灰塌塌爬出去,就知道那门不是留给它,而是等远方的一个人。风也是有用的,风会报信。

在村庄,有用的都不可耻。吃烟喝酒不可耻,偷鸡摸狗不可耻,浪门子不可耻,听墙根儿不可耻,打女人不可耻,上房揭瓦不可耻,唯独懒惰可耻。懒汉最没用。

老年人的口歌子说,那谁懒得都赶不上一口热粪。

粪在村庄是抢手货,可是懒汉谁见了都嫌弹。懒汉最后懒到找不下婆娘,就天天拢着袖筒筒嗑麻子、溜墙根儿、倒是非。慢慢地,懒汉在村里不算人头了。人们打墙不算他们,修梯田不算他们,杀猪不算他们,占亲引女人不算他们,牵骡子吆驴也不算他们。

凭啥?因为懒汉懒,偏能吃。吃罢碗往前一推,嘴一抹,叉巴叉巴走了。懒汉成了村里唯一没用的人。

那时,我们跟在懒汉后面笑话他们,拿胡基疙瘩打他们,离老远向他们比尿尿的动作。除此外,我们也钻墙洞,墙洞其实是狗儿猫儿的门;我们也去废弃的破窑里拢火,破窑其实是一些动物幽会的地方。比方说,一次我们就从破窑的穰柴(软柴)里找出两个鸡蛋,而那穰柴,据说是一个要饭的人的枕头。我们也跑到野地里去掐苜蓿,有时就遇到排雨,我们就跑到谁家地里的麦垛子底下。

啥都是自然而然。

啥叫有用没用?反正学着大人就是了。

大人们从洼上回来,从不落空。或者担回一担土垫圈,或者拔一背篓猪草喂猪。要是实在没啥可拿,就往腰里捆半截子旧麻绳,又或是捡回一块石头。我们就觉得可笑,破石头有啥用?顺手一丢,猪圈外一坨,大门口一堆,都撂了好几年了,上面都长绿苔了,说不定都藏下蛐蛐了。可是某天,大人抽完一锅烟,拍拍屁股,往手心呸呸吐两口,狠狠做了一个决定,把上房的廊沿打了,这下石头派了大用场。这时才觉得大人们的神奇。于是,我们就不敢小看随便扔在哪里的半截砖头,或是摆在什么地方的一堆木头,不定哪天它们就成了大人们手里的戏法。

我就不服,就问我爷。我说,爷啊爷。我爷说,唉,咋?我说,爷,榆树沟那儿的那条塌了半个的路,那是谁走的?

我爷抬头望远处想想说,那是给老先人走的路。我说,爷啊爷,不对!我爷说,不对?咋!我说,爷,老先人都死了,再说那路都塌了半个了,咋走啊?

我爷嘿嘿笑了,揣一把我的牛儿。我把我爷的手一把打掉。我爷才捋着胡子说,那还是他小时候,跟着他的大爷、二爷、大伯、二伯,他们一起修的路。后来,我爷长成大少年了,我爷说他曾背了三百斤的粮食从那条路上走过,问我那路结实不结实?我说,爷,还是你的肩膀结实。我爷笑了,我爷笑得烟迷了眼,揩完眼角又揩嘴角。我爷说,后来那路塌了,但先人们还要时常来走走,不能让路断尽了。我爷就修路,修赶不上塌,这样,把我爷修老了。那路就再没人看一眼了。另外一个地方又踏出一条路。我不信我爷的话,我偷偷守在塌了的路边,守了好几天,没看见先人。但好像看见一串脚印,不知是谁的脚印。那是塌到仅能一个瘦子脊背倚住崖畔趋过去的路。

后来我就格外注意村里的路。村里的路大多曲里拐弯儿,明明直着就能到一个地方的,却要拐来拐去,往远里绕。大人们脑子真不好,我想。后来终于明白了。那是一次黄昏,我跟我爷坐在北门墙根儿下晒阳儿暖暖儿。我爷揣着我的牛儿说,狗狗娃,等你长大,把那棵桑树给放倒了,给你引女人……

我生气了,把我爷的手打开。我心想,人家说男娃想女娃是耍死狗哩,我爷咋还对我这么说!可我到底对那棵桑树发生了兴趣,时时跑去看那棵很老很丑的树,下雨时树上会掉下羊奶头一样的桑葚,但是酸得人打摆子。那树两人抱,可是把它放倒就能换回下庄里的李芳芳?可算了吧!那不得两拖拉机木头……

但我还是明白了一个道理。怪不得旁边的一条路,到了树跟前拐了个弯儿,往远处绕走了。如果现在把树放倒,那路不还是绕个弯儿的吗?于是我明白了,原来那些路拐来拐去,是为避开一些遮挡。比如,原来某处有一座坟,旁边的路就要拐弯儿,或者旁边有一眼井,路就要给井让路;比如路边原来有一户人家,后来那家人搬走了,但路总还要通向那里的,仿佛那家人还在似的。其实,说起来,这道理是我后来许多年才琢磨出来的,现在会写几篇文章,就把自己给写聪明了。村里的路,看似乱七八糟胡乱向远处延伸,实际每次曲里拐弯儿都有它的道理,那是村里的秩序,秩序是村里人心上的敬畏。比方说,不能让一条路从人家坟地穿过去,不能把一条水路引到人家房背后。村里人知道给人留余地的道理,给他人留余地,就是给自己留余地。

于是我似乎明白,路,为啥又叫道路。

这么一想,我就豁然开朗。原来村里人知道,走最直的路,不一定先到;而最近的路,是通过人心上的路。一条路从上庄通到下庄,一个人从高处往低处走,就能走出许多人心冷暖和人情世故。如果一条路改一点儿走向,就可能错过一家人门口的磨盘,就可能错过柳树下几个女人议论她们的丈夫,就可能错过到谁家来接亲的队伍,就可能错过谁家的墙头,而那墙里有人正说悄悄话儿。

而这,都是道理,都是秩序。曲里拐弯儿串起来的一堵墙,一座房子,一口井,是请匠人看过山势的,看过水向的,那里头有风水、有阴阳。

可惜几十年后,有的地方搞了新农村,都是一溜儿整齐一码色。人不爱看,连狗儿猫儿也不爱串门了,两家的鸡也不相往来了,没有个墙豁豁供它们幽会了,没有个墙根根给它们晒暖暖儿了,也没有一个土台台让一群老汉蹴在那里下棋掐方(棋类游戏)了。

你看看,那时候,在村里,每一处旮旯都是有用的。平平常常一堵墙,都可能写着一段历史。

那是王三虎家的院墙。那里原本没有墙。后来王三虎为了跟他当了懒汉的哥哥王二虎分家,就在大院子中间砌了一堵墙。一开始石头不够,砌了半截儿,两家人就闹矛盾,就隔着半堵墙互相吐唾沫。三虎女人个子高,唾沫吐得远,瞄得准,占了便宜,就把二虎女人给气倒了。二虎能干?几镢头把三虎砌的半个墙挖倒了。三虎气得翻白眼,说,挖倒算球!二虎听见脖领子竖起也说,可不算球!

没了墙,两家倒楚河汉界,倒井水不犯河水了,做了饭各自躲屋里吃。后来觉得不过瘾,就比赛吃饭声,吃饭的吧唧声,替代了吵架的哇啦声。还是队长主持公道,到底把墙砌起来。可不上二年,有人又把墙给挖倒了!咋啦?

原来圆圆的三虎出外搞副业,让塌了的煤窑给压扁了;几乎同时,二虎女人得病也死了。大人好熬,倒苦了两家子七八个娃娃。三虎女人心软,可怜娃娃们,就让二虎的娃过来吃,就对暗号。一开始拍门环,后来隔墙喊,再后来,三虎女人这边抛一眼,二虎那边就觉得了。二虎三下五除二就把那堵墙挖倒了。挖倒了好,两家人像推翻了柏林墙,同志相见,当夜就把手紧紧握在一起了。这次队长没有主持公道,他夜里偷偷跟他婆娘说,原来怕娃娃们熬不住,现在看来估计有误。

于是,一堵墙就见证了一段佳话。你说说,村里啥能没用?

噢!想起来了,村里的懒汉们没用。懒汉是闲人,闲人能有啥用?可懒汉们不愿意了。他们说,咋!看谝闲传不是?谁说我们没用?

你们上地里忙去,留家看院的张家的媳妇儿谁想?到黑夜,你们睡了,那天上的星星谁盼?你们抢着收麦子去了,刮来的一阵风和打下来的一场冷子谁受?你们都忙着过人前头的光阴了,人背后的光阴谁过?村里一些人夜里偷偷死掉了,谁给他们的魂照路?一些贼进村了,谁留神那一阵一阵的狗咬?

你看看,看看,村里就没个闲人。

只有溜墙根儿的风,像一只骚狗,东窜西咬的,把赵家骂李家的闲话传出去,把王家女娃想韩家男娃的心思吹出去,把上庄那谁家女人的门环吹开,给了下庄那谁家光棍儿一个机会。但风也是有用的呀!风吹来了许多闲话,吹出许多热闹,要不是这些,村里人拿什么打发掉那一宿一宿的漫漫长夜……

思来想去,只我一个闲人,只我一个没用之人。可不是?

我一个生养在村里的人,长到七八岁上离开村子。以后多年,说是盼,说是想,也不过是口头的功夫,一砖一瓦也没给村里添过,一个女人也没给村里引进来,更没给村里增加几个人口。光知道从村里往外偷。一天天,一月月,一年年,偷月亮偷星星,偷日落又偷日出;偷谁家一碗浆水面,又偷谁家一把苜蓿芽儿;甚至还偷偷顺走人家屋顶上的炊烟,偷跑人家辛辛苦苦学来的一板秦腔……

偷着偷着,就把村子给偷空了,把人们一个个儿的吓跑了。从此,炊烟不见了,苜蓿地荒芜了,日头昏沉了,月亮躲在山背后了,而人,都跑到大漠边关了,他们被我偷怕了。现在又跟他们要一个叫思念的东西,他们说,他们实在拿不出手,他们也缺呀,他们也离开村子好多年了呀……

我这个闲人,是村里唯一没用的人。

我想,我唯一有用的是,某天跑到村里的田野上,顶出一个土包包。可一阵风说不认识我了。

噢,我怎么就忘了,认识我的那些人都把土包包给占了,没地方了。

终于,我成了村庄顶没用顶没用的人,在外面的世界里,一天天地瞎晃荡……

2020年4月

心上的张家川

　　我心上的张家川,他自然是高声大嗓,自然是红脸粗脖。家里来了亲戚,往屋里请也像吵架;喝好了咥圆了,往外送也兵荒马乱送出二三里。张家川人连相亲这样的事也是三下五除二,成成不成拉倒,转眼已翻过了二架梁,盘在炕上,一碗馓饭抹下去,一气浆水灌下去,就把受的那点子委屈俫到了糜子地里。张家川的一切只是个大,只是个粗。张家川人的脖子总是像圆树梁上的青冈木,楞折不弯;张家川人的脾气像架了辕的牛,说往南就一条道往黑也不往北走;而张家川人的心思又是龙山镇官泉的泉水,活泛着呢。我以前说过,张家川的老豆腐能一头碰死人,张家川的粉条能勒断六盘山,张家川的锅盔磨盘样大,张家川的麻花,没牙老汉也能咬得咯嘣嘣。听张家川人吃饭,就是一场享受,一碗长面瀑布一样倒下去,一碗炒面只见胡子不见嘴皮子,三捵两膀子就见个碗底子。张家川人热情似火,张家川人干散麻利。有张家川人的地方,一个人也能走出一条浩瀚无边的队伍。张家川是雄性的。是永远十八岁的小伙子。

　　我还说过,我对手扶拖拉机情有独钟。觉得他最能体现张家川人的性格。他蛮憨无理,热烈奔放,呆头呆脑,妩媚多情。每当听到那突突声,就能勾引我体内的荷尔蒙,使我感动而又蠢蠢欲动。他又那么可爱,屁颠屁颠儿地蹦跶,有点二,这又符合我对自己的认识。我喜欢跟着他,闻着他的味道,去追赶那些陈旧的岁月。每当那时,我就想起,有一条街道猛扎扎与我撞个满怀,与我抱拳相问,邀我一头扑入我所钟爱的烟火里。我看到,那里有往来不绝的人群;我听到,那里有震耳欲聋的吆喝声;我闻到,每一泡牛粪都有它的辛辣与刺激;我感到,我被一个梦围剿,密不透风;梦里有一座山,他倔强有力,他苍劲雄浑,却也浑不吝。这正是我所沉醉的一种粗粝。恰是父亲给我的初体验。

　　是的,人们不是常用山来说明父亲么。所谓父亲,就是那个可以被毁灭却不可以被打败的人。就像矗立万万年的关山一样。而我的张家川,他就叫阿阳。阿阳者,山之南水之北也。当马家塬的车马重见天日之时,我想到的,首先不是文物的珍贵，不是纹饰的华美。我首先想到，那不就是两千年前的手扶拖拉机么。两千年前，他听命于父亲的威严，带领着千军万马为祖辈脚下的土地赢得荣耀。而两千年后，他又化身为一辆辆铁毛驴儿，驮着后世子孙淳朴的梦想，奔向火热的生活。当有学问的人们，为马家塬出土的车马上那四十五度曲线的辕杆惊叹不已时，我只好笑笑，那不就是拖拉机的手把么。

可是，那终究是往日的一场梦呀。如今的张家川，哪里还有拖拉机的影子呢。整齐的街道，靓丽的建筑，恬静的人群，现代化的生活方式。我却不免失落。并非为文明之光抚摸下的张家川无法承载我旧日的梦而遗憾，是不禁想到，我所敬仰的那种原始洪荒的劲头，再也不见踪影。在我看来，张家川所以成为张家川，就是因为他的桀骜不驯，他的冥顽不化，他永远该是父亲的，而不是其他的。我的失落里当然存着我的私心——宁愿我的张家川仍如过去那样，给我一种近乎霸道的庇护，却不愿他沦为博得众声赞誉的偶像。

就在我失魂落魄之时。身后忽然炸响一阵惊雷，撩拨得天地瘙痒难耐。原来是一辆手扶拖拉机，他，他正向我奔赴而来。我伫立凝视，我手舞足蹈，我狂喜却陷入一片安宁。就在这样一个重大时刻，心中竟哼起一首经我篡改的歌曲——

"我心爱的小马车儿呀，你总是太顽皮……"

他就这样闯入我的心怀。他就这样把他父亲的味道与父亲的气概，注入我渐已孱弱的心灵。然而他又那么不正经。帽子歪歪戴，口哨满天飞。他恰逢其时而来，使我对早已旧貌换新颜的张家川，有了较之以往更深一层的眷恋。文明固然必要，是社会革新的必由之路。但文明也使人变得疲惫绵软，苍白无能，使人归于被机器驱使与奴役的境地。而原始洪荒所意味的落后中，未尝没有饱含一种新鲜而持久的生命力，使人更近于本来面目，使生命的完整成为可能。我无法想象，一个父亲的张家川，倘若如那些大城市一样，变得讨巧纤细，变得犹如一个妆容绚烂却蘼芜颓废的女郎，将是怎样的一种伤感。而这手扶拖拉机的到来，正提醒我，我的担心是多余的，是自寻烦恼。

入夜时分，当我漫步体育广场，见到在篮球场上挥汗如雨的人们，就更确信了我的判断：张家川仍是父亲的，仍是我最有力的靠山。过去三年，真是熬煎。因为疫情动辄被管控在家达数月之久的日子里，曾对生活乃至对于未来，不抱任何幻想。一时想过，不如毁灭吧。或许毁灭是最好的救赎。可即使照当时的想法，死我一人换来万千人的自由，我又何德何能令老天爷给我那么大的面子。

就在那绝望时刻,张家川人特有的坚韧与刚烈,毫无征兆地在我体内复活了。我太熟悉这种特质。那是两千年前的车马入殓时就埋伏下的,而后在漫长的岁月里,长成铁马秋风,犁过一茬一茬的麦子,催熟一垄一垄的玉米,涵养着那块土地上人的血脉人的筋骨,使每个张家川人具备高度相似的脾气秉性。唯有在最没有希望的时刻造访你,给你一巴掌,说声你怎么不撒泡尿照照,照照你是谁的子孙。那时节,我看到无数个关山组成的面孔,正瞅着我……

难怪我有特异功能——无论何时何地,只要一眼,就能于茫茫人海认出谁是张家川人。那样的水土那样的风俗,只能生出那样的面孔。就如马家塬那些曾经驭马而行的人一样的面孔。那些像风一样穿梭在戎马秦风中的身影如今依然鲜活在每条大街小巷。

我泪流满面,我慨当以慷。

那注定是一个难眠的夜晚。大清早我就爬起来,又到体育场上。这次我看到,一些白胡子的老人,竟也有毫不亚于小伙子一般的身手。果然彪悍的遗风犹存,果然敦实浑厚的内里,仍有一股生猛在涌动。不唯如此,在一群老少爷们儿间,发现一个女子的身影。她持球运球,闪展腾挪,她精准走位又放肆咆哮,让男人的矫捷与雄壮黯然失色。而当我离开篮球场,放眼向其他各处,无论乒乓球还是羽毛球场之中,无不有裹着头巾的女子在挥洒着自己的激情,连五六十岁的阿娘阿奶们,也毫无迟暮的颜色。

张家川,仍是一座雄性的城市,是关山之下贯穿两千年的风生养的赤子。他永远只能给人勇气,使人格外踏实。

是该回乡风情园看看了。犹记得五年前于一场大雪中,这园子给我的感动。我信步走去,心无挂碍。半路上,却在一派南国的风光里不知所措。于是不停拍照,忘了身在何处。我发微信问志蓉,问她这是什么地方。她说,是风情园。这使我大为诧异。

我所记得的风情园,固然不乏妩媚妖娆,却仍由一副男儿的骨架撑着,然而眼下,她确乎成为一个女子。作为女子的风情园,非但有水灵的眼眸,亦且有柔软的身段。而随着对她进一步的试探,深一层的进入,她的羞涩与娇俏,令我开始的大胆变得惶恐,生怕惊扰了她的安闲她的美梦,她女儿特有的浪漫幻想。我收起手机,望着她,望着她。终于在她温柔的回应中慢慢低下了头。

我当徘徊复徘徊,当沉思再沉思——不,沉思是可耻的,我唯有以兀自安静面对她的安静,我当与她一样成为一个女子,被她俘获,成为她无法剥离的一部分,羞涩着她的羞涩;娇俏着她的娇俏;幻想着与她同样的浪漫。直到这时,我才想起昨天晚上漫步于步行街时的遭遇。那时也正在拍照,就见镜头中一个骑电瓶车的少女,与她的秀发她的衣袂相与无间,由景深处漫游而来。光影斑驳中仿若一条美人鱼,身后划出一道月光般的弧线。而我就像她的猎物。这猎物实在傻得可以。直至鱼儿吞吐一串泡泡,将整个天地吞噬之际,仍束手待毙。就在猎物将要甘于臣服自己的命运时,鱼儿却甩尾向远方去了,恍惚间还有一个昂首不屑的动作,那是她的眼风。是她的风华绝代遗落的一个休止符。

好大胆的女子!她绝尘而去之后,熙熙攘攘的街道瞬间空空落落寂无一人。原来她是这园子的精魂,她早就预谋了这样一场邂逅。而她的猎物,不知不觉已被她牵引着,牵引着,向一个始料未及之处逢迎一场猝不及防的颤抖。

我终于知道,那空落与孤寂的街道,是我的一颗心。心的颤抖,仅为提醒我,之前的偏见有多么可笑。我才恍然大悟,原来我终究还是误解了我的张家川。我的张家川他是男性的,也更是女性的。只是她女性的一面不轻易示人。就像穆斯林女子的盖头下,那风流婉转的一颦一笑,或许早已流经每一条河,灌溉每一寸土地,而那水土之上的人,被滋养着却浑然不觉。而之所以浑然不觉,因为他们男性的身躯里,就住着她们女性的灵魂。唯有在这样安然而不安分的时刻,才露出端倪,才被蓦然窥破。我不再望着,而是与她深情对视。风情园呀,我终于与你融为一体了。我感到体内暗流涌动,如春潮泛滥,继而化为了涓涓细流,汇入牛头河后川河与清水河,蜿蜒在关山脚下。那里牛羊肥壮草木葱茏,爱抚着也拱卫着一个叫阿阳也叫张家川的地方。

呀!有趣!风情园中有一座偌大的图书馆。这样小的城,这样大的图书馆,这究竟是一种怎样的情怀。而图书馆旁边,竟然就是一座婚姻登记中心。莫非是说,爱读书的人才配有对象,有爱人?这大约是巧合也是张家川人特有的幽默。而漫步街上,随处可见"丝路大关山,书香张家川"的条幅与招牌。对书的珍重与对知识的渴望构成了张家川人新的精神品相。唯其如此我才在一家饺子馆的门口,看见一个"热烈庆祝我县成立七十周年"的牌子。这就是张家川人的格局。

我释然了。当我真正理解了张家川,也就真正了解了自己。我将不再羞于展示自己身上女儿的那部分。那份柔软不与孱弱相关,更不与蛮荒相悖,无不是在张家川这方土地上长养起来的品格。是流经母亲的河再次流经我,并将继续流向远方,以及比远方更远的地方。那里有漫漫丝路,是青鸟探看,将从长安瞭望的目光，弥漫于莽莽关山，挽着从马家塬吹来的胡琴声与圪垯川降临的哇呜声，一路餐风栖月，向西而去，衔来苜蓿，核桃，并酿出了葡萄美酒，与祖先们的蜀黍荞麦香梨，媾和于这片土地，分娩出自带西域风情与中原风流的男子与女子，他们载歌载舞，颉之颃之，出双入对，醉倒一片，再也舍不得抛下自己的家园。

转天志蓉和紫霞要请我吃饭。我说，非炒面不可，并且必须是六虎家的。当年，我在一篇文章里发明了"听吃"这个词。从此就贪恋于这样的灵光乍现之中。我要去听。听一场吃食的盛宴，何种大餐也无法与之比拟，而唯有炒面配享这样的尊荣。

当一种源于西方却盛于东方的作物，经由农人的脊背研磨，汗水浸泡，终于成为一团晶莹剔透的面剂子，再经过胡麻油的点染手指头的点化，则翩若惊鸿，婉若游龙般不可方物。压，抻，拉，揪；躬腰，悬臂，点头，入水，一气呵成。俄而柔筋筋黄澄澄在眼前载沉载浮，仿佛践行一场相隔千年的约定。已跃跃欲试了，已打算一展身手了。那好，成全！便打捞而出，飞入早已奉陪的、由老豆腐嫩粉条鲜牛肉交欢而成的道场，一番烈火烹油的历练，一晌贪欢一世眷恋，都化作一腔柔肠切切捧出的炒面。你再看，剥好的蒜瓣儿巴巴儿盼着，黑油油的麦麸醋严阵以待，只等那红口白牙一声吼，就虎啸山林，就风卷残云，就汗泼流水，就头顶冒烟，就把四面八方的男男女女，给伺候得扎扎实实，妥妥帖帖，出了门，擦了汗，剔了牙，抽了烟，还美得直叫唤。

我不说吃，就说听吃。吃的享受哪有听的享受来得舒坦！

吃了炒面，就上关山。俗话说，不到长城非好汉，不到关山白活了。关山的美，不在短视频的解说词里，不在电视台的新闻播报里，不在遥远的传说中，更不在午夜浮皮潦草的梦里。就在骏马的鞍子上，就在黄牛的角弯里，就在洋溢着青草香的羊粪蛋蛋里。这里有人与物的天作之合，有山与水的偷期密约，更有心与心灵与肉的贴面相搏。这是张骞走过的地方，是非子驰骋的疆场，是昭君越不过的思念，是张家川游子心上的一抹疼。

张家川人不说美。美到极致只是一句——

看谝传咧！

谁能把关山的美谝个一二三。这样的人还没从他娘肚子里生出来哩。

可我就要谝一谝，就着游子心上的疼，吹着关山的风，谝给亲人们听。

吃了炒面，肚腹暖暖，上下关山，如沐春风。这就是回家呀！回心上的家。我喜欢家的味道，享受这自由散漫自然而然的做派。

我回哪里？我回老家。老家老家，就是老窝窝里的家啊！

老家人爱把最小最疼爱的儿子，叫作老生胎。我想我就是那个老生胎。虽然我的脾气秉性使我小时候并不受父母的恩宠，挨打受骂倒是家常便饭。可如今人过中年却矫情起来，却想被我的家人惯一惯。我的家人在哪里？就是我老家的那些同学们发小们啊——亲人们呐！

我想说，我好想就跟你们吃家常便饭，就咥洋芋蛋蛋吃炒面，把一碗漏鱼儿喝的眯呲呲咕噜噜。把一曲信天游，像过去在野洼上一样，唱得勾勾悠悠叮里当啷。

我就爱。就爱这个自在劲儿——亲人们呐！

2023 年 9 月

当村庄正在老去(后记)

数据显示当前中国人口构成中,九亿属城镇,五亿属农村。暂不论数据确切程度,但就观感,似已无疑。虽如此说,仍觉恍惚。因记忆中向有八亿农民的说法,简直理所当然,长久以来农业生产生活方式主导的思维方式根深蒂固,突然翻转过来,倒一时不适应。

想起前段时间跟父兄探讨过的问题。他们提出一个观点,说今后,像我老家那样的村子将要永远地消失了。听后默然。虽说内心也曾有过这样的隐忧,当这话由他们嘴里说出,仍不免伤感。我们都是从黄土地上走出来的人,见证过那里的一些岁月。情感上万难接受这样的预言,但理智告诉我,也许并非危言耸听。

现在的农村什么状况?大片的土地因闲置而荒芜着;许多院门长年紧锁;留守的大部分是老人儿童。而年轻人出外谋生,拖家带口,随着农二代就地入学,回乡的可能性不大。即便日后想回乡,但回去做什么呢?农业投入与产出之比不能使人满意,又缺乏足以支撑可持续发展的产业,总不可能为情怀而牺牲生存吧?且养老、医疗、教育等问题,是不得不权衡的重要因素。与此同时,传统的养儿防老观念遭遇空前挑战,大多进城务工人员,自身处于奔波流转中,接老人进城赡养,不现实。有的人经过多年打拼,在城里买房落户,一心要把父母接来享福,可由于老人的生活习惯问题,难以适应。于是,所谓尽孝,便只能是年节里短暂的探望。传统生产生活方式的瓦解,解构着人们精神家园的同时,也撕扯着亲情。现实中诸多不可调和的矛盾,加速了乡俗民风的转变。

记忆里的乡村,成了许多人回不去的故乡。从乡村出来的人,于异乡而言,是外人;经年在外奔波,回到故乡也有疏离感。认识的人越来越少,陌生的面孔越来越多,身虽回到老家,心却更像走亲戚。这种身份认同上的隔膜和断代,使人模糊了心灵的归依。而这一切,仅仅不过十来年的事。

几千年来的生活方式与思维模式骤然打破,总觉得连回神的余地都不曾留下。难免,整个社会处于一片焦虑之中。城里人埋怨外来人口挤占了他们的生存空间,外来者失落于城里人的情感疏离,仿佛大家都有找不到家的感觉。家是什么? 家在国人心中,向来是幽泉山林与田野牧歌的景象,是写意的丹青水墨。现在,大家共同的感觉是,回不去了。

于是,许多人又怀念起曾经的乡村。曾经的乡村是什么样子? 是牛羊满圈,鸡犬相闻;是一条条弯弯曲曲的小路,勾连着十里八乡的烟火人间;是房前屋后的老树盘根错节,使以亲缘维系起的人际关系深植人心;是一场一场由婚丧嫁娶敲打出的仪式中体现的庄重肃穆;是戏曲和号子里喊出的活泼跳跃的灵动;是白云绕水间,放马南山前的悠然自在;是月色撩窗牖,人约黄昏后的那份宁静……

如今,转眼凋散。不单农民赖以安身立命的土地无法养人,多元价值冲击下,人情世故也渐渐淡化。年轻人不再如过去般尊敬长者,邻里之间也少了过去的彼此关照。入夜时分,家家门户紧闭,只有偶尔数声犬吠装点寂寥夜空,曾热闹的村庄沉寂了。

前几天,跟在老家的堂哥谈天。他说,如今老家,麦黄六月天气,路上极少行人。与我记忆中的老家全然不同。那时,只要出门,就能遇见不同辈分的人互相打招呼。整个村子,十几代人都是一个祖宗。六十岁的老汉把十几岁的半大小子叫"小爸",司空见惯;或者二十岁的小伙嘴里的姑姑,却是个襁褓中的婴儿。如今偌大一个村子,能碰见个打声招呼的人都成稀罕。

更让人伤感的是,老人过世,竟无人抬埋。

过去,村里齐门框高的青壮年,瞅去像一茬玉米。谁家老人过世,不用招呼,大家自动上门帮忙,这是老年间的规程。现在,想喊人也没地方喊啊,年轻人都去了外地。平常还不觉怎样,当此时,留守的老人娃娃就感到势单力孤。即便这些娃娃们,也各有暂时不得已留下的情由,若条件成熟,他们终究都要飞出去的。

人一少,有些路就断了,一些桥也塌了;长时间无人修整,一块地可能就此彻底荒废;地一荒,极目望去,人的心也凉了。

村子迅速老去。

曾经的村庄,装着一个永远长不大的童年。檐间有燕子,沟畔植有各种树,还有草垛儿下专为孩子留下的一个洞。入夜时分,也有成年人参与进来。男人裸露脊背,女人亮出胀鼓鼓的乳房;半夜里有驴的嘶吼,清晨有雄鸡唱晓,一切使乡村实实在在,强健了村人的血脉筋骨。曾经,乡村是年轻的,有使不完的力气;蹴在墙根儿下晒"暖暖儿"的老妪老叟,也充满生命元气,谈笑间把人世苦难当作一个笑话给轻轻打发了。

一夜之间,村庄老了。当仅剩的几个孩子背上书包走远,整个村子沉入暮年,昏昏欲睡。

过去,年轻人出门"搞副业""下苦",终究是为了回来,盖一院青砖大瓦房,盘一通十人睡的大热炕,闲来盘腿而蹴,拢上一盆火,捣一盅酽酽的罐罐茶,过的是实实惬惬的光阴。随着一些人落户他乡再不回来,新房破败了,炕上落了厚厚一层灰,一把门锁,就隔断了几辈人攒下的人伦亲情。当流散各地的人们,某天再次于网上相遇,各自口音里带了异乡的味道;再看看个人资料,曾经一片土地上长大的人,如今分别成了新疆人、宁夏人、陕西人……大家各自操着变了味儿的老家话,聊着,聊着,聊得更多的还是过去的话题,突然就聊出苦涩。然而谁也不会说破,彼此知道是无言的结局。

出去的,心里念着故土,却被千百里外的现实生活绊住了;暂时留守的,也要一心要离开身边那片土地,仰望着白云之外那片天空,村庄存在的意义,不再是坚守,而是逃离。

这是一个时代的变革,非人力可以扭转。作为离开故土的游子,一方面盼望着故乡人们能过上期望的生活,一方面又不肯接受村庄渐已凋零的事实。莫非那个生养了我们的山村,就要湮灭于时代的洪流中了么?

人说70、80后,将要成为最后一批还怀着乡土观念的人了。这话里带着一份悲壮与无奈,却也于落寞中现出一份冷峻的真实。若今日之时,任往昔如逝水东流,是否该于回转处,留存一些念想,哪怕虚无缥缈,亦聊可慰藉。

毕竟,我们是一个讲求根文化的民族。

深知人在大势前的渺小。想到文字。企望以手中纸笔记录一些将要消逝的生活,刻画一些将要离去的人事。尽管这企望里,兴许更多是妄想,却也盼着能于渺茫中寻找一丝希望。希望的意义在于,当某天70、80后老去时,当他们的下一代,已拥有全新的人生,哪怕只是偶尔回望,追忆前人,也是些许安慰;又或许,当某天面对子孙,讲故事似的把曾经的生活描述成一个传奇时,可资凭借。

黄土地养育了我,我无以回馈,只好作些浅薄的文字权当反哺。恰因此,我文字里含着许多老家的方言俚语，所记录的也不是惊天动地的大事，而是历史长河中连一个回眸都不及换回的琐碎小事，以及围绕着这些小事的小人物。然而任何言辞，无论贫乏抑或壮美，之于一片土地来说，都是卑微的，正如土地上的人来人往。

我只是作为一粒黄土地上飘来的尘埃，撷取途中所见所闻所感的碎片，期以文字的形式重归大地，想来亦何等幸福。因此种种，使我挈起纸笔一路走下去，也便有了这本文字。

韩乾昌

2019年9月